カレル・チャペックの
愛の手紙

カレル・チャペック
田才益夫 訳

KAREL
ČAPEK
MILOSTNÉ DOPISY

青土社

カレル・チャペックの愛の手紙　目次

カレル・チャペックの愛の手紙

1920

【一九二〇年夏】（733）

すぐに返事を下さい。どんな方法でもかまいません。いつあなたにお会いできるか。場所と時間をきめて下さい。朝でも、昼でも、夜でも、いつでもかまいません。

あなたの　K

【一九二〇年夏】（734）

ベリー・ウエル　結構です。それでも、あなたはぼくに（たとえ、あなたの手が私のほっぺたでぱちんと鳴ったとしても）「それじゃ、いつならいい」のかもっと早く教えてくれなければなりません。

月曜日ですって！

私は日曜日に、あなたのところへ行きます。人間はそんなに残酷にならなくてもいいのですよ。でもぼくはこの世のあらゆる満たされざる欲望をもっています。それでも私は金持ちになりたいとは思いません。私は貧しいことを喜んでいます。だって貧しきものには祝福があるからです。

アニチュコ、アニチュコ……〔マックス・ハルベ『青春』のなかのオルガが演じていた役〕

【一九二〇年頃】（735）

すみませんが、どうして私を許してくださらないのです？

私はヴェヴェルカ氏〔オルガと同じ舞台に出ている〕に、あなたに何も言わないように頼んでおいたのに。彼が何をしたのかぼくは知りません。あなたが言いたいことを言いおわるまで、私は待ちます。どうか、すぐに来て下さい！

　あなたの

〔一九二〇年頃〕　（736）

親愛なるオルガ様

とり急ぎお願いいたします。シュヴァンドヴォ劇場のチケット係にフィッシェル博士に明日の入場券を一枚（これはフィッシェル夫人のため、つまり『モラフスコスレスキー・デニーク』のために）お願いします。それも端っこの席でけっこう。受付に置いておいて下さい。

前もって、心から感謝します。

K・チャプ。

〔一九二〇年秋〕　（737）

土曜日

来て下さい、来て下さい、来て下さい！

天国から来たのか、地獄から来たのか知りませんが、これまでなかったような狂気が今日、ぼくを襲ってきました。ぼくはあなたに会わなければなりません。もし今日あなたが来られなかったら、恐ろしいことになるかもしれませんよ。ぼくが何をやりはじめても知りませんからね。

　あなたに不可能ということがあるはずありませんよ。あなたはたくさんの口実をもっておられます（ホルチチュカ、その他と……）。あの「老犬」〔オルガのこと〕（これはあなたがあえて言ったことです。ぼくではありません！）と出会わないように電車を使って下さい。

　――時間の進みがのろいのに、ぼくは絶望しています。八時十五分までまだ二時間以上もあるとは！

　オルガさん、お嬢さん、わがままっこちゃん、何がなんでも来て下さい。それもできるだけ早く！

　オルガさん、オルガさん、オルガさん、あなたは昨日、ぼくがもう気違いじみてはいないっておっしゃったではありませんか。今日、ぼくはひどい発作に見舞われているんです。最もひどいやつです。今日、あなたが来られなかったら、それはあまりにもひどい仕打ちです。
そうでなくても、ぼくはあなたと話し合わなければならない「たくさんの重要問題」があるのです。

[一九二〇年秋]（738）

夜の時間（土曜日から日曜日へ）

十一時
いま、子供が頭をのせている、おまえ、わが家の白い枕よ、冷たいやわらかさで
その頭をなでてやるがいい、やさしく愛し、キスで頬をおおってやれ、
そして、おまえ、誠実で、厚い羽布団よ、ゆるやかにゆすって、むずがる子供を眠らせろ
そして、おまえ、白い上着、この悪党、最も、最も、最も
最もしあわせで、最も信頼のおける上着よ、
彼女の肩にキスをしろ、
小さな胸をだきしめてやれ、
はげしく動悸うつ心臓を静めてやれ、

そして、おまえ、とくに、白い小さなベッドよ、
夜の波のうえに浮き上がれ、
筏のようにゆれながら、止まれ、
かよわき小舟とともに、
月夜の晩に、街の上、空高く高く浮き上がれ、
ただよえ、ただよえ、秋の雨で
やわらかくなった道のうえをただよえ、
ふたたび、夢のなかで見るように、
ふたたび、すべてを見るように、
正気をなくした二人を、
道を、月を、明りを、そして私たちを、
ふたたび、私を見るように、
私がベッドに乗ってただようように
そして、私がいい子であるように。

真夜中
秘密の贈り手よ、お前は私の進路を指図した、
私を苦痛でためし、すべてを私に認識させた、
私の作品を祝福しろ、
私をよい働き手にしてくれ、
そして、おまえがいま私に与えている、
このあまりにも美しい愛にたいして、
青春の銀の流れにたいして、
今日という美しい時間にたいして、
唇というやわらかい果実と、
すべての神の慈悲にたいして、
未知の贈り手よ、ありがとう！

一時
キスは一瞬、嘆きは数時間持続する
一日中、おまえのそばにとどまる。
苦痛のなかで自分の守護神と戦うおまえは、
くちづけによって神に祈れ。

二時
どき、どき、どき、落ち着いた心臓の鼓動、
ざく、ざく、ざく、暗い夜、自分の足音、
行け、行け、行け、過ぎ行く人生よ、
喜びのわが道を。
しっかりした心臓の足どりが
時間のなかにつき刺さる。
その、その、その、
それとも、この、おまえの一撃が、
時間と愛のなかで一致する
彼女の心臓の鼓動とに。

朝六時
朝の六時、ぼくは不意に目を開ける、
すごい、詩的な、美しいアイディアが浮かんだ。

ああ、世界よ、私の世界、
ぼくはある超甘美な秘密を知っている。
朝、六時、オルガお嬢ちゃんは、
オルガ、オルガ、オルガ
オルガ、オルガ、オルガ、

オルガお嬢ちゃんは眠っている。
眠っている。手を頭の下にして。乱れた髪
かわいらしい首筋の下で、くしゃくしゃにして。

そしてその首筋に「ある場所」がある——
いやいや、それはぼくの秘密だ。
朝六時。オルガお嬢ちゃんは何も知らない。
オルガちゃんは眠っている。

そして、彼女が眠っていることを、
だれも知らない。
彼女でさえ。彼女の父さんでさえ。
だれも知らない。

われこそは、われこそは。大サルタンなるぞ。
世界一の大富豪。
そして、さらに

夜、七時、散歩へ。

ぼくは行く。それは大通りではない。そして、
ぼくは独りぼっちで行く、
自分に何かを語り、何かを思い出す。
月も思い出している、何か目撃したことを、
それはいつかの日曜日、いろんな話。

「ああ、おまえかい、小僧!
おまえの彼女に言いなさい、
彼女が自分の詩のなかで、
わたしをすごく傷つけたって。
わたしは笑わなかった。オルガに言いなさい、
わたしは何がふさわしいか知っている。
何ができるか、よく知っている。
わたしは笑わなかった、そのことだって!
好きなことをすればいいんだよ、悪党たち。
わたしだって火だったよ、
わたしだって若かった、
真っ赤に焼ける天上で、
わたしも燃えていたんだよ。
それは、もう、とうの昔の話。目を閉じると、

またもやギガントザウ
ルスの愛が見える。
あれはいい時代だった、
あれは燃え立つ青春
だった！
巨大なトカゲがすごく
楽しげに生きていた。
わたしは氷でできてい
る。笑いがわたしを
追い越していった。
それは、大きな原始林
でのことだった」

「お月さん、あんたは間
違えている。
現代だって世界は原始
林だよ。
原始林のなかで、
原始男が「原始女」を
発見する。

そして原始男の愛は、
もし、それが測れるものならば、
原始トカゲの愛よりも、
はるかに大きなものなのだ。
そして原始女の愛は、彼女の愛は……
お月さん、ぼくは喜びと、渇望で気が狂いそう」

（739）

【一九二〇年九月二十八日】

大事なお嬢さん、ぼくはいまちょうど一息ついたところです　言いかえれば、ぼくはこれから恐ろしい仕事に取りかからなければならない時だということです。だから、ぼくはその時をほんの何分かでも先にのばしたい、あなたのことを思い出すためにね。

これはあなたの髪の毛の一本です。これは今のこの瞬間、ぼくの前にひかえているどんな仕事よりも、興味をそそるものです。

あの晩、ぼくはまたもや生々しい夢を見たのです。もしこんな夢がぼくを静かにさせてくれないとしたら、ぼくたちは絶対に議論を交わす必要がありそうです。人間が夢のなかでは勇気があるというのはおかしなことです。——世界がいかにまずく作られているか、たとえば、世界はなぜ、火曜日なんて、ひどくいやな、空疎な日に作られたのか考えています。ぼくは火曜日にあなたと会ったためしはありません。

ああ、なんてことだ、ちょうど、いま、ぼくはある偉い方の訪問を受けたのです。英雄のメデク〔チェコ軍の将軍、第一次大戦後、チェコ義勇軍としてロシアで活躍。同時に当時の経験を文学作品に反映させた〕がぼくの机にすわって、話をしています。ぼくは手紙を中断しなければなりません。そしてまた何時間かあとに話の糸をつないで書き継ぐことになります。それまでは天があなたをお守り下さいますように。

さてと、ぼくは昼食のあと横になって、アラジンと不思議なランプの話を読んでいます。アラジンがサルタンさえもが、かつて見たことがないほどの金の皿にいっぱいのダイヤモンドや真珠やエメラルドやルビーを払って買い取ったバドルルブドル姫のことです。ぼくがこんなランプがほしいわけがわかりますか。ぼくがアラジンのようにランプをこすると、ランプの精が現われて、ぼくはそいつに命令します。

1・ただちに四十人の美しい奴隷をそろえるように。そして金の皿に最高にすばらしい役《ロレ》を載せてシュヴァンドヴォ劇場〔オルガがこの当時出演していた劇場〕のバドルルブドル姫にお届けしろ。そして、ついでに、四十個のクリームロレ〔シュークリーム〕も一緒にお届けしろと。

2・今晩中に（火曜日から水曜日にかけて）シュヴァンドヴォ劇場を、大理石と斑岩と碧玉とヒマラヤスギの材木で造り金でおおった、サルタンも顔負けの豪華な演劇宮殿に建て変えること。またこの宮殿は一万人の観客を収容でき、そこにはすでに明日、すなわち、水曜日の午後には、サルタンも宰相も大臣も全宮廷顧問官も裁判官もイスラムの苦行僧もバザールの商人も信者たちも、バドルルブドル姫が精霊や妖精や、そして、たぶん、そのほかにシュブルティンカを演じるこの世で最高に美しい芝居（ヤン・ボル博士演出）を見るために、客席にすわっているようにすること。その芝居のすばらしさはサルタンも廷臣や信者も、アラジン自身も驚くほどです。

3・水曜日の八時には、バドルルブドル姫が劇場の入り口からヴルタヴァ河畔のカンパ〔地名〕を越えてプラハの波の上をただようどこかの庭園までたどり着けるように、そこまで真紅色の絨毯を敷くこと。空には銀とダイヤモンドの星をちりばめた黒い絨毯を敷きつめる。要するに、アラジンがおこなったすべてのことに美しいバドルルブドル姫がびっくりするようにさせ、彼を見直させるようにするのです。

――ところが、ぼくはこすって、魔法を実現させるアラジンのランプをもっていないのです。だから、ぼくは自分の鼻の頭をこすっていいます。でも、ぼくの鼻の頭からはいくらこすってもどんな精もダイヤモンドも出てきません。出てくるのは火曜日の明日が待ち遠しいという気持だけです。もしぼくがサルタンなら火曜日を禁止しますね。火曜日なんてひどい、どうしようもない平凡な日です。

たとえば、「おまえは『狼』を観にいき、それから『アラジン』を読め」です。

近いうちに「クリティー笑いながら舞台へ駆け込み登場」〔戯曲『虫の生活より』に登場する蝶の名〕と書くでしょう。ああ、でも、ぼくにクリティエがなんだっていうんです？　蝶々たちが？　あの虫どもも全部が？　バドルルブドルがぼくを作ったんです。神よ、どうか、どうか、どうか、ぼくに千一夜を体験させて下さい！

あなたを信じる奴隷です。

ランプをもたないアラジンです。

〔手紙の上部の書き加え〕結末・もしバドルルブドル姫が水曜日の八時に来なかったらアラジンの宮殿はみんなこわれてしまいます。魔法はこう言っています――そこでシェエラザードは一日が始まったのに気がつき、口をとじた。そして次の日、ふたたび話しはじめた（続く）。

［一九二〇年九月二十九日］　（740）

すみませんがね、オルガさん、ギムナジウムの八年生が耐えられる不名誉は、いまのぼくにはちょっと荷がきつすぎます。すみませんが、できることなら、ぼくには少し手加減をしていただくわけにはいきませんか。それに、ぼくには、あなたにはそれができるとしか思えないのですがね。もし、あなたがそんな方法でぼくを試そうとしているのなら、くれぐれも、その試験をあまりきびしくしないようにお願いします。

あなたがそのことで、私という人間が、たいして重要でないということを証明しようとのおつもりなら、たぶん、別の方法をお取りになるのが賢明だとおもいますよ。

いいですか、いま、ぼくはここに恐ろしいことを書いているのです。それらのことがあなたを苦しめるか、かえってあなたの笑いものになるのか、ぼくにはわかりません。ぼくには何もわかりません。ぼくに確信できるのは、それが胸をえぐる衝撃だったということです。昨日、ぼくはあなたにアラジンの宮殿のことを書きました。今日、それは最も悲しい破片となってしまいました。子供は三十歳になると二十歳のときとは違うものを期待するものです。どうか、そのことを軽く見ないで下さい。

ぼくはあなたの目に、陽気な人間と見られたいのです。これまでぼくと一緒にすごした時間のなかで、あなたにとって楽しかったことがあったとしたら、ぼくはすごく幸せです。これまで、ぼくは氷の塊のように冷たく、黙りこくっているように見えたのですね。

いいでしょう、その理由をわかって下さい。いいですか、あなたはこのまえ、ぼくに、ちゃっかり待ちぼうけを食わせたんですよ。なぜなら……あなたはデートのほうが楽しかったからです。あの晩、ぼくはまったく偶然にあなたを見かけたのです。なぜなら……あなたは時計を見ることなんぞ思いつきもしなかった。何の思いやりもなく、あなたはもう帰ったあとだった、会うのをさけて。

それはぼくに警告を発している些細なことのひとつです。

昨日の晩、ぼくはあなたにたいする自信を少しなくしました。今晩、ぼくは残りの自信も失ってしまうでしょう。ぼくは周囲を歩きまわらないようにしましょう。ぼくはあなたにとって何の意味もない、まったく何の意味もない存在なのだという不安に襲われました。つまり、多少の意味をもっていると信じうる可能性を与えていたものすべてを、あなたは本気では考えていなかったのですからね。

さあ、今度はあなたの番です。ぼくの勘に狂いがなければ、あなたはぼくのことを悪くは思っていない。いいですか、あなたの最初の言葉がぼくをあまりにも幸せにしたのです。でも、たぶん、十八歳の女性にも、ぼくのこの不安が絶望的であること、そして、それは非常にやさしい手で看病する必要のある病気であることくらい理解できるはずです。

いいですか、ぼくはぼくの感じている最も残酷な不安を言ったのですよ。その不安を書いているその瞬間にも、ぼくはすでに、その不安をさけるための理由を、何千という理由のなかからさぐり当てようとしているのです。残念ながら、あなたの場合ほど確信が見いだせないでいます。

ねえ、お嬢さん、今度はあなたの番ですよ。はっきりした言葉とはっきりした行動で年齢のことについてならはっきり言えるはずです。はっきりした行動でですよ、オルガさん、もし、少しでもぼくに好意をもっているのだとしたら、たとえ帽子はかぶっていなくても、ペチコートはつけていなければならないとしても、あなたはすぐに飛んでくるべきです。障害物を気にしてはいけません。いかなる言い訳も無用です。

いいですか、街の通りを歩き回る数分間とか半時間とかのことを言っているのではありません。肝心なのは、あなたがすでにたっぷりぼくに与えてくれたような、そんな瞬間によってすごく残酷に引きちぎられる、とても微妙な、すごく重要な心のなかの動きです。オルガさん、オルガさん、ぼくはあなたに悪い手紙を書いています。ぼくはそれを目に涙を浮かべ、ひどく胸ふたぐ思いで書いています。あなたはぼくの気が狂っていると当然のことのようにおっしゃるでしょうね。

　それでも、いいですか、あなたに会えなかった夜、ぼくが大して失望もせずに、肩をすくめて、ただ手をひろげただけで、もうほかのことを考えているというのと、どっちがあなたにとって好ましいですか、さあ、言って下さい。

　ぼくはこの手紙によって、あなたが長い返事の手紙を書く義務があると思うのですがね。そして、あなたがこの手紙を全部通して、完全な意識と明晰な見識とをもって読まれたら、ぼくの最悪の危惧は無用のものであり、ぼくに四回も試されたことをこれ以上くり返すのは、もはやありえないことと信じます。

　ぼくの言葉のどれかがあなたを傷つけたとしたら、許して下さい。そしてどれかの言葉にあなたが思わず笑ったとしたら、あなたは非常に親切で、理解ある方です。そしてぼくにもそのことを話して下さい。

　あなたに忠実な　K.

［一九二〇年一〇月］　（741）

　ここに本があります――それと、詩です。ぼくはそれを夜、眠りながら書いたのです。だから、この詩についてぼくに責任はありません。
　そして今晩、すみませんが『ルル』のあとすばらしい丸っぽい口が見たいものです
　十時半頃、シュヴァンドヴァ劇場の前に行きます。お願いします、あらゆる
　聖なるものにかけて、そのまえに逃げださないように、そしてすごく、すごく急いで来て下さい。そして幸福な夜でありますように、そしてぼくが、しかるべき
　ぼくでありますように、などなど。
　あなたに忠実なK. C.

［一九二〇年一〇月十八日］　（742）

金曜日の午後。

　ぼくは自分の新聞に載せる文章のかわりに、またもやこんなことを書いています。なぜって、要

するに、今日の夜あなたに会って、あなたと話をしたいからです。それと、なぜなら、今ちょうど三時、そうなると、あなたに会うまでにまだ数時間もあるからです。

ぼくは午前中、ずっとあなたからあなたが生きているという証拠——たとえメモでも電話でも、その他なんでもいいから——を受け取ろうと待ちかまえていたのです。ああ、ぼくはもっと分別をもたなければならないのかな。ぼくは厚かましいんだ。——今、ぼくはソファーにすわっています（ほかの連中もそうしているんです）。

たぶん、今日は福音伝導師で画家の守護神、聖ルカの祝日だからだと思うのですが、ぼくに画家的インスピレーションが不意にわいてきて、あなたを描きはじめたのです。

それによるとあなたはこんなふうに見えます……

……

髪——インデアンが剥ぎたくなりそうなすばらしい頭の皮——は、すごく、ていねいにブラッシングされていて、すてきな曲線を描いている。髪の結び目はなんとも巧妙なことだろう。もしその一本の細い髪の毛をたどっていけば一生さまよい続けなければならないかもしれない。あまりにも美しい愛のもつれ。

耳たぶは、髪の房の原始林のなかにまどろむ、たおやかな幼子《おさなご》。ああ、おまえ、年寄りの気むずかしい狼よ、おまえはこの髪の茂みのなかにもぐり込みたいのか、そして眠れる幼子を、そっと、そっと歯にくわえたいのか？　プシュプシュ……

額は、憩い、ほほえみ、なめらかで、かわいらしく輝いている。

二個のグレーの星。ほら、見たぞ！　でも、もう閉じてしまった。

いいでしょう、閉じた目を描いてやろう。その上に、夜と誘惑が宿るんだ。閉じた二つの星は語っている——あたしたちは何も見ませんからね。あたしたちにはなんの関係もないわ。

鼻は、この小僧め！　気紛れで、陽気なこのお鼻ちゃん！　おまえをどんな具合に描いたらいいんだ？

それから、今度は口、子供っぽい肌をしている。

この口の子供っぽい肌！

いい加減にしないか、この女好きの、へぼ絵描きめ！

おまえの指先には、まだ愛撫の感触の記憶、なめらかな絹の快感がふるえている。会いたい、会いたいと叫ぶのは、もう、止めろって。さんざん苦労したあげく、なんにも、うまくいっていないじゃないか。そんなものは放り出して、本当は、やさしい愛の表情がどんなものなのか、行って見てこい。

やさしい愛の表情は、おまえがそこに描いたものとは似ても似つかない。

やさしい愛の表情とは、小川のせせらぎ、甘い会話、詩、バイオリンの音、魂の火花、愛らしい告白、愛、ミミ〔チャペック作『愛の盗賊』のヒロイン〕、若さ、未来、美しい韻律、美しくも悲しい戯曲に似ているのだ。だが、そんなものはおまえの即物的な好奇心のパレットのなかにはない。

この馬鹿者。

K

［一九二〇年一〇月十八日夜］ （743）

ぼくの大事なオルガさん、ぼくは今日あなたに会えなかったのだから（しかも、ほぼ、確かな約束ができていたのに）、少しばかりあなたに書かなければなりません――単純に言って、ぼくは嫉妬しているからです。

どうしてぼくに知らせてくれなかったんです？オルガさん、誰かが来たのですか？

いや、怒らないで下さい。でもね、裏切られた希望はね、それがどんなものであれ、ぼくの思いのなかで耐えがたい苦しみとなって雪だるまみたいに、どんどん大きく膨らんできているんですよ。

ぼくはいやなやつで、不幸な人間です。オルガさん、ぼくは、ぼくの心の安らぎのために、明日（あなたにとっては今日、火曜日です）あなたに会わなければなりません。約束どおり、四時にスミーホフ駅の時計の下で待っています。一緒にお針子さんのところへ行きましょう。それから、そのほかのところへ。

『シプリエンヌ』の公演が終わったあと、もしよかったら、あなたを待っています。

ああ、オルガさん、ぼくは自分の幸せを、もはや一瞬たりとも疑っていなかったのに、いったい、いつになったらぼくは幸せになれるんだろう！

昨日の夜はかつてぼくが体験した夜のなかで最高にすてきな夜だったのに、今日の夜は端的に言って絶望的です。ぼくは絶望なんかしたくないのに……。ぼくは恐ろしい拷問にさいなまれながら指をかんでいます。

ぼくには君がどこにいるのか、誰といるのか、誰と話しているのかもわかりません。

ぼくは君を疑おうとしているのじゃない。神よ守りたまえ。そうではなくて、ぼく自身を、ぼくの人生を、ぼくの幸福を疑っているのだよ。オルガさん、孤独についてあなたと話すことを「B」にけっして許さないと、ぼくに約束してくれなくてはいけないよ。

理由はわかるはずだ。そして彼を理解するなら、ぼくのことも理解してくれなくては。ぼくのお嬢さん、ぼくは恐ろしく苦しんでいる。そしてその責め苦は、あなたに会うまでは止まらない。ぼくは、ぼくの前にある夜がこわい。オルガさん、だから四時だよ！　そしてぼくが不快な声でうなっているからって怒らないでほしい。ぼくはすごく、すごく悲しいんだ。

神よ、これはきっと運命の女神の復讐なのかもしれない。

先週の今日、ぼくは心ならずもあなたを苦しめたかもしれない。先週の今日、あなたはぼくのせいで泣いたね。そして今日、ぼくは不条理な嫉妬にさいなまれながら唇をかんでいる……。たぶん、ぼくたちは気が狂ったんだ――それとも、一秒一秒の幸福な瞬間をこの苦しみでずっとずっと払い続ける必要があるのか――だ。

来てくれ、オルガさん、そしてぼくがぼくを自分で苦しめるのを、止めさせてくれ！　それに、これはもともと嫉妬なんてもんじゃないのだよ。それは、ただものすごい不安にすぎないのだ。ぼくが君を、突然、失うんじゃないかという思いがするのだ。

そんなことはないよね！　オルガさん！

［一九二〇年一〇月］　（744）

オルガさん、あなたが、いつごろ劇場から抜け出せるか、二三行でいいから書いて配達人に届けさせて下さい。
1・もう少し外で待たなければいけないか、
2・または、まだ長くかかる場合は、喫茶室にぼくを迎えに立ち寄ってくれると、すごくありがたいんだけど
3・もし、「全然」暇がないんだったら、『娘』の稽古を見るためには、明日は何時に、どこに行ったらいいか教えて下さい。すごく、すごく、見たいんです！

［一九二〇年一〇月二十二日頃］　（745）

オルガさん、もうすぐ五時になろうとしています。それなのに今のところあなたからの消息を受け取っていません。いったいどうしたのです、何かあったのですか？　あなたは病気なのですか、ぼくがあなたを怒らせた？　それとも、何かが起こったのですか？

あなたには、ぼくがどんなに不安に苦しめられているか想像できないのですね。

それはひどいものですよ。あなたにはどうやら、こういった類の精神状態について思いやる気持などまったくないようですね。ぼくはもう半分、気が違っているんです。家の門ががたんと鳴るたびに、あなたからの使いじゃないかと思って、ソファーから飛び上がっているんですよ。

ぼくは書くこともできません。読むこともできません。なんにもできないんです。

一時間おきに、あなたと偶然出くわすのではないかと、通りに駆けだしています。でも、ぼくは外に出るやいなや、ちょうど今、あなたが誰か使いをよこしたんじゃないかという恐怖に襲われ、また家に駆けもどるのです。

またもや、なんにもなし。それはとても耐えら

れない気持です。

ぼくは昨日の午後、待ちました。今日は朝、待ちました。いまは、また待っています。

あなたはこれがどんな苦しみか、理解していないのです。何が起こったのか、ぼくは自分でも説明できないのです。きっと、あなたはぼくのことで憤慨しているのですね。あなたが、ぼくを、ただこんなふうに理由もなしに苦しめるなんてありえないことですよ。

たとえぼくが見も知らぬ人間だったにしても、こんなことはできないはずですよ。あなたはぼくがどんなに苦しんでいるかきっと知っているんです。

ああ、もうそのことを言うのはやめよう。ぼくは今晩、あなたと会わなければなりません。『ルル』の公演がおわる十時に劇場の前で待つことくらいは、たぶん許してくださるでしょうね。

ぼくがいったい何をしたかくらいは、せめて、知りたいものです。こんな状態をこれ以上耐える力はもうぼくにはありません。

それは絶望です。絶望、絶望！

オルガさん、オルガさん、あなたはぼくに何てことをしたんです。いや、そのことを言うのはやめましょう。もうぼくはそんな狂気じみたこととは縁を切らなきゃ。

どうかあなたを待つことをお許し下さい。十時にすぐ劇場から駆け出してきて下さい。たとえ、ぼくをどんなふうに罰したいのだとしても、これだけは人間としての義務ですよ。


［一九二〇年一〇月二十九日頃］　(746)

本を送ります。あなたのためにもう一週間もポケットのなかに入れてもち歩いていたのです。そして、もしぼくがこの本をあなたに直接手渡そうと思ったら、たぶんもう二週間はもち歩かなければならないでしょう。

いいですか、オルガさん、もしぼくが誰かに待ってくれるように言ったとして、その後、ぼくが、ほかの場所にどうしても行かなければならないということがわかったら、その時点でぼくはその人物に、ぼくを待たないようにという連絡をするとおもいます――それは単純に社会常識の問題であって、それ以外のなにものでもありません。

人を馬鹿にするのは――その人だけのときでも、他人の前ででもです――いいことではありません。でも、そのことは、もう、いいとしましょう。

ぼくは、すべてのことに最終的な決着をつけなければならないという、どうにもならない、追いつめられた気持になっていると、金曜日に手紙を書きました。ぼくはあなたがある程度の数の×点を作るまで、運命に身をまかせることにします。

最初の×点は記録しています。だから少なくとも確認する必要も、お願いすることもありません。ただ、ぼくは心臓が凍るような思いでその×点を見ていますし、数えています。いったい、いつまでにこの×点がいっぱいになるか、その時期をいま推測しているところです。

いまはあなた次第です。ぼくはもうあなたの進路のじゃまをする気はありません。ぼくはそんなにしつこくはありません。ぼくの目だけは執拗になるでしょう。だってその目はなんらの幻想なしに事実のみを記録する目となるのですからね。

最初の×点。月曜日から決定がされはじめたのです。あなたには書き込まれるべき×点の余地がまだたくさん残っています。でも、それをうめることは、あなたにとってそんなにむずかしいことではないでしょう。

正直のところ、ぼくは今日、気違いじみてはいません。ぼくはまさに氷のごとく、すごく冷静です。そして今はもう×点問題もうんざりです。ぼくたち、陽気になりましょう。

すみませんが、『隠された幸運』の終演後、ぼくがあなたを待っていることを、もしかしてお望みなら答えを配達夫に託して下さい。ぼくは『隠された幸運』を見たいのですが、あなたがそれを禁じたのです。残念です。

でも、お願いします。もし本当にそれがあなたにとっていやでなかったら、その場合に限り、あなたを待つことを許して下さい。

ぼくは本当にあなたにいやな思いをさせたくな

いのです。ぼくはもう猟犬になるのはいやです。あなたは自分で、自分に気に入ったこと、したいことを――でも本当にしたいことをですよ――しなければなりません。この二週間のつらい、いやな状態を終りにしたいのです。

じゃ、一言返事をお願いします。

(747)

[一九二〇年十一月]

オルガさん、ぼくは今度お会いするせっかくの機会を、あなたを非難することで台無しにしないために、あらかじめそのことを手紙に書いておくことを、何よりも大事なことと思いました。ぼくがまたお会いすることを願っている以上ね……。

今日で四回目ですよ、ぼくが待ちぼうけを食わされたのは、そして、あなたが来ないという報告をぼくにくれることを、それほど重要なことと見なさなかったのですね。そのあげく、ぼくが苦い苦い屈辱の苦汁をグラスの底の底まで飲み干さなければならなかったのは……。

もちろん、ぼくにも、あなたに何らかの理由があったのだということくらいはわかります。あなたは、かわいらしい声でぼくのいきり立った心を骨抜きにして、せっかくのデートにふさわしくない話にこだわることが、いかにも気の利かない野暮なことかと感じざるをえないように仕向けるのです。

いいでしょう、ぼくはもうそのことについては話しません。でも、ぼくはせめて一つだけお願いごとを書きたいのです。

どうかお願いします、かわいい子ちゃん、もし、ほかに最高に重要な理由がないのだったら、ぼくをこんなふうに扱うのはやめて下さい。たぶん、あなたにとっては――どこか待ち合わせの場所へ行く、五分待つ、そしてそれが無駄だったら、自分の好きなところへ行って、この次にはきっとうまくいくさという期待に胸をふくらませながら口笛でも吹く――そんなことは取り立てていうほどのことではないと思えるのかもしれませんね。

あなたには、物事はそれほどいい加減にやり過ごすことはできないのだということが、よくわかっていないようですね。

考えてもごらんなさい、一人の人間が一日か二日か三日か生きている、本当にですよ、ある時間をひたすら楽しみにして生きているのです。彼は自分と楽しい時間とのあいだに挟まれた、味けない、不快な食事のような時間をかじりながら、文字通り心臓の鼓動に乗ってやってくる一秒一秒を測りながら生きているのです。

自分の希望とまだ別れたくないとき、待つということがどんなに恐ろしい緊張を強いるものであるか、少しは想像してもみてください。十分、二十分、三十分。そのあげく、すべてががらがらと崩れ去ってしまうのです。

その夜のすべての楽しみと喜びが、自分でもひどく納得のいかない、何もかも無駄だったという、一睡もできない何日間かの拷問の「喜び」へと変わるのです。

それに、たぶん、それほど緊急な、絶対的な理由なんかなかったんだ――こんな落胆をせずにすむように、少なくとも前もって連絡を使いにもたせることはできたはずだ――と、自分に言っているのです。

おお、神よ、この楽しみをなくしたのは、すごく残念です。たぶん、あんまり深刻に考えないのがいいのかもしれない。一番いいのは、あまり楽しみにしないこと、あまり考えないこと、むしろあっさり忘れてしまうこと。

そして、今度は、待ち続けている人間が、自分の待っている女性は、ただ自分を慰みものにしているだけなのかもしれない、そして、たとえば、その同じ瞬間に待ちぼうけをくわされている男のことを思い出して、いま、きっと怒っているわと思いながら、なんとなくおもしろがっているに違いないという思いに取りつかれた瞬間の恐怖を考えてみて下さい。

彼の信じていたすべてのことががらがらと崩れて、恐怖と不安へと変わってしまうのです。彼が受け取った好意のこまごまとした証拠は、手に取って重さを量ってもなんの重みも感じなくなりはじめています。

神さま、それがほんの取るに足りない思わせぶりでなかったという、確かな根拠はほんとにないのでしょうか？

いやだ、いやだ、いやだ、こんな瞬間は。

普通の人間なら三十面をさげた自分の幼稚さのお仕置に、自分で自分をぶん殴ってやりたくなるでしょうよ。心に秘めた不安と終わることなき愛をもって培ってきたあらゆる喜びのなかで、彼は拒否され、冷酷に侮辱され、踏みつけにされたと感じています。

許して下さい、ぼくにはそのことがうまく口では言えないのです。書くよりももっと狂気じみていると思いますよ。

その人間は机の前にすわって、怒りと、情けなさと、幻滅と、ぼくにもわからない何かに駆られて、ぶつぶつつぶやいています。彼は気を失って横になりたいのかもしれません。でも、とりあえずは、安らかな夜の風景を見ながら、一晩中目を覚ましているのです。

そして昼間は、苦い泥水を口のなかにいっぱいにして、仕事には一切手をつけずに、その前にじっとすわったままでいるでしょう。

ああ、彼は自分の心からその狂気をはぎ取ること以外には何も望んではいません。

しかし、やさしい声が聞こえてくるやいなや、気が違ったみたいに永遠の幻想を追って、また駆けていくでしょう。同じ絶望のあわれな道化師になったかのように、たとえば、また明日にも……。

(748)

［一九二〇年十一月　水曜日の朝］

ああ、何てことだ。いったい何のつもりです、これは何の意味です、どうして連絡をしてくれないのです？　いいですか、これはもう意図的としか言いようがありません。

これまで、あなたがしてきたことは、いったいどういう意味なのです。知らないなんて言わせませんよ。ぼくをこれ以上、つんぼ座敷に置いておくようなことは許せません。こんな仕打ちは椅子を頭の上に投げつけるよりも悪い。それはもっとひどいことです。

そう、そう、そう、なぜ手紙を届けるとか、電話をかけるとか、何かの方法をとることを怠ったかには、五つか十の小さな理由があるのでしょうね。しかし、これらの小さな諸々の理由のなかの一つは、とてつもなくひどい誤解という理由です。ぼくは、本当に気が違ったのではないかと、ひどく心配です。

でも、本当に心配なのは……

(749)

[一九二〇年十一月]

許して下さい、オルガさん、あなたにまた手紙を書くのは、ぼくの弱点です。

あなたはぼくにたくさんの返事や、その他、いろんな借りがあるのですよ。ぼくは、あなたが、ぼくに二、三言書くか、電話をかけるかする暇な時間ができるまで待つ忍耐力をもっていなかったことを、自分にも、あなたにも恥じています。

しかし、手紙を書くことは、いまでは、ぼくがあなたに語りかける唯一の手段になってしまったのです。たとえ、それが返事なしの手紙だったとしても、でも、ぼくは語ります。そうしたら、少なくともこの重苦しい一時間が耐えられますからね。でも書き終えたら、ぼくはもっとひどい気分になるでしょうがね。

ところで、ぼくは金曜日にあなたに会えて本当にうれしかった。金曜日にスミーホフ駅で待つというほんの小さな楽しみでしたがね！

かわいそうなすみれの花束、跡形もなく消えてしまうように、ぼくはあのとき電車の線路の上においていたのです！

そのあとの四日。その四日間、ぼくの心は暖房のききすぎた部屋のなかにいても凍っていました。

そして昨日の夜、ぼくはあなたの夢を見ました。それはあなたに話すこともできないし、あなたには絶対言えないすてきな夢でした。そしてお昼にあなたを見たのです。

あなたはなんと小さな、よそよそしい手をぼくに差し出したことでしょう。そして、あなたはまったく知らない人のように見えました。ぼくはもうちょっとであなたを見過ごすところでしたよ。

ぼくにはあなたが少し太ったのか、それとも、なにか……、そして、もしかしたら、すでにまったくあなたじゃないのかと、あなたのかわりに、ぼくが全然知らない、だれか違う娘が来たのかと思いましたよ。

いま、昼過ぎにシラバ教授のところからもどってきたところです。ぼくは不眠症の薬がほしかったのです。教授はぼくと半時間も問答しました。そして言いました。君には不眠症にかかるいかなる身体的原因もない。君を苦しめているのは何かもっと別の重大なことだ。その点にかんして、わたしは君を援助してあげることはできないね

——と！

そうなんだ、その点にかんして教授はもちろん、ぼくを助けることはできないさ。ぼく自身でさえ助けることができないのだから。その証拠に、ぼくは自分のよりよいと思う良識に反して余計な手紙を書きながら、だんだんとたそがれがせまるようすを見ているのだ。

昨日、ぼくが待っていた、そして、もしかしたらぼくに何かを届けてくれるだろうと思っていた一日がまたすぎる。

娘さん、あなたはいつもほかの人とつき合うときと同じ習慣で、ぼくともつき合っているのじゃないのかな。わかるかい、ぼくがひどく望んでいるのが何か？

あなたはただのタイピストかそれとも商店の売り子かなんかになりたいのかい？ 毎日、同じ時間に退屈な仕事に急ぎ、お昼には家に帰り、昼食の後もまた、そして夜もまた仕事に出かける娘に。ぼくが毎日どこかの街角で待つことができ、君をつかまえ、しばらく自分の喜びのために君とすごす、そして君を喜ばせ、自分も楽しむというようなな……。

あなたはぼくを感動させるために、冷たい手をしていたいかのようだ。あなたは日々の色男や、お祭りの休日や、そのほかに何か考えることが欲しくないかのようだ。あなたは自分の鏡として、自分の心の手袋として、自分のベッドとしてぼくを必要としていないかのようだ。

しかし、あなたは女優だ。だから芸術のことを考えている。大芸術のことを。

ああ、あなたがもし偉大な芸術家になりたいのなら、あなたはその苦しみに立ち向かい、そして大きな人間にならなければならない。

小鳥ちゃん、小鳥ちゃん、それはね、けっして楽しいことではないのだよ。だけどそれは陰気であるとか、悲劇的であるという意味でもない。それは人生のいろんなことを犠牲にしなければならないということ、高貴なる精神で与えるということ、そして、その最良のものを与えることを意味している。

人生に惜しみなく自分の生命を与えること、そして、生贄のようなものは一切なにも求めないということ……。

小鳥ちゃん、おまえのさえずりはとてもきれいだよ。

どうして人間になりたいんだい？　それは容易なことじゃないんだよ。しなきゃならないことがたくさんある。自分の血と自分の魂を与えること、永久に自由を奪われること、おごり高ぶり、無責任ではいけないということ、屈辱さえも貪欲に飲まなければならないということ。小鳥ちゃん、これまで、おまえを捕らえようとさえしなかった人生の重みと苦しみと恐ろしさを、とことん感じ取るということも必要なんだよ。

ぼくはかつて今ほど、こんなに孤独だったことはありません。あなたを知らなかったときは、いまよりもずっと孤独ではありませんでしたよ。いまはじめて、孤独の何たるかを認識しています。

ぼくにとって最も身近だった者〔兄のヨゼフのこと〕はぼくの苦しみを見ています。そしてその苦しみをいらいらしながら、ほとんど敵意をもってさえ見ています。それというのも、彼はそれによってぼくたちの共同作業の、成功の可能性が遠のき、弱体化されるのではないかと考えているからです。

ああ、まるでそのことが、何らかの成功を左右していると言わんばかりじゃありませんか！

ぼくの書く作品は死んでいます。ぼくは書きます、それなのにぼくは自分の書いていることに無関心なのです。平均点より少し上回っていればそれでいいのです。ぼくはこの世のなかの何にたいしても執着できないし、何もぼくを引きつけてくれません。

ぼくは自分の仕事が好きです。でも、その仕事はぼくには他人なのです。ぼくが急に何かになれたらどんなにかうれしいことでしょう。ぼくは、いま、すべてを置いて、すべてを置き去りにして、どこかぼくが無意味な存在になれるところに飛んでいきたいと思っています。

ぼくは壁に掛けた自分の絵が好きでした。ぼくの心と通い合うものがあったからです。いま、ぼくはその絵を誰かがひっぺがしてくれればいいと思っています。そしてその絵のあとにクモの巣が掛かってればいい。

ぼくは人びとが好きです。それなのに、人びとはなんでぼくの邪魔ばかりするんでしょう！　彼らだってぼくを好きだったのです。そして、彼らの近しさがぼくを息詰まらせるのです。

ぼくは出ていきたい。でも、旅に出るのではない。むしろぼく自身をきれいに洗い流したいのです、なんとなくぼくがぼくでなくなるように。ぼくは何かに生贄を捧げたいのですが、その何かがぼくにはないのです。人間の孤独のなかでも、それは最悪のものなのです。

それなのに、ぼくだって幸せになれればいいのになと思っています。それも最高の幸せにです。まさにぼくの孤独の果てしなさが、孤独なぼくに、ぼくのなかの友情や愛といったものが不毛になってしまったことを証明しているのです。一つの領地にも見合うほどの愛があり、その愛のために自分一人の夜を耐えなければならない孤独があるのです。

そうです。シラバ先生は正しい。患者を助けることなんかできはしないのです。

やれやれ、もうこんなことはたくさんだ！　こんな話題があなたにおもしろいわけがありませんよね！　ごめんなさい、書くというのはぼくの弱点なのです。そしてこの弱点がぼくに、ここに書くすべてのことを書かせているのです。ぼくは書きたいことを書かずに、それを眉間のしわのあいだとか、喉の奥とか、胸のなかに秘めておくなんてことはできない質《たち》なのです。

あなたにはまだわからないでしょうが、でも、あなたが三十歳になったら、そして何らかの希望があなたから逃げ去ったときには、あなただってこの不安を感じはじめますよ。そのころまでには、あなたはきっと大女優になっているでしょうがね。そうなったら、もう成功のことも、かつらのことも、衣装のことも、あれやこれやも考えずにすむようになっているでしょう。それとも、違いますか？

まあ、少なくとも真っ先に考えることではないでしょうね。でも、あなたの今は過ぎ去り、いずれ、あなたも自分の孤独に、その重みを加える日や時間のことを、もっと考えるようになりますよ。

実を言うと、予言することもぼくの弱点なのです。ほんとはもっと別のことを書くはずだったのですがね。

ときどき、ぼくは残念な気持と後悔の念に襲われます。それは、かつてあなたがぼくに提案された友人関係にぼくが入ることを望まなかったことです。たぶん、たぶん、たぶん、あなたには友だちを呼び出して、その友だちとペチャクチャしゃべっているほうが、うまくいくと思ったのですね。あなたの隣にすわって、何もうるさいことは要求しないし、彼のことには何も気を使う必要がない。

ああ、オルガさん、ぼくは、何か異質なものが、ぼくたちのあいだにおっこちてきて、二人をさえぎっているような気がしてならないんです！

さて、ここに手紙があります（たぶん）十一通目だと思います。これはあなたが今月末までに受け取られるはずの七十通か、七百通の手紙のなかの一通です。あなたは手紙を受け取ることにすっかり慣れっこなんでしょう。それは不愉快なことではありませんよ、返事を書く必要がないかぎりはね。でも、手紙には慣れても、孤独な自分に慣れているわけではないでしょう。

ぼくは切に、この上もなく、ぼくたちのあいだにあるのが、単にぼくの弱点だけではなしに、もっと何か別のものがあることを願っています。ぼくは自分の弱点のなかに追いこまれるようなことは望みません。

　それでも、神さま、ぼくにできることが何かあるでしょうか？　どこで、どのように、何によって、その何かは奪い取るべきものなのでしょうか？

　ああ、その手段が、いつか突然ぼくの手に入ったら、あなたは、どうします？　それがとてつもない大変化をもたらしたとしたら、あなたはきっと目を白黒させるでしょうにね。

（750）

［一九二〇年十一月七日］

　意地悪なへびちゃん！　七日、日曜日にぼくを招待すること。そして十五分で抜けだしてくること！　――今日『じゃじゃ馬馴らし』に行きます――たぶん、ぼくはそこで何かを学ぶでしょう。うまくやって下さい、ビアンカちゃん。そしてあなたが禁じないかぎり、公演のあと待っています（門の前の少しスミーホフ駅寄りのところ）。

　ぼくの現在の住所は、シュヴァンドヴォ劇場内一階九列一番の席です〔劇評家用の席〕。そっちのほうに視線を向けて下さい。ぼくもあなたに視線を投げかけています。でも、どうか、ぼくから逃げないで下さい！　ぼくは明日になるまえに、まだ、あなたと話さなければならないことがあるのです。おそろしーいことが起こったのです。ぼくはそのこととは違うことを語る口をほかにもっているかな？　それに唇を？

　ベソ・スゥス・ピエルナス〔あなたの足にキスを〕

（751）

［一九二〇年十一月十四日］

　オルガさん、ぼくの本〔『ロボット』〕の初版です、あなたに贈呈します。この本があなたに差し上げるのに十分ふさわしい出来になったことをうれしく思っています。――でもねえ、ぼくには昨日あなたが来れなかったことがすごく残念です。それはいろいろとあるなかでも、とくに大きな損失でした。ぼくが日々生きていることの意味は、あなたと会うこと、そして一秒間以上のできるだけ長いあいだ、あなたと会うことです。でも、そのぼくへの割り当てがだんだん少なくなってきているような気がします。

あなたのおっしゃる理由は本当にやむをえないことなのですか？　オルガさん、ぼくのために、また、あなたの時間を少しばかり、なんとかして犠牲にしていただくわけにはいきませんか？　だって、ぼくは劇場のなかでいつもあなたにつきまとうようなことはいたしません。もっと理性的であるつもりです。

でも究極的にはわかって下さい。この世のなかには、やむをえないことなんかありはしないということをです。太陽はケンタウルス星座のアルファー星に向かって沈む必要はないし、地球だって自転する必要なんかありません。でも、ぼくはあなたに会う必要があるのです。

もし、あなたが禁じないなら『じゃじゃ馬馴らし』の終演後、あなたを待ちます。それは六時十五分頃だと思いますが、いいですね？　それから、少なくとも一時間ほどの時間をぼくにくださるようお願いします。ぼくにもやむをえないことがたくさんありますので。

あしたは『隠された幸福』を見ます。その後、よろしければ、あなたを待っています。でも、まだ今日『じゃじゃ馬馴らし』のあとで、あなたに会わなければならないのです。

すみませんが、ご返事を。

［一九二〇年秋］　（752）

オルガさん
ぼくはボックス席の切符しか取れませんでした〔映画『のっぽの父さん』〕――六人用のボックスです。そんなわけで、ぼくたちはみんな一緒です。二人の紳士のための二枚と、ボディクとブブラのためのの二枚を君に送ります。君のチケットはぼくのポケットのなかに入れておきます。なぜなら、ぼくは七時半に「ラデツケー・ナームニェスティー（広場）」に待っているからです。
どうか、ここをもう一つの広場〔ヴァーツラフ広場〕と間違えないで下さいよ、「ラデツケー」広場です。ほかの場所ではありませんよ。あなたが混乱しないように念のために。ほかの人たちとは、たとえばボックス席で会うことができるでしょう。少なくとも誰も待つ必要はありません。

だから、いいですか、オルガさん、切符はみんなに配っておいて下さい。そして君自身は七時半か、それよりも早くラデツケー広場に来て下さい。

だから、いま、急いでこの手紙をksg氏〔オルガの父・カレル・シャインプフルグの記事用の略符号。当時、「国民新聞」の編集部で一緒に仕事をしていた〕に渡します。

じゃ、また後で、もう、文句を言わないで下さいね、ぼくは今日の午後は、君に「暖炉の裏に寝そべって」をうたってあげることはできないから。でも、どうってことはない、今晩、うたってあげるから。それから『のっぽの父さん』が、きみをすごく楽しませてくれるかを期待しよう。でも、お願いだから、ぼくのためにキスを「一個」だけ残しておいてくれるんだよ！　それから、それ以外にぼくが君に何を伝えたいか、わかってるよね。

［一九二〇年十一月十六日ごろ、火曜日の正午］（753）

親愛なる、大切な、かわいい、オルガさん、ぼくはこの手紙を編集部で書いています。なぜなら「思想！」を受け取ったからです。すみませんが、明日（水曜日）市民クラブでの『娘』の稽古をのぞきにいくのは不可能です――ヴィノフラディ劇場から行くとしても十一時頃ですかね？

口実――小さな女の子が真夜中の道を一人で不安な足どりで歩かなくてもいいように、あなたの実の父親がぼくを君の迎えによこすだろうということ。つまりこん棒（警官）たち、酔っ払い、殺人鬼、それに男というものを総体的に考えるとひどく危険だということです。

根拠1・いま、春である。それも今年の最後の春である。空気はやわらかく、こころもやわらかい、――残念ながらそれが毎晩です！

根拠2・すごく、すごく、ぼくは『娘』のあなたを見たいのです。それと、ぼくはスラニーには行けないのです（向こうでは、ぼくが耐えられる以上に、のけ者にされるでしょうから）。ぼくはその稽古をすごく、すごく見たい。ボルド氏やその他の人たちは「口実」の観点から拒否することはできないでしょうし、ほんとは一緒に演出したいくらいです。あなたも努力してみるべきですよ。

提案・もしぼくが市民クラブに行かなければならないとしたら、そして本当に稽古があるのだとしたら、どんな方法で水曜日の午後五時までに行きつけるか、方法を教えて下さい。そして何時に来るべきか、技術的な細かな点まですべて知らせて下さい。

でも、本当の役の人物になったあなたを見るのは、とてもすてきでしょうね。あなたがその役に何かを加えるのですからね。それを実行することはとてもやさしいことですよ。

それと、あなたがしかるべき時間内に連絡をくれるための何らかの方法です（郵便ではだめです。そんなものは頼りになりません。でも、たとえばあなたのお兄さんに頼むとか、だれか子供とか、それとも下男とかに持たせるか）。それはいずれにしろ、あなたにとって可能なことの範囲内にあることです。

オルガさん、ぼくはそれを楽しみにしています。そして、それゆえにこそ、不安なのです。だって、ぼくの期待はいつも裏切られていますからね。

ちょうど、ぼくはイジナ・シュベルトヴァー嬢の手紙を受け取ったところです。ぼくが悪人でないかぎり、ぼくは感動をさせられなければならないのでしょうけどね。

別の言い方をすれば、人間の限りある人生だからこそ、ぼくが七時十五分（きっかり！）に『モニカ・ヴァニカ』の第一幕のあとにシュヴァンドヴォ劇場の前に待つということは重大なことなのです。きっとですよ、そのことを忘れないで下さいね。そしてそれが不可能になるような理由を何か考え出そうなんて苦心をすることはやめて下さい。

ぼくはあなたに思いやりのある提案をもっています。ちょっと待って下さいよ、その提案について、あなたはそれがすばらしいかどうか、ぼくに質問しなければなりません。ちょうど今、あなたのお父さんが、ぼくのそばに立って、話をしておられます。ぼくはうなずき、話し、そして同時に、彼の「娘」にキスを送ろうとしているというのですから、ぼくはすごくご満悦なのです。

でも、なんたる背信行為！　なんたる欺瞞！

あなたのお父さんはもう家に帰ろうとしておられます。この手紙をおわりにしなければなりません。

だから、1・この返事を「時間内」に。2・あしたの水曜日、八時。3・この手紙のなかに書かない多くの言葉をたくさん、たくさん、あなたに送ります。

長いこと、昨晩ほど幸せなことはありませんでした。ありがとう、お嬢さん。もう一度、あんなふうにやさしくなってくださることを願っています。

あなたに献身的な、そして永遠の

カレル・八世

［一九二〇年十一月二十二日以前］　（754）

すみませんが、今日、あなたに会えるかどうか、何らかの方法で知らせて下さい。ぼくが月曜日から、すっぽかされてばかりいることを忘れないように、いいですね。

明日、劇場に来るようにして下さい。そうしたらぼくはすごく幸せです。同じく、月曜日、『死の夜』に出ているかどうか、そして終演が何時かも教えて下さい。ぼくは少し、いや、大いに、不当な制約を課されすぎています。それがものすごく悔しいのです。だからぼくは我慢できなくて、馬鹿なことをしているのです。

神よ、誓って、ぼくのせいではありません。

［一九二〇年十一月二十四日頃、水曜日、朝十一時］　（755）

月曜日に待っていました。もちろん無駄でした。少なくとも劇場で、あるスタッフの人に、彼女の手に渡してもらいたい詩をことづけておきました。

火曜日、手紙か消息を待っていました。もちろん無駄でした。昼食の後で家に飛んで帰りました。

もちろん、それらしきものは見当たりませんでした。稽古なのかもしれない。劇場に飛んでいきました。稽古も何もやっていませんでした。

夜まで新たなる待機、音沙汰なし。水曜日の朝、劇場に駆けていきました。まったく何の稽古もないとのことでした。それで、チケット売場に名刺を置いてきました。

これで全部です。三日間。二晩一睡もせず。二日間、仕事もせず。ペンを手にすることもできなかったからです。こんなことは、たぶん、つまらないことです。そんなこと、おもしろくもおかしくもない。そして、今、そのつまらないことの結論です。

そうです、また、今度もあなたが来ないこともありえます。いろんな大きな原因もあるでしょう。衣装係の縫い子のこと、誰かの訪問、その他、何もかもが言い訳になります。でも、三日間のあいだに、二言三言書いて、ポストに投函するための五分間が見つけられないということは、どう考えてもありえないことです。

ほんの数語だけでいい、そしたら、一人の人間が恐ろしい一日と夜から救われるのです。それはもはや不注意なんてものじゃありません。それは嘲笑です。そんな嘲笑を誰かに浴びせるというのなら、ご勝手に。でも大きな弱みと不幸な敏感さをもった人間には勘弁して下さい。

短い手紙のための五分間だけでいいというのは、それで少なくとも事情はわかる、少なくとも宙ぶらりんな気持には区切りがつけられるという意味にすぎません。だから、あなたとの関係のなかで、ぼくが最も恐れているのは、いいですか、その五分間があなたには見つからないということなのです。

だから、いま、その人物は机の前にすわって、もう、何もかも駄目になってしまったんだという想念と対決しようと懸命になっているのです。彼は戸籍謄本の記録よりも、どうやら幼いようだし、世間が考えているよりも馬鹿だ。あの人にとって一番幸せなのは死んでしまうことなのに……。

ぼくがこの地獄から抜け出すことができたら、

もうぼくは以前のぼくとは同じ人間ではなくなっているでしょう。もう何もかも駄目になったのだという思いと面と向かい合っていれば、誰だってなんらかの影響を受けずにはすまされませんよ。

もはや何一つ、かつてあったようにはならないでしょう。もう、あんな楽しさも、あんな子供っぽさも、あんな魔法もなくなるでしょう。事実はむき出しのまま、きびしく、冷酷な厳粛さで立ちはだかっています。

何かが完全におわったのです。残念ながら、悲しいことに、愛だけが「ノー」です。これが最悪です。だって、恐ろしい狂気だけが増幅するからです。しかも「駄目になった」という気持をもちながら途方もなく増幅するからです。そんなもの放っておくこと！　絶対、ばかばかしくはならないこと！　無理強いはしないこと！　何がなんでも同情を引こうとなどしないこと！　ただ一つ、事情がはっきりなるように、はっきりとした言葉で言うか、書くかするように、このただ一つだけ自分の権利を要求すること！

そのたった一つの思いやりを求めるがいい。この一点において誰かさんの義務を要求しろ。おまえが千夜書かず、千日自分の部屋のなかを駆けまわりながら無念の唇をかんでいたとしても、何が起こるか、彼女が何をするか、おまえにたいしてどのように振る舞うかなんて、そんなことはおまえにはわからないし説明することもできない。そんなことをとことん突きつめて考えようとか、そんなことで悩むのはやめておけ。

おまえは彼女との関係はおわりだという考えと身動きもしないで面つき合わせている。しかし、おまえのそんな考えを確実なものとするためには、彼女がはっきりと意思表示をしなければならない。

人間を狂気におちいらせるのは、きっとすごくおもしろいことに違いない。だけど、いいですか、彼にはあまりにも多くのことを犠牲にすることになり、その破滅はあまりにも深刻なのです。すべてのこと——自分自身のこと、彼女のこと、かつてあった幸福な瞬間——を疑うことはあまりにも恐ろしいことです。

――それでも、三日間のあいだに、おまえが苦しまなくてもすむための五分間を見いだせなかった。これ以上に明白なことをおまえは求めているのか？　――

それでも、それでも、それでも、おまえは、彼女の言葉、彼女の約束が無意味なことと考えることができないのか。

このすべてを単なる残酷なゲームと考えることはできない。そこには何かがあるべきだ、だが、それでも――

いいえ、それはおまえにとって解決の糸口ではない。彼女だけがあらゆる疑惑にたいして終止符を打つことができるし、打たなければならないのだ。もし今度はまったく正直におまえを拒否したとしたら、それは逆効果だ。もう待つ必要はない！　すぐに、すぐに！――そして、いまはもう、おまえは自分が負けたという考えに慣れることだ。虚しさから目をそらすな。おまえはどんな確実なことにも耐えられることを、不確実さに耐えることで何度も経験ずみだ。すぐだ、いますぐだ！

だが、おまえにはまだこのような夜も、このような昼も耐えられはすまい。不可能だ。それに、もう嘆くな。おまえは一生懸命に懇願していると言われるぞ。たぶんおまえは受け取るだろう――同情から――ある日、砂糖菓子を。だがそれは次の日、また、ほっぺたに一発食らうためなのだ。

いや、いや、いや、砂糖菓子だけは願い下げだ！　それよりはもっとも厳しい拒否のほうがまだましだ。なんだっていい！　すぐに、すぐに！　その永遠の侮辱がおまえを愛から救い出してくれるのなら！

いやいや、彼女にたいする愛を失うくらいなら、彼女そのものを失ったほうがいい！　ああ、いま、いまは、それでも話しかけなければならない。たぶん、おまえが書くのはこれが最後だろうな。神よ、わたしの魂を守りたまえ、わたしにほんのわずかな平安でもいい、それを与えたまえ。そして、わたしにとって最も甘美な幸福でなくてもいい、だから、少なくとも、強さを与えたまえ、そしてわたしの日々を明るくしてくれたまえ！

そして、あなた、あなた、オルガさん、どうかぼくにたいして本当のことを言って下さい。そうしてもう一度だけ、ぼくがすごくせっぱつまった気持で何かを頼んでいることをおもんぱかって下さい。ぼくはこんなお願いをこれ以上悪用するつもりはありません。

おお、わが神よ、わたしの前に、またもや次の長い待ち時間がありませんように！


［一九二〇年十一月二十六日、金曜日］　(756)

オルガさん、オルガさん、今日はまたもや、ぼくにとって――大勢の人と、いろんな話し声の真っただなかにいるというのに――あなたのことを考える以外にはなんにも楽しくない日になっています。ぼくは、今晩、あなたに会いたいのです。でも、義兄〔姉ヘレナの夫コジェルハ法学博士〕が来るのです。うまく家から抜け出すことができるかどうかわかりません。

お願いです、お願いです。電話をしてください（今日、七時以後、なぜなら、そのまえはぼくは会議をしているからです。あなたのお父さんも一緒です。それとも、明日、十二時から一時までのあいだに）。要するに、明日の五時よりもまえに、ぼくがあなたに会うことができるかどうか確かめるための電話をして下さい。

ぼくはもう一度あなたと、すごく、すごく、楽しくすごしたいのです。

ああ、なんてことだ。ぼくはもうこの三週間というもの、楽しいことといえば、ほんのちょっぴり。ぼくはあなたと何かすごく楽しい時間をすごしたいのです。

ああ、今日みたいな、こんなに薄暗い日には、どうしてこんなに気が滅入るのでしょう。だから『アフリカ』を送ります。それは詩ではありません。それは単なるあこがれ、しずかな嘆きの声、ぼくに何も与えてくれない一日にたいする恨《うら》みごとです。

オルガさん、明日はなんの疵もない一日にしましょう。ちゃんと来ること、そして、ぶきっちょな態さんを楽しませること。それから、もし、多少とも可能ならば、そして、もし、よかったら、五時よりもまえに来て下さい。どうかもう一度、やさしくして下さい。

このところ、夜、ずっと、ぼくは、またあなたの夢を見ています。ぼくはあなたとシューマンの幻想曲のメロディーと混同しているのです。いつもそのメロディーなのです。そして同時にいつもあなたです。あなたはむこうを向いて、逃げてしまいました。ぼくはあなたに会うのですが、いつもあなたを逃してしまいます。

ぼくはあなたに会いたいという強い願望にほとんど泣きださんばかりに、目を覚ますのです。ああ、この罰当たりのファンタジーめ。

五時に。午後中、ぼくは音楽に酔っていました。姉がぼくに弾いてくれたのです〔姉はピアニストになるつもりだった時期がある〕。いいですか、君についての二つのロマンをどんなふうにして考え出したか、見せてあげますよ。まさしく大きな感情と、おおきな瞬間。みじめで、低次元のあわれな幻滅。アフリカよりも美しいことども。

ああ、ぼくが考え出したことの百分の一でも実現すればいいのに！　オルガさん、それは実現させるに値するものですよ。でも、このことだけは認めざるをえないでしょう。つまりぼくたちの共演は、まったくどうしようもなく絶望的だということです。

女優さんは絶対といっていいくらいに、キッカケ通りに舞台には登場しません。そして気が向いたときだけ熱演をする。それにたいして男優のほうはといえば、ヒーローを演じるかわりに、ふくれっ面をしてぶつぶつ言ったり、やっとの思いでしどろもどろに台詞を吐き出すといったしまつだからです。ああ、なんてひどい演出だ！

それに舞台装置そのものも日に日に悪くなっています。もはやいかなる月夜もなく、いかなる公園も、いかなるバルドルブドルの館もありません。

オルガさん、ぼくたちはぼくたちの舞台装置のレベルを上げなければなりません。そうでないと、ぼくたちの舞台は駄目になってしまいます。ねえ、ぼくが新しい装置プランを描きますよ（アフリカよりも、もっとましなやつです）。あなたは、あなたのタレントのすべてをもって、あなたのすごい火花のすべてをもって、ぼくたちのドラマに飛び込んできて下さい。そしたら、ぼくも……何かの役に立ちますよ。

オルガさん、だから明日、金曜日、五時に、できたら早めに。スラニーへの旅公演について、そのほかのことについても相談しなければなりません。そして、いま、ぼくは会議に出なければなりません。

神よお許し下さい、会議の最中、ぼくが何を考えるかわかっているからです。あなたにもそのことはわかっていますよね。早く会いたい。ただそれだけです。

日曜日、五時頃、あなたのところへ行きます。家の場所がわかるようにお願いします。

『アフリカへ』　(757)

灰色の朝、灰色の空、
灰色の時間、すべてがおまえを震えあがらせる
すべてがおまえをくるしませる。
お嬢さん、オルガさん、
ぼくたちは旅に出なければならない。
アッラーの神は偉大なり、
ぼくらは
アフリカの海岸に飛んでいくことができる。
すわろう、いまは、青い、青い、
大洋の縁の岩の上に、
二人のさまよいびと人は、
この土地に知るものとてなく、
そして、青い、青い空が、
ぼくたちの頭上にある。

すると、彼が語りはじめる。
甘いほっぺたのお嬢さん、
ここが、あなたの安らぎの青い小部屋
果てしない安らぎの小部屋、そして、
みんな、みんな、あなたのものだ。

ぼくが望む唯一のこと、
それはぼく自身の恐ろしい不安から
あなたの安らぎの青い部屋を建てること――
――それはおもしろいわと、彼女が言う、
それはいま、家と言われているものね。
あたしは父さんのこと、ボジャ〔オルガの妹ボジェナ〕のこと、叔父さんのことを考えている、
そのなかの誰ひとり、今日、出発するなんて思いもしない、
先生、今日、あたし、すごく笑った、
気分がわるくなるほど、
それに、あたし、どうしよう、
かつらを楽屋に置いてきたの。
先生、あたし気が狂いそう、
ここがあまりにもすてきだから、
あたしたち、永遠にここにとどまりましょう、
永遠によ、聞いている？　ただし、本当は
水曜日には、あたし、
スラニーで舞台に出なきゃいけないの。
――永遠に、オルガさん、
ごらん、どんなドラマを
ぼくたちの足元の波が演じているか。
ごらん、その共演が、どんなにすばらしく、
うまくぶつかり合っているか、
どんなに波が波を追いかけ、
どんなに波が波を捕らえているか、
波のあとから愛の波が、波のあとから悲しみの波が、
青い空に果てはなく、青い海に果てはない、
ぼくの愛に果てはなく、果てしなく
生命が呼んでいる、そして、
すべての岸で娘オルガが笑っている、そして、
この大きな大洋全体が思考している。そうとも、
おれには果てしがない、それでも……、
せめて、キスをしてあげよう……
かわいいお人形さんの小っちゃな足に、
そして、そのあとは、もう、存在しないこと。
(758)

〔一九二〇年十一月二十八日頃〕

すみませんが、この手紙に、紙と封筒を同封し

ますので、この配達人に、今日、あなた公演の最後まで舞台に出ておられるのかどうか、あなたを待っていてもいいかどうかを書いて渡して下さい。そして、その時間を知らせて下さい。

今日もまたほかの誰かが優先権をもっているのでしたら、明日『モンナ・ヴァンナ』に最後まで出ているかどうか、そして明日なら待っていてもいいかどうかも知らせて下さい。

今日、ぼくはヒラル〔国民劇場の演出家〕に『虫の生活』〔兄・ヨゼフとの共作による戯曲、翌年完成、さらに次の年同劇場で初演〕をキャンセルしたところです。ぼくはもう仕事にたいする意欲がないのです。ぼくにとって一番いいのは、いなくなることです。

この一週間はあまりにもひどいものでした。ぼくがどんなに恥じているかを、お嬢さん、あなたが知ったら、ぼくは自分自身を恥じるでしょうよ！　ぼくが楽しみにしているのは一つのことだけです。それは、もう近日中にすべてが決定されるだろうということです。そんなことは我慢できません。今日か明日、あなたに会ったとき、ぼくがひどいことを口にしたからといって驚かないで下さい。決心すべきことは、言葉とは別の方法で決定しなければならないということです。あなただけが話して下さい。そしてあなたの合図をまっています。

さあ、返事を下さい。あなたと最後にお話してから今日でちょうど一週間です。

【一九二〇年十一月三〇日頃】　(759)

オルガさん、最高に大切なお嬢さん、昨日、ぼくが行かなかったことをお許し下さい。わかっています、あなたも行かなかったのだから、ぼくのように不幸ではなかった。でも、それでも、どうか許して下さい。

今度はぼくにもどうにもならない強い事情があったのです。十時まで会議が続いていました。もし、ぼくが早めに会議から抜け出していたら、それはお父さんへの裏切りになります。ぼくは直接、劇場へ駆けていきました。でも、すでに遅かったのです。十時十五分でした。

ぼくは限りなく人間的な臆病さに毒されていました。それはひどく味けないことです。ぼくが人間を愛していることはご存知でしょう。そして、ぼくが人間を侮辱しなければならないとしたら、そのことで、ぼくはひどく傷つくでしょう。

ぼくは今日、本当に不幸なのです。本当にすみません、男性とは違ってすばらしくプライドの高いぼくのお嬢さん、ぼくは今日あなたのところで安らぎの息をつけるでしょうか?

今晩、ぼくが『草原の花』に行けないのはほぼ確実です。新しい会議があるのです。そしてぼくはあなたのお父さんのそばにいるでしょうし、いなければならないのです。なぜならぼくたち二人がその会議の発起人になっているからです。しかし公演のあと、十時にあなたを待っています。くれぐれも、お願いします。あまり早く蒸発しないで下さい。もしぼくが遅れたら、五分すぎまで待っていて下さい。

ぼくは日一日と、だんだんあなたが必要になってきました。そして、いまのように落ち込んでいるときは、あなたはぼくにとって大きな力になります。あなたは誇り高く、しかも情熱的です。あなたは、かわいいお嬢さん、勇気があって、純粋に少年だ。

ぼくは、死にそうなくらい弱っている男のぼくを、しばらくあなたの手で養ってもらいたいくらいです。すみませんが、今度はいつまたあなたと本当にお話をすることができるか、考えておいて下さい。それは、もはや、ぼくには必要不可欠なことなのです。そして今晩またあなたに会えるようにして下さい。ぼくは十時に劇場の前にいます。オルガさん、オルガさん、ぼくはあなたを呼びつづけています。

あなたの　K. C.

（760）

［一九二〇年十二月初］

オルガさん、また、あなたにご迷惑をかけたことを許して下さい。「緊急の」問題について話し合っていたのです。ぼくは『娘』のスラニーでの公演に出演しているあなたを見たい。でも公演の成功に浮かれているあなたの仲間の、ばつのわるい余計者としてスラニーに泊まるのはお断りです。なぜなら、スラニーからプラハ行きの夜行列車は出ていませんからね。スラニーまで行く自動車は何とか借りられるよう努力してみます。公演のあとはちゃんとプラハに帰りつけますよ。車を借りられるかどうか、まだ百パーセント確実ではありませんが、何とかなるような気がします。

そこで行きか帰りか、せめてどちらかは一緒に行ってくれるといいのですがね。あと二人は誘ってもいいですよ。一緒に行くなら女性のほうがいいと思います。同じくプラハへの帰りも、あなたがきめられた人と一緒でいいですよ。もし、片道すらぼくと一緒に行けないというのなら、ぼくはスラニーへ行くことそのものをやめます。

出発の時間、場所、その他はあなたが決めて下さい。だから、もし車で行くことにご同意なら、すぐに返事をくださるようお願いします。車を調達するには、ぼくはそのことを、今すぐ、朝のうちにわかっていなければなりませんからね。このことが確実になるまでは、まだ誰にも言わないで下さい。

オルガさん、あなたに会えるなんて、とてもすばらしい。それにこの旅があなたの気に入ったとしたら、ぼくはすごく幸せです——ぼくたちがこれまでに失ったあの旅の代償です。配達夫を通じての回答を待っています。それがいやなら、あなたは外に出る必要はありません。少なくとも二言三言書いて下さい。

それから、すみませんが、今日、夜八時に劇場で待っていてもいいかどうかも教えて下さい、少なくとも二三言。あなたに会いたい思いでいっぱいです。あなたに近づくためなら、常に千一通り〔『千一夜物語』にかけている〕の方法を考え出しますよ。

とりあえず、返事をお願いします。

あなたの　K

「明確な」答えをお願いします。あいまいな答えにはいかなる対応も取れません。

［一九二〇年十二月五日］　（761）

オルガさん、大きなかわいい子ちゃん、
ぼくはあなたに、あることをお話しなければなりません。そのあることとから、この世で一番美しい物語を作ることはぼくにはできません。でも、それはこの世で一番美しい現実です。彼はそれを自分のために発見しました。花の蕾《つぼみ》、半成長の花を発見したのです。そしてその蕾のほうへ手をさしのべた。その手は臆病で、弱々しく、愛のゆえに不器用で、愛のゆえに信仰深く、愛のゆえに向こう見ずでした。その手は愛そのものでした。そしてそのとき、その汚れない花はこの上ない繊細さと恐怖から叫びを発しました。

「あんたひどいことするわね！」

そのとき、彼には花の蕾が膝をついてくずおれ、泣き、祈り、両手を強くにぎりあわせているように思えました。

「ああ、かわいいお花ちゃん、どうしてぼくが君にひどいことをするものか！　君にひどいことをするくらいなら、ぼくは自分の両手を切り落としたほうがいい、死んでしまったほうがいい、憧れと愛で自分を拷問にかけたほうがいい！

いやいや、絶対だよ、お花ちゃん。君にほんの少しでも痛い思いをさせたんなら、ぼくは自分で自分を呪ってやる。ぼくは君には値しない。ぼくは熱くなった、あわれな人間だ。ぼくの吹き出す息は君を幸せに導かない」

汚れない花は黙って、香っている。前にかがみながら、ふるえている。やがてその沈黙は弱々しく、身をまかせるかのように、この上もない純潔さをもって、息を吐く。

「折りなさい！」

そして、いま、オルガさん、ちょっと別の話です。ぼくは今日ひどいショックとともに、昨日、ぼくたちのあいだで何かが変わったということを、思い起こしています。少なくともぼくのなかで。それは『娘』の上演の最中でした。ぼくたちの前には、これまでよりももっと多くの何かがあります。ぼくたちは一緒に仕事をしなければなりません。

オルガさん、ぼくたちはそれだからこそ会っているのだと、ぼくは感じています。あえて言うならば、ぼくはそのことを命令すると言いたいくらいです。オルガさん、今日以後、あなたはあらゆる自分の役をぼくに話してくれなくてはなりません。たとえそれがどんなに小さな役でもです。あなたと考え、あなたと仕事をするためです。ぼくの言うことを理解して下さい。ぼくはあなたに何かを教えることは望みもしませんし、また、できもしません。それにあなたもそれを望まれないでしょう。でも、ぼくはあなたの前に立ち、あなたが大きく成長する様子を映し出すあなたの鏡になりたい。また刺激となり、仕事仲間となりたいのです。ぼくはあなたの演出家になりたい。あなたの進路の共同製作者になりたい。

オルガさん、あなたは何かにならなければなりません。あなたはすごく高価な素質の持ち主だ。だから、ぼくはいまそのことでひどく悩んでいるのです。その高価な素質を非知性的な、愛情のかけらもない手がいじくり回しているのです。その手とは、いま俳優の軌道の上であなたを導いている人たちの手のことなのですよ。

オルガさん、あなたはぼくがあなたのために仕事をすること、そしてあなたとともに仕事をすることを許してくれなければなりません。あなたは若い。そしてぼくが恐れているのは、あなたを愛してもいなければ、あなたを理解さえしていない人が、あなたを俳優に作り上げようとしていることです。あなたは成長しなければなりません。あなたは平均以上の何かにならなければなりません。

オルガさん、ぼくはあなたがあまりにも好きです。ぼくにはあなたの実在に触れる機会があまりにも少なすぎます。ぼくはあなたの未来に深く食い込みたいし、食い込まなければならないのです。

オルガさん、今日から、この渇望的「熱望」について以外に、ぼくはあなたと話さないことにします。ぼくはあなたが上へあがる踏み台になることを熱望します。それがぼくの任務です。

オルガさん、ぼくは今日あなたのことが絶え間なく思い出されてなりません。もし、よかったら、せめて一言、やさしい言葉を書いて下さい、いますぐに。お嬢さん、ぼくの今晩を幸せにして下さい。九時四十五分頃あなたを待っています。どうか、ぼくから逃げないで下さい。ぼくはあなたと会わなければならない、君と会わなければならない。ぼくは全身全霊であなたにあこがれているのです。

今晩、あなたにぼくの童話をもって行きます。弱々しいけど、意図はいいものです。

【一九二〇年十二月六日】（762）

親愛なるオルガさま、

今回は、あなたにたいするお願いです。「国民新聞」ではクリスマスの日に童話付録を出します。そして、ぼくはその「背負い籠」のために、もうあらゆる作家から作品を絞り出しているのです。すみませんが、ぼくに童話を書いてくれませんか、詩の形でも散文でもかまいません。でも、本当の子供のためのもので、ぼくたちのような大きな子供のためのものではありません。

あなたは童話が好きですね。だから、あなたにはできますよ。どうか、お願いします。言い逃れはなし、きっと書いて下さい。今日は六日です。だから、原稿は十日以内に必要です。今回はその付録に若い作家だけが登場します。もし、ぼくも若い作家のなかに加えてよければですが。

ぼくはもう土曜日にあなたに頼もうと思っていたのですが、すべてを忘れるのがもう習慣になっていて、忘れていたのです。ぼくはそれを楽しみにしています。

それからもう一つ、『娘』を見せて下さってありがとう。ぼくが思っていたよりは、あなたはずっとよくやっていましたよ。

もし童話を書いて下さるなら、折り返し返事をお願いします。

あなたの、献身的なK・チャペック

【一九二〇年十二月七日頃】（763）

今日（火曜日）愚かなズーデルマン〔『隠された幸せ』のなかの人物〕がいないのがすごく残念です。ぼくに待つようにという伝言が、いつ届くのかわからないからです。

明日（水曜日）ぼくは——昼前にあなたの伝言を受け取らないかぎり——五時まで暇がありません。土曜日以来、ぼくは世界に向かって咳払いをしています〔無視するという意〕。あなたのシュヴァンドヴォ劇場のあるスミーホフはたしかにプラハ市内よりは南にはありますがね、ぼくはすっかり凍《こご》えてしまいました。

流感、クリスマス前のお祝い気分、まったくひどいと言ったらありゃしない。スラニー〔塩からい〕市での公演のあと、あなたが甘いものに気があるのか、苦いものになのか、ぼくにはわからなくなりました。それにスラニーの水辺からの手紙もまったく来ません、当然のことながら。待つことはできますよ。待つこと、待つこと。待つこと以外に手はなし。

（764）

［一九二〇年十二月一〇日頃］

オルガさん、お願いです、ぼくの童話を持ってきて下さい（最後を書き変えなくてはいけないのです）、そしてあなたの童話をできるだけ早くぼくに渡して下さい。ぼくは今日、あなたに『悲しい話』〔チャペックの短編集〕をお渡ししたいのです。それというのも、それは、もう印刷屋に行くことになっているからです。ぼくは四時に徴税所のところで待っています。四時十五分まで。そのあと、あなたを迎えにトノフスカー通り〔オルガの家のある通り〕のほうへ向かって行きます。

もし、あなたがまだ風邪気味なのなら、外には出ないで、家のなかで待っていて下さい。ぼくがあなたの家まで行き、ぼくの包みも持っていきます。もし、あなたがまったく来れないとか、ぼくがあなたに会いに家まで行くのがいやだったら、妹のボジェナさんに言づけて下さい。いいですね？

あなたに献身的な　K・チャペック

（765）

［一九二〇年十二月］

「絶対に」来て下さい。ぼくはもうチケットももっているし、それに楽しみにしています。ぼくはあなたと会わなければならない。そしてあなたとお話をしなければなりません。それというのは、もちろん、ぼくは回復状態にあるようなものだからです。ぼくにはひどく順調にいっているように思えます。だからいいですか、次の点をはっきりさせておきましょう。七時四十五分に「ルツェルナ」ホールの入場口ロビーを降りたところにいて下さい。きっと、きっとですよ、オルガさん!

いま、ぼくは早く写真をとってもらおうと、急いでいるところです——あらゆる種類の証明書用のものです。パウリナとは会ったことはありませんし、思ってみたこともありません。お嬢さん、ほかの人とシャンパンを飲んではいけませんよ。それは黒いしみの元です。ぼくはしみだらけになってもかまいませんがね、あなたは、オルガさん、あなたはだめですよ。

今晩、その童話を持ってきて下さい。ぼくは今日の夜、全部印刷にまわしたかったのですが、でも、明日にのばします。だから、それを今日中にそろえなければならないのです。わかっていただけますね?

じゃ、オルガさん、七時四十五分に。それから、あなたが「もう、けっして」等々ということについて書いたこと、あれは本気じゃないんですよね? あなたはそれによってぼくに瞬時にしてパウリナをあきらめるように強制されようというのですね。でも、オルガさん、ぼくはそのことは全然、残念でもなんでもありません。

だから、大事なことは、時間通りに来て下さい。それから「スヴィエトゾル」に映画を見に行きましょう。

(766)

[一九二〇年十二月二十四日]

赤ん坊のように湯をあびて、そのあと、結局、ぼくは独りぼっちです。ぼくはあなたに、ぼくが今朝どんなにうれしかったか、それがぼくにとってどんなに思いがけない事件だったか、そして、ぼくが魔法を使ってイージナをグレーのヴェストの左のポケットに入れて、鍵をかけたぼくの洋服ダンスのなかに三十分間、閉じ込めておくことができなかったことをどんなに悔やんでいるか、あなたに手紙を書く以外、ほかに何かいい仕事もなささうです。それとも、その三十分のあいだにイージナが死んでくれればよかったのだ！

そうしたら、ぼくは彼女をうやうやしくソファーの上に寝かせ、何よりも、まず第一に、彼女の目を閉じさせたのに。それから、オルガさん、ぼくたちは一緒に彼女の冥福を祈り、二人で、彼女のこの突然の死による恩恵に存分に浴したことでしょうに。

そして、ぼくたちがすっかり平静に立ち返ったところで、突然、イージナが息を吹き返したので、ぼくたちは驚きのあまり飛び上がってしまいます。するとイージナは言うのです。

「坊やたち、あたしは神さまとお話したわよ。すごくすてきだったわ」

――そしてぼくたちは、オルガさん、なんにも、すごくすてきだったとさえ言わないのです。

――でも、イージナはしょうがない人です、ちゃんと時間内に死ぬことが出来なかったのですからね。彼女なんか、そのせいで彼女の神さまから罰を受ければいいのですよ！　太って！　九十七キロになって九十七歳になるように！

――でも、ぼくは不平は言いません。これだってぼくにはクリスマス・イヴです。そして、もう、オルガさん、あなたはぼくにこれ以上いいものは与えてくれませんよね。――オルガさん、もともとぼくはあなたに何もプレゼントしていないことをすごく恥じているのです。

だって、ぼくがあなたにぼくの本をあげるとしても、それはあるお百姓さんが自分で作ったジャガ芋を籠いっぱい、あなたにあげるのと同じことでしょうからね。

ぼくは午後一時に編集部を出ましたが、そのときぼくはたくさんの、すごくきれいなものをショーウインドのなかに見ました。で、そのとき目と手と、お金までもがわたしをむずむずさせました。

いいえ、オルガさん、あなたはあなたのお望みのことをぼくに禁じてくださっていいのです。でもね、ぼくが、そのうちに、あなたに何かをもってくるということは禁じてはいけませんよ。――その部屋のことですが、住宅局がそこに介入しないうちに、急いだほうがいいですよ。

もう一度言います、ヴルタヴァ、スチェレツキー・オストロフ、ジョフィーン〔現スロヴァンスキー・オストロフ〕の見晴らし、美しくて古いビーダーマイヤー様式の家具、善良な老嬢の小母さん。彼女は昔ヒビフ〔スメタナと同世代のチェコを代表する作曲家〕を愛したことがあるのです。明日までに決定してください。

おお、オルガさん、ぼくはアラジンのように、ぼくのバルドルブドル姫のあなたを贈り物の山でうずめてしまいたいのに、あなたにまだ何も贈り物をしていません！　今日の夜、ぼくはそのすべてを（軍用トラックで）あなたのところへ運んでいきたいのです。

1・イギリスの素材をつかったスポーツ着、膝までのスカート、膝までの革のブーツ、くしゃくしゃの髪にかぶるキャップ、それに加えて、カーキ色で編んだスーツ、ものすごく長いストッキング、鹿皮の手袋、まあ、そんなところ。

2・アマゾンのオウムのように色あざやかで、朝の愛の思いのように軽やかな、ろうけつ染めのティー・ガウン。それにスリッパ、明るい色の靴下、その他――夢です、オルガさん、完全な夢！

3・ファンタジックな艶《つや》があり、いぶし銀の輝きにも似たシー・カーフまたはアザラシの皮のコート。

4・仮装舞踏会用の衣裳――これは自分で選んで下さい。男性はそこまで干渉すべきではありませんから。それに、かなりゆったりしたデザインでしょうから――真珠の紐がついています。黒いかつらと、炎のような真っ赤なかつら、それに金色のかつらの入った箱。

5・五十組の手袋。

6・イギリスから直接取り寄せた靴、編み上げ靴、一ダース。

7・サーディンをワン・カートン。

8・のばすと額まで隠れる深いタートルネックのセーター。

9・アメリカ、オーストラリア、そればかりかプラハの劇場の支配人からの客演依頼の手紙の封筒。

10・青い小部屋のための家具（設計・ヤナーク。こいつはひどい、それじゃちょっとしたキュービズムのオンパレードだ）。

11・アフリカ行きの切符（オレンジ自由国、ホテル・コンチネンタル）。

12・パリの最新流行の帽子（この美しい白いレースを見て下さいよ！　すごいでしょう、ね？）

13・魔法の指輪、これをはめている人は姿が見えなくなります。

14・五十巻からなるK・C著作選集。

15・美しく飾ったクリスマス・ツリー、これは男性の頭の皮を剝いでつくったランタンや、ルビーやダイヤモンド、あらゆる時代のかつらや衣装、それにチョコレートがさがっています。

16・年代ごとに仕分けられ、入念に整理して配列した、生前も死後もあなたにぞっこんだった百二十二人の男性のすばらしい愛の手紙の書棚。

17・人生のあらゆる路線に通用するファースト・クラスのフリー・パス。

18・（十八はあなたの年の数だから）非の打ちどころのないお仕着せ（膝下までの白いスパッツ、白い鹿皮の手袋）をつけた二人の召使があなたの部屋へ細長い木箱を運んできます。あなたは（その他のすべてのものが運び込まれてから）その木箱を開けます。やがて、そのなかに、アラジンがあなたに目で合図したような、いろんな高価な宝物の贈り物を発見するのです。

そして、言います「オルガさん、そのすべての贈り物でもまだ十分じゃありません。ぼくはあなたにぼく自身もプレゼントしなければ、少なくとも今晩だけでもね。あなたはすぐにぼくを部屋のなかに押し込みます。そしてぼくがここにいることを誰にも言わずに黙っています。

それで、もし夕飯のときに少しでもさびしいと感じたら、ぼくに会いにきて下さい。夕飯のときにも「ぼくがあなたと一緒だ」ということを覚えておいて下さい。ぼくはあなたのすぐそばにいて、息もしていません。だから「あなたのそばにぼくがいること」を誰も気づかないのです。――オルガさん、もしこのすべてでもまだ足りなかったら、どうか許して下さい。この次のクリスマスまでには何かを、用意しておかなくてはなりませんからね。

ちょうどいま、あなたからのプレゼントを持った小父さんが来たところです。

オルガさん、これはほんとにすばらしい、ありがとう。すぐにこの小父さんにキスをしたいくらいです。お嬢さん、あなたはぼくをこの上もなく喜ばしてくれました。そして、あの童話は、おお、神よ――もっとたくさん作って、もっとたくさん体験しなければなりません。出来ますよ、オルガさん、そのことを確信して下さい。

あなたのプレゼントはとっても、とってもすばらしい。それだけに、ぼくがあなたに贈ったものなど、なんの価値もないと恥ずかしく思っています。オルガさん、ぼくにこんなに大きな喜びを与えて下さったあなたの、恵みゆたかな、かわいいお手々にキスをします。

じゃ、明日の朝まで、ごきげんよう。そして今晩は、ぼくがあなたのそばにいることを忘れないように。

あなたの献身的な　K. C.

[一九二〇年十二月二十四日、夜]　(267)

なんだい、もうクリスマス・イヴ〔チェコ語ではシュチェドリー・デン「気前のいい日」と言う〕なのかい?

ぼくは知ってるよ、
何倍も気前のいいほかの夜を、
鳩のオルガちゃんと一緒にすごす、
すごくきれいで、気前のいい夜、
そんな夜には、生命の樹の上に、
ガス灯が燃えている、
スミーホフかカンパのガス灯だ、
エジーシェクは独りぼっちでクラーロフのそば
　を電車の路線にそって歩いている、
金色の光の反射が輝いているのは、

ぼくの目のなかか、彼女の目のなかか、
そしてクラーロフの上のほうには、
階段がまっすぐ天へのびている、
おい、こら、愛の盗賊、それがつまり、
君のための何かだ、
アーメン。
そして、いま、おまえは
悲しげな鼻歌をつぶやいている、
おまえは完全に独りぼっち、
そしておまえは……なんとなく……みじめ、
そうだ、ここを、今朝、
彼女のかわいい足が踏んだんだ、
そして、そこに、記憶よ、もうやめろ！
たしかに、今日はクリスマス・イヴだ、
天使たちが窓から人間たちをのぞいている、
ああ、神よ、
たしかに（自然主義的声で）ホザナを
歌っている、
そして、星だ！　星だ！
トゥノフスカー通りの真上に輝いている、
恋する王よ、星のあとを追っていかねばならぬ、
行け、地にひざまずけ、そして、
牛の使命を引き受けろ、
オルガが眠る馬槽《うまぶね》のなかに息を吹き入れろ、
シーッ、オルガちゃん、シーッ、ぼくはただの
　牛さ、
それとも、もしかしたらロバだ、それとも、
その両方の半分だ、
そして、ぼくは自分の愛を呼吸している、
おやすみ、もじゃもじゃ頭のお嬢さん、
おやすみ、ぼくの毛のふさふさちゃん、
ぼくは、ぼくは、
君に、息をはきかけている。

（768）

［一九二〇年十二月二十五日］

オルガさん、ぼくは今日、あなたに二三言でも書かなかったら、夜、落ち着くことができそうにありません。ああ、何てことだ、ぼくはあなたを泣かせてしまった！　あのように……あのように楽しくすごすようにと、ぼくたちに与えられた夜

だったのに！

　オルガさん、ぼくは不作法で、阿呆者です。ぼくにだけ関係のあることだったのに、あんなこと話すべきじゃなかったんだ。あのことは、ぼくだけが胸にしまっておけばよかったんだ。それに、もともと、あんなことは、たぶん、明らかに、きっと、本当ではありえないことだったのだ。

　あなたの熱い涙が何の代償になったのか、ぼくにだってわからない。わかるのは、その涙を呼び出したのがぼくだったってことだけ。だから、ぼくは自分で自分をぶちたいくらいすごく恥じている。ぼくが夕飯にすわるや否や、ヤルミラ〔兄ヨゼフの妻〕が「カレル、あんたたち、何かあったんじゃない」ってぼくに言ったんだ。

　——いや、何もありゃしない。でも、ぼくは何かひどいことをやらかしたんだ。ぼくはもう二度もあの娘を泣かせてしまった。ぼくはほんとはあの娘の目を永遠の微笑で美しくしてあげたかったのに！　——オルガさん、ぼくは本当に馬鹿なことを言ってしまった。


　お嬢さん、あなたはぼくの命です。そして、あなたがぼくを好きであるかぎりは、ぼくは肉体的にも精神的にもすごく力強くなるのです。その結果、ぼくはその力を発散したくなる、その力の半分を、ぼくよりもずっと多くのことに耐え、ぼくよりもずっと疲れていて、ぼくよりも何千倍も弱いあなたのなかに注ぎ込みたくなるのです——。

　オルガさん、たしかにそれは正反対です。あなたは車が（少なくとも時には）必要です。そしてぼくはそのためにここにいるのです。あなたの後押しをするために。そしてその点でもあなたはそれに値します。まさにそれは最高にすばらしいことです。

　オルガさん、そして、もう一つだけぼくを許して下さい。あなたの十八歳という年齢です。たしかに、いろんな瞬間に、あなたはぼくよりも年上です。ぼくはあなたのそばにいると何倍も小さな子供です。ああ、オルガさん、年齢はぼくたちの間にいかなる隔たりも作っていません！　それどころか、ぼくはあなたがいつまでも十八歳でいてもらいたいくらいです。そうなると、ぼくはどんなにかうれしいことでしょう！

　あなたはぼくの命です。ぼくはもう二度とあなたを泣かせたくはありません。あなたの涙がぼくにどれだけ辛いか、あなたには想像もできないでしょうよ！

　ぼくは手紙を書きながら、膝の上にあなたの靴下を置いています――ごめんなさい。ぼくは包みを破いてしまったんです。そして文章を一つ書くたびにそれにキスしています。ぼくの大切な、激しやすい、泣きべそのお嬢さん、ぼくは野蛮人で、野生のロバです。それに、いやなカラスです。

　でも、いいですか、ぼくはこんなに恋しているのです！　そのうえ、ときどき何もする気にならないときとか、眠ることができないときには、いろんなことを考えます――大部分はすごくすてきなことです。そして、ときどき、すごく悲しいことです。そしてその悲しいことのなかの何かが、つい、思わぬときに、口をついて出てしまうのです。

　それはある不愉快な夜に頭に浮かんだことです――それは不眠の幻覚、錯覚、たわいもないこと。ぼくは、もう、絶対にそのことについては話さない！　――

　オルガさん、ぼくは、『荒野の花』の最初の歌が終わったら、すぐにあなたに会わなければなりません。どうしてもです。どうしても会わなければなりません。ほかの誰かがあなたをさらっていかないように、劇場の真ん前で待っています。

　あなたはぼくの命です。

1921

[一九二一年一月一日]　（796）

新年の夜、ありがとう、
幸せの瞬間に、おまえが、
わたしをとらえたことを、
心にオルガを、そして、心のなかにオルガを、
唇の上にオルガを、そして、
口のなかに彼女の名前を、
その名の称えられんことを
アーメン。

四月のように、うるおいのある雨よ、
ありがとう、
神の苗木をうるおすように、
わたしをうるおしてくれたことを、
わたしが愛のなかでゆたかに枝をはり、
成長し、強くなるために、
そして、かわいい
娘のオルガが
美しく成長するように。

見も知らぬ、酔った男よ、
わたしに呼びかけてくれて、ありがとう。
わたしもまた酔っていた、
わたしの感覚を麻痺させたのは
聖なるワインの滴だった。
おまえよりたくさん
わたしは夜、ワインを飲んだ。

そして、君には、オルガさん、
わたしの四月の雨よ、わたしの美しい夜よ、
わたしの苗木よ、わたしの熱く燃えるワインよ、
ほかの何にもまして――ありがとう。

日曜日、六時、『小さなプリムローズのロマン』のあと、時計のそばで、いいですね？
その日のなんと待ち遠しいことか！

（770）

［一九二一年一月二日、日曜日の午後］

オルガさん、オルガさん、実は、ぼく、無意識のうちに、あなたに書いているのです。ぼくは、この紙をぼくは書かなければならない文章のために用意したのです。ぼくは何分かのあいだ訪問を待っているところです。そのあとフェリツィンカ（ラウエルマンノヴァー）夫人〔女流作家〕のところへ行かなければなりません。そこであるスウェーデンの作家にチェコ文学について講釈をたれるという厄介な仕事があるのです。

いやで、いやで、いやでたまらないのは、ドイツ語を話さなければならないことです。それに、第一、ぼくにとって、いま、文学やそのスウェーデン人がなんだっていうんです？

昨日の晩以来、ずっとぼくは仰天しっぱなしなのです。何かが起こったか、それとも、何かの夢を見たかです。でも、ぼくが自信をもって言えるのは、世界中が変わったということです。

――この阿呆者、彼女がおまえを好きだというのは、もうとっくにわかっていることじゃないか。おまえだってほかに何を望むことがある。さあ、おまえはすべてを得たのだ。喜びの叫び声をあげろ、そして手をいっぱいに広げろ！

――この阿呆者、なぜ頭を垂れているのだ？

――ああ、その声よ、やめてくれ！　彼女が好きだということは、おれだって知っている。

でも、彼女は悲しそうだった、彼女は昨晩、すごく悲しそうだった。まるでにぎりこぶしのように堅く閉じこもっていた。ぼくのそばをまるでぼくの影のように歩いていた。

ああ、たぶん彼女はあの晩、すごく悲しかった

んだ、そして、彼女の一日は重苦しかったんだ。いま、五時を打っているこの瞬間に、たぶん彼女は五回溜め息をついたにちがいない、それとも、何か、それとも、きっと苦しいことに耐えなきゃならないんだ。

彼女は気分がすぐれない。喜びもない。彼女の星が涙にうるんでいる。それに、ここから一万二千歩だか、いくらだか離れたところで、はたして、おなじ喜びの叫びが答えてくれるかどうかもわからないのに、どうしておれだけが喜んで叫ぶことができるんだ？

この阿呆者、と声が言っています、おまえはたしかに男だ。そして彼女、そのもう一人の女は、そうとも、女というものが常々そうであったような、そんな女だ。もともと男は馬鹿だし、ある程度気紛れなところがある。

明日の晩にはそんな気紛れは跡形もなく、記憶さえあるまい。

——ああ、声よ、そんなことはない、絶対、そんなことはない。おれは彼女の悲しむのを一瞬たりとも耐えることはできない。

——この阿呆者、彼女はおまえを愛しているよ。「つね日ごろ、もの悲しげなのに、不意に元気になる。いま泣いたかと思うと、もうはしゃいでいる。だがね、どうやら、恋しい恋しいの気持に変わりはないようだ」とまあ、そんなことを言ったのは相棒のメフィストじゃなかったかな？

——声よ！　そこだ、そこだ、そこが一番微妙なポイントだ！　彼女は本当に、いつもいつも恋しているのだろうか？

——そうとも、わたしにはわかる。しかし、その小さな心はあまりにも幻滅にさらされている。

——そんなことは知っている。痛みだかなんだかの、どんな弱々しい手が彼女の心をしめつけているというのだ？　誓って、おれは彼女と別れるときは、手で彼女の額をなでてやりたいと思っているんだ。彼女は死んで倒れるかもしれない。おれは彼女を棺に納めて祈り、つま先立ちで立ち去るだろう。

そして次の日、おれは来て、祈りながら「エフェタ（目をあけろ）」と言う。小さな星は開き、彼女は立ち上がるだろう。いいかい、おれと彼女のあいだには何もないように、そして、おれが、おれだけが、ほかの誰でもない、そしておれ以外の何ものでもない、このおれが、彼女の命であるように。

——エゴイスト！　阿呆！　野蛮人！　この瞬間に生きていることは何千倍も美しいことではない。たぶんほんの一瞬間はおまえのことを思い出し、そして自分の心臓を打って、打って、打って、それで明日になるまで打ち続けるだろうとでもいうのか？

——ああ、そうとも、声よ、しかし、たぶん彼女は悲しんでいるだろう。このような思いに、おれはどうやって耐えればいいのだろう？

オルガさん、ぼくはきりがないくらい言いたいことがあるんだ。おわりだ、人が来た。あとでこの手紙を書き終えることにしよう。

夜。

オルガさん、オルガさん、フェリチンカ夫人のところで、ある寓話を思いついたんです。それは多少、時宜に適したものです。

題名は『不幸なめんどりについて』です。

めんどりが卵をもらいました。それですごく喜びました。しかしある日（それとも、夜）名づけ親のホロホロ鳥が、ひどく沈みこんでいる彼女を見たのです。

「どうかしたのかい？」とホロホロ鳥はたずねました。

「だって、いい」ともう一羽のほうが言いました。「あたし絵に描いた、とても美しい卵を持っていたの。それは美しくて真っ白で、まるで愛そのものといった感じだったわ。それでね、あたしその卵の上にしゃがんで暖めたの（たしかに、誰もが知っているように、あんなベンチ、そう、公園かアラジンの館にあるようなね）。それに主人のおんどりもその上にしゃがんだのよ。ところがね、そのせいで卵は腐ってしまったの。完全に腐ったのよ」と言ってめんどりは泣きました。

名づけ親は何も言いませんでした。何か穀物をつついて食べ、そして心のなかで思いました。

「この小さなくしゃくしゃ羽の阿呆ものは、ティ、フル、フル、この若いめんどりは、あのことを理解していないんだな！　どうして生きた卵が腐るものか！　おまえが『腐った』と言ったことは、それは新しい次の生命、新しい未来のことなのだ。何か美しい、そして羽をもったものだ。ハハハ、卵が腐っただと？　それはいまにも生まれてくるという意味なんだ。待つこと、待つこと！」

——寓話はこれでおしまい。オルガさん、お嬢さん、この寓話の教訓がどういうふうに気に入ったか、ぼくに言ってくれなければなりませんよ。ぼくは寝にいきます。ぼくは寒気がするし、何かせつない思いがするのです。十一時十五分。昨日、この時間にぼくは一人の唖の女性と黙って歩いていました。そして彼女が完全に唖なのなら、ぼくはその彼女とまた一緒にいるだけでもいいと思っています！

おやすみ。

［一九二一年一月五日］　（771）

オルガさん、今晩、ぼくはあなたにあまりにもたくさんのことを話しましたね。だから、ぼくはその話にかんすることのなかから、せめて、いくつかの言葉をあなたに書かなければ、ぼくの気がすまなくなりました。

君は言いましたね、かわいこちゃん、ぼくが君を導くように、そして君をぼくが思うとおりなものにしてくれるようにと。それによって君は、恐ろしいけど、すてきなことを言ったのです。

どうして恐ろしいかというと、ぼくはいま君にたいする責任を持つことになったから、その結果、ぼくは自分でも自分にきびしくならなければならなくなったから、ぼくが君の人生における何ものをも損なわないように気配りをしながら、君を導かなければならないから、そして、ぼくが現在ある以上に完璧になるように、ぼく自身が絶望的な努力をしなければならないから。

君はぼくにそのことを望んだね、オルガさん。君はぼくを信用したから、それを望んでいるんだ。

お嬢さん、どうか君もまたぼくにきびしくなって下さい。ぼくも自分にたいして弱気になることがある。ぼくは悪い人間だ。でも、より良くなることはできる。そして君はもう絶対に憂鬱になってはいけない。

——いや、オルガさん、一つのことはぼくにははっきりしているし、神聖な事実だ。つまり、ぼくたちがどんなことをしようと、それをするのがぼくであってはいけないし、君であってもいけない（もちろん、そんなことをするのは君じゃないさ、だろう？　大事な悩める娘さん！）。

でも、ぼくたち二人、両方は一つの喜びにおいて同等であり、共通である。あるいは、ぼくたちよりも強力な何か、そしてぼくたちに代わって行動し、ぼくたちを導いてくれる何か。ぼくたちはぼくたちの人生よりも無限に広大な人生の手の平のなかにある。ぼくたちは愛を作るのではなくて、愛に献身するのだ。

オルガさん、ぼくたちは愛に抵抗してはいけない。ぼくたちは従わなければならない、ぼくたちに定めとされたことにたいして——。

しかしぼく自身は、ぼくは、愛の意図するものに干渉してはいけない。君の心のほうに心配そうに身をかがめて、何をしていいか、何をするべきかを聞くだろう。

——昨日、ぼくは自分にたいする非難で満身創痍になりながら家に帰ってきた。ぼくは君が鉄柵に額を押しつけて立っている姿を見ている。そしてその瞬間、あの短い、痛々しい瞬間に、君はぼくを判定した。そしてその判定の瞬間がぼくの心を締めつけた。それからしばらくして君は、結局は悲しげな声で言ったね。

「あたしは、もう……。あなたが望むものを、取りなさい」と。

違うんだよ、オルガ、ぼくは君がぼく以上の犠牲を払うことには耐えられない！　君の幸福がぼくの幸福と同じにならないのなら、ぼくは幸福になんかなりたくない。でも、このことはもういい。オルガ、もうそのことを考えるのはやめてくれ、自分で自分に判決を下すのもやめてほしい。

君にはいったいどうしてわからないの？　ぼくたちは、ぼくたち二人をこんなに強く結びつかせようとしている神聖で、全能の手のなかにあるんだよ――

歓喜！　オルガ、自分のなかに歓喜を目覚めさせなさい！

　オルガ、幸福は純粋な愛だ。そしてぼくたちが幸福であるかぎり、ぼくたちは天使のようなものだ。ぼくたちは超自然的存在だ。夜、九時半ごろ劇場の前で待っています。

　いまは、稽古に急ぎます〔『ロボット』のこと、この月の二十四日が国民劇場の初日〕。

K

〔一九二一年一月〕　（772）

おまえは書きたいのか？　なんのために本を書
　くのだ？
ペンよ、わたしのペンよ、もう、わたしは少し
　おまえがいやになった、
紙の上を走れ、そして、書け、
つまり――つまり――つまり、
あの人が好きだと、
彼女を、おまえは知っている、
なるほど、おまえは
ひとりでにオルガと書いたな。
わたしは編集部で待っている、
電話が鳴りはしないかと
いや、いや、娘は忘れたのだ、
もう、わたしに電話をしたいのかどうかも、
覚えていない、
ああ、昨日は、あんなに気前のいい
クリスマス・イヴだったのに……
わたしは生きている、それこそが詩だ。

〔一九二二年一月十四日〕　（773）

　当然ですよ、魅力的で、かわいらしいお嬢さん、ぼくはあなたから手渡された手紙を、最初の角を曲がってすぐに読みました。ぼくはもう一度あなたの後を追いかけました。そしていまは家にいます。ぼくはこの手紙を焼いてしまうなんて思いか

らはるか遠いところにいます。どうしてこの手紙を焼かなくてはいけないんです?

それはぼくの前にあります。そして生命の炎で燃えています。それはものを焼かない炎で、嫌悪すべきようなものは一切もっていません。それは痛いくらいに純粋です。

ぼくはあなたに歓喜とはどういうふうに見えるかを言わなければなりませんか?

歓喜は、痛いくらいに人の心をもみくちゃにします。それはこの胸の上に乗っかっています。そして痛みます。もし男にも泣くことが許されるなら、たぶん、ぼくだって泣きたいと思うでしょう。ぼくにはそのことを書くのがすごくむずかしい。

ぼくは、あなたが眠っているかどうかを考えています。今晩、ぼくがどんなに近くにいるかあなたにはわからないでしょう。ぼくはかがんで、耳をあなたの口のほうに近づけています。あなたの息づかいを聞いています。お眠り、お眠り、ぼくが聞いているからって、眠りを妨げられないでね。ぼくはあなたが目を覚まさないように、ささやき声で話しているんだよ。

それじゃ、あなたもやっぱり恐ろしいの?

いいかい、今年になってからの「五日間」以来、ぼくは恐怖から、まったく抜け出せないでいるんだよ。君はそのこと、どう思う? しかも、その恐怖はね「未来の、未知の何か」にたいしてではないんだよ。

反対に、残酷なまでに現在的な何かにたいする恐れなんだ。

歓喜の恐怖。希望の恐怖。不安。自信のなさ。あまりにも長い明日への恐怖だ。

むしろ、それを「前にしての」恐怖ではなく、そのことに「ついての」恐怖だ。

ぼくは恐怖が原因の病気だ。

かわいそうな、だいじなお嬢さん、あなたも怖いのかい?

そしてそれはぼくとは、なんとなく違った恐怖なのかい?

この瞬間に、もしあなたが、おとなしくつぶった目をして眠っていなかったら、あなたと一緒に怖がりたい。ぼくはその怖さを圧倒するために、ずっとしゃべっていいたい。ああ、なんと無限の、悲しい恐れだろう！

あなたが、お嬢さん、考えもつかないような何かなんだよ。いいかい、何か悪いことがぼくに襲いかかるかもしれない。そしてすべてはいっぺんに駄目になってしまう。

ぼくがこつこつと生きているこの愛すべき世界は灰燼に帰してしまうかもしれない。ぼくが入ることを願っているこの愛すべき世界。

いっそのこと、そのなかにもぐり込むために小さくなってしまいたい。

この五日間のあいだに、ぼくはもういろんなことを学んだよ。ぼくは小さい。そしてすべてを忘れてしまった。ぼくはたぶん十八歳なのだ。だからぼくは物怖じした子供である十分な権利があるんだ。

ただ、不意に背中をたたかれ、目を覚ますというその恐怖がなければいいのだけどね。どうして、ぼくは怖がってはいけないんだ？ あなたはぼくに、ねえ、オルガさん、あまりにも大きな喜びを与えてくれたんだよ。あなたがぼくに書いたことなんて、たいしたことじゃない。けど、そこには多くの喜びがある。

今日の夜、ぼくとしては、あなたに感謝あるのみだ。

ぼくが怖いのは、明日の朝、あなたの書いたものをもう一度読みなおして、そのなかにいまとは違った、何か悪いことを発見するんじゃないかということなんだ。

明日の朝が怖い。いまは夜だ。だからあなたの近くにいる。明日になればぼくとあなたとの間にはいろんな人間やものが入り込んでくる。明日の朝、あなたに会えないというのは恐ろしいことだ。

朝、三時半ごろ。どうしてあなたはぼくを寝かせてくれないんです？ ああ、もう解放して下さい！ オルガさん、それはひどいことです。睡眠薬を全部飲んで、もう一時間も経つのに、ぼくを寝かせてくれないんだから。いまぼくが考えていることは、あなたに話すわけにはいきません。すばらしいことも、悲しいことも。
オルガさん、ぼくをかわいそうに思って下さい。でも、一つくらいはすてきなことも——。あなたの手紙はいままでのところ変わってはいません。それはひどくかわいらしくて、こっけいなことです。あなたの手紙が生きて、ぼくと話をしていますよ。——ぼくは一時間後にあなたに「おはよう」と言うことを恐れています。

いま、朝の九時です。五時から七時まで、きっとちょっとのあいだ居眠りしたのですね。ぼくは二日酔いのような気分で起きました。自動車の運転者たちが言うように、頭がまったくポンコツになったような気分です。それでも、この前のほうの行で、ひどく混乱したことを書いたことはわかっています。ぼくは正当な判断にしたがってこの手紙を焼いてしまって、新しく書きたいところです。でも、いま書いたって、もっと道理にかなったことが書けるとも思われません。もう一度あなたの手紙を読みました。この言葉「けっして、けっして」はたしかに有効ではありません。端的にぼくは有効ではありえないのです。いまのところは、ぼくがあなたに「なぜか」を証明するようにという要求はしないで下さい。たぶん、そんなことは証明するなんて必要はないのです。たぶん、そんなことは、もともと、あなたは自分で十分、わかっているのです。

たぶんあなたはラテン語を習ったでしょう。だから、二重否定、否定の否定は肯定になることを知っているはずです。

しかし、今日、ぼくはあなたに別のことを書かなければならない。実際、ぼくはポンコツ人間なんですよ、だいじなお嬢さん、だからぼくにはよい看護と非常にやさしい手、それに心地好い避難場所が必要なのです。そして何よりも喜びです。

そう、良識的であることが必要です。良識的に会い、いろんなことについて話すことが必要です。それに悪い冒険についても、人間が排除しなければならないことについても、あらためて学ぶに足るその他のものについてもです。今日、あなたはぼくの説明を半分しか理解できませんよ。でもそれを完全に理解するために会うことが必要なのです。

かわいい、生きた炎ちゃん、お願いです、ほんとに心からお願いします。いまは、静かな明るい炎で燃えていて下さい。それはぼくにも、ランプとして、星として、頼りになる、導いてくれるものとして必要なのです。あなたは恐れてはなりません。あなたはぼくよりも強く、そして確実なものであるべきです。ぼくがあなたに書いていることは、ぼくの心にあるものの影でさえありません。しかし、ぼくはその上に疲れて悲しい夜の灰がふり積もるようにしたくないのです。

もしぼくの混乱した手紙があなたを楽しませるようなものでなかったとしても、ぼくを悪く思わないで下さい。

ああ、なんてことだ、ぼくはあなたに最小限の喜びとなるように望み、あなたが花の香りをかぐように、香りをかぎ、顔を赤くして、笑うような何かを言おうと絶えずつとめているというのに。しかし、不眠のひどい二日酔いの今日は、そんなことはできない。

明日になったら。明日（土曜日）四時に、ぼくはあなたにお話かあなたのお望みのものを持っていきます。とくに、あなたがぼくを少し修理してくれるように、ぼく自身をお届けします。その瞬間からあなたの手紙はぼくたちにとって存在しなくなります。それはないのです。ドーシ氏〔ハンガリーの劇作家〕が言ったように「それは夢だった」のです。存在しないものをぼくたちはどうしようもありませんよね。そんなわけで、またお会いましょう。

本当は、ぼくはあなたに「とても」重要なことを言わなければならないのです。

あなたの、献身的な　K

注意！　この書かれたものはすべてたいした意味のないことです。これはぼくの言いたかったこととは、恥ずかしいほど、まるで似ても似つかないものです。すべてはお話しながらもっとうまく言います。
これは捨てて下さい。

［一九二一年一月十六日］

午後四時に希望。四時十五分に不安。
そして四時半に恐怖、天なる神よ、ああ、
いまは、もう、たぶん来ない！
そして、四時四十五分
あわれみの海がおまえをのみこみはじめる、
そして五時には、ほとんど涙。
そしてどの時間にも愛。（774）

妹のボジェナさん、彼女が来るようにしてくれ、
聖なる白象の行列にまじって
五時。誰もいない。神よ、彼女を許したまえ。
彼女は私に言葉をくれた。そして、
言葉は空気だ。

体験された歓喜は、人生への大きな贈り物。
そして、体験された苦痛は、
それなりの豊かな実りを与える。
ただ存在もせず、
手に入れることもできなかった歓喜だけが
むなしい、永遠にむなしい、
絶望的なまでにむなしい！

あらゆるドアの音が、あらゆる階段の足音が
おまえの心臓に打撃を与え、
息を喉のなかに押さえ込む。
だめだ、そんなにびくびくするんじゃない！
誰でもない。
唇を噛め、悲しめ、静かにしていろ。
おまえは少し喜びすぎた。
そして喜ぶことは、たぶん、罪なのだ、
その罪で常に罰を受ける。
もう、絶対に、楽しむな！（775）

［一九二〇年一月末］

さあて、オルガさん、ぼくは舞踏会と必要な衣装のチケットも持っています。今晩、十時ごろ劇

場の前で待っています。ぼくはオルガ嬢を「ルツェルナ」へ案内します。本当は、十時以前でもいいのです。なぜならぼくの準備はそんなに長くはかかりませんからね。

ぼくはほとんどワクワクしはじめました。でも、ただぼくがダンスをしなくてよければいいんですがね。だって、ぼくはエナメルの靴を持ってないんです！

ぼくはもう駆けていかなくちゃ――ルッテの後ろにヴィエラがいたんだ。そしていまぼくはルッテと彼の戯曲『鉄槌』について話し合う重い任務があるんだ。そのとき、彼を痛い思いをさせなければいいんだが……ああ！

今晩、会いましょう。

（776）

［一九二一年二月初め］
大切なオルガさん、だから、このチケットは、いやいやではありますが、お返しします。劇場にいくのを楽しみにしていたのですがね。じゃ、四時に買い物にいきます。でも三時にあなたのところへ行きます。それというのも、ブルノから義兄がちょうど来るのです。そして、たぶん今日中にブルノへ戻ります。彼の忠告によると、プシェロフ経由ではなく、チェスカー・トチェボヴァーで四時間待つことにはなるが、朝の九時過ぎにプルノに着くので、そのほうがいいだろうというのです。それが大きな理由です。その場合、シュテフ氏に稽古は十一時からにするように、電話を入れたほうがいいでしょう。だからこの件は早急に決定する必要があります。
カレルは急いでいますので、これ以上書くことはできません。三時ごろあなたのところへ行きます。それまで、すべてのことをよく考えておいて下さい。じゃ、また後で、かわいい子ちゃん。ぼくはひどい状態です。風邪がぼくを痛めつけているのです。ええい、この風邪のくそったれ！
君のチャーチャ

（777）

［一九二一年二月十五日］
オルガさん、オルガさん、まず第一に、ぼくに

とって夜までが少々長すぎます。だからぼくは書かなければならないのです。そして第二に、片づけなければならない仕事が山積しています。とくに、今日、ヴァシェク・ヴィドラに会ったら、彼のお父さんに、どうかぼくの『金の鍵』〔チャペックの無声映画。『カレル・チャペックの映画術』青土社、参照〕の主役として出演してほしいという伝言を伝えるように頼んでおいて下さい。これはクヴァピル氏が映画のために演出する作品です。

ヴァシェク・ヴィドラはここで若いマトゥラと成長した父親のマトゥラを演じることになるでしょう。この映画はヴォヤンのために、ヴォヤンを永久に保存するために作られるはずだったのだとも言っておいて下さい。ヴォヤンは自分の役を気に入っていましたが、気の毒なことにその前に亡くなってしまいました。

それはまったく完全に、ヴィドラにぴったりの役です。次の大きな役は国民劇場のヴァーニャがやります。そして娘の役は、ぼくの希望では、オルガさんがやってくれるといいんですがね。ぼくはクヴァピルにオルガさんのことを何度か話しました。彼は、彼女を会ってみたい、いつか彼のところに彼女を連れてきてくれと言っていました。そうなったら、一緒に何かやりましょう、ね？

ぼくはクヴァピルに、ぼくはオルガにぴったりな他の映画の、すごくすばらしいアイディアもあるんだと言いました。ところがこの罪深い男は頭のなかには、まだなんのアイディアもないのです。それから電車のなかでやっと愛の霊がぼくに降ってきました。そしてまったくすばらしいアイディアをささやいたのです。

そのなかでオルガちゃんがルサルカ〔水の精〕になるはずです。美しくてかわいいルサルカで、はじめは、ちょっと裸っぽい姿です。そしてそのルサルカはその天真爛漫な無頓着さから、彼女の家である大木の入り口を開ける魔法の言葉を忘れてしまうのです。

それで泣きながら、かわいらしい手でその木を叩いたりします。そこへ子供たちがヴァシェク・ヴィドラやもしかしたらガムザも先頭に立ってやってきます。そこで水の精のオルガを村へ連れていきます。村では教区司教がキリスト教的敬虔について、村長のヴァーニャは市民的礼節について彼女を教育するでしょう。ここですごく楽しいことが始まるはずです。お嬢さんはそこでまったく俗世の汚れを知らない娘を演じます。それはこの世でほとんど見られないようなものです。いかがです？

そしてやがて愛が生まれます。そして恋する若者がその忘れていた魔法の言葉をふと言ってしまいます。そこで水の精オルガは元気を取りもどし沼の中をわが家の木のほうへ走っていきます。そしてまたもや彼女は永遠に若いままでいるというわけです。

どうです、オルガさん、かなりすてきな映画になると思いませんか？　君にぴったりだと思いますよ。そしてほかの誰も演じてはだめです。もし、これがあなたの気に入ったら、オルガさん、これを一緒にはじめましょう。

――オルガさん、かわいいこちゃん、そして気紛れ屋さん、もう、ぼくは今日の夜まで我慢することができません。ぼくは八時半ごろ劇場の前にいます。チャーチャの時間を一分たりとも無駄にしないこと。幸いなことに、ぼくは初日に行かなくてもいいのです。オルガさん、ぼくは今日君に会えなかったら、死んでしまいそうだ。――そうだ、今朝、ヴォダークと話したよ。彼はすごく当たりの柔らかい人だった。

ああ、オルガ、八時半までが、まだこんなに、こんなにあるとは、なんと待ち遠しいことだろう！

君の、おろかなチャーチャ

（778）

［一九二一年二月十五日以後］

お嬢さん、それじゃ、それはこんなふうにすれば一番いいのじゃないかな。ぼくは六時に編集部に行きます。それから七時ごろティルショヴァー夫人のところへ行きます。八時前にここから消えましょう。それから喫茶店かビアースクへ行きましょう、いいでしょう？　六時に夕飯を食べて、それからボジェナとT夫人のところへ行きなさい。ぼくはそこへは少し遅れて行きます。さて、やっと手紙の山から解放されて、また『ルサルカ』にとりかかることにします。君は自分のテキストを持っておいで、でも、きっとだよ。それでぼくたちはヴェイヴォディ館に行くことができる。あそこでは『原始林の火災』をやっている。コールが水曜日のチケットを頼んでくれた。でも、結局、チケット・オフィスでは売り切れだった。それでも、ぼくたちは劇場に行こう。君はコールの席（二階の一三九番）に行けばいい。ぼくのほうは、演出家用のボックス席にもぐり込んでいる。休憩のときにはいつも廊下で会うことにしよう。じゃ、そういうことだ、いいだろう？

ごらん、観客のみんなが夢中になっているのは、ぼくのせいじゃないことがわかったろう。それでと、いまは、まだすぐに書かなきゃならないことがあるんだ。だから、今晩を楽しみにしているよ。そして明日も、明後日も、そして『愛の盗賊』も『罪』もキスも、そしてお嬢さんも、そして春も、それにすべてを。

じゃ、ルサルカちゃん、千回のキスを。キスの資本家のオルガちゃん、それから夜はどこかに行こう。君だけかボジェナも一緒に。

君の

カーチャ

［一九二一年二月末ごろ］　（799）

そうだ、聞きなさい。オルガは今朝、足の指のことでお医者に行かなかったから、今日の午後、行く。なぜなら、彼女はそのことを約束したから。そしてなぜならそうしなければならないから、そしてなぜならカーチャは、もう二度と、びっこを引いた、かわいそうな彼女と一緒に歩かないですむようになることを非常に願っているから。そしてなぜなら、ルサルカは軽やかな足どりで、踊るようでなければならないし、どこかに欠陥があってはならないから。そしてなぜなら、それはほんのちょっとした痛さだろうから、そして、なぜなら、それが甘えん坊で、弱虫のオルガにまったく、少しも痛くないように、ぼくは今日の午後中ずっと親指をにぎっているだろうから（手のだよ、足の親指ではありませんからね！）。そして、なぜなら、一万もの理にかなった理由があるからだよ。よし、じゃあ、決まった。

八時十分まえに、チャーチャはプラシュナ・ブラーナの停留所でオルガとボジェナを待っている。今日の朝、すでにボジェナに電話をした。べつに突飛な話ではない。チャーチャは少し仕事をし、すこし読みものをした。そして痛む指についてたくさんのことを考えた。もうその痛みは耐えることができない。だからオルガちゃんはお医者に行かなければならない、などなど。もし彼女が約束したことを守らなかったら、チャーチャは未来においてもなお彼女を信じることができるだろうか？

じゃ、オルガちゃん、少しの勇気と少しの理性だ。君はほんの少しちくりとすることをすごく恐れていたことを、あとで笑うだろうよ。たしかに君は母さんみたいだ。今晩、会うことをすごく、すごく楽しみにしている。お嬢さんが、大騒動になるくらい大笑いするよ。じゃあ、また、お嬢ちゃん。

そうだ、ぼくが言いたかったことは、『チャーリー小母さん』の切符の手配を君に頼みたかったんだ。それとも明日の朝、ぼくが買いに行くべきかい？

カーチャ

［この手紙からチャペックのオルガにたいする言葉づかいは、敬語（二人称複数形、ドイツ語、フランス語などと同じ）から、全面的に二人称単数形（親しいもの同士の言葉）が用いられるようになっている。カーチャ、チャーチャはカレル・チャペックの幼いときの家庭内での愛称。］

（780）

［一九二一年二月末］

オルガちゃん、そんなわけで、

1・『光』の水曜日の夜のチケットを手に入れました。残念ながら、二階席です。それ以外はまったくなかったのです。

2・金曜日の『ロボット』のチケットは手に入

りませんでした。なぜなら、全部売り切れだったのです、ボックス席までも。ですから、来週の水曜日、三月九日の『RUR』のチケットを二枚頼んでおきました。でも、いま思ったら、この日ぼくはちょうどブルノにいるはずなのです。ブルノの初日だからです――ただし、ぼくがブルノへ出かけるのは朝の十時なのです。もし、ぼくが水曜日にもう出かけていたら、オルガちゃんはボジェナさんと、または彼女の好きな人と行くでしょう。でも、覚えておいで、ぼくはほんとは彼女と行きたいんだからね、そして、もしかしたら、そうなるかもしれない。だから水曜日には必ず『光』に行きましょう。

3・ぼくは映画のオルガちゃんを見ましたよ。そして満足しました。この二人の娘さんは両方ともすばらしかった（もう一人の娘と会うのを忘れました。でも、そのぼくの娘さんも抜群だった）。笑っている、とても美しい、薄幸な娘のクローズ・アップはボーイ・フレンドその他をも見つけることができるはずなのに、そのことに「裏切られた」娘です。ということは、身振りが少しオーバーだったということです。

教訓――映画では身振り、とくに顔の表情をゆがめるようなときには、よほど気をつけなければならないということです。さらに唇はちょっと濃すぎました。あんなに濃く塗ってはいけません。要するに、そうしたほうがもっとかわいくなるでしょう。オルガちゃんはそのことでは、ちっとも心配する必要はありません。

そして今日の九時半以後か八時四十五分に、ぼくは彼女を待っています――いやな日だ、こんなに長く彼女と会えないなんて！　それから『ルサルカ』はどうなりました？

ロランドは「水男」に、すごくやる気を燃やしています。映画のなかでヴィドルもロランドも観ることになるでしょう。二人ともいい顔をしています。

娘さん、娘さん、じゃあ、夜まで、ごきげんよう！　でも、きっと、ちゃんといいご機嫌でいるんだよ。ぼくは一日中、独りでふさぎ込んでいるかもしれないけどね。
数千個の何かを送ります。
カーチャ

［一九二一年二月末］（782）

大切な娘さん、君の兄さんのカレル君が働き者のマルタのようにぼくを捕まえたところだ。ぼくは自分の部屋の掃除をしていた。つまり、三年ぶりにぼくはまた古い紙切れや、ネクタイや屑をみんなひっかきまわしていた。それは少々だらしのない男が自分のまわりに往々にして放りっぱなしにしているような代物だ。

ぼくはそれをもう三日がかりでやっている。もう手押し車三杯分は運び出した。それでもまだぼくは奥のほうの引出しを怖くてまだ見る気にならない。その結果は、ほこりと、疲れと、すごくひどいメランコリーだ。あらゆる馬鹿げたことというのは、人間が依然として生きているかぎり、人間から時間を奪うものだね。ぼくは午後こいつを焼いてしまおうと思っている。そしてぼくは喜んで火を見つめているだろう。

ゆっくりと、少しずつ、書きたいという意欲が湧いてきました。娘さん、ぼくは早くもすでに仕事に没頭しはじめました。でも、真っ先に、この夏の映画を書かなければなりません。

今朝、ぼくはそれが実現したらすばらしいだろうなと思えるアイディアが浮かんだのです。それはね、君が客演する『愛の盗賊』を上演するということです。そしてなにかいい目的のために提供する。つまり、ぼくが印税を提供するのです。たとえば、学生コロニーの建設をするためにとか。しかし、それは何かの「ために」などなどといったことがはっきり宣言された場合にかぎります。そして、なによりも、ある目的、それも、本当に大衆的な目的のためであるなら、大勢の観客がそこに来るということに、ある意義をもたせるためです。これがその今日の朝のアイディアです。それ以外は、いまのところ持っていません。

娘さん、かわい子ちゃん、その映画のことについて、もう、いろんなことを考えておきなさい。

今日の午後、そのことについて話し合いましょう。ぼくは気が滅入っています。風邪のおかげでひどい声です。昨日は、ぼくが夜じゅう、どんなに君を恋しがっているか、だから君に詩を書くんだということをどんなに楽しみにしていたことだろう。ところが、それどころではなくなった。『悲しい話』〔トラプネー・ポヴィートキ〕の新しいゲラ刷りを二束も送ってきたのです。だからぼくは校正をしなければなりません。

かわい子ちゃん、チャーチャのオルガちゃん、君が数行の手紙を送ってくれたので、ぼくはすごくうれしい。君はぼくの朝を守ってくれた。午後が楽しみだ。ぼくは四時に行きます。この一つ一つの文字に千回のキスをします。いつこんなにたくさんの字を集めてきたんだい?

君はやさしくて、すごくすごくかわいいよ、オルガちゃん、そしてぼくはもはや、まったく救いようがない、君のカーチャ

(783)

〔一九二一年三月〕

大事なお嬢さん

それはいけません、ぼくは今日、ほんのちょっとでも、君とどうしても会わなければなりません。午後六時四十五分にクヴァピルと編集室で会うことになっています――『ルサルカ』の件です。ですから、あなたのところへの訪問は以下のようになるでしょう。

ぼくはコートを着て、ソフト・ハットをかぶり、五時四十五分ごろ、細かな足取りでチョコチョコと通いなれた道をウーエズドのほうに歩いているでしょう。ぼくは君を迎えに行くのです。お嬢さんはものすごくかわいらしくて、ぼくとほんの少し一緒に歩くでしょう。ほんとはね、ぼくは君と夕飯の後に会いたかったんだ。でもね、君は、たぶん、今日は暇にはならないだろう。だから、せめてこの一時間を、ぼくたちのためにしたかったんだ。

ぼくは昨晩ずっときみの夢を見ていた。朝、目を覚ましてもなんとなく気分がすぐれない。朝、少しばかりそこらを歩いてみるべきだった。十一

時半には稽古のためにシュヴァンドヴォ劇場に行かなきゃならなかったけど、行ってみるとそこには誰もいなかった。ぼくは編集部で女の子の読み物を書こうと思っていた。でも、そのかわり何かの交渉のためにすぐに来るようにと電話で呼び出された。

だからね、簡単な話、ぼくたち、いま、会わなくちゃならないんだ。さあ、もう着替えをしなさい、そして外に出ておいで。そしたら、道の途中で君と会える。ぼくは喫茶店の前を通っていく。時間を正確に、時間を一分たりとも無駄にさせないで。さあ、着替えをはじめなさい。短時間の散歩だって君の健康にはよいことだよ。それに、ぼくはクヴァピルのことで時間を無駄にしたくないんだ。じゃあ、バイ、バイ、ちっちゃくて、やさしくて、かわいらしいお嬢ちゃん、さあ、外に飛び出しておいで、今すぐ。

バイバイを千回、チャーチャより。

［一九二一年三月］　　(784)

十二月十一日
おお、神様。
もし、ぼくが何かになりたいとしたら、
ぼくは、彼女の空腹になりたい。
絶対に彼女を待ちあぐねることのないように、
一日に三回、会いに行きたい、
そして、いつも、いつも、ぐずぐずせずに
彼女がわたしに、安らぎをあたえるように。

そして、もし、ぼくが彼女の大きな櫛ならば、
朝、彼女の髪を引きちぎってやろう、
そして、一日中、歯のあいだにくわえていよう、
そして静かな、
長たらしい小歌をうたっていよう。

そしてぼくが彼女の靴底だったら、
ぼくは木の幹のように、
不屈で、誇り高くありたい、
すると、彼女は
かわいい小娘ではなくなるだろう。

ああ、なんてことだ、きみが
ドスで脅かされて拘束されているのなら、
神よ、ぼくをトノフ家〔オルガ一家が住んでいた通りの由来になった建物の名〕の執事にして下さい。
ぼくは毎晩、彼女のために家の戸を
開けに行きます、
でも、神様、ぼくはそうなったときに
何が起こるか知らないのです。

もし、ぼくが詩人で、才能があったら、
ぼくは「オルガ」という文字に合う
韻をすぐに思いつくでしょうに。
でも、それはね、君、大変な仕事なのだよ。

そして、もしぼくが月だったら、
時間を無駄にするようなことがあるだろうか、
ぼくはまっすぐトノフスカー通り、
二十五番地に忍び込む。
ぼくはベッドのふちに腰をおろして、
静かに聴く、
かすかにあいた口から、静かな、静かな、
静かな寝息が漏れている様子を、
そして、ぼくは彼女の歯の上にとまって、
きらきら輝いていたい。

もし、ぼくの気が狂ってなかったら、どうすればいいかわかっただろうに。
(この言葉は、八回、くり返される。その度に、
異なる表情で)

日焼けした恋人をもつ者は、
静かに物事を考えることができる。
しかし、ぼくは女優をもち
しかも、ぼくは熱病にかかっている、
そして、彼女が苦しめる――

もし、いま、ぼくが、愚かなことを
彼女に書かないなら、
彼女の家の、窓の下に行きたい。

もし、いま、ぼくが彼女の部屋の、窓の下に
行くとしたら、
その馬鹿なことを、家で書きたい。

そして、もし、ぼくが警察の
ビーネルト長官なら
警官全員にギターを持たせ、
セレナードを弾かせ
ホトコヴィー果樹園では、
二人の警官に角笛を吹かせる。
すると、プラハは身震いし、隆起しはじめ
揺れ、回り、興奮のあまりジャンプする、
夜の波は、愛にむせび泣く。

もし、ぼくが死刑の判決を受けたら、
ぼくは喜んで死ぬだろう。
ぼくは自分に言う、死ぬもよし、
愛されながらの死ならば。

それに、もし、

ぼくがオルガ・シャインプフルゴヴァーであっ
たなら、
ぼくはこの乱雑にかき集められた言葉を、
みんな読むだろう
そしてぼくは言う、うん、
わたしは一人の男を見つけたわよ、
その男って、おつむが少し変なの。でも、その
男が意味するのは、
自分のめぐり合わせた星を信じることができる
ことよ。

頭がおかしいというその男を、
あたしはどうすればいいの
それが秘密さ、秘密と阿呆、
阿呆はその二つを結びつける、
ちっちゃな女の子への愛で、
頭が変になっている。

(785)

[一九二一年三月十一日頃]

かわいい子ちゃん、ぼくは、いま、目がチカチ

カして字がよく見えないのだけど、この手紙を書いている。ぼくはちょうどいま、偏頭痛に襲われて、ぼくの目の前で何もかもが鋸の歯のようなぎざぎざに振動して見える。チケットはもう受け取っている。もちろん端っこだ。でも、右側だよ。ぼくは時間通りに行く、大丈夫だよ、心配ない。君のお父さんも、さっそく今日、招待する、ボックス席のほうへね。ぼくはこれから例の「ラウ・ディ・タウ団〔ロシアの寄席芸人の一座〕」のことについて短い紹介記事を書く、彼らはロシア人で等々、彼らのことが大勢の人たちに、もっとよく知られるようにね。明日の新聞に出る。

昨日の夜、ぼくはとっても、とっても悲しい気分で家に戻ってきた。そのあとベッドについても、一晩中、映画撮影の夢ばかり見ていた。この忌々しい偏頭痛め、ぼくはこの手紙を意識喪失したみたいに、すべてをまったく行き当たりばったりに書いている。お嬢さん、いったいどうしたら君のご機嫌が直るんだい？　昨晩はあれほど見事な勝利を収めたというのに、どうして、お前、悪夢よ、不幸なはずがないではないか？

こんな喜びが一週間ともたないというのはどういうことだ？　今朝、目を覚ましたとき、ぼくはぼくの愛するお嬢さんが、昨日は彼女の演技はすばらしかったなと思い、すごくうれしかった。そのおかげでぼくは君のことまでが恋しく思われはじめたほどだ。だから、ぼくはいま今晩を楽しみにしている。どんなふうにかっていうのは、君にも言えない。あえて言うなら、外気を吸いながら、どこかそこらへんを君と一緒に散歩でもしたら、すばらしいだろうなってとこ。そして目下のところは、ぼくたち、二人とも忙しい！

新聞社の仕事場は今日も掃除だ。ブルルルル。こんな日って、ぼくはすごくいやなんだ。かわい子ちゃん、ぼくは君のための長い休憩を失うことになるだろう、でも、ほんの少しくらいの暇ならあるさ。

いったい、ぼくは君に何を書こうとしていたのだろう。少なくとも、このあと会おうとしているのに！　だから、今度の木曜日を楽しみにしている！　忘れないうちに言っておくけどズルザヴィー〔チェコの代表的画家で、チャペック兄弟の友人〕のあの絵を額縁に入れるとき、絵が額縁にぴったりくっつくように、縁取りはつけないようにということを額縁屋に言って下さい。ズルザヴィーがそうすることを望んでいるんだから。

　さあ、お嬢さん、どうか喜びを味わって下さい。そして昨晩の喜びを抱きしめていて下さい！

ぼくはもっと、いろんなことを書きたかったんだけど、ぼくはもう眠くなった。

　チャーチャより。

【一九二一年三月十四日頃】　（786）
お嬢さん、ぼくはすごく君に会いたい。だから、せめて二言三言今すぐ書くことにする。今日、ぼくは三種類の君の夢を見た。
1．君は二万六千コルンの借金をこさえた。
2．君はぼくと歩いていた。そしてルットヴァー嬢のように太っていた。
3．君は別のボーイ・フレンドを見つけたから、ぼくたちは別れた。
　さらに、そこには義兄〔姉ヘレナの夫、コジェルハ〕がいて、言った。「君、ブルノのことはまったく信用していいよ。でも、シュテッフには何も書かないようにするか、ブルノ国民劇場のことが、はっきりしないかぎり、彼にはあいまいに書いておくことだ。」

　今日、三時に、ぼくは、ぼくの映画〔『金の鍵』〕を見に行く、ぼくの最初の映画だ。話によるとよい出来だそうだ。ぼくはそれを見るのが楽しみだ。

　それから五時にはスラーヴィエ（喫茶店）である女の子を待っている、「きっとだよ」。どうか時間通りに来てくれますように！　ぼくは彼女に話すことがたくさんあるんだ。それから『ミミ』の稽古をしよう。

　お嬢さん、君はぼくがどんなに愛しているか、知りもしないんだ。そのブルノの話はね、まさにぼくをずたずたに切り刻もうとしているみたいだ。そのことを考えると、ぼく自身、すごく恐ろしい。ぼくは君がプラハにとどまるよう、ありとあらゆることをやっている。でも、君の意思にしたがって決めていいんだよ。
お嬢さん、五時に会えるよう祈っています！

それからね、ヒュープネロヴァー夫人に会ったら、スタヴォフスケー劇場の彼女の楽屋の同室者に君を選んでくれるように頼んでごらん。君にはとっても好意的だと思うよ。

ねえ、かわい子ちゃん、正直に言うと、今日、ぼくは君を明日まで待っていられないんだ。お嬢さん、どうか、ぼくを待たせないように、お願いだ！

君のチャーチャ。

（787）

［一九二一年三月十七日］

「木曜日の夜に」〔詩の形式による〕

ぼくの手はまだ香っている。
夜の湿気と、劇場のなかの人いきれ、
桃の匂い、挑発的な化粧の匂い、
ぼくは顔をなでた。すると手のひらに、
化粧の匂いが残った
シェラック・ニスとバルサンと、
それに夜の香り
その上に、何か甘いもの、新鮮で神聖なものが、
手のひらに残った――
ぼくの手のひらに花が咲いた。
人工の奇妙な花よ、
ぼくはおまえで、唇と顔のほてりを冷まし
そして、喜びの夜を吸い込む。汝、わが世界よ
酔った暗い夜が若者にたいして
なんたる香りを放っていることか！

（788）

［一九二一年三月二三日夜］

あんたはやっと記事を書きおえた。じゃあ、もう、思い出してもいいわよ
あんたの愛する、たった一人の女性のことを。
何が言いたい、オルガちゃん？――神様、ここにオルガはいないじゃありませんか、
オルガちゃんは、きっと家にいて、たぶん、役作りの勉強をしているんだな、

かわいいお手々が少し痛い、胸が少し痛む、
眠くて眠くて仕方がない、それに何かのことで
　悩んでいる。
指を髪のなかに挿し込んで、そして、わが家の
　ミミ、オルガちゃんは
ミミの役のおさらいをしている。
神よ、神よ、大神よ、
今日は早くベッドへお導き下さい、
そして、ぼくも、ぼくもすぐに眠りに行きます。
ベッドに入って、想い……想い……想い出しま
　すよ。
――あんたは、チーチャ？　いいわ、私のとな
　りにすわりなさい。
そのグレーの目を、謎めいた猫の目を閉じなさ
　い。
そして眠るのよ――わたしのように。
何のこと思ってるの？　ある雄猫のこと、
何がお前を――
ふむ、わたしは何にも言いません。なるほど、
　お前はその雄猫を好きなんだ、そうだな？
ぼくの子猫ちゃん、君は美しく、そして、若い。
おい、お前は何を見つけたのだ？　なんだ、そ
　んなものただの紙くずだ。
だから、ぼくに書かせてくれ。でも、そんなこ
　とは止めてくれよ、小猫ちゃん！　何でお前
　は気が違ったような振る舞いをするのだ？
その紙くずで遊んでおいで、床の上でその紙く
　ずを追っかけてごらん、
ボールを蹴るみたいに、お前の手のひらで抑え
　るんだ。
――あたしたちは正気とは思えないくらい夢中
なんだよ、チーチャ！　今晩というこの夜は
詩人の心と、猫ちゃんの本能とにたいして、
なんと素敵なことをしてくれているのだろ
う！
二人は紙のきれっぱしで遊んでいる
そして二人は永遠の、最高に美しい本能を信頼
　しきっている。

［一九二一年三月末］　　　　（789）

親愛なるオルガちゃん、さて今日の夜、劇場へ行くのを楽しみにしている。ボクハボックス・オフィスでチケット受け取れることを希望している、だろう？　ぼくはこれが、せめて少しだけでも気晴らしになればうれしい。だって、ぼくは寒気がして、そのせいで、ひどく気分が悪いんだ。どうやら『プラハのドン・ファン』が魔法の針でぼくの喉を突いたからかもしれない。だから、ぼくの喉がむず痒いんだ。ええい、お嬢さん、こうなったらその青二才のために、取り逃がしてはならない、かけがえのない喜びとなることを期待しているよ。

——昨晩は、例のアメリカ人たちと一緒だったけどそれほど悪くはなかった。ただ、四人の男が世界の四つの言葉で話さなきゃならなかったし、最高級のビーフステーキ食べなければならなかった。そして今朝は三枚の写真をいろいろなポーズで撮らせなければならなかった、まったく頭にくる。うまく撮れていたら、どれか一枚君に持ってきてあげるよ。たぶん、二週間後のことになるだろう。

もう、あのシュテフ〔この当時ブルの国立劇場監督〕に手紙を書いたかい？　こんなお祝日はね、いいかい、何か楽しいことに使わなきゃだめだ。ぼくたちは演技をしちゃいけない。そして、手紙を書くのもだめ。そのあとで、ぼくたちどこかへ旅行に出かけよう。それで、ぼくはきっと健康を回復するだろう。午後、ぼくはまた映画に立ち会わねばならない。映画なんてくそ食らえだ！　昨日はまだ編集が出来ていなかったんだ。

お嬢さん、今日、ぼくは二枚の写真を撮られた。カメラマンがシャッターのゴム毬を握り締めている、ちょうどそのときに、ぼくは君のことを一生懸命に考えていた。でも、果たしてこの写真に、ぼくの考えていることが少しでも写っているのかどうか、ぼくにはすごく疑わしい。

神様、ぼくは今日の午後、オルガと会いたいのです。でも、それは不可能です。だってぼくは自分でさえ、いったいいつ、ほんの少しでもいい、時間の都合がつくかどうかもわからないのです。

それに、オルガはまだ役の稽古をしなければなりません。

ぼくはあの殺人犯の書いたものを読みたいし、そのあとで、ぼくはみんなと、ルサルカと写っている写真が欲しい。そのあとでカワイコちゃんとデート。挨拶のキスを交わす。オルガは美しい顔立ちのオルガからはもっともっと違った別のものが欲しい。

ああ、なんてことだ、どうしてこんなに寒気がするのだろう！　お前はなんていやなやつなんだ！　どうして自分のガールフレンドの後を追っかけて、飛んでいけないのか！　たしかに、彼女のほかにお前を楽しませるものはないからな！　夜まで待て、この阿呆、そして、休憩になったら、カワイコちゃんを追っかけて中庭に飛んでいけ。そのあとで、彼女をカンパ〔地名・ヴルタヴァ川沿いの一区画〕を越えて彼女のお供をしろ、そして――たぶん、お前がいま考えていることは、運命がおまえに授けてくれたものだ。

じゃあ、夜よ、おやすみ！

カーチャ

（790）

【一九二一年三月二十六日】


お嬢さん、今日は一日、君のハンドバッグをなでながら、自慢していた。哀れなるかな、ぼくは昨晩、君がぼくにどんなに喜びを与えてくれたか、なんにも言わなかった。それなのに、ぼくの胸はまだ晴れません。そして夜には、またもや、不機嫌な詩を書きました。ぼくはその詩を君を吹き出させるという、ただ、それだけのために送るのです。そして、依然として今日、何かすっかり気が晴れない何かを感じているのです。

でも、そんなことは気にしないで下さい。夜になったら、君はぼくにそんな気配をいささかも感じないでしょうからね。だからね、君、ぼくは今晩を楽しみにしている。ぼくは君の残酷なお手々に、お行儀よくキスをします。ああ、この髪の生えた小さなものが、何とぼくの心を和ませてくれるのだろう。そして、君なしには、一歩離れたところへさえ、もう決して行かないと言うだろう。

お嬢さん、ぼくは今日、すごく君のことが恋しいのだよ、まるで、君を失うのが決められた定めでもあるかのように。

お願いです、どうか時間を守って下さい。きっと七時半には、あの時計台のそばに来て下さい。ヴェーゲネルを観にいきましょう、そしてぼくは、主として君と会うために行くんです。そしてぼくを締めつける不安がいまあるか、それとも生命の活力でその不安を克服するべきかどうかを確かめるために、君の目をのぞき込む。

お嬢さん、お嬢さん、君がいないと、一日がこんなに長くなる！　ぼくは恐ろしさを、引越しをする人のように細かな仕事でまぎらわした。いま、ぼくは泥に汚れ、ほこりにまみれてすわっている。そして、すごく君をちょっとばかり飲んでみたい。七時半まで！　まだ、六時半だ。不安とあせりと。おお、この怪物め、お前はまったく何も知ってはいないのだな。やれやれ、ぼくはひっきりなしにタバコを吸うために何度も君のハンドバッグをひきよせては、それをおもちゃにしている。

ねえ、カワイコちゃん、ぼくの下手くそな詩に怒らないで下さい。ぼくにだって、その詩の出来がよくないことはわかっている。しかし、人間は多くのことは出来ない。全生涯のうちのいつか。――ちょうど、ぼくを連れにクヴァピル氏が来たところだ。ぼくは彼と一緒にどこかに行かなければならない。だから、これで終わり。

カワイコちゃん、大切なオルガ、残酷な暴君、では今晩、早めにおいで！

君の、うぬぼれ屋のカーチャより。

（791）

［一九二一年三月二十六日］

ハンドバッグよ、革製の美しいハンドバッグよ、
愛の小枝よ、お前をぼくのところに持ってきて
　くれたのは
髪を乱した小さな子供の神、
愚かなキューピッド、
ぼくがそれを持って喜ぶために
あの革のハンドバックのように。

いま、お前は一人ぼっちでここにいる、
革のハンドバックを手に握り締めて。
お前のいとしい人は
今日それを、お前に与えてくれなかった。
しかも、その上――いや、まったく何にも。
お前は手に
革のハンドバッグを握り締めているだけだ。
唇をかみ締め
愛と渇きと、
愛と苦悩と、
愛とそのほかいろんなものによって
さいなまれながら。

ハンドバックよ、美しい革のハンドバッグよ、
こんな時間に、あの残酷な子供の神は
何をしているのだろう?

お前はいろんなことを考え、
三十一回目の春を迎えて、
自分はもうほとんど老人だと思い込んでいる。

ばかな、ばかな、彼女はあんなに若い、
お前は少なくとも十回の人生を生きなければな
るまい、
もし彼女がお前を二十倍も
愛しているというのなら
そして、お前も、また、十倍も、彼女を
愛さなければなるまい
彼女の喜びのために。いいかな、
彼女はお前を愛している。でも、たぶん――
――いつか――お前だけでは、
不満になる――

美しい革の、ハンドバッグよ、
オルガへのかわいらしいプレゼントよ、
お前のどこかがひどく痛むとき、
その意味するところを
感じ取ってくれるといいのだが。

髪の生えたかわいいもの、
それはどんなふうにやってくるだろう、

われわれ人間よ、われわれはそれほどまでに
極端に壊れやすいものなのだろうか？
突然、われわれを何かが傷つける、
それとも、痛みを与える。われわれは、
なぜかも、どこかもわからない、
ふーっと、ふーっと、お嬢さん、息を吹きかけ
　なさい。
そうら、もう、痛い痛いは行っちゃった。

しかし、やがて、ぼくは一人になる夜、家で
唇をかんで椅子にすわる
そして、感じている、
いや、いや、いや、いや、違う、
痛いのはなくなってはいない、その馬鹿げた傷
　からは
まだ、血が流れてて、痛い。そうら見たことか、
傷は誰かさんが思い込んでいたよりも、
もっと深手だったのだ、
誰かさんが測定したよりも、
もっと深く、もっと深く、

ただ、愛のみが到達できるほどの
深さだったのだ。
かわいらしいハンドバッグよ！
大切なハンドバッグよ！
われわれ、人間たちをあざ笑うがいい、
ちょっと首をねじって、その実例を見るがいい、
なんと変な顔しているかがわかるだろう、
黙ってじっとしていたいみたいだけど
いまにも泣き出しそうじゃないか。
髪を生やしたものよ、
他人のことをわらうがいい！
どうして、われわれ人間は、
こんなに異常なまでにデリケートなのだろう
！

プレゼントのハンドバッグよ、
やさしい娘のいたわりよ、
人間はすべてのものにたいして、高い付けを
払う。
愛には愛をもって、喜びには苦痛をもって。

お休み、愛するオルガちゃん。せめて君だけは、今日、甘い眠りにつきなさい。

［一九二一年四月一日以前］　　（792）

お嬢さん、今日の午後、よそ行きの服を着て、待っていなさい、四時半ごろに来ます。たぶん寒くなるよ。だから買い物に行こう。そのあとで、どこかの喫茶店に入って一休みしてから、一緒に何か素敵なもののある店を見てまわる。ぼくは傘を買う、それから服と帽子などなどを見てまわろう。

いまは、これからすぐに国民新聞に出社しなければならない。もし社にksg氏〔オルガの父の新聞用筆名〕がおられればの話だが。そして、その他のもろもろの雑件――そのほとんどは口頭で処理したほうがうまくいくようなもの――をのぞけば、とりあえず用件というのはそれだけだ。

K. Č.〔カレル・チャペック〕

［一九二一年四月初旬］　　（793）

オルガちゃん、ところで、ぼくはまた国民新聞を見にきている。今朝、ぼくは（一）蝶の標本用の美しい箱を手に入れた。――君がその箱を壁に掛けたらすごく豪華に見えるだろうよ。だけどちょっとの間、我慢だ。それと（二）『モドラーシュカ』〔J・ルナールの二幕ものの芝居〕のきれいな切符、二枚（平土間）も入手した。（三）ぼくはルツェルナの切符を手に入れてくれとボディクに電話した。ところがどうだ、ジヴノバンカ〔チェコの代表的銀行〕の石頭どもときたら、考えても見てくれよ、いまはまだプライヴェートな電話はご遠慮下さいだと、そして一時過ぎにシャインプフルゴヴァー嬢にご自分でお電話下さいだと。

この石頭どもめ！　それで、ぼくは午後、歯医者に行く。そのときついでにボジェナ〔ボジェナ＝オルガの姉妹、ジブノバンカに勤めていた〕に電話する。その後ぼくは「チェコ作家・作曲家シンジケート」の会議に出る。そのあと夕食をとって、七時半に、オルガちゃん、国民劇場の前で二人のかわいいお嬢さんたちを待っている。もし、午後、暇があったら、蝶々たちを針で留めて、トゥノフスカー通り二十五番地の誰かさんのところへ届けます。ぼくは『虫の生活より』〔兄ヨゼフとの共作戯曲〕の記念として君にプレゼントしたい。ぼくはいま、またその仕事に取りかかったところだ。ねえ、君、それはね素敵な作品だよ。待っていたまえ、その原稿を持ってくるから、君の意見を聞かせてくれなきゃだめだよ。

かわいい娘さん、冗談好きの小鳥ちゃん、小鳥のようなお嬢ちゃん、じゃあ、七時半にお二人にお目にかかりましょう。

ボジェナさん、以下はあなた宛てです。

小鳥のオルガにたくさん、餌を与えて下さい。そして七時半に生死にかかわらず、その小鳥を連れてきて下さい。

オルガへ、以下は、また君宛てだ。

民衆新聞に掲載された、ぼくたちの漫画〔カリカチュア〕をお父さん経由で君に届けます。多分、少しは君の気に入ると思うよ、そしてきっとぼくだとわかるだろう。――あの悪党のルッテはいつも肩越しにぼくを覗き見していたから、ぼくは書けなかったんだ。ただ、もう一度だけキスを、そしてお終い。ねえ、君、もう止めよう。ただ、もうちょっとたくさんのキスを、オルガ鳥の黄色とピンクの、湿った心地よいくちばしに、もう、これでお終い。もう万年筆のインクも枯れてきた。でも、ぼくは君への愛だけは枯らさないからね。そして、もっと素敵なことを書きたい。でももう遅い。じゃあ、もっともっと、すごくたくさんのキスだけを送る。そして七時半に待っている。お終い。

チャーチャ

(794)

［一九二一年四月］

かわいい子のオルガちゃん、いま十二時半、城〔大統領マサリクの執務室がある〕からちょうど降りてきたところ、それはまさに君が踊っている時間、そして多分、多分、ある意味で幸せな気分を味わっているところだね。

見てくれよ、お嬢さん、ぼくはすごく憂鬱だ。今夜はどんなにおだてられても、ぼくは、もう、そのおだてに乗る気にもならないほどだ。あの選り抜きの人たちのなかにあっても、ぼくは短いスカートをはいた、ぼくのカワイコちゃんをずうっと描いていた。襟の枠のなかに口、目はキラキラきらめいている。その目をちらっとぼくのほうへ投げかける。そしてぼくは誰と何を話しているのかもわからなくなる。お嬢さん、いったい、ぼくたちはこの人たちのなかにいるのはふさわしくないんじゃないだろうか。ああ、どうかぼくたちをどこか真っ暗な片隅へ押し込んで下さい。

いいや、君はいま踊ってはいないよ、炎ちゃん。ぼくは君が誰の目を眩ませているか、誰を焼け焦げにさせているか知らない。でも、ぼくは君の絵を見ながら、嫉妬心を燃やしている。ぼくは俳優全体に嫉妬している。もう十時から氷の塊を胸に抱いている。――でも、いいんだ、楽しみなさい。ぼくは君が気が狂うくらい幸せであること、そして同時に、ぼくのことも忘れないようにと願っている。ねえ、君、いま一時だ。そして君のことを考えている。ぼくは十分睡眠がとれないのではないかと、そして君と会えないむなしさが、ぼくの前に広がるのではないかと恐れている。

オルガちゃん、オルガちゃん、明日の六時だよ――ええい、もうなるようになれだ――そしてどこかへ行こう。いいかい、オルガちゃん、そのことではぼくたちは借りがあるんだ――今日の夜、ぼくたち二人はあまりにも大勢の人たちの間にいた。次の晩はぼくたちだけのものでなくちゃならない。

オルガちゃん、いま夜中の一時だ。どうせぼくのことなど考えてはいないだろう。ところが、ぼくは馬鹿だから、アリス嬢〔マサリク大統領の令嬢〕と話をするときまで、十回、オルガ、オルガと言うことを自分に課しているんだ。そしてぼくはその二倍も義務を果たすだろう。それなのに、君はぼくのことを思い出しもしないのだ。もし、君がぼくのことを思っているとしたら、ぼくはこんなにまで嫉妬心にさいなまれないんだけどね。

君のK.

[一九二一年四月初旬]　(795)

少なくとも、カワイコちゃんに挨拶をしなかったら、ぼくは部屋になんかに居たくない。そんなわけで昨日の夜は撮影はなかったが、でも、コシージェの最低の貧民街への警察の緊急査察に随行した〔『コラムの闘争』拙訳編、「シャブリーン住宅」「二五一番地の家」社会思想社、参照〕。そこでぼくが目にしたものは一生忘れない。このことについてはいつか君にも話して上げよう。貧困がどういうものか君にもわかるようにね。そんなところへは君は金輪際、行けっこない。ベッドのなかにもぐり込んでいたほうがいいよ。ぼくたちは五時間歩き回って、三時ごろ、やっと家に戻ってきた。

　昨日、ぼくは午後オルガちゃんを訪問しようと思っていた。でも、ぼくはとりあえず、ひと一眠りするよ、オルガちゃん。だって、ぼくはもうクタクタで、疲れ果てて、そのうえすごく気が重いんだ。でも、六時にはシュヴァンドヴォ劇場を観にいく。きっかり六時だ。きっとお嬢さんは、ぼくが電話を掛けずにすむように、劇場の前に現われることができるだろうな。それから、その後、九時にお嬢さんを家まで送るために、待っている。お嬢さん、人間ってなんて奇妙な生活を送っているんだろうね！　ぼくはあの人たちよりも幸せなのがすごく恥ずかしい。今晩は、ぼくに楽しい思いをさせてくださいね。

　カーチャ

[一九二一年四月七日、深夜、ブルノ行きの列車の中で]　(796)

ランタタ、ランタタ（列車）。
お嬢ちゃん、幼い子、少女に、小鳥たち、
もし、君と一緒なら、
馬鹿げた遊びができたのに、
君はぼくの膝の上で眠らなければならない。
さあ、お休み、
目を閉じて、髪の香りでぼくを酔わせなさい、
そして

お寝んねしなさい。静かに。ぼくは身じろぎも
　しないよ、ただ、ちょっとだけ、
左の目、次に、右の目にキスをする、
それでおしまい。もう身じろぎもしない。
ただ、抑えがたい衝動から、
ばら色の、湿った、渇きを覚えた唇に
ちょっとだけキスをする。
そして、もう、今度こそ、お終いだ。
ただ、ちょっとここだけ
気の強そうなあごの陰に隠れた
首の辺りにキスをしよう。
そして、もう、今度こそお休み、オルガちゃん。
ただ、君が眠ってしまうまで、
ほら、手で君をなでてあげよう、君のほうにか
　がみ込んだりはしないよ、それから——
さあ！　さあ！　さあ！　ちょっと待て、
オルガちゃんが眠らなきゃいけない、
さあ！　さあ！　さあ！　お嬢ちゃん、
ぼくはどんなに君を愛していることか、
「じゃあ、もう、放してよ、カーチャ〔カレル〕！」

——うん、すぐに！　ただ、もう一度だけ、
君からキスを頂戴しなくちゃあ。
「チャーチャ、チャーチャ、あたし怒るわよ」
いいんだ、いいんだ、だから、もうお休み。
ぼく、ピクッともしないからね
ぼくはただ見ているだけだ、
頭を隅っこに押し込んで、
あっ、そうだ、そうだ、もう一度だけ！
そして、もう、一度！
オルガちゃん、オルガちゃん、ぼく、君にささ
　やき声で話したい——
「チャーチャ、あなたって——」シーッ！
眠れ、眠れ。ぼくたちブルノへ行くんだよ。
ぼくと君と。
君は手を縛られ、ぼくは恋の虜になって。
——オルガちゃん、オルガちゃん、ほんとは、
　そうじゃないんだ！　ぼくは一人で列車のな
　かだ、まったく一人、そして思い出している。
ランタタ、ランタタ（列車）

口づけもなく、押しつけられてもいない唇で、
さあ、もうお休みオルガちゃん、
家に帰って、お休み。
そして、列車のなかにいて悩んでいる　――
――
それでも、君は睡眠のほうを選ぶというんなら、
君はつれない娘だ！

［一九二一年四月八日、金曜日の午後］（797）

オルガちゃん、列車に乗っているあいだに書いた詩を送ります。

今日は朝から稽古です。あまり良くない。エクルは力不足、グレーフォヴァーはまったく中味がない、唯一、十分な力を示したのは、たぶんウルバーネクだけだろう。他の連中はまるで駄目、ないし役柄に合っていない。どうするべきか。

ぼくはシュテフと話をして、すべて解決した。シュテフはオルガちゃんを勘定に入れることができるのを非常に喜んでいた。そして君が非常に必要であり、君にはすばらしい、本物の演劇的才能があると言っている。彼は今週中に開かれるブルノ国民劇場理事会で、君の参加について提案するだろう。

月曜日には新しい委員会が選ばれる。そうするとぼくの義兄と姉は新しい委員会で着実な前進を提案する。そしてぼくたちは、全力を尽くしてがんばる。要するにそれが、最上の道だよ。ただマヘンだけが怒って反対した。この娘は『罪』には向いていないと言った。この娘はリリカル〔叙情的〕な女優で、彼の言によるとこんな女優は掃いて捨てるほどいるそうだ。彼が求めているのは悲劇女優で、チェコには一人もいない。ただヴラティスラヴァのクロコツカーとか何とかいう女優だけだそうだ。ドスタロヴァーも駄目、ヒューブネロヴァーは演技過剰というわけ――これはマヘンの趣味がどういうものか君が自分で判断できるように書いたんだよ、お嬢さん。幸いなことに、マヘンだけでは何事も決まらない。ただ怒りにまかせてしゃべるだけ。もちろん、彼の変人ぶりはいつもこんな具合だ。ペチョヴァー夫人からは、どうし

てオルガちゃんが自分で来なかったのかしら、プラハできっとなにか事情があったのかもねって尋ねられた。グレーフォヴァー嬢までが、やはり、ぼくのカワイコちゃんについて、何かちょっと棘のあるコメントをした。マヘンはいつもグレーフォヴァーやほとんどすべての人の悪口を言っている。あいつは紙やすりみたいに、ザラザラの無作法者だ。シュテフはある重要な理由からヴラティスラヴァの件にたいして忠告をした。

明日の朝、彼ともう一度話をする。お嬢さん、ここはひどくレベルの低い劇場だよ。なんとなくぼくは好きになれない。ぼくはここに来ないほうがよかった。でも、なんと言うか、シュテフは君のこと評価しているようだ。ここには若手の女優がいない。そんなわけだから今週中には最終決着を見るだろう。そして――大事なこと。いいかい、お嬢ちゃん、ぼくはこの言葉をすごく恐れている、どのくらいたって「イエス」というのだろうとね、もう、引くわけにはいかないんだよ。――いまは、ある人を訪問するため駆けていかなきゃならないんだ。ぼくがどんなに君のことを心に留めているかわかってくれたらなあ！　ぼくはもうプラハへ帰りたい。いま、コリーンを通過、リベニュ、そしてプラハ駅、お嬢ちゃんのうちへ、彼女の口へ――ああ、カワイコちゃん、君がぼくのことなど思い出しもしないと思っている。君がいなければ、すべてのものがまったく消えてしまう。ぼくは調子を乱し、不幸になる。ぼくは……ぼくは……カワイコちゃん、だからね日曜日の十一時半に迎えに行くからね！　ぼくはすごく気分が悪い。寒気がする、それに不幸だ。ぼくはすぐにも戻りたい。プラハへ戻りたい。

キスを、小鳥ちゃん、ぼくのオルガちゃん。さあ、ぼくのこと、ちょっとのあいだ思い出して！　数えられないくらい、キスをする。残念ながら、ちょっと離れすぎてるけどね。

君のカレル

（798）

［一九二一年五月］

親愛なるお嬢さん！

そんなわけで、ぼくは幸運にも今日の夜のチケットを二枚の買うことができた——そして編集部で三枚目の切符、劇評家用のチケットを受け取った。だからボジェナと一緒に行っておいで。可愛そうなボジェナは、たしかに、まだロシア人たち〔モスクワ芸術座〕を観ていないのだからね。で、まあ、そんなわけさ。ぼくはマロストランスケー広場で六時五分前に待っている。なぜなら六時半にはチケット売り場に行って、その二枚の切符を、もっといい席のものに換えてもらわなくちゃならないからだ。要するに、ここにある切符は一番後ろの列なんだ、それでぼくが残念がっていると、チケット売り場のお姉さんが、夕方になったらもう少しいい席に代えてくれると言ったんだ。だから、きっかり六時五分前に広場に来るように、ボジェナちゃんも一緒にね。ぼくはそこで君たちと落ち合う、そこから電車で行こう。ブドウ球菌でおなかが痛くなるといけないから、あまり食べ過ぎないこと。

お嬢ちゃん、ぼくにもよくわからないんだけど、もしかしたら昼食の後、ちょっと立ち寄るかもしれない。ほんの五分間だけ。それというのもね、君はちょっと役の稽古をしなければならない。でも夜まで待つのは、ぼくにはちょっと長すぎるような気がする。もし、ぼくが来ない場合、ぼくの不安が治まらないとしたら、君はぼくのためにその五分を犠牲にしなくちゃならないよ。じゃ、とりあえず、ごきげんよう。

じゃあ、なよなよしたお坊っちゃん、それから——それから、もう一つ何かを。いまのところはご挨拶だけ。

(799)

［一九二一年五月］

水曜日の夜。

それは、すごく、すごく、疲れた一日だった。お嬢ちゃん、ほんとだよ、もう、生きることとさえ楽しくなくなった。後に残された楽しみは君に手紙を書くことだけ。今日、一瞬間だけ君を見た。

色あざやかな衣装を着た娘さん、なんと美しかったことだろう。
可愛らしいお人形ちゃん、お嬢ちゃん、
思わずキスがしたくなる、
ぼくは君を愛撫したい、
君を手の中にとらえたい
そして――もう、何でもない。
ぼくの悲しみは手の平から漂っている、
悲しい指が、手紙を書いている。
お嬢さん、オルガさん、あの人たちが、
オルガが何者か、知りさえしたら、
愛とは何か、そしたら、みんなは家にとどまり、
ほかの人の夜を台無しにせずにすんだのに
いや――いや――いや――
親しいものたちの夜を傷つけはしない
そして――もう、何もない。オルガちゃん、
あの晩のことを償ってくれる人は、
青春の最後に失われた夜を、
失われた！　失われた日！　しかし、だからぼくはそれをただ体験しただけだ、
それを、夜が君の手のなかに握らせるために、
言う。オルガちゃん、それは
すべての疲労の一日だったが、
それでもみんな君のもの、わかるかい？
みんな君のものなんだ、
だからそれを取りなさい、
疲れ果てたものを憐れみなさい、
愛しているものを慰め、
そして――もう、なにもない
失われた日よ！

オルガちゃん、ぼくは今日、君と会わなければならない。どうかお願いだ、四時半にヤクブ広場の時計台のそばに（スミーホフのだよ、うちの近くのではない）。いいかい、きっとできるよね、ぼくは四時半から、四十五分まで待つことができる。もし君が来なかったら、六時まで劇場で待っている。オルガちゃん、ねえ、お願いだから、あの晩の償いのために来てくれ。ぼくが君を必要としているのがわかるだろう！　おお、神よ、あの

一日が、どんなに無駄にされたか思ってもみて下さい！　オルガちゃん、君がたくさんの仕事を持っていることはぼくにだってわかる。でも、それにしてもだよ——仕事よりも優先されることだってあるんだよ。ぼくのため、それに君のために。だからおいで、ぼくが君を呼んでいるんだ。

四時半だよ、オルガちゃん、オルガちゃん、きっとだよ！

［一九二一年六月］　（800）

最も愛するお嬢ちゃん、今日の午後、ぼくは君のためにたっぷりと、たっぷり過ぎるくらいたっぷりと、長い詩を書きたかった。ぼくはそれを楽しみにしていた。ところがその代わり、君に数行の手紙しか書けない。今晩になってやっと君に会える。九時前に劇場に駆けつける。たぶん、もう八時半になるだろう。いま、ぼくはわが家の牢獄に入れられているところです。ぼくは夜までに『ロボット』のドイツ語訳の校正をしなくてはなりません。ベルリンのラインハルト劇場から翻訳を大至急送れと電報が届いたのです。ごらん、ぼくは自分の作品の奴隷になっている。ここにも自分のための日曜日はないのです。

今朝、ぼくの母が君のお父さんのことを褒めていたよ。そして突然言い出した。あの方の娘さんはあんなに可愛らしい顔をしていらっしゃるのに、どうしてあんなに髪にウェーヴをかけているんでしょうね、あんなことをなさらなくてもいいのにだと。

ぼくは笑った、そして言った、あの髪は生まれついてのものだからね。そしてぼくにはあらゆる生まれつきのものが恋しくなった。だからぼくはそのことについて詩を書きたい。お嬢さん、明日展覧会に行こう。三時にはラデッケー広場で君を待っている、いいね？　そして今日の夜は、かなり早めに行くよ。君がほんの少しの間でも出てこられるなら、伝言を頼む。ぼくは待っている。

［一九二一年八月九日、ブルノにて］　（801）

親愛なるお嬢ちゃん、

ぼくはいまブルノに来ている。そして手を洗う間もなく、編集部に乗り込んで、とりあえず君に一言か二言、書こうとしているところです。二人のジャーナリスト、オランダ人とイギリス人のジャーナリストとの一緒の旅だったけど、このイギリス人というのが、旅行の途中、一言もしゃべらなかったという特異さで印象に残った。おかげで、ぼくは少し疲れた。いま、古い絵画の展覧会に行こうとしているところだ。それらの絵のなかから自分で選ぼうと思っている、それから旅を続ける。ぼくには変なんだけど、君と会えない、これからの十四日ないし二十日間のことがどうも想像できないんだ。これまでのところ、そんなことを考える時間がなかったんだけど、ぼく一人になった時のことを考えるとすごく恐ろしい気がする。

ああ、お嬢ちゃん、君はこれからどんなふうに過ごすんだい？　そのことを考えると、まったく心配でしょうがない。いまの、君が非常に苦しんでいるときに、君がどれほどぼくを頼りにしているか、君がまたぼくに言えるように君のそばにいてあげたい。ここ、ブルノであのぼくたちの冬の旅行のことを考えている。ぼくには無理だ。それで外に出てレドゥタ劇場でも観にいこうと外に出た。君は覚えているかい、最初の日、すぐにどんな具合か様子をうかがいに行ったことを？

ぼくは疲れているんだよ、お嬢ちゃん、それに汚れてて、醜い。ぼくが持っているのはこのちょっとした時間だけだ。まもなく編集者たちが編集室にやってくる。すると、ぼくはしゃべらなくてはいけない。そして分別顔で仲間に加わっているんだということを示さなくてはいけない。

大事なお嬢ちゃん、もし君に苦しいことがあったら、ぼくのことを思い出して、ぼくだってやっぱり苦しんでいるし、頭もぼんやりしているし、胸も痛いんだと思いなさい。ぼくは急に人間がまったくいやになった。それなのにぼくは彼らとずっと一緒にいなくてはならないんだ。もし今日君に会えたら、それはバスタブの中にゆったりと浸かっているような気分になるだろう。すべて何もかもが疲労、疲労のもとだ。

それにぼくはブルノが嫌いだ。なんとなくプラハよりもガサガサしている。なぜって、魅力がないもの。列車で行っているとき、風景のなかに秋を感じたのは驚きだった。あそこのシュピンドロではまだ秋の気配さえない。でも、ここではあちこちに葉を黄色くしたり、赤くしたりした樹木がある。それに何が秋を準備しているのかわからないけど、空気のなかにもそんなものを感じる。それはぼくを魅惑する。なぜってそれが、ぼくには自分自身を思い起こさせるからだ。

いま楽しみにしている唯一のことは、君からの最初の手紙だよ。住所はトレチアンスケー・テプリツェ、スロヴァキア、ポニヤトウスキイの家です。昨日、ぼくがうれしかったことは、ガンペーロヴァー夫人がぼくらのお別れの時におられたことだ。そのおかげで少なくとも、所持万端スムーズに、苦労もなく終わった。

親愛なるふわふわ髪のお嬢さん、君は知らないだろうね、ぼくがいない日々のために、毎日、一握りの幸せを君のために祈っていることをね。たとえそれが単なる喜びの一滴だったとしても、それで充分だろうよ。そしてぼくが、いま、こんなにも長い時間がたったあとでも、君になんの楽しみも与えることができないとは！　どうか善意に解釈してくれたまえ、お願いだから、努めてそうするようにして下さい。明るく、陽気で、落ち着きがあり、信頼に厚く、気を腐らせないこと。ぼくに手紙を毎日、たくさん書いてください。いいかい、ぼくは自分の約束を、ちゃんと守っているからね。

じゃあ、神様が君とともにあられませんことを、髪の乱れた、不幸な娘さん。ぼくからこの手紙を受け取ってどんな気がしたか、すぐに陽気な手紙を書いて下さい。ぼくは君との会話を断つことはとてもできない。それでもぼくには、もうそれをせずにはいられない。二人の人が、ぼくのことについて話している。

じゃ、カワイコちゃん。手紙を書きなさい。そしてそれからぼくが喜びを得られるように。

子猫の、お猿の、お馬鹿さん。じゃあ、さようなら、ぼくにさびしい思いをさせないでね。
　君のチャーチャが、千個のキスとともに。

［一九二一年八月十日、トレンチアンスケー・テプリツェ］　（802）

　親愛なるお嬢さん、
　いま、夕方だが、夕食に呼ばれるまで、少し暇ができたので、すぐ、君に手紙を書くことにした。そこでだ、ブルノの展覧会だけど、その古い絵のなかから、ぼくはハミルトンの『馬』を選んだ。すごく美しい、愉快な作品だよ。本当は六千コルンの値段がついてるんだけど、もう少し安く手に入れることができるだろう。ぼくはこの絵を買おうと思っている。
　旅行用にワインを一本買いこんで、ブルノから夜汽車で出かけた。だから、ぼくはちょっとばかり好い気分になり、とうとう眠ってしまった。翌朝、ぼくはすぐに温泉治療をはじめた。湯船の中の熱いお湯（考えてもごらんよ、こんな暑い日々のなかでだよ！）、それから三十分間の温湿布、それからマッサージ。マッサージ師はぼくをパン粉を捏ねるように、捏ね上げた。ぼくは痛さのあまりうめき声を上げてしまった。そのあと家ではトカイ酒のビンを開けて注いでくれたのはいいのだけど、その結果、昼食の後で、また眠ってしまった。
　それから、ぼくは疲労困憊のなかで、ネルーダの戯曲作品を全巻、大急ぎで読み通さなければならなかった。それというのも、ヴィノフラディ劇場〔当時、チャペックはこの劇場の文芸部員、および演出家だった〕は彼の作品を何か上演して、没後三十年（八月二十二日）を記念しようとしているのだよ。それで、いまちょうど「ヴィドラ」のところを読み終えたところだ。そしてやっと自分の時間を取り戻した。ということは君の時間でもある。そんなわけで、これがぼくの一日の外面的な項目だ。そして内面的な項目は、君だよ、お猿さん。ぼくが今日の午後眠ったとしたとしても、君の夢をずうっと見ていた。それはひどく混沌としていたけど、同時に何となくきれいで、君は際立って見えた。いまは夕方、ぼくは君をどこかで待つために、出かけなければならないかのような、不安定な気分だ。君に会うためにどこにも行けないというのは、いったいどういうことなんだ？　君はどこにいるんだい、ぼくのカワイコちゃん？

ぼくの大事なお嬢さんは、ぼくが君のことをどんなに思っているか想像もできないようだな。ぼくはいつも、いつも、いっつも君と一緒なんだよ。ぼくはどんなことも、どんな話も、ぼくの思考を君のほうに向けさせるおまじないの、小さな飾りがついているんだ。そして、たとえば、君が不機嫌だとか、いまこの時間に君は何か良くないことに出くわしているとか、君が何かについて悩んでいるとか考えると、ぼくはそのおかげで、いても立ってもいられないような、すごく悲しい想いに駆られてしまうんだ。

お嬢ちゃん、カワイコちゃん、すぐにぼくに手紙を下さい。この二日間、ぼくはなんにも、なんにも、まったくなーんにも君から受け取っていないんだ。ぼくは君に陽気な手紙を書きたいと思っている。でもこの二日間、ぼくには空白が居ついているみたいだ。ぼくがこんなに君のことを考えていると、最後には、きっと、ぼくたちの人生にとっての何か、何かすばらしいものを作り出しかねないよ。

母はぼくがここから離れるのをいやがっていて、ぼくが母の十四日間を横取りしてしまったとか、もっと早く来るべきだったと言って泣き出す始末だ。母はぼくに自分で食べさせたがっている。注射で悩ませ、赤ん坊のように世話を焼きたがっている。母は自分の愛でぼくを拷問にかけている。ぼくは非情だ。それでも、いまだにある種の養育を受けているのを感じる――もう十分成熟したと決して感じないという意味では、少なくともぼくはいまなお少年だ。

そして、君。ぼくの離れて遠き宝物よ、君も成長しなさい、ゆっくりと成長すること、甘く、芳醇にね、ぼくの美しい果実よ。ぼくの甘美なる、愛らしきもの。愛をもって自らを育みなさい。たしかに君はぼくのために成長した。優雅と高雅をめざして成熟しなさい。青春を持続させるために、精神の平衡を保つために成熟しなさい。そして何よりも幸福になるよう成熟しなさい。

カワイコちゃん、どうか、どうか幸福であることを学びなさい。君のためにそれ以外のことは望まない。君の愛のほかに、君自身の幸福以上にすてきなものを、君はぼくにくれることはできない。ぼくだって君が幸せにならないかぎり、平静で静かになんかしていられない。ぼくも君が苦しみ悩んでいることのすべて、ないしほとんどすべてのことを知っている。しかし、まさにそれゆえにこそ、君の心をなだめてあげたいのだよ――。

ぼくは夕食に行かなければならない。それから散歩だ。今日、ぼくはまだ一度も外に出ていない。頭が痛い。ぼくは君のことを思っている。ぼくは君のことを想い、君のなかに生きている、そして君のために。――今日知ったことはこれですべてだ。手紙をお書き、ぼくのかわい子ちゃん、ぼくを安心させてくれ、そして君も幸せになるよう、オルガさん。

君のカレルが君にキスをする。

[一九二一年八月十一日、トレチアンスケー・テプリツェ] (803)

親愛なるオルガちゃん。

どうしたことだ！　君はもう三日間もぼくに手紙を書いていないよ。君は何をしているんだい。ここはもう、狂気じみた暑さだ。プラハはどんなに住み心地が悪いか、君は君で明けても暮れても、ばかな『猫』〔オルガ主演の当時評判を呼んだ芝居〕が相手では少々うんざりだろうとか、しかも月曜日は二回公演ときている。それに君にとっても、疲れがたまって気の重い生活が始まるんだなとか考えている。――ぼくは気分が優れない。暑い風呂で濡れ、うっとうしい湿布、もみくちゃのマッサージ、注射の針を刺され、家庭料理で太らされ、まるで家畜のような生活を送っている。最高に厄介なことは、ぼくの愚かさゆえに、今日、民衆新聞のために些細な用事を引き受けさせられたことだ。こんなふうじゃ、ぼくの小説〔『絶対子工場』のこと〕

がいつ完成するか心配になってきた。しかもその上、一日一日そのことが重くのしかかってくる。ぼくの人格の半分が欠けてしまったみたいだ。ぼくは一晩いやな思いをした。ホテルの部屋にノミがたくさんいたんだ。ぼくは半時間ノミ退治に没頭したけど、夜中の二時に服を着て、両親の家に逃げ出した。ソファーにベッドの用意をしてもらって寝るためだ。神様、どうか私たちに冷たい息を吹きかけて下さい。そうでないと私たちは暑さで死んでしまいます！――ぼく、母は好きだけど、まったくぼくをなだめるように（何についてだかわかるかい）、ただ、息子や、どうか幸せになってねだと。悪いことは一言も言わない。ぼくは母とは、ほんのついでにしか話さない。そしてさっきも言った母は、ぼくのためには時間がたっぷりあるって言うんだ。だから、ぼくの世話を焼くんだ、などなど。そしてよい家庭の主婦として、何やかや。

これらのすべては信仰的な願いごとの形式でのみ行なわれるんだ。だから決して、何かを心配しているというのではない。要するに、それは愛しいものであり、ぼくを非常に感動させる。

そのほかに新しいことはない。君からの手紙が来ないというのに、ぼくにとっての新しいものって、いったい何だろう？

今日の午後ぼくは君からの手紙が今日中に来るかどうか占ってみた。その結果は、ノーだ、明日もなし、明後日もなし。

でもお嬢さん、オルガちゃん、そんなことってあるわけないよ！　君はぼくに毎日手紙を書かなくちゃならないよ。たとえ短くってもいい。でも、長いものはさらにいい。どれくらいの長さがいいのかというと、ぼくが君のそばにいて、君と一緒に息をしていると思えるようになるくらい、もうずいぶん話をしたから、黙って地面を見つめることを許せるくらいの長さだ。――ぼくは自分に言い聞かせている。ぼくのここへの滞在の日々は決して無駄ではない。ぼくはここでほんのちょっとでも健康を取り戻そうとしているんだ。でも、ぼくには難しいし、君からの手紙が来ないかぎり、その難しさは止むことはないだろうとね。

まさか、君はぼくのこと忘れたんじゃないだろうね？　ぼくの美しい小さなハートちゃん、ぼくに詩を送っておくれ、ぼくに君自身を少し送っておくれ。それがないとぼくはすごく心細いんだ。ぼくは小さな子供のように愚かだ。たぶん愛なんて考えることもできないのかもしれない。たぶん疲れも。ぼくがほんのちょっと幸せを感じるのは、人が誰もぼくを見ていないとき、ぼくが腰をおろし、地面を見つめながら空想するとき――クラコノシュの庭のこと、ぼくが園芸家だった青春の庭のことなど。ああ、どうして。それは本当にそんなに遠い昔のことなのか？　――かわいいお嬢ちゃん、チャーチャを慰めておやり！

今日は水曜日の夜の十一時だ。君は今日、カデジャ〔F・ヴェデキント作『パンドラの箱』のなかの人物〕を演じたんだね。いまはもう家にいることだろうね。いまはかつらも脱いでいる。そして服のボタンをはずして、いまはもうベッドに横になって、ぼくのことを思い浮かべている、そして、いまはもう眠ってしまった。赤い唇ちゃん、夢のなかで何をぶつぶつ言っているんだい？　息を殺して、耳をそばだてても、ぼくには聞こえない。誰かが外で笑っている。足音が聞こえる。この足音の向こうには黒い暖かな沈黙がある。さらにその向こうには広いヴァーフ川が流れ、森の木々がさわさわと鳴り、この細長い地域が眠っている。そしてぼくの思考の先っぽには、ふわふわした髪の毛の塊のようになって眠っている女の子がいる。疲れた若い体、ぼくの美しいカワイコちゃんが。

おやすみ、そして明日目が覚めたとき、ぼくに手紙を書きなさい。郵便切手の下に君自身を貼りつけて送りなさい。

おやすみ、ぼくのオルガ！

［一九二二年八月十二日、トレンチアースケー・テプリツェ］　（804）
ぼくの大事な、カワイコちゃん、
君の手紙、ぼくはものすごくうれしかった。手紙が来たということからしてそうだけど、それに長くてかわいらしい手紙だったからいっそううれしかった。でも、君が何かのことで悩んでいるというのはぼくにも気がかりだ。ぼくは君に遠くのほうから、ぼくがもっている信頼の息を吹き込んであげたい。でも、あのおもしろい物語の（粗悪な武器をもった）貧しい兵士が娘の魂の平安を得ようとして祈っていた、その娘のように、ぼくはもう、君が再び若くて陽気な娘にもどってくれるだろうと思っている。そのかわり、神様がお行儀のいい娘にご褒美をあげるということが本当になるためには、君は緑色の帽子をもつことになるだろう。黙っていること、そしておとなしくしていること。もっとも善良な人々に不幸な運命を与えているのだとしたら、この世はすごく醜くて、あまりにも残酷なのかも知れない。でも、それをしたのは悪魔ではなく、神だ。

ぼくを頼りにしていなさい。ほんと言うと、ぼくはね、なんと言うか、賢い頭をもっている。その上、ぼくは絶対に不幸な人間ではない、通常はね。そして、あらゆる選択肢ないしは事態にたいして、しかもまったく不可能なことにたいしても、計画をすでに完成させているんだ。

いいかい、ぼくはね、なんと言うか恐ろしい大風をもたらし、樹木をもへし折るような恐ろしい嵐の悪魔的伴奏に伴われながらも、ぼくは信頼に満ちた手紙を君に書いているんだよ。五文字書くごとに電気が消える。そして一分か二分後には、地獄のような、息詰まる、たとえようのない闇がきて、恐ろしい稲妻が闇をつん裂くのだ。いま、この時間に温泉の劇場でぼくの『愛・運命の戯れ』を上演している。そこには母と、姉と姉の子供が観ている。ぼくのお嬢ちゃんに手紙を書くために、ぼくだけ行かなかった。

雷がだんだん近づいてくる。そして、しばらくのあいだ殺人的な豪雨をぼくたちの上に、絶望的な芝生の上に、惨めな世界の上に浴びせかけている。雨がぼくのお気に入りの芝生の上に降り、ぼくは頭に何もかぶらずに雨の中をポストまで、この郵便を出しに行く。ひとつには、神に天と地の水分を与えられますようにと祈るためだ。――ぼくは自分については何を書けばいいんだろう？　温泉の水に浸かり、疲労困憊してマッサージでもみくちゃにされ、それに、不快な恐ろしい焼けつくような暑い一日が続くんだよ。

　午後になって、ぼくは頭のなかに何の考えもなしに机の前にすわった。そして〔『絶対子工場』の〕第八章「浚渫船の上で」を改めて書きはじめた。そして、いいかい、五十行ばかり書いた。しかしあまりいい出来ではなかった。——でも、こんな孤独をかこっている時にいいか悪いかなんて問題じゃない。書くときは書くのみ。

　おお聖母マリアさま、たったいま、まさにこの時、プラハでもこの残酷な嵐が吹いているかもしれませんね。オルガちゃんは劇場から駆けもどって羽根布団の下にひょいともぐり込んだ。でも、怖くて冷や汗を流していることでしょう。そして、ぼくはほんとうは、彼女を安心させてやりたいのです。フーラ、フーラ、ホーッ、お嬢ちゃん。安心しなさい。嵐は祝福そのものなのですよ。さあ強くならなくちゃ。ぼくたちの小さな環境のなかでも、勇気を奮う場所に事欠きはしないのだよ。お嬢ちゃんここに、ほらスズメバチがいるよ、何てしつこいんだろう！——そして、いま、まさに、雨は小降りになり、今度は、また激しくなったり、君の髪みたいにもつれ合って降っている。おお、カワイコちゃん、やっと救われた！　ここからプラハまでの遠い距離は、愛に満たされた美しい肉体のように全体に伸びている。そして、飲む、喜びをもって、ふしぎな、冷たい口づけを飲む。

　お嬢さん、いまは一切の心配事は忘れてぐっすりおやすみ。そして、毎日、ぼくに手紙を書きなさい。今日は、たとえば、君からのすごく大切な手紙がお昼に来る。そしてぼくは馬鹿だから、夜の郵便と一緒にもう新しいのを待っている。

　今日、ぼくはヒルシュベルクから出されたティルショヴァー夫人〔チャペックと親しかったチェコの女流作家〕の手紙を受け取った。プロシャに面した地方へ二日間の旅行をしたそうだ。それ以外はなし。新しいこともなし。君に会いたいという気持、思い出、この惨めな、慰めのない日々を勘定している。もし、せめて一週間、雨が降ったら、そしてずうっと降り続いたら、ぼくは家の中にすわって八章と十章と十五章を書くだろう。猛烈な勢いで、がむしゃらに、そして馬鹿みたいに、幸せな気分に浸るだろう。

じゃ、カワイコちゃん。うちの連中が劇場から戻ってきた。ぼくはまた郵便局までひとっ走りしてくる。明日の朝、ぼくは手紙を待っている。明日はもう、また一日少なくなっているだろう。そして君はプラハで椅子にすわって、君のチャーチャを喜ばせるために手紙を書いているだろう。

バイ。

(805)

［一九二一年八月十三日、トレンチアンスケー・テプリツェ］

親愛なるお嬢ちゃん、

ぼくはたとえ短くても書いている。しかし、ぼくはこれまで毎日のようにそれを書いてきた。たぶん、君はぼくの書いたものを半日遅れで受け取っていた。でもぼくは毎晩書いている。ぼくは今日、これまでになく眠い。たぶん、それは十時半まで子供とトランプをしていたからだろう。そうでなければ、ぼくは、a）朝の間中、いわゆる治療と称する、暴力にさいなまれている。b）午後は少しのあいだ書きものをする。それから散歩に出て、ずぶ濡れになる。――君の冷静さを祝福しよう。ぼく自身は今日、結局、生きることへの意欲を覚えた。清潔な水のように冷たい空気を吸うことは、これはすばらしい経験だよ。そのほかにも、山やそのほか無数のすごく美しいことを思い出す。

ぼくはアイルランドのある童話を読んでいる。それは奇妙な、こんがらがった、魔法のようなもので、いつもぼくの眠りのなかに忍び込んでくる。そしてアザラシのムジーフ、ダン・ロン、マック・カドランといった、同様の奇妙で、もやもやとしたものの夢を見るんだ。

今日、ここの山々は雲に覆われていて、巨大なジフラヴィク山は雨雲の帽子をかぶっている。だからぼくにはすごくコジー・フジュベティ山脈の尾根や、ブッフベルゲルへの散歩を思い起こさせる。

ぼくは大勢の人たちと多くの話を交わさなければならない。でも本当だ、それは気晴らしではない。それはたんなる細分化であり分解なのだ。一日は喜びや憧れといったものから出来た表面ではなく、無数の瞬間と、無数の衝撃であり、その一つ一つが、その裏面に不満を隠している。ぼくは人生、また、芸術のなかの大きな広がりを愛している。大量の細かな事件よりも、むしろ大きな願望を、多くの細かな言辞よりも、むしろ大きな沈黙のほうがまだましだ。だから、ぼくは日々の全体性、全範囲を自分のために保有するために、怒りや訪問や娯楽を避けているんだ。

ほんとだよ、お嬢さん、ぼくは年を取れば取るほど、一日が短く感じられるようになった。子供のころぼくには時間がまるですごく大きな領域のようだった。だからそのなかに無数の楽しみ、興味、驚きがあった。いまは、もう、一日それ自体がすごく短くなったので、たとえそれが幸せな日でなくても、じっと捕まえておきたいという気さえする。ああ、わが神よ、究極的には、あらゆる緊張から解放された、広大な広がりと平安と成熟の日々のなかで生きることができますように！

ぼくはヴィノフラディ劇場ではじまる新しい職務についてちょっとばかり不安を抱いています。ぼくの手に余るからではありません。その仕事に付随するいろんな関心事に引き込まれることになるだろうからです。それらは、まったく思いもかけないところで、ぼくの個人的生活の線上にかかわりのある事柄であるかも知れません。

そして、ぼくはもうプラハに戻る日を楽しみにしています。愛するプラハへ、大きな愛と大きな充実した仕事であるプラハへ。大事なお嬢さん、ちょっとお待ち、ぼくが人生をいかに適切に準備しているか、ほら、いまだ。ぼくたちは毎日の実り豊かな時間割を作ろう。ぼくたちは理性的になろう（でも、いいかい、それに、すごく愛しあおう。そうでなければ、むしろ何にもないほうがいい)。ぼくはいつも計画を立てていなくてはならない。ぼくは、次の人生を自分の意思によって作り上げるよう、いつも心がけよう。もしいつか、こんな生き方はぼくの力に余ると言わなければならなくなったら、ぼくは怒り狂うに違いない。

　ああ、カワイコちゃん、反抗的で、人の言葉を素直に聞かないお嬢ちゃん、ぼくは、ぼくの意志で君を支配したいとすごく思っている。ぼくは意志こそがすべてのものを克服できると信じている。そして君がもっているのは病気の意志だ。それはあまりにも激しく、あまりにもデリケートだ。ぼくは、生と自制と幸福と調和へのぼくの意志を君に吹き込んでやりたい。ぼくは丸ごと、君の意志になりたい。

　本当だ、ぼくは才能よりも意志のほうをより多く信じる。それで、ぼくはこれから眠りに行くよ、カワイコちゃん。眠りのなかで、ぼくはきっと君と会う――夢は唯一ぼくらの意志によってコントロールできないものだ。だから、ぼくたちをこんなに驚かせるんだ。おやすみ、お嬢ちゃん。またぼくに手紙を書きなさい。そして、毎日、書いて、ぼくを喜ばせなさい。そして、君の日々の一日一日に自分の分け前をねだりにぼくがまたもや飛んでこないかぎり、きみは幸せになるんだろうけどね。

　さようなら、さようなら、お嬢ちゃん、甘い眠りを、おねむり。

【一九二一年八月十四日、トレチアンスケー・テプリツェ】 (806)

　大事なお嬢さん、

　第一に、ぼくは今日、一通の手紙も受け取っていない。(この手紙はぼくの六通目の手紙だ。そしてちょうどいま二通受け取ったところ)。そして第二は、長い距離を歩いてきてすごく疲れているのに、今日も手紙を書かないなんてことは、ぼくには到底できない。ぼくは姉とその子供たちとハヴラノヴァ・ドリナ〔カラスの谷〕に行ってきた。その谷のことについてはもう君に話したよね。ぼくたちはそこで森番に会った。森番はぼくたちに世俗から離れた反逆者たちの話をしてくれた。彼らは去年の冬まではそこにいた。彼（森番）も襲われたことがある。そして彼らは鍾乳洞のてっぺんに住んでいた。それからぼくたちをその森番が鍾乳洞に連れて行った。そこは岩壁が削られたようになっていて、そりゃねえ、カワイコちゃん、君なんか生まれてこの方、一度もそんなところへもぐり込んだことはないだろう。でも、そのおかげで、本物の反逆者の洞窟というのを見たよ。ほとんどまだ温かみが残ってさえいるような気がした。そして半時間ほど先に行くと、ものすごく大きな鍾乳洞があって、洞窟の斜面は三面の広い平面で囲まれている。その下には石の壁があって、誰もそれを動かすことはできない。その奥にはすごい財宝があるそうだ。もうそこには、ある人たちが別の方面から掘り進んでいこうとしたが、成功しなかった。残念なことに、洞窟のなかに入るときは紐をたどっていかなければならない。そしてそこには財宝の詰まった洞窟がある。しかしその洞窟に近づくためには鍵を持っていなければならない。その鍵はあるブナの木から三歩のところにあるはずという。それがどのブナの木であるかを知っているのは、そのただ一人の反逆者だけだったから、ほかの反逆者たちは、誰にも教えられないように、その反逆者の目を見えなくさせた。

この盲目の反逆者はモテシッェの一人の地主のところに雇われていたが、その地主は一昨年、死亡した。うちの森番は鍵を探し出すためにずいぶんとあっちこっち掘りかえしたがまったく見つからなかった。だから、月に百四十コルンで森番をしている。森の所有者は森番の妻の胸を撃った。その後二年間死の床につき、六回、手術をした。

最後にぼくは気性の荒い猫たちがいまも住みついているという岩場を見た。野生化した猫は、君も知っている通り、人間にも噛みつく。ぼくは彼らに声をかけてみたが、一匹も来なかった。そのほかに、ここには熊もいるそうだ。それはおとなしい種類のものにちがいない。だって、小さな女の子のように木イチゴしか食べないからだと。

——こんなふうに、この森の冒険は四時間も続いた。ぼくが反逆者の洞窟にいる、まさにちょうどそのとき、一人のお嬢ちゃんが、みずみずしい頬っぺたに化粧をして、何か言いようもない、ばかなものを舞台で上演しているんだ（日曜日、夜七時、題して『彼の子猫ちゃん』）。たぶん嵐の後の森やぬれた草のあいだを、そして少しばかり熊や大ヤマネコに不安を覚えながら駆け回るのはいいことかもしれないよ。お嬢ちゃん！

ぼくは瞼がくっつきそうだ。もし、生きた反逆者と会うことができたら、どんなにうれしいだろう。ロマンチックな気持からではなく、ぼくは反逆者に何か質問をしたいからだよ。いいかい、反逆者であるということは、生き方としてはかなりむずかしいんじゃないかな。ひどい苦労をしていながら、どちらかといえば報われることは少ない。これらの反逆者たちはまったく社会的な、まったく筋の通った怒りを、より容易に飯を食っている、われわれ誠実な人間にたいしてもっているのではないかと思うんだ。

ぼくの例のサロン的盗賊〔拙訳名『愛の盗賊』〕は本気で、真剣に盗賊であるということが、どんな苦しさであるか、想像できないかもしれない。たしかに、あのおとなしい、ブロンドの森番でさえ、反逆者たちに向かって十三発発射したと自慢していたからね。そして彼らの後には血だけが残っていたそうだ。ああ、お嬢さん、ぼくは眠くなってきたようだ。いっさい道らしい道もない忌々しい頂上が、ぼくの膝のなかに残っているようだ。じゃ、ぼくの宝物、おやすみ。第八章はゆっくりと終わりに近づいている。書きなさい、書きなさい、毎日。今日は手紙が来なかったから、ぼくの胸は刺された。でも自分に言い聞かせた。君のご両親が帰ってきたんだ。だから、君はいろんな仕事をしたり、おしゃべりをしなきゃならない。

どうせ、ぼくはいつもいつも君のことを恋しがっているんだから。少し涼しくなって、ぼくは元気を取り戻した。そのためにぼくはあらゆることを鋭く、強く感じるようになった。

おやすみ、オルガちゃん、君にキスして、君の手をなでてあげよう。

［一九二一年八月十五日、トレチアンスケー・テプリツェ］（807）

愛するお嬢さんへ、

ありがとう。そして特別に、もう一度、ありがとう。ぼくは今日、君からの二通の手紙を一度に受け取ったんだ。これまではぼくだけが毎日欠かさず手紙を書いていた。いま、ぼくは「怒りのレッスン」、正式には「カウフクヴィク〔丁稚奉公？〕」または「コマンド」というトランプ・ゲームを義兄〔コジェルハ〕と姉〔ヘレナ〕を相手にして、六コルン、さらに高価な精神的損害を別にして、負けたところです。こうして幸いなことに、また一日、近くなった！　いいかい、プラハではね、毎日、夜が悲しいんだ。そして、新しい仕事と新しい愛のなかで、その一日をもう一度体験したくなる。だからぼくは日めくりカレンダーのなかの一枚を剝ぎ取るとき、ぼくはうれしさを感じる。

今日、ぼくは今日の午後はずっと子どもたちの道徳教育に携わっていた。正直のところ、いろんな無駄にされた才能のほかに、ぼくには道徳説教師の才能が欠けていた。

気にしない、気にしないって、お嬢ちゃん、ボジェナの気ふさぎは心配ないよ。そんなの何でもない、すべて過ぎてしまう。ぼくの言葉を信用しなさい。それで君の心配事だけど、どうか安心してほしい、ぼくもいろいろと考えてみた。いずれにしろ、ぼくは平静だし、君を楽しくさせてあげたい。ただ、どうかお願いだ、ぼくが戻ってくるまでは心配せずに、一日たりと、一分たりと憂鬱な気分に落ち込まないように。ぼくは君にお願いする、そしてそのことを強く言っておく。ぼくが帰ってくるまでは、何事にも一切くよくよしないこと。どうか、どうか気を楽にしていなさい。

そこで、今日は十五日、月曜日の夜。ぼくは君のことを思い出している。可愛そうに君は例の『フェレンツォヴィナ』を二度演じなければならないんだね。神が君を慰めて下さいますよう！　ぼくだって芸術にたいして、こんな厳しく、悲壮な趣味を持っているんだよ。ぼくもあのウイットに富んだ小説を完成するよう、ほんとうに自分を叱咤激励しなければならないな。でも、ぼくの心は何かもっと純粋な仕事をしたいなと願っている。こんな具合だから、ぼくはまた何か詩的な「盗賊」のようなものが書きたい！

いまは、森のなかのすべてがすごく香っている。ぼくは今日、美しくて、静かで、暗い小道を散策してきた。だからいまでも、美しくほとんど厳粛な気持で思い出している。これはぼくの秋だ。ぼくの美しい秋だ。

そして、ぼくはプラハに帰ることを心待ちにしている。それは単に、ぼくに向けられたはじめての絶えることとのない力強い愛と、君の声援のためばかりではなく、ぼくをとらえて放さない仕事への集中力のためでもあるんだ。ぼくは落ち着きを取り戻し、心を洗い清めた。ぼくは、ほんとはこの数日間、完全に一人ぼっちで過ごさなければならなかったのかもしれない。

ぼくの気を散らしたのは、ぼくの愛する人々だった。しかも、愛情から来る心遣いもまた、ぼくにはあまりにも身近すぎたけど、でも、それだって実りある休息だったのだよ。ぼくは自分の静かさと自分の希望を君と共有したかった。ぼくは次の人生がもうすぐ手の届くところにあるかのようなそしてぼくはその人生をある特別な満足のいく、美しい形に造形することができるという、そんな老成したかのような気分を感じるんだよ。

ぼくはいい気分だ。君がこれほどぼくのところから離れているから、それなのに、ぼくたちのあいだにあるものが、これほど硬く、確実に感じられるからだ。ぼくはいい気分だ。願わくば、愛欲のためではなく、造形のために、君の手をぼくに与えてくれたまえ。ぼくはすごくそれに値すると思う。ぼくはありとあらゆるものを理解したいと思う。それは厚かましいと聞こえるかもしれない。しかし世界にたいする信頼への最後の一歩は自分自身にたいする信頼なんだよ。だからぼくは自分を信頼する。どうかこのことを、君が満足し、何ものをも恐れないようにする、よい兆候であり、強力な根拠と理解してくれるようにお願いする。

だいじなお嬢ちゃん、君は、愛の後には何が来るか？　と何度も聞いたね。じゃあ、教えてあげよう。愛とともに何が来るか、そしてそれは生涯続くほど強いものだということを。それは愛すること、愛着すること、容赦ない密着。そしてそれは与える以外には望まない。言っておくけど、それはね、すごくすばらしい何かだよ。

じゃ、今日のところは、おやすみ。ぼくのペンも滑らかにすべり静かにやわらかく、しっとりと紙の上をかさかさと滑っている。ちょうどそれは今日の午後ぼくが林のなかの小道を歩きながら世界全体のことについて考えていたときのようだ。それは君のことであり、ぼく自身のことであり、秋のこと、そして心地よく、穏やかなもののことだ。ねえ、心を沈めて、静かに静かにしていなさい！　おやすみ、とっても大事なオルガちゃん。ぼくは君の手紙——かわいらしい歌を楽しみにしている。

君のチャーチャ

［一九二一年八月十六日、トレチアンスケー・テプリツェ］　（808）

大切な、かわいいお嬢ちゃん、

今日もまた大変ありがとうという言葉ではじめよう。君のかわいらしいラブレターが二通も、たて続けに舞いこんで来たよ。まるで尾羽打ち枯らした昼日中の白蝶のように悲しげなラブレターだ。お嬢さん、ぼくは今後とも何度もくり返し言うけど、陽気になりなさい。そしてぼくを信じなさい。「終わり善ければ、すべて善し」さ。何も心配することはないよ。気を楽に気を楽に！

ぼくは夜、非常に遅い時間に書いている。ぼくは家の仲間とトランプを夜の十一時過ぎまでやっていた。ぼくはトランプのなかでまで、ぼくの全生涯が静かなあきらめで満たされているという運命を背負わされている。勝ちもしなければ負けもしない。いつも平均のところに留まっている。運命はぼくにどれだけの生命を与えているのかだ。——しかも前もってあまりにも美しい秋の散歩を与えてくれている。あたかも天そのものが、自分の作品のすべてを見せようとしているかのようだ。太陽が輝き、雨が降り、二本の虹が山々の上にかかっている。そして夕闇の向こうには愛する月が出ている。山々のほうへの、また四方に広がる驚くほど透明な視野――明るいグリーンの森、暗い青色の影、白と黒の多数の羊の群が草を食む茶色の牧草地、そのすべては初秋の完全な調和のなかにある。

その美しい風景をぼくと一緒に見られない君のことを、非常に残念な気持で何度となく思い出す。――今日は火曜日だ。それに君は『子猫』ちゃんを演じている。この遠い距離、この荒涼たる、自然の広い胸幅をとおして、ぼくには痛々しく感じられる。ああ、お嬢ちゃん、偉大な生涯とは結局のところ、熱に浮かされたやみくもな行動や、名誉欲、成功とか、そのほか何かを得ようとして、あくせくすることのなかにはない。人間が、もし、この大きく強い平和なものを目にしたら、追いまわされ、傷つけられたわれわれ人間のあくせくとした気苦労をほとんど理解できなくなるだろう。

ぼくだって、ぼくの文学活動のなかで、どうすれば成功や栄光へ至るのか、その道さえ知らないのだよ。その最も美しい事例においては、あらゆる芸術は、山やネズの茂みのように、きわめて自明的にあるものなんだ。成長して、生きる、端的に在るもの、そしてそれにたいして人間が付加するものは、自然のなかの旅行者用の標識のように、きわめて醜悪なものである。

芸術家であるということは、そう、自然以上に美しいものではない。しかし人生において芸術家であるということ、人生そのものの調和と大きさとのなかで芸術家であること、それはもっとも美しく、もっとも純粋で、もっとも謙虚なものである。

ぼくの大事なかわいいオルガちゃん、君の苦悩を想うとき、ぼくはその千倍の苦しみを感じているんだよ。だってその苦悩はこの熟した秋の美しさと冷たい空の厳しい試練のもとではとても耐えられそうもないからね。すべてのことがぼくに何か言っているみたいだ。そしてぼくは、君にたいして忠実にそれを処理する。

「それがそうならねばならないのなら、落ち着いて、そうなるようにさせておこう。それが必然の成り行きなら、それもまた善しさ。君に耐えるべく与えられたものなら、それに耐えなさい。君を絶体絶命なところに追いつめるもののすべてのなかには、深い、きわめて有益な意味があるんだよ。」

　ねえ、お嬢さん、この秋の天の力の知恵を信じなさい。ぼくもそれを信じている。そしてその両方から学んでいるんだ。そうならねばならないことなら、それを従順な気持で受け入れなさい。それを行なうことが善いことで、美しいことなら勇気をもって行ないなさい。ぼくは二人分以上の精神力をもっている。ぼくがその力を君のために使えないとしたら、ぼくはなんの役に立つって言うんだい？　かわいい子ちゃん、強くなりなさい。この言葉は「美しくなりなさい」とか、そのほかの言葉よりも、もっと役に立つ。

　もし、君が灰色のブナの木のように強くなれないなら、ネズの木のように、たおやかなタチジャコウソウのように、そのほか、泣きごとも言わず、心揺らぐこともなしに乾燥と寒さと、実りと成熟をも受け入れるあらゆるもののように強くなりなさい。自然のようにそれができるように！　強くなりなさい！

　もうたくさんだ、たくさんだ、お嬢さん。ぼくは今日も君の心を楽にさせるのに成功しなかったのではないかと心配している。夏は君にとっては、あまりにも短い春の後に来るものを意味している、そのことで君が恐れているのなら、ちょっとぼくを見てごらん。ぼくの秋がどんなふうにしてぼくを地面に立たせているか。そうとも、強くなりなさい。そして心に不満を持たぬこと——秋は君だって待っているんだからね。そして君が賢い娘なら、秋は美しく、以前のどんなものよりも美しくなるだろう。いったいどうしてそれが悲しいことなんだい？

　それじゃ、とりあえず、ごきげんよう、オルガちゃん。君の手紙を待っている。ぼくの健康は非常によくなっている。おやすみ、オルガちゃん。

ちょうどいま、夜中の十二時の時計がなっている。

千回、君のチャーチャ

〔一九二一年八月十七日、水曜日、トレチアンスケー・テプリツェ〕 (809)

親愛なるお嬢さん、
今日、ぼくには本当に書くことがないんだ。なぜなら、歯は痛むし、トランプ（コマンド）のおかげで頭がぼうっとなっている。（そして、それとは反対に幸運を摑んでかなりたくさんのお金を手に入れた）。でも、ちっぽけなアイディアを提供してくれそうな事件さえ、一日中、なんにも、なんにも、なーんにも起こらなかった。

ぼくは第九章〔『絶対子工場』〕を書きはじめた。その日の残りは、いまは夜だけどそんな小銭を当てにする必要がないくらい、少しずつ負けてしまった。こんな日々をぼくはきらいだ。そんな日の後はぼくが願っているような平安な心なんて持てるはずがない。

よい日《ドブリー・デン》〔通常は「こんにちは」という意味で使われる〕、価値ある日とは、ぼくに何かいいもの、そして、せめて少しばかり大きなものを与えてくれる日のことだ。それ以上は、言うまでもないだろう。ぼくにほんの少しでもいい仕事をさせてくれる日。人間を作るものは仕事ではない。ぼくはペンを取ることもなく、見つめるだけ、それでも一日一日、少しずつ賢くなっていく、そんな夏休みを想像することができる。たぶんこの夏は、いわゆる成功を収めた、収穫の多い、仕事熱心だった年よりも失うものは少なかったと思う。

いいかい、お嬢さん、これらのすべてのことは、やや、あきらめの境地だ。でも、信じてくれよ、また、あらゆる種類の、個人的ないし公的な問題、劇場、スキャンダル、人々の言葉、さらにいろいろのことをまじめに考えるようにならなければならなくなると考えると気が重くなる。とくに強く、賢明な、自分の人生を深く静かに生きる男であるということ、それ以外のいろんなことは、無駄な情熱、自己陶酔、集中力の欠如以外の何ものでもない。——いいかい、今日も君から、まったく、手紙が来なかった。だからいつもぼくだけが自分のことについて書いている。でも同時に、それとも、それゆえにこそ同時に、すごく、すごく、君のことを考えているんだ。もし、できることなら、君を原子《アトム》にまで分解して、そのアトムそのものを一つ一つ吸い込んで、可愛がって、それから、また全体に組み立てたい。

　いつも言っているように、ぼくが一番なりたいのは君のピグマリオン〔自作の人形に恋をした彫刻家。ギリシア神話より〕だ。なぜって、ぼくはここに君をもっていないし、自分で自分のための仕事をしているからだ。そして、だから、いつも、ぼくが自分から排除したいと思っている昔からの笑うべき性質を発見しているという始末だ。これらすべての見せかけの重要性全体は（ドイツ人は Wichtigteuerei と称しているが）いわゆる芸術の使命であり、この個人的怒りっぽさに自分を適応させようとするかたくなな努力、虚飾、そして芸術家気取りの傲慢さなどは、いまのぼくには自分自身から完全に払拭したい軽佻浮薄で、滑稽なものの最たるものだ。そして、別の、別のことども。それについてはまた別の機会に。

　今日、ぼくは軽佻浮薄、滑稽に、歯を痛がっている哀れな人間さ。――お嬢さん、君はまだ悩んでいるの？　だまって、そんなもの打っちゃっておきなさい。ぼくは完全に満足げに見つめるだろう、未来についてのいろんなことを考え出した。絶対に空想的な計画じゃない。細かな点までリアルだよ。そして、また一日、少なくなった。明日は、きっと手紙を、陽気で幸せな手紙を待っているはずだ。

　そしていまは、もう、おやすみだ。肉体的にバランスが崩れている。かわいそうな子猫ちゃん、もう、子猫ちゃんなんか止めればいいのに！　とりあえずは、ごきげんよう。そして手紙を書くこと。そしたら君は何かの点でぼくに教えをたれることができるでしょうよ。もしぼくを何かについて改造したいのならそれをすぐにはじめなさい。ぼくが善意の日々を過ごしているうちにね。

　君にキスを、チャーチャ

［一九二一年八月十八日、トレンチアンスケー・テプリツェ］（810）

大切なお嬢さん

ちょうどいま十五日付と十七日付の君からの二通の速達が届いたところだ。ぼくは君が何かをすることに賛成しない、わかっているのかい？　君にとってぼくがどうでもいいという人間でないかぎり、ぼくはどんなことであれ、君のそのようなことをするのに反対する。もし、ぼくの言うことに従わないのなら、君はすごくぼくを苦しめることになるんだよ。どうかそのことをわかってくれ。もし文字に書くなら、落ちついて、安心しなさい、と言うところかな。そのことはね、つまりすべての問題をぼくが引き受けるということ、だから、君は全面的にぼくを信頼してもいいということだ。ぼくはそれ以上、書かなかったし、それ以上、書きたくなかった。しかし、いろんなことについて考えた。その結果、ぼくが何をすべきか、君は何をすべきかが、完全にはっきりとした。ぼくは緊急に、そして最高にまじめにお願いする。その件はぼくに任せなさい。待ちなさい。落ち着いて、恐れてはいけない。これまで何もなかったかのように生きなさい。何もかもそれでうまくいく。何もかもぼくは喜んで引き受ける。希望と、そう、喜びをもって。ぼくはうれしい。そして、お嬢さん、ぼくと一緒に喜んでくれるようお願いする。ぼくはいまはじめて、然るべくして、君の母親になることをうれしく思う。ぼくが自分の手紙にあえて書かなかったことを、すごく楽しみにしている。ぼくたちの行く手にある大きな困難について、ぼくは考え抜いた。そしてどうやってそれを克服するかもわかった。ぼくだけを頼りにしていいんだよ。ぼくはすべてを話すためにすぐにプラハへ出発したいところだが、現段階でぼくの治療を中断するのは危険なのだ。また、病状が悪化し始めるかもしれないからね。つまり、そのことをぼくのためにも君のためにも心配しているのだ。だから、お願いだ、我慢して待っていてくれ。ぼくには完全無欠の解決策が見えているし、もう手に触れているのだよ。ぼくは君がぼくを信じてくれること、目をこすって――ぼくもまた楽しみにしているように――君も楽しみにしていることのみを願っている。

君が苦しんでるなんて、すごくナンセンスだよ。反対に、反対に幸せになってくれ。ぼくのいまの幸せは、君にたいする恐ろしいほどの同情で苦しくなっているけれど、でも、ぼくたちの前に見える映像にその大部分がもう描きこまれているんだ。だから、大事なオルガ、いまは気を楽にするんだ。とくに、何もしちゃいけないよ！　運命に逆らっちゃだめだ！　なるべくして、かつ、ならなくてはならないことから、幸せは生まれるんだからね！　ぼくはただ、君がもう、ぼくがすごく残念に思うことをしてしまったんじゃないかと、とても心配だ。ああ、ぼくが君からこんなに離れた所にいなければならないというのは、なんと忌々しいことだろう！　ぼくはすぐにでも最終列車に飛び乗って、ノン・ストップでトゥノフスカー通りまで行くべきかもしれない。でも、ぼくはこれから横にならなければならない。そして君はもっと大きな心配事を抱え込むことになるだろう。ぼくは元気になりたい、すごく元気に――君にはその理由がわかるはずだ。

子ども、子ども、そして、いまは君にだ、もう一度だけお願いする――英雄的行為でもなければ、自制でもない。ただ、ほんの小さなこと。ぼくを百パーセント信じること。すべてはぼくの思い通りになる。ぼくたち両方にいいようになる。すべてをぼくに任せると誓ってくれ。指一本動かさないと誓ってくれ。ぼくが君に求めたことはそれだけだ。

いまは、ごきげんよう。この手紙を君が明日の朝に受け取れるように、今日の午前中に郵便局にもっていく。

親愛なるオルガさん、ぼくは君のそばにいる。ぼくは君と一体だ。信じて、待ちなさい。そしてぼくと一緒に幸せになろう。

［一九二一年八月十九日、夜、トレンチアンスケー・テプリツェ］　（811）

大切な、怯えきったお嬢さん、

朝にも夜にも、君からの手紙は来なかったよ。これが何を意味するのか心配で、体がぶるぶる震えそうだ。ぼくは頂上を目指して馬鹿な登山をしたため、体ばかりか、精神まで疲れてしまった。ぼくは時間を計算している。たぶん、君は、あの恐ろしく無分別なことをしてしまう前に、ぼくからの速達を受け取っただろうね。たぶん間に合ったはずだ。だから、きっとぼくの言葉に従ったはずだよ、ね？

おお、それにしても確かにぼくは君に、以前にもいつもいつも言っていたよね、ぼくはそのようなこと決して許さないと言っていた。だから、ぼくの言葉に従う以外には仕方がないことは君にもわかっているはずだ。どうだい、何も起こらなかったのかい？　いいかい、ぼくたち二人のために考えついたことをみんな君に話すためにチャーチャを待ってくれないか？　君がそのことをするかもしれないと思うと、ぼくはぞっとする。

「そんなこと、しない」と言って、ぼくの心配の時間を短くしてくれ。明日、便りが来なかったら、ぼくは心配で気が狂うかもしれないよ。

一番いいのは、ぼくがすぐにも君のところへ出発することかもしれない。しかし、ぼくは恐れているんだ。ぼくが呪ってやまない、馬鹿げた温泉療法のほかに、きわめて深刻な原因があるからだ。母はこれまでになく、ぼくにべったりだし、あるいは、少なくともそんなそぶりはこれまで一度も見せたことがなかった。それはまるで拷問だし恐ろしい。もしぼくが出発したら、母は君を長い期間にわたって憎むだろうということが、ぼくにはわかる。ぼくには母の愛情が、キスが、献身が恐ろしい。ぼくは母の持ちものではない。その愛情はぼくのものではない。ぼくの心は別のところにある。そしていま、自分の心配を表に出さないという義務感から自制した。ぼくはなんと短時間しか自分の問題、君のことについて考えなかったか。すぐに、ぼくの周りを四人の女性が取り巻いた。

ぼくは悲しそうである。ぼくに何か起こったんだ。たぶん、あの手紙のせいだ、などなど。つまり、悲しそうにしないこと、完全に、さらに完全に自分の内面に沈潜し、肉体的にくたくたになること――お嬢さん、この二日間というもの、まったくひどいものだったよ。君について心配するのがどういうことか君は知らない。君はぼくについてまったく心配する必要はない。君にはわからないだろうけど、それはね、ぼく自身の生命について心配するよりももっと辛いことなんだよ。君がそんなことをするなんて、ぼくは反対だ、絶対反対だ。ぼくはすべてのことを書くことはできない。でも、指一本でも動かしちゃだめだ。絶対に悪い、そして不幸な一歩を踏み出してはだめだ。神よ、君からの報告を受け取ったらどうしよう！　この手紙よ、早くプラハに着いてくれ！　この手紙を速達で送ることはできない。いま、夜だ。朝、八時に出せば、夜プラハに着いて、あさっての朝には君に届く。これは、まあ、何て遅さだ！　ぼくは君のことをこんなに強く思っている。そのあげく、この想いが君のところまで道を切り開いて、一目散に飛んでいくにちがいない。すると、それが何となく君に聞こえるというふうに思えてくるのだよ。そしてずうっとこの距離を通して君に口述しているんだ。すべてのことを熟考した。もうしばらく待っていなさい。気持を楽にしていなさい。どうして聞こえないのかな、不幸なお嬢さん、朝も昼も夜も聞こえないのかい？

これくらいにしておこう、オルガちゃん。明日の朝か夜には、君からの報告がつくはずだ。もう、こんな不安には耐えられない。君だってそうだろう――我慢できなくて、何かを食いちぎりたい。そして、もし今日も眠れなかったら、おお、神よ、どうして、この時間は延々と続くのでしょう！　いや、お嬢さん、窓の外の庭に、月光が、何かぼくへの伝言でもあるかのように、静かに降り注いでいる。

「心配することないわ。私は何もしなかったからね」。

ああ、ありがとう、ありがとう、お嬢ちゃん！

君は月に言ったのだね。それでも、ぼくは君の手紙を手にしないうちは、ぼくの震えはとまらない。

もう秋ではないんだ。何にもない。世界の美しさは消えた。何も見えない。ただ月夜だけが少し語りかけ、気持を落ち着かせてくれる。オルガさん、手紙！　おお、せめて、いまの言葉だけは聞こえたはずだ！

もうわかった、どんなふうに家にたどり着いたか、その他その他。何もかも君に言うから、ぼくの気持を慰めてくれ！　せめて、あしたになったら！　今日、君はぼくの速達郵便を受け取ったはずだ。ぼくの計算では今朝。君の最後の手紙が十七日付だったから、きっと遅れてはいない。ぼくは君のことを心配している。

いいかい、君は何もしなかった。お願いだ、君が陽気であるように。さあ、ぼくたちの未来を明るくしよう。ぼくは少しばかり必要なことをする。おとなしい、幸せな、信頼している君へ。おやすみ、オルガ。

カレル

［一九二一年八月二十日、トレンチアンスケー・テプリツェ］　（812）

親愛なるお嬢さん、
勇気と力をぼくは別の意味で理解していた――でも、そうかい、やっちゃったんだね。いまのぼくには、おそらく、君の行為が受けるに値するであろう、それ相応の非難をする気にはならない。いまは、起こったことそのものが大きな出来事なのだ。それによって、君は少しは幸せになったのだろうか？　ぼくはこの上もない無力感に陥っている。――肉体的にではなく、倫理的な面からと精神的な面からだ。喜びにたいしても無力だし、非難叱責にたいしても無力だ。そのことも、あのことも、ぼくは正当化されない。安堵も、苦痛も、両方ともどうでもよくなった。願うのは、君がいま元気であること、これからの君に運が向きはじめることだけだ。君がこれまでより幸せになること。十分備えをしておくこと。諦めることもできるように。

君は大きな苦痛を体験した。それは人間にとって、すごくいい体験だったに違いない。たぶん、いま、君は以前より豊かになったのかもしれない。いや、一つの経験だけね、——人間がもしこのような経験をまさに買ってでも得たいと思っても、命を賭けるほどの価値はないだろう。しかしこれまでの人生よりも少しだけ豊かになったんだよ。ぼくは起こったことのすべてのためになる、いいものを探している。でも、ぼくの周りは何となく空虚だ。ぼくは自分自身にあまりにも重い罪を着せなくてすむように、そのことを考えることを恐れている。

　おお、神よ、この罪を償うことができればいいのに！　ぼくは、ぼくは、ぼくは、調和や分別や幸福について長々とくだらない説教をしていたくせに、一人の美しい人生にこんなに恐ろしい危害を加えてしまった！　私がどんなに苦渋を味わっているか、とてもおわかりにはならないでしょう。

　だから、そうなんです、何よりもすべてのことがこれとは違ったふうになるように願っていました。ぼくが自分でそのことの重い責任を引き受け、運命に、重い過ちを何かよいものに変えてくれるよう運命に強く頼みたかった。いま、ぼくにはそのよいものが消えてしまった。ぼくはほんの少し苦悩するより以上のことは何もしなかった。ほんとは、それは恐ろしいことなんだ。わたしは自分の罪を帳消しにするために善意の掃き溜めを前にして立っている。そして、いま、君だけがあがなった。ぼくはまったく何にもなし。ぼくは自分自身について、ひどく苦々しい思いをしている。

　君は何てことをしたんだ！　それはぼくがしたことだ！　その後のほうが、ぼくの上に黒い雲のように覆いかぶさっている。それを償うことは、もはや、ぼくにはできない。これによって、なんと言うか、ぼくのある種の子ども時代も終わった。ぼくは悪を行なった——もともと、ぼくはこれまでに悪いことなどしたことはなかったんだ、今度の今度まで。だからこそ、ぼくは、ぼくがそのことを完全に理解するよりも以前に、あまりにも驚きすぎたんだ。その数日間というもの、恥知らずもいいことに、自分の人生を完全に自分の手のなかに握っているかのように感じると書いたんだ。その一方でぼくの運命を偶然が決定した。ぼくがプラハにいたら、すべての事情はもっと違ったふうになっていただろう。ぼくは良いふうになっていたとは言わないが、悪くなっていたとも、ぼくは信じない。だが、まったく違ったふうにはなっていただろう。

同時に、ぼくのなかには絶えがたいほどの、苦渋にも似たやさしさが、ぷっくりと芽を吹いた。なんだと、君は苦しんでいたのか、それなのにぼくはそこにいなかった！　ぼくはその苦しみがどんなものだったのか知るために、自分自身に何か強い痛みを加えたかった。ぼくはあの晩、あまりの疲労と緊張の結果（ぼくは水の中の石のように眠りの底に沈みたくて、すごく疲れたかったんだ）、ぼくの坐骨神経痛がすごく痛み出して、その痛みのおかげで、一晩中眠れなかったんだ。この痛みは君に捧げる生贄だ。それはほんのわずかだ。しかし少なくとも何かではある。それもまた愛の痛みだ。

ぼくは君をこの上もないやさしい言葉で埋めたい。君がしたことのためではなく、君が苦しんだからだ。その一方でぼくには悲しく、つらい。ぼくは自分を恥じる。ぼくなどいなくなればいいんだ。――せめて、いまは、元気になること。どうか、君の健康のためになることなら何でもしなさい。少なくともこのような心配をぼくにはさせないように、食べること、分別をもって、用心深く生きるようになさい。だからぼくには、ぼくがどうあるべきか、そして何によって君の人生に輝きを与えられるか、いま、ぼくにはわからない。ぼくはいろんなことを考えていたけど、でも実際は、別のものになってしまった。君にたいしても、ぼくには別の義務がある。自分にたいしても、いま、何となく申し開きもせずに立ったままだ。ああ、お嬢さん、愛は恥のなかにも、自己打擲のなかにも止まっている。そして共感によって成長する。ぼくは自分の悲しさを書いている。でも、少なくとも、これまでになく君を愛していることが、ぼくにもはっきりとしてきた。お願いだから、いまは元気になるように。――小さなヘレナ〔姉ヘレナ・コジェルホヴァーの娘〕は今日の夜、またエディー・ポッロの絵のことでぼくに念を押した。もしよかったら彼女にその絵を送ってくれないかな――それもまた、ちょっとかわいらしいんだ。

おやすみ、大事なお嬢さん。ぼくは悲しく、恋している。でも、ぼくだって、たぶん、この惨めな温泉から、よくなって帰るかもしれない。おやすみ、おやすみ、オルガさん。君の手紙はみんな受け取ったよ。

［一九二二年八月二十二日、トレチアンスケー・テプリツェ］ (813)

大切なお嬢さん、

昨日は、ぼくが君に手紙を書かなかった最初にして唯一の日だった。それは、どうやら昨日が日曜日だったからに違いない。日曜日はぼくを怠けさせ、心の底まで干からびさせる。今日はただ短い手紙だけ書くことにする。それというのも、ぼくは子どもたちと一緒に、いわゆるブコヴィナにあるホラーコヴァー草原と何とかいう鍾乳洞の観察旅行に行くことにしているからだ。でも、ぼくの予想ではこの鍾乳洞は見つからないかもしれない。――一週間後、八日後にはぼくはプラハに戻る。ぼくはもう恋い焦がれる思いで西の方〔チャペックの滞在する温泉場からプラハは西になる〕を見つめ、気晴らしの散歩にもそちらの方に足を向けている。

今日、ザヴジェルがヴィノフラディ劇場のためにといって、自作のドラマを送ってきた。またもや「プシェミスルなんとか」だ。クヴァピルはぼくに手紙をよこして、九月にパリに行く。そのときまでにぼくと話をしたいそうだ。だから、この九月一日にはプラハにいなければならない。そのほかにも、ぼくは話す、ヒラルがヴィノフラディ劇場の俳優と交渉をしている。そのことは、場合によってはぼくもヴィノフラディに出ることを不可能にする。ああ、なるようになれだ！――『RUR』〔『ロボット』のチェコでの通称〕は（ポリティカ紙によれば）フランクフルトとツァーヒでも上演が決まったようだ。そのことについてはそれ以上のことは何も知らない。

　今日、君の手紙が、二通届いた。そのなかには少なくともほんのりと陽気さの日が差していることがぼくを喜ばせたし、安堵させた。しかしあの問題については書くのもいやだし、なんとなく筆が進まない。君との問題は、ぼくにはまだ解決済みではないんだよ。ぼくはおとなしく帰ってくる。君への笑顔をあえて強いる必要もない。しかし、最重要なこと。たくさん食べ、外に出ること、最高に健康な生活をしなさい。でも、六キロ半も痩せたとは驚きだね。――ぼく自身はね、外見上は、太っては見えないよ。マッサージと温泉治療をしながら太るなんて不可能だよ。しかし、たしかに健康にはなった――たぶん、たぶん、ぼくは老けてないね。

　この早く来て、熟した秋は老化とはちがい、外見的には、ぼくは、きっと青さと愚かさを十分にそなえた春に見えるだろう。――それは、実は、ぼくの未熟さと関係している。誓って言うけど、ぼくにはどうしても腑に落ちない。だからぼくが老けたなんて、自分ではとても信じられないんだよ。おお、神様、世界ではいったい何てことが起こったのでしょう！――あの「アブソルットノ〔絶対子工場〕」のことで、ぼくはちょっと取り返しのつかないことをしてしまったんだ。あれはぼくの本心から出てきたものではないのだが、そうなってしまった以上、仕方がない。君の言うのが本当だよ。ぼくのなかで芸術的修道士がなんとなく反乱を起こしたのだ。その修道士は生まれてこのかたぼくのなかに住みついていたものだが、ときどきうたた寝をする。ぼくが心配なのは、去年の風邪が多少君を不安定にさせていないかということだ。

　どうか、彼を祝福してやってくれ、そして君のキャリアのためになる何かを与えることのできる彼からの贈り物を受け取りなさい。彼を責めないこと、そして彼を軽んじないこと。ぼくたちを飛び越えてやってきたものは、ぼくにまじめで、厳しい作用を及ぼした。もう二度と、これまで生きてきた軽率な人生には戻らない。——もう、行かなければならない、子どもたちがぼくを急かせている。もっと長い手紙を書けるような時間が出来ること、そして君と会えるのを楽しみにしている、だんだんと君に会いたい気持が募ってくる。ぼくのなかでものすごいセンチメンタルな願望が吹き荒れている。

さようなら、ぼくのカワイコのオルガちゃん。たくさん食べなさい、蛹《さなぎ》ちゃん、どうか元気で、陽気で。

君の、びっくりするほど献身的なカレル。

IX・22

［一九二一年八月二十三日、トレチアンスケー・テプリツェ］ (814)

ぼくの親愛なるお嬢さん、

一晩、眠ったのですべての気がかりなことは夢の中に置いてきた。そしていま、ぼくは日課となっている君への手紙を書いているところだ。ぼくは一日を無駄なく使っている。温泉での朝の苦行のほかに、ぼくは第十章〔『絶対子工場』〕を書き上げたよ。それから気晴らしにセルマ・ラーゲルレーフ〔スウェーデンの女流作家〕を読み、そのあと、驚きに満ちた新しく、美しい道を通って、秋の午後を散策した。

この地方の山々はじつに不思議だ。まるで夢の中にいるかのように人を幻惑させる。丘の上に登ってみるといい。しばらくのあいだ、樹木を右に左に避けながらジグザグに歩いていく。すると突然、眼界が開け、すばらしい展望を目にすることになるだろう。君はどこにいるのかわからない、それほど新しい土地へ、不意に運ばれてきたかのようだ。こんなことは、ぼくは新しい所に散歩に出かけるときはいつもそうだ。ここの土地の人たちさえ、ここのことをよく知らないようだ。

——

君はいつ、ぼくがプラハに戻ってくるかって聞いたね。火曜日の午後、ここを発つ、ブルノに寄って、プラハに着くのは水曜日の夜だ。君がリハーサルの最中だったら、たぶん木曜日の朝、十一時半ごろシュヴァンドドヴォ劇場で待っている。もしリハーサルがないのなら、その時間に劇場に来てくれよ。

今週の金曜日以後はもう、手紙をこちらに出さないように。郵便は遅いから君の手紙を受け取りそこなうかもしれない。だから金曜日の夜が最後だ。それとも、土曜日の朝、速達で。それからどうかエディー・ポッロをもっと送って下さい。ほかには新しいことは何もない。びっくりするくらい、たくさん食べている。もしぼくが太っていなかったら、食べたものみんなここの山々のてっぺんで発散しているからだろう。あの洞窟には昨日もたどり着けなかった。そこに行くのはすごく遠いんだ。ぼくたちは一つの山のふもとまで行った。そこからでは地平線も山の陰になっていて見えない。ぼくたちはその山の向こうは谷になっていて、その先は、ここよりも高く、もっとたくさんの樹木が茂った山がある。そして、これらの山のなかでは、熊のうなり声さえ聞こえるそうだ。

そしてこの谷間には三つの盗賊部落があり、憲兵隊でさえそこへ行く勇気がないそうだ。でも、一見したところでは、平和で静かだし、藍色《あい》の秋の影は、熟れたスモモの色調を見る人みんなに、それを丸ごとかじったら、どんなにおいしいだろうという、そんな思いに引き込んでしまいそうだ。

そして、ぼくはすごくうれしい。君も元気に生きて、人間がブナの木のような強靭な気性を受け取るほど甘美で、濃密な血液が全身を正常に駆け巡っていることがだよ。ブナの木は何かに夢中になることはないし、興奮することもない。でも、仕方がない、ブナだって生の闘争をしているのだ。ブナの木君、それはすごいことだぞ！　そして美しいブナの若木に育つ。それからは苦しみはない。だって君はブナでも松でもないからだ。そしてマフナーチュ山で成長するからだ。しかも、あの高いグロロヴィツェ山やスリマーチュコヴァ山の上でもない。しかし、そんなことはたいした問題じゃない。なぜなら君は人生は諦めではなく、むしろ戦いだと書いてきたじゃないか。

そうとも。しかし、そこでだ、ぼくは君がたくさん食べてくれるとうれしいのだがな。ぼく、罪人は、君がぼくに送ってくれて、ぼくが受け取らなかった一万回のキスから受けるよりも、君がキジの半羽を食べたというニュースのほうがぼくにはずうっとうれしかった。そのキスはきっと郵便局で紛失したんだね。今度、郵政大臣に苦情を言っておこう。――

手に負えない猫ちゃんは、まったくタフに生きているみたいだね。写真はもう送らなくてもいいよ。どっちみち、もう帰るんだからね。正直のところ言うとね、ぼくは自分の荷物をトランクからまだ出していないんだ。ぼくはいつも、ここは一時滞在の場所としか考えていないし、ここに腰をすえるかのような整理をしてはいけないような気がするんだ。たぶん、あと二章書くつもりだ、そして四本の未知の道を駆け抜ける。マッサージ師クゼンダの徹底したこぶしの下で、あまりの痛さに、あと何回か苦しみのうめきを上げるだろう。そして、父がぼくに砒素注射をするために診察室に引っ張っていくまで、彼に悪態をつくだろう。それでいて小さなヘレナ〔姉ヘレナの子〕とトランプをするんだからね。

ぼくたち三人の子どもはひとつの共通点を持っている。みんなが演劇にたいする愛と夢を持っている。いわば、エディー・ポッロとウォルター氏、それにオリンカといったところだ。

いまは、お休み。いま、十一時だ。ぼくはきこりのようにくたくただ。じゃあ、これで、

おやすみ。

［一九二一年八月二十四日、トレチアンスケー・テプリツェ］ (815)

ぼくの最愛の人へ、

そうさ、ぼくは君の手紙をみんな受け取ったよ。そして、ぼくだけが毎日毎日、一日を例外として、君に手紙を書いていたんだ。土曜日以後は、もうぼくに手紙を書かないように、もう一度言っておく。水曜日の夜、プラハに着く。木曜日の朝、君に会う――少なくともそう願っている。そして、世界よ、ぼくを愛してくれ。

──ぼくは今日、君に長い手紙を書くつもりだった。でも、夕食のあと、結局、長い散歩の馬車の席に着いたとき、墓地の上の森の斜面全体が燃えているという警報が入った。だから、もちろん、ぼくもすぐに山火事の様子を見るために駆けだした。火はそれほど大きくはなく、地面を這っているように見えた、ほぼ二百メートルの幅のなかで、ところどころ、炎が立ち上がっていた。でも、夜のことでもあり、それもまた恐ろしくもあり、美しかった。火がどうしてぼくをこんなに引きつけるのか、ぼく自身わからない。たぶん、なにか有史以前の火にたいする信仰から由来しているのかもしれない。

ぼくはかなり遅くなって家に戻ってきた。だから ひどく眠かった。小さな子どもだったら眠さのために泣きだしただろう。そこでみんなはぼくを着替えさせ、乳母車に寝かせるだろう。ぼくはまだ大声をあげ、泣いているだろう。そしてぼくは一心に眠ろうとしているはずだけど、そうする代わりに、ぼくは一日中楽しみにしていた手紙を書いている。ぼくは手紙のなかにたくさんのことを書きたいのだけど、それでもぼくにはこの手紙を最後まで全部は書けないだろうと思っている。なぜなら、ぼくはもう目を開けていることができずに、完全につぶらないように、無理やり指でまぶたを開けているくらいだからね。

今日は二時間のあいだに一章『絶対子工場』をほとんど全部、書き上げた。それから、午後の暑さなかを、うんざりするほどありきたりの散歩に出かけた。ここはまだ雨が降らない。すべてのものはすぐにも火がつきそうなくらい乾燥しきっていて、ほとんど毎日のようにどこかで小さな山火事が報告されている。

今日、ぼくはね、とってもちっちゃな野ネズミの赤ん坊を捕まえた。正真正銘の子ネズミだよ。そのかわいらしさと言ったらね、君、もう、ちっとのあいだも目がそらせないくらいなんだ。ところがね、そやつときたら、なんと、ぼくの手のひらの上でオシッコをちびったんだ。ぼくが地面の上に放してやると、そいつは乾いた落ち葉の下に首を突っ込んだ。そして思ったにちがいない。さあ、どうです、みなさん、もう誰にもあたしのことが見えないよとね。――

ほかには、なんにも、なーんにも変わったことはないし。日々は一日一日と伸びて恋心のロザリオを形作る。この水曜日の夜から一週間後には、ぼくはプラハに近づいている。それからぼくの部屋にばたん！ と倒れこみ、そして自分に言う。もう、トノフスカー通り二十五番〔オルガの家〕まではは近くだ、その他、その他。それから、いいかい、ぼくは一眠りする。誓って言うけど、ぼくはたったいま書いたことさえ読み返すことができないんだ。どこかに不適切な言葉があるなら、正しい言葉と取り替えてくれ。ぼくはもう何もわからない。何かわからないけど、何かがすごくぼくに苦痛を与えている。思考力のどこかだ。ぼくは書きたかったことが何だったか忘れてしまった。ドラマトゥルクのコールのお母さんが亡くなった。あの火は美しかった。ネズミはもっと美しい目をしていた。ぼくは君をものすごく好きだ。しかし、いまは、ぼくは眠りに行かなくてはならない。誰もぼくを寝巻きに着替えさせてくれない。ぼくは、ほら、こんなに泣きたいくらいだ。

じゃ、オルガ、オルガちゃん、ぼくはお寝むになった赤ん坊だ。ああ、神様、もし誰かがぼくを着替えさせに来てくれればいいのに。

おやすみ、お人形ちゃん、ぼくはもう寝るからね。

カレル。

［一九二一年八月二十五日、トレチアンスケー・テプリツェ］　(816)

ぼくの愛するお嬢さん、

今日は君からの貴重な手紙を二通も受け取った。ぼくの手紙は君のよりも短いことを恥じている。しかし、もちろん、ぼくの手紙のどれもが、一回分としては君のと同じくらいの長さはあるはずだ！ ――

こうしてまた一日が過ぎた。新しいものは何ももたらさなかった。午前中は温泉で料理され、午後は第十一章〔『絶対子工場』〕を書き終えた。そのあと、まだ煙をくすぶらせている昨日の火事の現場を見に行った。ぼくも少し消火作業を行なった。火花を踏み消し、まだ火花を散らしている燃え残りの木の塊を蹴っ飛ばした。そのあとで山のほうに散歩に出かけた。

雨雲が空をおおい、とうとう雨がちょっぴり降った。それは言いようもなく悲しく、同時に精神にとってはすがすがしい清涼剤となった。そうなんだよ、甘酸っぱい気分が続いているんだ。その気分はあまりにも強く続き、ぼく自身にたいしても、悪人にたいしても、もはや何も非難したくなくなるほど、執拗に続いた。

ぼくは自分自身の裁判官ではない。ぼくは奪い、与える。だから、神様、誰が多くを取るか、ご判断下さい。ぼくは心の奥底でほんのちょっといいことをしたいという気持がある。みんなのために、そして、ぼくの愛している人たちに一番たくさん与えたい。そしてぼくの生命の工場からひどく悪いものも、そして痛々しいものまでが出ていくのを見たら、ぼくは驚きのあまり無力となり、それが宿命だ、人間が人生にたいしてあまりにも強い関心を持つかぎり、おそらくは、自分自身が悪の原因になることもあるだろうさという思いを受け入れるだろう。

君は、ぼくたちがあまりにも神経質だといったね。しかし、それは正しい言い方ではない。日常的にぼくは、そして君も、最大に重い辛苦をも――少し無神経なんじゃないかと自分でさえ思えるほど――平然と耐えることができる。その一方でぼくには「あきらめ」にたいして、ある種の趣味みたいなものがある。それは「見知らぬ町の教会の門前で、乞食になること」なんてことさ。君にもホトコヴェー・サディ〔オルガの家の近くの公園〕で言ったように、一年後にはそうなるかもしれないよ。

そうだよ、君はあまりにも神経質で、カリカリ、ピリピリしすぎだ。自分の苦い経験にたいしてこの上もなく敏感だ。それにたいして、ぼくはむしろ何もかも正直に映し出す平面だ。でも、立っている。本来なら、そんなこと文字通りに取る必要はないんだよ。なぜなら人間は、自分自身について何かを判定する時のように、それほどひどい間違いはしないものだからだ。――

ああ、お嬢さん、君だって恋しがっているんだよ！　君が、日々、送っている、狭くて、押し合いへしあいしている人生のなかにいて、君だって誰かを恋しがっているんだ。こんなに広く、果てしないところでだよ。もし、君がぼくのように丘のてっぺんに立ち、君の眼前に、これほどの遠い距離と、これほど厳しく、大きく、暗澹たる、口もきかぬ世界があるのを知ったら、君だって、きっと、人知れぬ孤独感をおぼえるだろう！

お嬢さん、小さなことがぼくたちを憧憬と愛のなかに浸している。大きな問題はぼくたちを、ぼくたちだけに集中させ、ぼくたちの心が痛々しく語るに任せている。いいかい、オルガお嬢さん、五日か六日後には、ぼくは君を求めてプラハ中を駆けまわっているよ。またもや、ぼくたちをへだてているこの距離が黙らせていた細かな日々の問題が、ぼくたちのあいだに山積みになるだろう。そしてぼくは七月にシュピンドロヴァ・ムリーナ〔同年七月に滞在した水車小屋〕のときと同じく、ここのことも、一種の郷愁をもって思い出すだろう。カワイコちゃん、それが君の趣味に合うかどうかはわからない。でも、ぼくたちがプラハで会うまでは、ぼくはそうしていたい。ずいぶん君と一緒に、悲しくて貧しい、醜悪、または美しい、安らぎとなる地域を、あるいは駆け、あるいは歩いて、たっぷり見てまわった。ぼくには、ぼくたちがまったく未知の世界に住んでいるかのような気がしたものだ。それは自分自身を恐ろしく閉鎖的な、世間から除け者にされた者たちのサークルのなかに閉じこもることだ。

そのほかに限りなく親切になりたいという希望もある。そして、その残りを君が注目し、ぼくが断ることのできない陽気さと交換してあげてもいい。そう、ぼくは体重が一キロ増えた。たしかにぼくはその分走っているからね。小さなヘレナは彼女のヒーロー、エディー・ポッロに大喜びだ。

どこへ行くにも彼をつれている。申し訳ないけど、彼女に、君が持っているだけでいいから、ブロマイドを送ってくれないかい――そうだ。すごく君に会いたい。でも、詩的に書くべきかもしれないな、それもまたちょっと気が利いているんじゃないかい。ただし、ぼくがいつもこんなに眠くなければだけれどね！

さようなら、お嬢さん、君の手と足にキスをします。もう、日にちを数えるのはやめにしないかい、もう、そんなにないんだから。もう出かけるよ！

カレル。

［一九二一年八月二十七日、トレチアンスケー・テプリツェ］　(817)

親愛なるお嬢さん、

昨日の夜、ぼくはまた手紙を書かなかった。だから今朝はさっそくそれに取りかかっているところだ。ぼくが手紙を書かなかったとしたら、それには非常に強い、散文的な理由がある。だから、ここだけの話だけど、昨日、ぼくは一日中、お腹が痛くて、夜には、麻薬（オピウム）をかなり大量に飲まざるをえないほど、ひどく痛んだ。その結果、ぼくは肘掛け椅子にすわったまま寝込んでしまい、おかげで、ぼくの楽しみの手紙を書くことができなかった。

今日はもうすっかり気分がよくなった。だけど養分としては固いビスケットとお茶しか取らなかった。ぼくはすごくお腹が空いているんだけど、食べちゃいけないんだ。ぼく、世界中にたいして怒っている。おまけに外に出てもいけないんだ。最大の怒りは、母がね、これをいいことにして、まるで赤ん坊か何かのように、ぼくを甘やかそうとすることなんだ。ぼくはそんなこと絶対にしてほしくない。今日は君からの手紙が一通も来なかった。ぼくは午後の便で来るのを待っている。今日は土曜日だ――だから二日半の後には、もう、この待ちわびる気持もお終いになる。ぼくが水曜日の夜、遅く着いたら、君にどうやって知らせようかな。でも、迎えに来たりなんかしちゃだめだよ、ぼくは時間も知らないし、どの駅に着くかも知らないんだから［プラハには行き先によって異なる複数の駅がある］。それよりも早い列車には乗れない。ぼくはブルノに用事があるのでね。ぼくの手紙がこんなに短くて、ごめん。ぼくは朝からすごく機嫌が悪い上に、やたらとあちこちに当たり散らしているんだ。

『虫の生活より』の初稿ゲラが送ってきた。印刷の具合は非常にいいようだ。でも、いつか世界が世を捨てた楽天家まで目の敵にするときが来るとしたら、ブルルルルッだ。だけどぼくには他意はない。そんなことは考えないでほしい。反対に、ぼくは一度、怒った気分を体験したこと、少なくともあらゆる潜在的な怒りがぼくの中から出ていってしまったことをうれしく思う。それはビスケットのように甘くておいしいだろう。どうかお願いだ、ぼくが君と会ったとき、ぼくがうれしくなるよう、十分健康になるように、ぼくのためにも体に気をつけて下さい。

じゃあ、ごきげんよう。明日は、もっとましな、長い手紙が書ければいいなと、すごく希望している。カワイコちゃんはぼくの手紙が短いからといって、君への愛が減少したなんて思わないでね。

完全に君のものであるカレル。

(818)

［一九二一年八月二十八日、トレンチアンスケー・テプリツェ］

親愛なるお嬢さん、

ぼくはいままったく滑稽で、恐ろしい状況のなかで、この手紙を書いている。ぼくは家に監禁され、胸に温湿布を置いた状態で寝ているのですよ。つまり、ぼくは性質《たち》の悪いカタルにかかっていて、食べるものはお茶とビスケットだけ。ぼくはこの屈辱的な不快感のゆえに怒っているのだよ。ぼくは探偵小説の読みすぎと、麻酔薬の呑みすぎで頭がおかしくなっているんだ。それぞれ相ことなる世代の四人の女性［母、姉のヘレナ、ヘレナの二人の娘］はぼくに向かって、にやにやしながら、それぞれ異なる何かをぼくの口に詰め込んでいる。そんなものどうせぼくの害になるものだ。だからぼくは唸り、怒り、ぼくの他にこんな仕打ちを受けるものは、この世に二人といまいと思われるような不愉快さに耐えている。だから、ぼくがこんなふうに無様な虜になっているところを君に見られないですむことが、ぼくにとっての唯一のなぐさめさ。母までが、夕食にぼくのおかゆを作るんだといって、粗引きの小麦を小さなスプーンに入れて見せにくるんだ。ああ、神様、ぼくの祝福された食欲はいったいどこへ行ったんでしょう！　ぼくの心配がすべて解消されたその瞬間から、ぼくは食べ物については自分で決定していく。そして、いまはお茶、干しブルーベリーの煎じ薬、大麦のうわずみとかゆ。こんなものが人生といえますかね？

そういうわけだからね、ぼくのお嬢さん、この苦難の深淵のなかからお願いする。胃やその他のきわめて重要な器官を決して馬鹿にしてはいけない、そして今後は最大の注意を払うこと。なぜなら、そういう器官がどれほどの苦しみを与えるか、いま、ぼくが知らされているんだからね。

どうか、君、たくさん食べなさい、でも、度を越さないように、健康に、でも、がつがつしないこと、規則正しく、やさしく、強い意志で、暖かく、いろんなものに興味をもち、賢く、そして、いつもその姿勢を忘れないことをお願いする。それはね、もっとも大事な人生の課題のひとつだ。そだってね、胃の病気とか、それと似たような傷害をもった人はね、想像力の飛躍や、詩、芸術、愛、高尚な感情、知恵といったものが働かなくなる。しかも、何にたいしても、愛や関心にも値しない。そんな人間は鼻持ちならないし、苦情ばかり言っていたり、利己的で、移り気で、非道徳で、人間という名に値するものは何も持っていない。そんなわけだ。

お嬢さん、ぼくはザヴジェルの『プシェミスル』を読んだ。そして恐ろしさに汗をかいた。とたんにぼくの体の具合が悪くなった。――ぼくは、たとえ、まさに本当の秋が始まったところだとしても、外には出ない。その恐ろしげなものを読むつもりだ。ぼくは明後日出発する。明々後日《しあさって》の夜には、ぼくはうちにいる（ということは、今日は日曜日だ）。そして木曜日の十一時ごろケーキを前にして待っていることだろう。ぼくは、たとえば心、願望、希望、大きな楽しみ、などなどといった良いこと尽くめなことを書くほどやさしくはない。そのすべてのことについては、この次だ。

君のカレル。

［一九二一年十月］（819）

オルガさん、今日の夜、ヴィノフラディ劇場から飛んでいく。夜、九時ごろ君の劇場の前で待っている。もしかしたらもっと早いかもしれない。でも、もしかして少しでも遅れたら、たぶん、君はほんの少し待っていてくれるよね。畜生、社会的義務なんかくそくらえだ！　いやいや、ぼくは時間通りに来るよ。——それ以外に新しいことはない。

稽古は惨憺たる状態だ。初日は二十一日、金曜日だ——このアトリエの仕事が終わったらね。じゃあ、きっとだよ、また。ぼくは仕事だ、仕事だ……

［一九二一年十二月十六日、ブルノ］（820）

親愛なるお嬢さん、

いま、ちょっと暇ができた。夜は編集部だ。だから君に手紙を書いている。ぼくは午後の列車で来た。列車に乗っている時間の半分は怒り、半分ははらわたが煮えたぎる思いだった。そして、その時からもうぼくは絵画修理師のところでぼくの好きな古い絵を取り上げて見ている——それらの絵はきれいに汚れをふき取られていて、ぼくはすごくうれしかった。ぼくはこの絵をクリスマス・イヴに自分自身に贈ろうと思っている。なぜなら、いくつかの汚点（そのせいで、ぼくは地面に飲み込まれたし、一人の親切なお嬢さんはぼくの耳と足を引きちぎった）を除けば、そのほかの点では、ぼくは一年中勤勉だったから、この絵をクリスマス・プレゼントとして自分に贈るのだよ。

そう、そのあと、ぼくはアルフレッド・ストランスキーのところへ行った。ぼくは彼に『絶対子工場』の表紙の絵を頼んだのだ。ぼくはぼくの条件（定価の十五パーセント、だからチェコスロヴァキア著作権料の最高記録）で恥知らずにも彼から搾取した。それでも彼はぼくにずいぶんお礼を言っていたから、そんなに悪い条件ではなかったのかもしれない。いま、ぼくは編集部にいる。ここでぼくの『絶対子工場』の二十三章から三十章までを渡した。そして、ここでシュトルフ－マリエンの弁護をするために、編集長のハインリヒを待っているところだ。彼は、つまり、猶予期間もなしに解雇され、非常に不幸な身の上なんだ。だって、博士号を得た後、職がないんだ。だから、彼をここでなんとなく援助してやることはできないかと苦心しているところだ。そのことはたぶんうまくいくだろう。その一方で、ぼくの内面の声がやや嘲笑的に言っている。「おまえは他人を助けようとしているのか、自分の面倒だって十分見切れてもいないくせに」。

そうとも、哀れなる声よ、ぼくは自分の面倒さえよく見れていない。しかし、それよりも百倍、千倍も悪いのは、やさしい、不幸なお嬢さんが二度と不幸にならないように、手品師が上着の袖口からさっと取り出すように、援助の手を差し伸べられないということです、などなど。ねえ、君、こんなことって呪うべき、忌々しい無力感だ。それでいてぼくには何の痛みもない。でも、このことについてこれ以上触れたくない――

――つまりね、ぼくはこんなにあくせくと努力した一日のあと、もうくたくたで、眠いんだよ。ところがぼくが自分の部屋にたどりつき疲れた目を閉じるまで、豚肉料理の山を前にして、それを食べつくさなければならないんだ。（要するにね、ぼくのためにけばけばしく大げさに準備された宴会の場にいるというわけ）。

列車に乗っているあいだ中、ぼくは客車の窓のガラスに、どんな具合に氷の花ができるかを見ていた。それはね、君、すごく面白いんだ。列車が駅に止まっているときに花は完全に融けてしまう、そして、列車が走り出すと、目にも止まらぬ速さで花が咲きはじめ、成長する。人はそれがどのように成長し広がり、シダの形に編み上がっていくか、椰子《やし》のようになり、ジャングルの低木のように密生していくか目で追うなんてとてもできる技ではない。そう、まさに驚きの一言。実を言うと、これが今日一日のなかで最も感動したものだ。だからぼくは疲れた目をしながらも、もう一度氷の開花を見るために、その目をつぶりたくなかったんだ。それにたいして人間は愚かで、原始的だね。

明日はたぶん、君に手紙を書かないだろう。なぜなら朝は絵を入れる箱を探しにいく。それからシュテフとマヘンのところへ行く。午後には病気の友人トリープを見舞いに行く。それから絵の梱包の様子を確かめて、さらに編集部に行く。夜は何かの芝居の初日を観に劇場へ行く。

日曜日の朝はコンサートに行かなければならない。なんだか特別に大規模で美しいんだそうだ。そして日曜日にプラハへ出発する。（それとも、おお、何てことだ、月曜日の昼まで延ばさなきゃだと、なぜなら全編集局の会議のために日曜日まででぼくを引き止めておきたいからだ。でもぼくは日曜日の朝か午後の列車で帰りたい）。しかし、ぼくは必ず月曜日の四時に広場（ナームニェスティー）に来て、君を待っているからね。

じゃ、今日は、おやすみ。

お元気で。そして、何者にも、何事にも悩まないように。

チャーチャ

【一九二一年十二月二十四日】　(821)

もう、長いあいだ、おまえは詩も書かず、ずっと前から、祈りもしなくなった。
そんなら、君が恥ずかしい思いをせずにすむように、
膝をついて、およそ次のように唱えなさい。
「おお、神様、
これは私にたいする応報なのでしょうか、
昼、夜と
朝から夜まで私は力のあるかぎり
一生懸命働きました。
私自身も少しばかり創造をしました、

そしてほかの人の創造にも手を貸しました。
朝から晩まで私は考え、
人々を喜ばせるために、そして人々が、
何か美しいものを読んだり、見たりするために
神の休日を作りました。
それがもし本当に何かであるのならば、
神よ、あなたの目の前に
おしるしをお示し下さい、そして、
私の願望を満たして下さい。
彼女に幸福をお与え下さい、
彼女に幸福と健康をお与え下さい、
彼女に幸福をお与え下さい、
彼女が人生に退屈しないように、
そして傷つかないようにして下さい、
神様、彼女を幸福にして下さい、

彼女が歩くとき一歩一歩、
その鼓動が聞こえるように、
春になって世界中が
キリスト復活の鐘を鳴り響かせるように、
彼女の心臓に規則正しい
銀の鼓動をお与え下さい。
神よ、私に印をお与え下さい、
あなたの愛の。そして私のためにも、
いま一度、鳴らせて下さい
春の鐘を、そしてそのなかに
私にも健康で幸せを、お与え下さい」

チャーチャ、オルガちゃんのために。
ああ、どうしてです、どの真新しいページに、
そして、毎日に、詩がないのでしょう！

1922

［一九二二年一月三十日夜］

イスタンブールの犬の祈り

（822）

わが神よ、われ、哀れなる犯罪者は
わが罪なる手を、あなたにつながれています。
どうか、わたしの女友達のところへ行って、
いまこそ言って下さい。
「わたしは怒ってはいない、反対に、
すべてはうまく行っている、
だって、ぼく自身がすべてのものを
作ったんだからね、子供たち。
君たちも、君たちの愛も、君たちの唇も、
君たちの手も、何もかも」
わが神よ、愛の名において彼女の元へ行き、
訪問して下さい、
彼女の乱れた髪をなでて下さい、なでて下さい、
彼女の滑らかな額に祝福を
お与え下さい、お与え下さい、
何も考えずに、かわいらしい眠りにつくように、
彼女の痛む足を、
そっと伸ばして、寝かせてやって下さい
彼女を寝かせつけて下さい、腕のなかで揺り動
　かしながら、乳母になって下さい、
わたしのかわいいお嬢さんの、
そして、いいですか、
あなたの聖なる親指で聖なる十字を
あの白い二つの花に、
なかば咲きかけの睡蓮の花に、

いまだ現われぬ人生の花冠のなかの花の杯に、
彼女の花を咲かせようとする心臓に――
いや！　カレル、カレル、
たしかに、あんたは神様にまで嫉妬して
神様の高貴なる手を、お腹の大きなチャーチャ、
あんたが押しのけているのよ、
そんなら、十字を切るのをやめさせなさい、
白いバラの二枚の花弁に。おお、わが神よ、
ただ、彼女の額だけなら、キスをしてよろしい、
そして、ぼくは、
ぼくは頭の変な、幸せで、不幸なチャーチャだ。

［手紙の下のほう、右隅に］

五時に買い物をしよう！　オルガ、五時にウーエズド通り沿いに君を迎えに行く！

［多分、一九二二年三月頃］　（823）

親愛なるお嬢さん、

ぼくは六時四十五分ごろ（『ゲイジール』の舞台は終わっているだろう）劇場の前の広場で待っている。でも、きっとだよ！　ごめん、ぼくは金曜日のチケットのことを忘れていた。神よ、この日はいろんな用件があったのです！　会えるのをとても楽しみにしている。

チャーチャ

［多分一九二二年三月頃］　（824）

愛するオルガへ

ぼくはケーキをむなしく待っていた。明日、十時半、同じところで（ケーキを前にして）また待っている。もし、ぼくのためにほんの少しでも自由な時間があったら、おいで。

ぼくは具合がよくない、つまり精神的にだがね。すごく、すごく、弱っている。たぶん、天候のせいだろう。それとも、悪魔には、もう、とっくに、何のせいかわかっているのかな［悪魔ならぬぼくには、わかるはずがない］。それにしても、ぼくには何にも面白くない。こんないやな状態は生まれてこのかた、一度も体験したことがない。どうしたらいいのだろう？　まったく、いやな気分だ。

心からのご挨拶を　K．Č．

［一九二二年五月十日］　（825）

お嬢さん

話して下さい、編集者さんへ、明日の朝は、まだ例の映画〔『金の鍵』〕の通し上映に立ち会うことができないと。

あれはまだ完成していない。今日、向こうへ行って見てみよう。お嬢さん明日五時にケーキの前で、OKだね？

Č．

［一九二二年五月十六日、ブルノ］　（826）

親愛なるお嬢さん、

本当は、今日、火曜日には帰路についているはずだったのだが、誘われるままに、あしたの午後、馬車でヴェヴェジー城に行くことになった。人の話ではすごくきれいなところだそうだ。だから、ぼくはこの二時間の馬車旅行を楽しみにしている。現在では春のうちは、まだ、馬車旅行は行なわれていないのだそうだ。それ以外に新しいことはない。

いろいろな交渉事の最中に、ぼくが、どこにもいないということになったら、ぼくは家で歯茎に薬を塗っているだろう（ぼくはまた、あのくそ忌々しい――これは呪いの言葉ではありません――歯肉炎にかかったんだ）。そして昨日はスークのピアノ曲をほとんど全曲、姉に演奏させた〔姉ヘレナはピアニストになることを夢見たほどのピアノの名手〕。そして今日はショパン半生の作品だ。ぼくはね、そうするしか仕方がないとなると怠けることだってできるのだということを発見して驚いている。だけど、ほんとのこと言うなら、これで一片の紙切れでも目にしようものなら、たちまち、ぼくは机の前にすわり、自作のコメディー〔『マクロプロス事件』〕を書かなくちゃならないという気がしてくるだろう。

不思議なことに、ここも、プラハのように美しい。昨日、ヴィノフラートキの果樹園を散歩していたとき、ここがどんなに君の気に入るか、それに、ぼくは君のために歌をうたうだろうと、ずうっと思っていた。「ツァーララー、みんなが来るぞ、ぼくらのほうへ、果樹のみなさん、こんにちは」とかなんとか。そして今日はボートに乗りにピサールキに行くことになっている。やれやれ、ぼくはまたあのことを思い出すだろう。だって、ボートは「彼と彼女」のための、まさに揺り篭だものね。——

劇場ではすごくけばけばしいレパートリーをやっている。ぼくがまったく見たくもないようなものだ。ほんと言うとね、こっちでは、いま、ものすごくべたべたした汚らしいものをやっているそうだからね。そうだ忘れないうちに言っておくと、日曜日の朝、『離婚』の公演が夏休み明けまで延期されることが決まったらしい(要するに、プターコヴァー夫人の健康状態が思わしくないらしいのだ)。その代わりに、いまは、スペインのロマンチック劇『ドン・ジル』を上演することになった。演出家は、君がその劇のなかの大役どころか、大々主役をやったらどうだと提案した。したがって女子修道院の修道女の役だが、でもとても美しい役だ。そのことは同時に、君がただの放逸で、救いがたいリアリストではないことを証明できるチャンスでもある。

この役は華々しい豪華な演技の見せ所でもあるから、もし君にこの役が配役されたら、せりふを大急ぎでさらって、それからその役を一緒にきちんと稽古しよう。この主人公の名前はドナ・ファかファアナだと思うけど、いつも修道院のなかを若い騎士として動きまわっている。

君の語り口によって彼女の人物像を作り上げればいい。それはかなり響きを求められる詩劇だよ。そう——そのことについてはもっといろいろ話をしよう。ボルがこの作品を演出することになっている、そうなると君は古いおなじみの人物と再会することになるね。でも今度のケースでは、ぼくが自分で君を演出するつもりだ。

ちょうど、いま、仲間の連中が、ボートに乗りに行こうと、ぼくを迎えに来たところだ。だから、これで終わり。木曜日に戻れることを期待している。そのあとで、すぐにぼくの生存の証明を送る。心からごきげんようと、君のチャーチャが申し上げます。

［一九二二年五月十八日、ブルノにて］　（827）

親愛なるお嬢さん、

今晩のこの時間、ぼくはプラハ行きの列車のなかで、横になっているはずだったのだが、少なくとも、ぼくにとってはあわれな報告を君に書こうとして、ベッドに横になるか、起き上がるかするとき、ぼくはベッドの上でかなりの激痛に耐えるか、ないしは英雄的自己克己の努力を必要としているのだよ。ぼくは坐骨神経痛の発作に襲われた。そしていわゆるベッド、より正確には安楽椅子に縛りつけられてさんざん悪態を放っているところだ。

マーヨヴァー夫人〔ヴィノフラディ劇場の女優〕にたずねてごらん、この病気はすごく耐えがたいものですかと？　つまり、痛いのかと？　たぶん、その原因は、嵐になりそうな天気だからか、それとも、食べ過ぎたからか、それとも昨日、馬車で揺られたからか、それとも一昨日ボートを漕いだからか、要するに、何かがぼくの坐骨神経を刺激したんだよ。だから、ぼくが人生の大半を無神経に坐骨の上に座っていたから、そのことでぼくに復讐しているんだろうと憶測している。

ぼくはアスピリンと温泉療法で徹底的な治療を試みている。それもこの発作が、できるだけ早く収まってくれることを願ってのことだ。もちろん汽車と一緒にゴトゴトと揺られながらプラハに向かうことは、いまは出来ない。ゴトゴトいうたびにぼくは耐えがたい痛みを覚えるだろうからね。それはね、お嬢さん、それほど心配するほどのことじゃない。ぼくの神聖な宿命的な忍耐力にとっては、ちょうど見合ったものかもしれないからね。

ぼくは強制されたこの静寂のなかで、『マクロプロス事件』について思索する時間が十分出来た。とくに、そのためにピアノを弾いてもらうときにはね。ぼくの頭のなかにはすでに終わりの二つの幕がもうかなりはっきりと固まっているから、ぼくがそれを書く段になったとき、どんな姿勢になればいいのか心配している。ほんとのこと言うと、ぼくはこれ以上、怠けていたくない。——少なくとも、今日はときどき、体が動かなくなる。でも、すばらしい数瞬間を得ることができた。芽を吹く庭に降る夏の雨を観察できた。ああ、なんとすばらしいのだろう！　この情景を叙情的な詩に表現できないのが残念だ。

　いま、小さなヘレナが、ぼくが彼女から逃げられないこのチャンスをいいことに、ぼくのところにやってきた、リヴィウスを翻訳してくれというんだ。みんなできたが、しかし、一つの文章だけがぼくにはうまくいかなかった。ぼくはずうっとくり返して言っていた。“Caecidius negare se commissurum”〔カエキディウスは何もできないと言った〕ぼくはおろかなカエキディウスではない。ぼくは、いかれたカエキディウスのおかげで、静かな時を奪われた。神よ、あなたはどうして、こんな真っ正直な性格をぼくに与えてくださったのです！——そして君は、親愛なるお嬢さん、君ならどうする？

　ねえ、君、どこでもいいから外へ出てごらん。外はすごーくすばらしいよ。ぼくは昨日、ヴェヴェジー城へ馬車で行った。だから、あのことは絶対に忘れはしないよ。それはね、きっとすばらしい、ルサルカのための館になるよ！　まったく古い、よく保存された塔と門と、あらゆるロマンチックな装飾をもった映画のためにはすごく美しい場面——まさしく童話だ。

　それからね、悪いけど、マーヨヴァー夫人に、彼女のご主人があの台本を受け取ったかどうかたずねてくれないか。そして彼と何かを計画しているとしたら、ぐずぐずせずにやってくれるように。そして言ってくれ、ぼくがあれのために絶好のすごい城も見つけたと、その城はブルノから車で三十分ほどのところだ。そしてお願いだから、ぼくに手紙を書いてくれ。それはぼくの一時的監禁の白い鳩になるだろう。そしてぼくが君と会えない三日か四日のための忍耐力を与えてくれるだろう。

　それで、もう、椅子にすわっているのが苦しくなってきた。またベッドに横になりに行く。

じゃ、ちっちゃなくちばしちゃん、そして、君の不幸せな人に手紙を書くこと、そして、元気でいること。

チャーチャ。

［一九二二年五月二十日、ブルノにて］　（828）

親愛なるオルガちゃん、

そこでだ、ぼくはもうすっかりよくなってこの手紙を編集部で書いている。ぼくは杖と、悪態との助けでここまでたどり着いたんだ。編集部からさらに劇場に行かなければならない。今日、そこで何かの記念公演があり、ぼくにも出席の義務があるというのだ。ぼくのペンはがさがさとすごく大きな音を出すので、ちょっとあたりを気にしているところだ。一つ一つの文字が書く人の邪魔をするときに、どうやったら、すてきな真情のこもった文章なんかが書けると思う？――

コールがぼくをプラハに呼んでいるんだ。ロンドンの劇場監督がプラハに来ているのだが、彼自身が病気になったと言ってきた。でも、ぼくは自分の坐骨神経痛を悪化させ、そのあげくプラハで、たとえば、二週間も寝ていなきゃならないなんて、そんな危険をおかす気にはならない。このペンときたら、ほんとにいやになる。

長期間の強制的自宅監禁から解放されて、ぼくは再び『マクロプロス』に取りかかった。そして四幕のほぼ全体を抹消して、いまのところはちょっとちょっと落胆気味だが、いいアイディアも浮かんできた。それにしても、ひどいペンだな、こいつは。ぼくはいま『仮面と素顔』に関するプラハの新聞の劇評を読んで、腹を立てているところだ。

ほんとに観客が何を望んでいるのか、ぼくには、もうわからなくなった。その批評は、「中味がない」と言ってぼくたちを批判している。そして悲劇を上演すると、劇場のなかは空っぽだ、そして批評家は退屈している。といって、喜劇を上演すると、これは夏休み中の出し物だという。

そうなるといったい何を上演すれば気に入るというんだい。ああ、ひどいペンだ。それとも、もしかしたら上演があまりよくなかったのかもしれない。でも、結構、機知に富んだ芝居なんだがなあ。ええい、こんなペンじゃ書けやしない、君にはわかるだろう。――

それに、何たってここはぼくにはよくない。でも、ぼくはね、時々こんな不安な気分になるんだ。ぼくはプラハにいるべきなのにとか、ぼくは何かを取り逃がしているのかもしれないとか、あるいは、要するに、心臓に不快感を覚えるのだ。もともと災いの元は、ぼくがブルノに下車したことさ。この忌々しいペンめ！　ぼくは君からの手紙をずうっと待っているのだよ、まさしく不安な気持で。お願いだから、君、もっともっと手紙をよこしてくれよ。できるようになったら、真っ先に汽車に乗る。だから火曜日だな。すると、もう、ぼくは君からの何かの報告が待ち遠しくなるのだ。

ぼくのお嬢さん、何をしているの？　ここのお城のことについてマホヴァー夫人に伝えてくれるかい？　君は『ドン・ジル』の台本受け取った？　この美しい、甘ったるい花に満ちた日々を少しは楽しんでいるかい？　ええい、この忌々しいペンめ。

そうだ、ぼくはその劇場に行かなければならないんだった。いいかいお嬢ちゃん、もし明日君から手紙が来なかったら、怒りと苦痛に耐えながら、汽車に乗り、ぼくの坐骨神経が、気が狂いそうなほど痛んでも行くからね。

ごきげんよう。手紙を書いて下さい。そして間もなく会いましょう。

君の不幸なチャーチャ。

［一九二二年五月半ば過ぎ］　（829）

大事なお嬢さま、

また配役の変更があったよ。そして君はドナ・イネースを演じる。ドン・ジル役はH夫人の役になった。これはヴィドラの提案だ。ぼくは彼にたずねた。両方の役は同じくらいの大きな役であり、同じくらいいい役だ。ただ、H夫人は少年っぽくて、君は女性的だそうだ。その点はある程度までたしかだし、まあ、本当だと思う。君にもわかると思うけど役の重さから言えば同等だ。これはヴィドラが提案したことであるということから見ても、そこにはなんら個人的意図なんてものはなかったことがわかるだろう。ぼく自身、自分でどちらの役が君向きかということを考えた。そしてヴィドラが客観的な、信頼できる声でそれを決定したと聞いてぼくはうれしかった。最も細かな点まで分析してみて、偶然にもそれと同じ結論に達した。だからぼくは保証する、君にたいするいかなる悪意もなかったということをね。

明日（火曜日）七時半に、ケーキの場所で会うというのはどうだい。というのはね、ぼくはその前に（五時から）作家・作曲家協同組合の会議に出ているのだよ。

【一九二二年五月】 （830）

オルガ、ここに小さなプレゼントがある――ぼくの兄の絵だ。ちょうど今朝、届いた。

だから、五時に買い物にでも行かないかい？返事を待っている。

【一九二二年五月末】 （831）

今日十時に『金の鍵』の試写会がロズヴァジルの映画館で映画制作に携わったいろんな人たちや、さらに尊敬する批評家（シャインプフルグ編集長〔オルガの父〕やイジーチェク・フォウストカ）が出席するし、この見世物にたいして誠意を持って、ぜひご出席下さいと、クヴァピルが招待し、サインをしている。

チャーチャ、

ロズヴァジロヴィ館はナポジーチー通りの傷病兵館に向かった近いほうの建物だ。きっと来て下さい。

【一九二二年五月】 （832）

親愛なるオルガ、花盛りの大きな喜びの木のかわりに、ここに小さな花束がある。

K. Č.

【一九二二年六月頃】 （833）

オルガ、ぼくは君がいまどんな気持か、そしてどんなに馬鹿馬鹿しい、ナンセンスな考えにとりつかれているか、心配で眠れないんだよ。荒れ狂った頭ちゃん、高鳴る心臓ちゃん、もうおやすみ！　昨日のことは、まったく口にするにも値しない、ぼくたちには何の関係もない。ぼくたちだけが知っている。少なくとも、君がぼくにどんなに近しい存在になったか、ぼくは以前よりももっともっと多く自覚している。いいかい、オルガ、ぼくは何よりも、君のあばずれ行為——これは君がそう言ったんだよ——を許さなければならない。君の行為はたしかにひどかった、神が君をお守りくださるように、たとえ、どんなことがあろうとも、ひと呼吸、髪一筋、ほんの一瞬のまばたきさえ、ぼくたちのあいだは変わっちゃいけないんだ。そして、いまのところは単なる無意味で不愉快で、愚かなことが起こっているに過ぎないんだ！　そして愚かな女の涙にたいしては、強く激しいオルガと強いチャーチャが手を握りしめて、耐えるしかほかに手立てはないのだ！　ばか者ども！　たしかに今回の事件は、君たちが大勢、見つかったということから出ているのだからね！

ぼくは心配なんだよ、オルガ、君の恐ろしい考えがすごく心配だ。おお、神よ、もしわたしに願うことができるなら、もっと君のそばにいて、君の助けになりたいと思うだろう。それは恐ろしい、おお、耐えられない。君はきっと枕に顔を押し当てて泣いていることだろうね、それとも狂気じみたことを考えているか——止めなさい、もう、お願いだから！　おお、君を送って帰ったあのとき、君の目の輝きといったら！　オルガ、それは決していい輝きではなかった。ぼくは、ほんとに心配なんだよ、オルガ。

ねえ、オルガちゃん、ぼくはぼくたちの手紙の中で書いているよ、どうかそれを読んで下さい。朝、起きたらすぐ、トノフスカー通りへ駆けていって、その手紙を投函する。それから家の前で君が下りてくるまで待っている。オルガ、ぼくは君がその手紙を読むのを下で待っている。来てくれ、来てくれ、すぐに、ぼくの可愛い赤ん坊ちゃん。

ぼくは以前、君のお妹さんを待っていたときよりも、心臓をおしつぶされるような思いで待っているからね。

　飛んでおいで、オルガ！

　君のカレル。

［一九二二年ごろ］　（834）

D．O．〔親愛なるオルガの略〕
そのことについて手配をしている。ぼくはブラティスラヴァへ電話させる。二日は必要だ。そしたらうまくいく。夏休みにかんする手配はしたからこれも大丈夫だ。ポルトが何となくうまく処理しているよ、彼を訪ねてごらん。

　明日（五時前）を楽しみにしている。じゃ、バイバイ。

　心を込めて、
　K．

［一九二二年六月二十日、タトランスカー・ロムニツァ］　（335）

親愛なる、かけがえのないお嬢さん、
　火曜日の午後だ、ということは、君はまだ汽車のなかで揺られながら、新しい風景が窓のそばを通り過ぎていくのを眺めているころだな。――もちろん、君の気分がひどく悪くて、窓の外に何が走り過ぎているのかまったく無関心というのでなければの話だけどね。でも、ぼくとしては、君が汽車のなかで、ぐっすり眠って、目を覚ましたらすぐに君の新しい部屋がどんなだか書いてよこして下さい。ぼくが送る何枚かの絵のなかにぼくの部屋もある。このずんぐりとして大きな、頂上の木造の家はぼくが住んでいるロムニツェのホテル・プラハだ。とんがったところはぼくの部屋の窓だ。窓からは、スピッシュスカー・ソボタ、ポプラッド、ニースケー・タトリのほうへ、すばらしい展望が開けている。その上、スラフコヴスキー・シュティートなど、いまのところは雪の下だ。こんなふうに見える。
　それはね、なんとも言いようのない美しさだ。そしてちょっと右のほうには、今度はロムニツキ

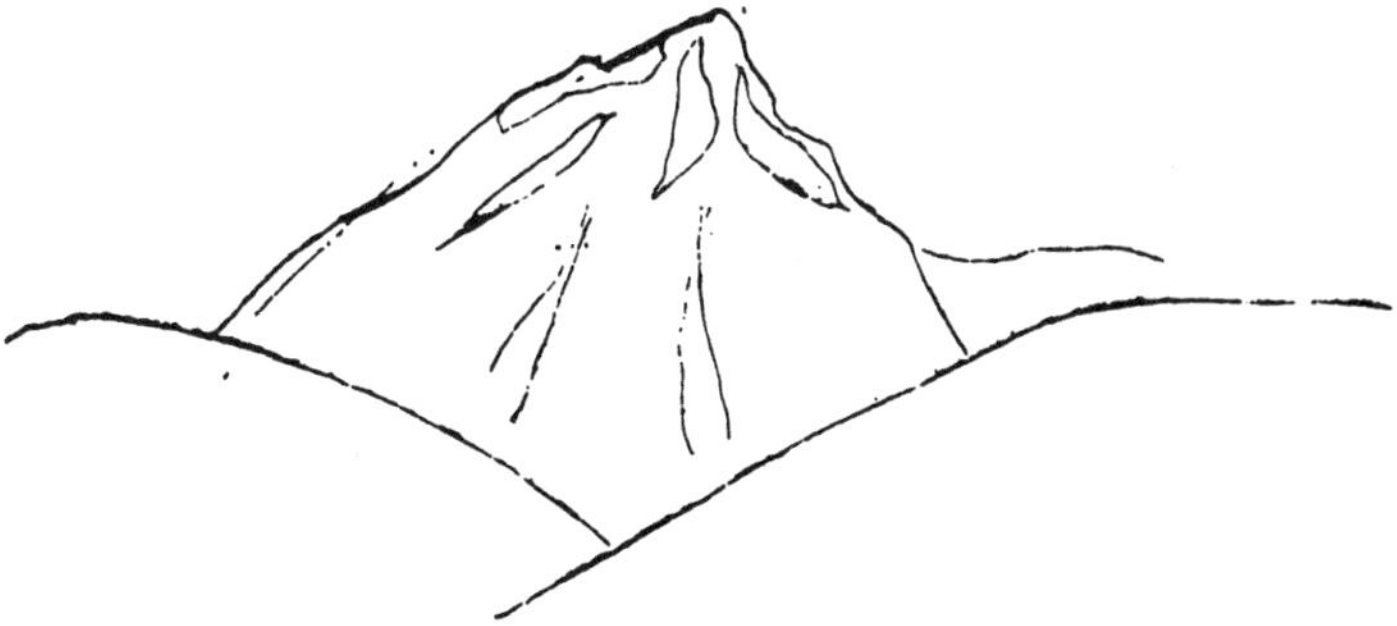

ー・シュティートだ。その上に別の絵を二枚送ります。これはチェコスロヴァキアの一番高い山で、その風貌から言って、高雅で、雲の帽子を脱ぐことはほとんどない。ぼくの部屋はとても美しい、まったくのところ、ここは豪華で飛びっきり高価だ。この大きなホテルのいたるところに、約十人の客がいる。どんなに高雅な静寂があるか、思っても見てごらん。たぶんぼくの仕事にはもって来いだよ。今朝、『マクロプロス事件』を読み返してみた。そして――なんとなんと、驚いたことに――すっかりぼくの気に入ってしまった。しかしいまのところ、ペンには触っていない。今度は午後に、この周辺をちょっと検分してこようと思っている。しかし、ここにはもう二種類の郵便物が待っていた。『ロボット』の第四版の校正と、歴史劇映画『リブシェ』のリブレットを真っ先に書いてくれというコロナウ監督の手紙だ。

このさきこんな状態が続くかぎり、ここでもまた過剰な仕事をこなさなければならないことになるだろう、仕事なんて、もう、うんざりだ！　だから、君はぼくが自分からそんな状況を作り出しているんだと言うけど、ご覧の通り、ぼくが仕事から逃れて山の上に来ても、仕事がぼくのあとを追いかけてくるんだよ。――

　おお、ぼくは君の周囲で起こっていることを細部にいたるまで余すところなく書き綴った君からの手紙を楽しみにしている！　ただね、お嬢ちゃん、健康には気をつけるんだよ、ぼくが気をつけているように。そして君がいる場所や、周囲の様子、君の日課、君の旅、そう、要するに全部だ、それをきちんと記述して送って下さい。君など、ぼくがこんな所からでも、どんなに君と行動を共にしているか知りもしないだろう。

　ぼくだって君にぼくの日々の生活を描写し、それがどんな具合かがわかるように描いて送るからね。ただ、目下のところは、ひどく不愉快な旅のあと、ぐっすり眠って目を覚まして、ここでは太らないように気をつけなければならないなと思っているところ。なになに、決心だと！　ぼくは休暇のあいだ断然、太ってやるつもりだ。しかし、いまぼくにはこのペンションは、むしろ、完璧なサーヴィスに重点を置いている。だから数ダースのフォークとナイフ。それらは昼食用に用意されているのだが、でも、そのフォークやナイフがそれほどたくさんのもののために用いられているようには見えない。

　何てことだ、クラコノシュ山神のそばにいるのに、それは別の料理の皿のためのものだ。一連の他の状況については関係ない――じゃ。

　それと、そのほかにぼくは歯が痛い。たぶん歯茎に瘻穴《ろうけつ》でも出来たのだろう。

　ごめんよ、子猫ちゃん、いま、ぼくがいる場所（それに、値段）から考えると、ぼくの手紙はちっとも詩的ではない。しかし、いまのところ、ぼくにはちゃんとしたところがないし、見ることもできない。それに感じない。そんなわけだから、望むべくは、この次もだめそうだ。

　じゃー、ね。ものすごく君の手紙を楽しみにしている。チャーチャ。

［一九二二年六月二十日以後、タトランスケー・ロムニツァ］ (836)

親愛なるオルガ！

もうこれまで何日かのあいだ、君に手紙を書きたかったんだけど、でも、それをさせない何かが、ぼくたちの間にあった——だから、これまで手紙が書けなかったんだ。

それはプラハからの君の手紙だよ。かわいいお嬢さん、そのなかにはたった一人で、朝から晩まで、自分ひとりで思索しながら、気を紛らすものもなければ、雑念を押し黙らせるものもない人間には書くべきでない事柄が書いてあるのだよ。こういう人間はね、自分に語りかけるすべての言葉を、いやおうなしに苦い思いで、徹底的に噛みしめているんだ［……］

おお、違う違う、君には、ぼくがどんなに傷つきやすいか、まったくわかってはいないんだ。——だから、いまはこの悲痛な章は退けておこう。ぼくは毎日、君自身の生活について、君の喜びについて何か書いてきてくれるのを待っている、もしそういうことがあったらだけど。

ぼくにかんしては君にとって面白そうなことはそれほどたくさんはない。そうだ、ぼくはいつも朝は、君が皮肉った大仕事に打ち込んでいる——何かの役に立つか立たないかにお構いなく頭を下げ、できるだけ背を曲げて前かがみになる。

午後からは——ときどき、カルマ・ヴェセラー夫人とこの近辺を散歩する。彼女も詩を書くためにここにきているのだ。その他のすべて——すこし遠くまで遠足に出かけたり、団体旅行をする。無目的の散策あるいは休息。そんなときは一人ぼっちだ。一人ぼっちよりもっとひどいのは、見捨てられたという感じ。言葉には尽くせない美しいものを見たり、出会ったり。ぼくは四六時中、もしオルガがこれを見たらどうだろうと思っている。それと同時にぼくにはわかっている。こんな道やこんな森は、彼女の弱々しい、不器用な、足元も定まらないあんよではとてもダメだ。五分も持たないだろう。そして彼女はびっこを引きながら家に帰るしか仕方がない。それに半分は水浸しで、半分は早瀬、かと思うと、峡谷、そのほかは切り立つ絶壁。こんなのに比べるとクルコノシュの山全体は、まあ、プラハのレテンスカー通りの散歩みたいなものだ。

たしかにここは荒地だとはいえ、ここにだって、それはもう、うっとりとするような美しい場所や瞬間がある。ただ、不思議なのはこんなすばらしい美しさのなかに、いつも、何か悲しげなものがつきまとっているということだ。人間はその美しさを自分のものにすることはできない、その美しさの前に立つと――単なる無縁のものという感じがする。――だからぼくはこの大きな孤独のなかにいると、ぼくはもともと非常に孤独な人間だということを発見する。ぼくの仕事熱心、ぼくの行動主義、ぼくの生来の冒険趣味といったものはすべて、この孤独感を押し黙らせ、発散させ、緩和させるための、単なる、手段に過ぎないのではなかろうかということだ。

おお、ぼくは働かずにいられればよいと思うし、「内面的に生きたい」と思っている。しかし、そうなると、ぼくのすべての感情がぼくは第二のヨブになりたいという憧憬と、恐ろしい願望となるだろう。ぼくのなかには無限の苦渋の海が渦巻いている。ぼくはそれを拡散することはできるかもしれないが、克服することはできない。ぼくの苦渋は決して空にはならず、ただ、気にしないようにすることが出来るだけだ。

プラハでぼくを飲み込むぼくの日常生活は、すでに、ぼくには恐ろしく遠いものになっている。もし国民劇場が火事になったら、もしプラハが廃墟となったら、もし、ぼくがこれほどまでに打ち込んできたもののすべてが消えてしまったらなんて、たぶん、ぼくにはとても考えることは出来ないだろう。ぼくはいつか戻ってくるだろうなんてことも考えられない。たぶん、ぼくに出来るのは夏のあいだ出て行きたいとか、どこか別のところで、まったく別の人生をはじめたいと思うことがあるかもしれない。でも結局のところ最後の最後には、人間のすることなすことは、みんな同じだ。

ちょうど、いま、山の崖のあたりが白い雲におおおわれている。そして、その下のシュピッシュスカー平地は、人間でさえそのなかに包み込まれたくなるような、すごくやわらかな色におおわれていった。もし、死ぬということが、このように霧散することなら、要するに蒸発することだ。ぼくの大仕事が終わりにならなくても、ぼくは後悔などしないだろう。

　さて、今日のところはこれで、ごきげんよう。ぼくたちが良好な関係になるように。

　カレル。


［一九二二年六月二十六日、タトランスカー・テプリツァ］　（837）

　親愛なるオルガ！

　ぼくはこの手紙をあてずっぽうに書いていて、はたして君の手元に届くかどうかはわからない。つまりここで新聞を例外的に読んだだけで、そちらのオーストリアで、本当に鉄道と郵便のストライキがすでに終わったのかどうか知りもしないのだ。続くとしても短期間だ。それからたぶんこの手紙もいろんな峡谷やトンネルを抜けて、羽の擦り切れた大きな蝶のようにカヴァランキ〔オーストリアとユーゴとの国境地帯〕のどこかまで運ばれているだろう。そこはこの世のものとも思われぬほど美しいところだ。

　君がそちらの滞在地が気に入ったこと、そしてもう一度やや温かみのある世界の一側面をまたちょっと見ることができたことと書いた最後の手紙を読んで大いにうれしかった。ぼくも以前言っただろう、そこは快適だし、城館の生活にもそれなりの魅力があると。たしかに、その生活はくつろぎと、快適さの百年来の伝統をもち、その伝統はもっともデモクラティックなぼくたちから、いずれにしろ奪うことができない。元気になること、何より元気になることさ、そして健全で強い思想をたっぷり吸い込むこと！

　ぼくにかんするかぎり、たぶん誰もがぼくの生活を単調だというだろう。午前中は、ずっと書いている。そして数日後には完成する。そして言葉や文章の推敲を重ねる。午後はカミラ・ヴェセラー夫人と一緒に散歩に出かける。彼女は優しくて、教養があり、何よりも、まさに静かだ。静かさそのものだ。

それとも、その他にもというのなら、キノコ狩りに行くのも好きだ。そんなわけで昨日ぼくはキノコを見つけた。しかも、それは大キノコだった。ぼくの生涯のなかでもっとも大きく、最も美しいキノコだった。それはね、ぼくがこれまでであった最大の成功でもあり奇跡の一つだった。目方は優に一キロはあったし、茎は健康な硬くしまったとりわけ威風堂々たるピアノの足のようだった。そのキノコをうちまでもって帰りつく前に、驚いたことに、ぼくは腕が痛くなった。みんなはぼくのほうを振り返り、大声で叫んだ――言っておくけど赫々たる大成果だったんだ。大成果になら芝居〔『マクロプロス事件』〕の初日だって、異存はあるまい。

当然のことながら、ここには古い絵とか高雅な家具なんてものはない、しかし、また、スズメバチもランもない。その代わりものすごい風が吹く。それは雄牛のようにうめき、吼《ほ》え、ひゅうひゅうと甲高い声の悲鳴を上げる。まったく注目に値する強風だ。それでも書き物がおわると、帽子をかぶり、キノコ狩りに出かける。だってぼくは今朝、すごく長い文章を書き上げたんだからね、ぼくはそれから解放されなくちゃならないんだ。ところで童話は出来ているのかい？　書いてはいるんだろうね？

おお、わが神よ、ぼくにはすべてが遠く感じられます。劇場に、プラハに、人々までが！　このまえ、ぼくは夜、夢を見た。ぼくは文芸部員〔ドラマトゥルク〕の職の辞任届けを提出した夢だ。そして、朝、目を覚ましても、別に驚いてもいないんだ。

日曜日に、たぶん、馬車を借りて、タトラ山の反対側、ジュジャールのほうに回ってみようと思っている。そこはかつてポーランド人が支配していたころ、チェコ人の役人を殺害したというところだ。でも、いまはそんなことをしていない。

今度の休暇は半分は亡命だ。でも、それだって、それなりの魅力をもっている。それが強くて厳しいものであるかぎり、メランコリックなものだってぼくの趣味に合うんだ。ぼくは見違えるほど真面目になったし、自分自身を清浄化した。それにいろんな悪いもの、弱いものをぼくのなかから追放した。このことは疑いなく、ぼくにとって有効だった。

一日一日、日は過ぎていくが、新しいものは何もやって来ない。ここでもぼくの生活は何か鉄道のようなものをもっている。つまり線路だ。しかも時間表まで。

さて、君への神のご加護を、お嬢さん。いろんな経験を積むよう努力すること。また列車が運んでくる、ぼくへの次の手紙のなかで、君の身の回りで起こった面白いことを語ってくれるようにお願いする。ぼくもまた、天候のぐらついているいろいろな山の峰々の向こうにいろんなすてきなものが待っていることを期待している。

楽しい、明るい日々が続くよう!

ごきげんよう、心からのごあいさつを、チャーチャ。

[一九二二年七月一日、タトランスカー・ロムニツァ]　(838)

親愛なるオルガ、

ケルンテン地方(オーストリア)からの手紙がこんなに長くかかるとは驚きだ。今日、七月一日、正午に六月二十三日と二十四日の君からの手紙二通を一度に受け取った。どうやら鉄道のストライキで遅れたようだね。新聞で確かめたところでは、数日間で終わったらしい。これがこちらから出す四通目の手紙だ。それにアドレスをこんなにきちんと書いたら、アメリカにだって届くだろう。どうしてまだ一通も着かないのかな? ぼくは最初の手紙をここにきてすぐに書いたんだよ、だから

二十一日火曜日の朝だ。

今日ぼくは引越しした。でもただ別の部屋に変わっただけだ。それというのはね、これまでいた部屋は隣が少々にぎやか過ぎてね、その部屋の前では大急ぎで廊下を伝って通り過ぎている。ぼく

しかし別の時には、こんなふうに、たしかに効果的に見える。2650メートル、常に雪をかぶっている、他

の部屋からの眺めは、ロムニツキー岩壁にまっすぐ向きあっている。より正確には、かつてロムニツキー岸壁と呼ばれていた場所で、今ではただ雲と霧と雨だけになってしまっている。

マクロプロス嬢はごあいさつに感謝している。彼女はなんとかうまくやっている。つまりもう、終わりに近づいている。さらにあと数日。そしたら彼女の前に幕が下りるだろう。ちょうどこの数日間、ぼくはチャペック的派手な場面を書いている。生命や死についての大論争。ぼくはそのとき本当に感動しているんだ。君のそのことについての質問に感謝している。それ以外では、ぼくは健康そのものだ。ズボンのベルトの具合から察すると、ぼくはどこかの山道にお腹を落っことしてきたらしい。そのかわり、足が太くなった。どうもそのせいらしいんだが、腰をゆするとズボンが少しずり落ちるんだ。でも自分の健康のせいで間違いを犯さないように、確かめてみた。はじめは左側、次に上のほうで、歯の間でピーピーと口笛を吹く。その結果、ヨード・チンキとオキシフルに一日中、煩わされるという、あまり気の利いた、うれしいことでもない事態になっている。来週ヤルミラ〔兄ヨゼフの妻〕がここに来るんだが、どういうふうに見えるかな。ぼくはそれを少しばかり喜んでいる。なぜならカルマ・ヴェセラー夫人と一緒じゃ、まったく遠出（ツアー）なんて無しだからね。四十五分で充分だって言うんだ。ところがぼくはゼレネー・プレソ湖、スカルナテー・プレソ湖、トカーレニュ（これはエーデルワイスのため）その他にまで行きたいんだ。

そう、カルマ・ヴェセラー夫人は年のころは四十歳くらい、すばらしい歌手でね、とても崇高な精神の持ち主だ。ぼくにたいしては、品悪く、小悪魔的だ。それもすごく上品に感じられる。彼女はここで『理想の愛人』についてのチクルス（連作詩）を書いている。その根底にある理念は本質的には、女性の魂を理解するということだ。非常に特殊な題材だと思う。

ぼくはいま、雲のなかを散歩しようと出かけるところだ。ほんとだよ。彼女はすごく低いところから来たから、謙虚さが彼らに返礼の訪問を求めたのかもしれない。昨日ぼくはまさにこのホテルの前で小さな野生の豚をおどかした。自然にはこんなことはたくさんある。たとえばコルンタニのような低地ではそれほどでもない。君たちのいるところはきっと楽園にちがいない。

しかし、ここだってすばらしいよ。暗鬱で、恐ろしく厳粛だ、何となく精神的にも筋肉質だ。だから、ごらんよ、ここにいると劇場のことなどどうでもよいという気になる。戻りたいとも思わない。ただ、『マクロプロス事件』のことだけは、多少は、まじめに考えている。それは明らかに、『マクロプロス事件』を根こそぎにして切り取ってきたように荒削りで、徐々に進化しているからだ。

じゃ、ぼくはこれから雲のなかに入っていく。残念ながらそこに留まることはできない。――それはセンセーショナルな仮説かもしれない！　そして、こまごまとしたこと、香り、驚きに満たされたかわいい、かわいい手紙。それはぼくにとって花束、その花束の周りをしばしば歩き、ぼくの侘び住まいを飾るために一本の花も折らないぼくにとって、それは花束だ。

じゃ、クリスティナ*、そしてお元気に、

K. C.

〔*『マクロプロス事件』のなかのオルガが演じる登場人物〕

【一九二二年七月三日、タトランスカー・ロムニッツァ】　（839）

親愛なるオルガ、

今回は短い手紙、それというのも、これから遠足へ出かけようとしているところだからだ。

ある信頼すべき情報源の語るところでは、『マクロプロス事件』はちょうど一時間前に完成したそうだ。ウッフ！　現在、推敲、そのたの退屈極まりない仕事をしている――ぼくはもう少し削除したいのだがね、どこを削除すればいいのかわからないんだ。

これは五通目の手紙だ。それを七月三日に書いている。するとロムニツァとケルンテンの間に張られたロープを伝って少なくとも三通の手紙が順に進んでいることになり、ケルテンからの手紙とすれ違う。

ありがとう、ぼくは君からの手紙をすべて受け取った。たとえ、別のホテル宛てになっていたとしてもね。いま、先月二十五日付の君の手紙を受け取ったところだ。だから郵便はそちらから、こちらまで八日間かかるということだね。ゆえに、休暇の終わりには手紙を書くのを止めなきゃならないね。約束された遺産にたいして、大いなる祝福を申し上げる。いずれにしろ、こっちのほうは急にどうってことはないのだから、まずは新たに獲得したスズメバチにたいする戦闘意欲に喝采しよう。仮にスズメバチを半分に切ってごらん。すると信じがたいほどの生命の回復力を見せるよ。

それから刺されたときは、すでに古代ローマ人が言っているんだけど、蚊なら掻いてはいけないけど、スズメバチの場合は、薬屋に行って膏薬のようなものを買い、よく塗らなければならない（要するに果汁やワインなんかではなく塗り薬をだ、わかったかい?)。

今日、クヴァピルが長い手紙を書いてきた。それによると、ベノニオヴァー夫人は多分、残るだろう。なぜなら彼女には自分の成功のことしか頭にないからだ。新しくコミカルな老婆役でプルゼニュ劇場からベチュヴァージョヴァー夫人が加わる(ぼくは彼女のことを知らない)。ベルセニェフのことは半分片がついた。彼は愛人かもしれない。どう思う? 多分、君は覚えているだろう、モスクワ芸術座のときにどんな演技をしたか。

それからルツェルナ・ホールでの装置についてのプランがもう来た。だから十月一日から二本目の芝居をやることになることを期待している。さらに、セドラーチュコヴァーはぼくらのヴィノフラディ劇場で芝居をすることを希望するだろう……。あとは何もなし。芝居はまったく面白くない、だろう?

たしかに、ぼくは最初の手紙でぼくはあまり食べないと書いた。でも、間違っていたし、嘘をついていいたし、罪なことをした――ぼくはケナガイタチのように腹いっぱい食べている。だから、ぼくが山のなかを駆けまわっていなかったら、体の輪郭も非常に醜くなっていただろう。ここは非常に快適だ。とりわけ、今朝から雨が止んだからなおさらだ。ぼくはね、それはすごい、みごとなキノコをたくさん見つけたよ。

健康は良好、日に焼け、ほんの少し退屈だけど、苦情を言うようなことはほとんどない。しいて言えば、まだ熊と出会っていないということだけかな。なんでもこのあたりのどこかには、八歳ばかりの見本のような熊公が徘徊しているという話だ。そのうえ鹿もシャモアも見たことがない。ただ一度だけ飼いならされたノロジカとテンを見ただけだ。両方ともとても危害を加えるような動物ではなかった。

じゃあ、パパ。君のために快晴であること、興味深い経験であることを祈る。

君のチャーチャ。


[一九二二年七月五日ごろ、タトランスカー・ロムニ

ツァ」

(840)

親愛なるお嬢さん、

これが最後の手紙だ。だけど、この手紙が間に合うかどうかはわからない――もしかしたら、この手紙がのろのろとしたテンポでそのケルンテンに到着したころには、君はもう、とっくに野や谷を越えて遠くへ行っているだろう。ぼくのことを言えば、一週間と一日後にプラハへ向けて発つ。ぼくはこの数日間、一通の手紙も受け取っていない。最後の手紙にはスズメバチに刺されたことが書いてあった。だから君がもう治ったのかどうかも知らない。

ほら、いま、ちょうど、この宿の使用人が手紙を持ってきたところだ。それにはこうある、「博士さま！　見も知らぬ私などが、このような手紙を差し上げるのは、不躾かとも存じましたが、あなたさまの作品の名声をいろいろと耳にするに至りまして、私はあなたさまとの面識を得ることができれば、なんとうれしいことかと思っております。もし、あなたさまも、私との面識をご希望なされますならば……」てなことだ。手紙の主はユダヤ人の女で離婚をしており、すごく太い足をしている。ここからあからさまに見えてくるのは、純真無垢の青年にたいする危険な嗅覚の持ち主であるということだ。哀れな夫人は今日にも大きな怒りを覚えるだろう。

ぼくのエリナ・マクロプロスが完結して以来、ぼくはいくつかの短い文章を書き、たくさん美しいキノコを見つけた。そのほかに、ぼくの頭のなかで『クラカチット』の構想が膨らんできた。いいかい、このロマンはね、火薬についての物語なんだ。プラハに戻ったら、空いた時間があるときにはこの小説に取り掛かろうと思っている。だって、いまは暇なんかないからね。

ここには野ユリも自生している。

昨日はストゥデナー・ドリナまで、半日間のすてきなピクニックをした。たぶん、明日は、ゼレニー・プレスまで、一日がかりの遠出をする。今日はこちらは快晴だ。澄んだ山の風が吹いている。昼食の後、キノコ狩りに行く。ぼくはもう、落ち着いてすわっていられないくらい、そぞろな感じだ。そして昼食か夕食に来ても、いつも、列車の時間表の張ってある窓の方まで行く。いまにも出発したい気分だ。

　これですべてだ。多分この手紙はもう、本当に遅れて着くんじゃないかと思う。君が祈っているかどうかは知らないけど、でも、朝と夕方に、その度ごとに三回ずつ、「ヒラルは悪党だ」と言いなさい。ぼくもそう言うから。ただ、ぼくの場合はもっと頻繁にね。

　じゃあ、とりあえず、パ。そして再会をもっと楽しみにしている。チャーチャ。


［一九二二年七月、タトランスカー・ロムニツァ］
（841）

　すべてよし。あとは楽しき再会を待つのみ。

　チャペック。

［一九二二年十月十日、ブルノ］
（842）

　親愛なるオルガ、
　ぼくのブルノ滞在は予定を一日伸ばすことにした。編集部での仕事ができたのだ。プラハでのぼくたちは、ここほど悲しげであるかどうかはわからない。ぼくが目を覚ましたときから雨が降っている。そして隣の部屋では小さなヘレンカが音階練習を続けている。
　どうやら、この世のなかに音階ほど悲しいものはないのじゃあるまいか。ぼくは昨日ここに滞在したのをいいことにして、（1）今度の、ぼくのロマンのムードつくりに必要だったのでスークのピアノ作品をほとんど全曲弾いてもらった。（2）そしてそのロマンの第一章を書き上げた。人間、ひとたび何かを始めたら、勝ったも同然だ。なぜなら、始めることは義務ではないが、完成させることは義務だからだ。そんなわけ。
　お嬢さん、君にとって美しいものはなに？　いま十月の初めだ。ぼくが汽車に乗っていたとき、ぼくは気が狂ったように奇声をあげて叫んでいた。新緑の木々を別にすれば、黄色になった樹木と紅葉した樹木ほど美しいものはない。だからね、世界中を探し回ればきっと何かいいものが出てくるし、新しいめずらしものに目をクリクリさせることになるんだ。

少し変なんだけど、ぼくが劇場から身を引いてから、劇場はもう遠くにあるかのようだ。ぼくが最後に劇場に足を踏み入れてから、長い年月が経ったような気がするというのはどういうことだろう！

そうだ、ちょっと待った！　日曜日の二時前、市電の二番線、皮の帽子をかぶり、毛皮の飾りのついた黒いコスチュームを着た娘、そう見えた。彼女はすわったまま自分の切符を車掌に渡した。二番線の反対側の停車場に立っていた紳士が彼女を見た。その紳士はちょうどヴィノフラディ劇場から出てきたばかりだった。紳士は彼女に向かって「やあ、ご機嫌いかがかね」と声をかけようとしたが間に合わなかった。そこで紳士は、あの娘は『フィルマ』に出演するために電車で行こうとしていたんだなと心の中で思った。それから天の配剤か、それとも偶然の女神ティヘーの計らいか、もてなしの悪い外国に出かけるまでの数日のうちに、もう一度、彼女を見かけることになった。

でも、ぼくはすごく勤勉につとめたけど、おそろしく退屈した。それにひどい鬱病に見舞われた。それは——たぶん——雨や小さなヘレンカの音階練習だけのせいではなさそうだ。シェークスピアもどこかで言っていた、「わが悲しみの住みつくところ、この胸の奥深く」とね。ぼくはなんとなく無駄な人間のような感じがする。それとも自分でも何者か知らないんだ。はっきり言って、ぼくは郷愁を感じている。もちろん劇場にたいしてではない。

昨日は——もしぼくに正確な日付が知らされていたとしたら——アメリカでの『ロボット』の初日のはずだ。ぼくはそんなこと思い出しもしなければ、指で幸運のまじないもしなかった。——

それで、君は何をしている、ふさふさ髪のお嬢さん？　何をしている、かわいそうな恋人ちゃんは？　どうなった、長い長いお話は？　気分はどうだい、この憂鬱で、意地悪な長雨に？　それからヨゼフカ〔ヴィノフラディ劇場のオルガ担当の衣装係〕は新しい花束とファンレターをどれくらい持ってきた？　きみの年を取った、いけ好かないチャーチャがいないこの機会を利用して映画を見るか、どこかへ行くかしたらどうだい？　それから、また、夜中に叫び出したりなんかしていないだろうね？　そして、君はおとなしい、しかも、気立てもいいし、陽気なほうだよね？　それから、ぼくはもうちょっと知りたい。何をたずねようか？　でも、ぼくは見ている、君がもう口をゆがめて、質問そのものについて考えている。質問だけなんて、そんなの会話じゃないと。明日はもうテプリツェからの便りになるだろう。

誰かさんが、心からの挨拶と……を千回送っている。

チャーチャ。

（843）

［一九二二年十月十日以降、トレンチアンスケー・テプリツェ］

親愛なるオルガ、

ぼくはこの手紙を恐怖の発作のあとすぐに書いている。ぼくはある探偵小説にのめり込んでいるんだ。題名は『虎の牙』というんだけどね、ぼくはそいつをもってベッドに入ったんだけどね、四百五頁の本を読み終えないかぎり、ぼくはベッドから這い出してこないつもりだ。いま、ぼくは起き上がったけど、この四百五頁の苦労のおかげでくたくたになったから、ちょっとバスに入りに行く。ここでのぼくの生活は、まるで養豚場の豚みたいだ。ぼくはね、キジと（料理をした）ガチョウと、カカオとワインのあいだを、よちよちと歩きまわっている。その結果は注目すべきもので、思考能力が危険な状態に陥っている。ぼくはここに来てから、短い章を、たった二章しか書いていない。今日は（願わくば）、三つ目の章を書きたい。とくに気に入ったのは、ここでは暖炉の薪にブナの木を使っていることだ。低くボーボーと音を発しながら燃え、そのあとお香を焚いたような、いい香りがする。――

旅は快適だった。ときどき、ぼくは驚きのあまり声も出ないくらい美しい風景を目にした。黄色と赤の広範囲な色模様、その間にはほとんど黒い松と明るい緑色のカラマツ、いやあ、その美しさは、とても筆舌には尽くしがたしだよ。ま、仕方がない、秋もまたそれなりの無視できない美しさを持っているということさ。

ぼくの部屋はリンゴとナッツとナシの匂いがするし、ガチョウ（今度は生きた）が廊下の向こうでがさごそ音を立てている。ぼくはのろのろとしたガチョウの足音と探偵小説で悩まされながら、居眠りしていないかぎり、つまり、精神と道徳心がその活動を中止していないかぎり、記憶ははっきりしている。

それから、君、縮れ毛で、ふわふわ髪で、くしゃくしゃ頭のプードルちゃん？　どうだい、何か少しは、おもしろいことか、珍しいことを体験したかい？　――午後、ぼくは森へ行く。ぼくはそれが楽しみなんだ。ぼくはね、膝まで落ち葉のなかに足を踏み入れながら進むんだ。するとすごくいい匂いがする。それから明日か明後日、いつ戻れるか君に手紙を書く。何とかしてぼくを引きとめようとするんだけど無駄だよ。ぼくはまたプラハに舞い戻るからね。

それでは、ごきげんよう、もちろん君にできるかぎりで結構、髪のふさふさした、痩せんぼうのお嬢ちゃん。そしてほんのちょっとのあいだぼくのことを思い出しなさい。そして君の最高のスイートな気まぐれをぼくのために用意をしておいで。パ。

チャーチャ。

［一九二二年十月十三―十四日、トレチアンスケー・テプリツェ］（844）

親愛なるオルガちゃん、

火曜日にプラハへ帰る。たぶん夜行列車になるだろう。水曜日には稽古の時に君をつかまえる。もし、午後、公演がないのなら五時頃、ケーキの前にすわって君を待っている。舞台があるのなら、劇場に来る。――ぼくはもう小説〔『クラカチット』〕の十六章まで書いた。慢性的な発作に見舞われながらという点を考えに入れると、この成果は出来すぎだ。ほとんど毎日のように雨が降っていたこともこのことに寄与した。今日は太陽が輝いている。だから午後から茶色の森に出かけようと思っている。

月曜日の朝、ブルノに出発する。このうちのみんなはぼくを放そうとしない。だから、ぼくは自分の家族のために数日間の暇さえ取ろうとしないとか何とかの涙や恨み言に抵抗しなければならない。ぼくにはもうそんな恨みや泣き言につき合っている暇はない。ぼくは丸一ヵ月いなかったみたいに、君との再会を楽しみにしている。ところが、ぼくの不在はまだ一週間にもならないんだよね。

ところで、カワイコちゃん、君はなにをしている？　インゲンボルクの役はもう決まったかい？　残念だけどぼくは君にたった一通の手紙さえ書いてくれるよう、おねだりできないんだね。これじゃ、まるで、そっぽ向かれているみたいだ。

月曜日の朝、君が稽古に出かけるまえに、手紙が着くよう、午後の列車が出る前に手紙を投函しようと急いでいる。大事なお嬢さん、ここはたしかに美しいところだけど、あらゆる種類の甘いもの、脂っぽいもの、油で揚げられた愛情をたっぷり詰め込まれて、でも、ぼくはもう悲しさでいっぱいだ。もし出来ることなら、ぼくはすぐにも午後の列車に乗って、プラハまでノンストップで帰りたい。もちろん、ほかの用件もあるからね、などなど。

じゃ、いまのところは、パだ。ごきげんよう、そして何とか水曜日まで、このあまりにも遅い時間を水曜日まで何とかして急がせよう！

心から、チャーチャ。

［一九二二年十月二十九日、プラハクラーロフスケー・ヴィノフラディ市立劇場監督室にて］　(845)

拝啓、

誠に申し訳ありませんが、『マクロプロス事件』のリーディング・テストを行ないますので、月曜日、六時三十分に劇場監督室においでいただきますようお願い申し上げます。配役はその場で決定されます。

敬具

午後『フィルマ』の上演には行けなくなった。コゼルハ〔姉ヘレナの夫・弁護士〕から電報が来て、今日の午後、ある要件でぼくに会いに来るというのだ。その代わり、明日の朝は『タルチュフ』の稽古を全部見るために来る。

また、ひどいことになって怒っている。例の歯が痛み出したんだ。これは歯茎の化膿から来る炎症だ。多分、二十回くらいイージー博士のところに通わなければならないだろう。そのあげく切られて、焼かれてだ。チェッ！　チェッ！

ぼくはチャップリンの『キッド』を見に行かなければならない。どうやら、すごくいい映画だそうだ。うまくいくことを祈る。〔この全半部分は、オーディションへの公式の通知状。後半はチャペックが手書きで書き加えたもの〕

［一九二二年十一月二十二日］　（846）

親愛なるオルガちゃん、

これは初めてではないけど、絶対に、最後でもないからね。千種類の大きな原因からばかりでなく、作者としても君にお礼を言いたい。ぼくとしては君のかわいいお手々に、そのすべてのものにたいして、君へのお礼のキスをしたい。でも、お手々にキスするだけではあまりにも少なすぎる。ぼくは君が毎日通るその道にキスをしよう。でも――そのすべてにたいしては――それでも少なすぎる。

ありがとう、ありがとう、ぼくのカワイコちゃん！

常に君の、チャーチャ。

［一九二二年頃］　（847）

D. O.

明日は祭日だから、映画館は避けたほうがいいかもしれない（もっと人が多い）。むしろ、朝、君を迎えに行くから、一緒に出かけよう――今晩みたいな、さわやかな冷たさだったらね。だから、およそ十時過ぎに来るよ。たぶん君はもうベッドから出ているだろうからね。

心から

K. Č.

[一九二二年頃] (848)

親愛なるオルガ、

ぼくはこの二日間、大車輪の忙しさだった。残念ながら、今日の午後、ぼくたち、マリアンナのところには行けない。君が家にいるなら(できればそう願いたいものだが)外に出て、どこかに行こう。君は夜、舞台があるから、ぼくはむしろその前に行く。ぼくはクヴァピルのところに行っている。ぼくは一緒に行こうと思っていたのだけどね。

では、心から

K. Č.

[一九二二年頃] (849)

ぼくはひどい偏頭痛に襲われている。これが少し治まったら、今日の十時半に劇場の前で待っている。そのころには、たぶん、芝居もはねているだろう。役に戻ろう、ぼくは彼女の役を読んだ。なかなかいい。そして、それほどやさしくない。そのことについては、まだ、ぼくたち話し合っていないよね。

じゃあ、とりあえず、さようなら。

K.

[一九二二年頃] (850)

D. O. いま、ぼくには一分間しか余裕がない、二人の人物がぼくを待っている。ぼくには仕事が頭の上のほうにまである。でもぼくは健康だし、何よりも君との仲がうまくいっているので満足している。何度も、キスをする。

K.

[一九二二年十二月二十四日] (851)

親愛なるお嬢さん、

ぼくはね、夢見るような、また、人よりもよい感情といった、そんなものにはほとんど気を使わない低俗な性格の持ち主なんだけど、でも今日はね、いいかい、ぼくにはどんなことにたいしても残念な気がしてしょうがないんだ。シェパードの頭のような髪――君はいつもそんな頭をしている――をもう一度なでてあげたい（ぼくはそんな頭を好きだし、ぼくの喜びだ）。そしてぼくは考えた、たとえ君が空手でやってきても、来ないよりはずっといい。そしてほんのちょっぴりの喜びをプレゼントする。ほら、これだって利己的だ。これは、ぼくにはすごく自己中心的な願望だ。君がぼくと並んで歩き、陽気で、元気な君が「ガラスの鈴を鳴らすような声」で話をする、なんのわだかまりもなく、健康で、すてきな未来が約束されているお嬢さんが。――おお、神よ、神よ、たしかに、ぼくは恐ろしく利己的な人間だ。ぼくは君が幸せになることを望んでいる！

そして、ぼくは、君がその若々しい首に巻いている、そして、将来も巻くだろう、ただの、なんの変哲もない老狼だ。ぼくはときどき赤い狼の目をする、そして、いろんな害悪をまき散らす。だから、人にたいしてどんなに細かな気配りをする優しい人に見えても、性悪で、不機嫌で、意地悪、一口で言うなら役立たずだ。でも、ぼくは、何とかして、君の肩には軽く乗っかっていたい！　君を暖め、なで、重みを感じさせないようにしたい。そしたらぼくは君にたいしていつも暖かく親切になるだろう。ぼくは毛が抜け替わらないうちは、何者にもならないだろう。だから今なら君はまだぼくの毛をもっと短く刈ることができるんだよ。そして、ぼくを君の休みなく動き回る、軽やかな、かわいらしいお手々のためのマフにしなさい！　それに、たとえば袖口のまわりの縁取り。それから、襟。狼のぼくは、君のために似合うものなら、何にでもなりたい。

今日もここで君の時計はチクタクと時を刻むだろう。そして、静かに語るだろう。――ちょっと、思ってもみてごらん、その何がぼくに語りかけるか。ねえ、思っても見てごらん、君がいまぼくのためにどんなおしゃべりボックスになるか。ときには、熱くなり、苦悩の色を見せて沈黙する君がだよ！　それをぼくは楽しみに待っている。

ぼくは仕事をしながらでも仲間たちに囲まれている。君は何となく肩越しに、鈴の音で話しかける。ぼく――勤勉な職人は――仕事机の上で、出来うるかぎりの技術で、紙をはりつけたり、積み上げたり、切り刻んだりしている。だから、ぼくはその時計を、それだけにいっそう欲しいのだ。それは最高に親愛の情のこもった贈り物だよ。

ああ、でも、最高にいいのは君がそんなものをぼくにくれないことだ。けちん坊で、倹約家の君がね。君は自分の喜びをぼくに与えない。たとえ君が自分で持っていなくても、世界中、あらゆる地上の、また、天国の倉庫のなかを、ぼくに持ってくるために探しなさい。通常、人間は、贈ろうとするものを持っていない。それを探さなければならない。だからこそ、どうかお願いだ、喜びを探してくれ、ぼくにそれを少し与えてくれるように。そうすれば、もう、それは君のものとなるだろうし、ぼくのものにもなるだろう。


そして、その黒い悪党にたいし少しでも好意をもっているなら、その悪党にもその喜びを与えてくれ。ほら、ごらん、彼は自分で選ぶことができる。この世界で一番美しいものを好んでいる――だから、もう、罪人には天国の多くのものが赦されているんだ。

かわいい、小さなお口ちゃん、いま、ぼくは、君と話をしたい。つまり、話しているのはぼくだけで、君は黙っている（だって、ぼくはここに君の時計をまだ持っていないのだから）そして君は毛のふさふさした狼のなかに顎も口も隠して、ただ見ているだけ。どうだい、その通りだろう！ぼくには、たった今のこの瞬間、君の目は小さな星の瞬きのように、一段と明るさを増し、どこか星たちの向こうで何かすてきなことを思っていると、そんなふうに思えるのだけど、どうだい、間違いなしだろう！　何かすてきなこと！

おお、神よ、わたしは硬直した心のなかで、おずおずとあなたを信じ始めました。どうか神よ、わたしの彼女に、わたしの大事なお嬢さんのために、何かすばらしいものを与えて下さい！（神さま、ご存知の）わたくしを、あなたのお気に召すままに、わたくしにいかなる試練をもお与え下さい。わたくしは一介の人間ではありますが、多くのことに耐えることができます。いろんなことに適応できます。いろんなことを断念することができます。でも彼女には、神さま、何かすてきなものをお与え下さい。

彼女はそんなふうに生きるようには出来ていないのです。彼女は他の人たちのように堅固でも強靭でもありません。それに、それほど野育ちでもなければ、愚鈍でもありません。彼女は鋭敏で繊細な素材で織られています。ですから、生命が彼女の世話をするときは、ビロードの手とまではいかずとも、せめて人間的な手で接してほしいのです。

神よ、もしこの約束をわたくしにして下さるならば、わたくしはあなたと、どんな契約でも結びます！

でも、仕方がない。神さまは、今日は自らサンタクロース〔チェコではエジーシェク〕の役を演じて、みんなにまともな高価なものを贈らずにすむように、小さな肖像や子狼のぬいぐるみ、それに、何か小物を配っている。

神さまから現世の物事に人間の目を向けさせるのはなかなか難しい。ぼくにはその両方の側をつなぐ架け橋がないのだ。だから、君がぼくの天国から地上への架け橋になってくれ（それとも、むしろ地上から天国へ、あるいは、もっといいのは両側から同時に突き出してくる架け橋かな）。そうするとね、お嬢さん、お嬢ちゃん、髪のむしゃむしゃした子犬ちゃん、鎖を解かれたアンチュカちゃん〔F・シュラーメクの戯曲『涙を流すサチュルス』の登場人物。翌一月にチャペックの演出でオルガが演じる役名〕、ぼくの小枝ちゃん、ぼくのサンタクロースちゃん、すべての聖なるものに懸けてお願いがある。この手紙を前にしてぼくのことを親切な人として思い出してくれ。親切な人だけでいい、そして陽気になってくれ。

ぼくは君のために少しばかり書いておきたい。

それは毛皮のコートのように輝き、銀ぎつねのコートのように銀色に、モグラの毛皮のように柔らかく、ビーヴァーのコートのように暖かく、チンチラのコートのように軽く、テンの毛皮のように高価で、ベッドの下のヤギのように忠実な言葉だ。しかも、言うならばある種の悪辣な狼の毛皮のように灰色でもなければ、くしゃくしゃでもない。

　ぼくが君に望むのは、ぼくの言葉が世界中の毛皮や羽毛やコートや何ぞよりももっと君をあっため、愛撫し、喜ばせることだ。ほかに何があるかな？　三十分後には君と会うんだった、そして、またもやこの人好きのしない、不器用者のチャーチャに戻る。そのチャーチャは人を傷つけたり、気分を害したりするのが大嫌い、思っただけでもぞっとするような人間なんだ。しかし、いま、ぼくの口がこんなになめらかに動き、君がすごく美しい目をしている（どうかぼくの間違いでないことを）この聖なる瞬間である今、ぼくにはとても快い。いま、ぼくはただ軽く、愛を込めて、この上もない優しさで君を愛撫している。そして、ぼくは望んでいる――いや、今となっては、もう何も望まない。狼の毛皮のような手紙にしろ、自分なりの終わりをもっている。それに、まだ、口に（ぼくは狼の鼻面のことを思い出している）キスだ。それに君の指一本ずつに（それに、以前、霜やけになっていた指にも）。それから君のまつ毛の一本一本に、そしてぼくが陽気なサンタクロース〔エジーシェク〕にお願いすることができるんだけど。

　君にキスを、大切なお嬢さん、
　一万回。君のチャーチャ。

【一九二二年十二月三十一日】　（852）

　親愛なるお嬢さん、
　うちのトニチュカ〔チャペック家の女中〕が『フィルマ』を観に行ったから、大急ぎで君に数行書くために利用しようと思う。それと、大急ぎで君のすべての指にキスをして、君の三つ編みの髪をなでてあげよう。それからとくに、とくに（残念ながら想像の中だけだけど）すてきな、ながーいキスを上げよう。それから、片方の膝をついて君のために、美しい何か、あらゆる良いものが新年に起るようにお願いしよう。次にぼくたち二人の生活が楽しくあるようにお願いしよう。そして次は、また指と髪、そして許されたところすべてにキスをしよう。そしてまたもや、君に手を求めて、にぎり、ぼく自身に言う。神よ、神よ、どうかぼくの愛する人を幸せにして下さい！——

ぼくは十三章まで書いた。夜は、またシュラーメクをやることになるだろう。そして早くベッドに入る休息を取る。目を閉じ、お嬢さんのことを思うだろう。そして彼女に多くのすばらしいものを願うだろう。そして罪の汚れのない人のように十二時前には眠ってしまうだろう。君も早く寝なさい、ぼくの娘、ぼくの大事な子ども！——

明日の七時半、ケーキの前だよ、いいね？　おやすみ、よい、幸せな新年でありますように！

まったく君のものである、チャーチャ。

1923

［一九二三年一月二十二日、ブルノ］（853）

親愛なるオルガ、

ぼくは何か愉快で楽しい手紙を書きたいのだけど、いま、ちょうど編集部で、ラシーン蔵相の死が一刻一刻近づいているとの報告を聞いたばかりだ。だから、ぼくもまた心理的に異様な状態にある。そこで、君も言いたいんだろう、それは男の問題だって。そしてこのことを知って驚いていることだろう。ラシーンは、もしかしたら第二のラシーンはもうチェコにはいないのではないかと思われるほど、すごく「男らしい」人物だった。だから、たとえ彼と生前、友人ではなかったけど、ぼくは彼のことを記憶に留めておかなければならないんだ。

昨日、こちらへ来る旅は美しかった。世界のすべてが真っ白だ、そして、ぼくが生まれてからこの方、ほとんど記憶にさえ留めていないくらい美しかった。午後、姉の家で大パーティーがあった。そして、ぼくはこの上もなく歯が痛んだ。

夜、『マクロプロス』、グレーフォヴァーはことのほか良かった。とくに最後の幕だ。男性のキャストは総体的に出来が良くなかった。最低なのはシマーチェクが演じたグレゴルだ。こいつは豚の腸づめ料理で、役者なんて柄じゃない。芝居の後は、またもや酒場で大宴会だ。頭が痛い、などなど。パウコヴァー夫人は、くれぐれも君によろしくと言っていた。彼女は親しみのある人で、健康そうに見えた。みんなは君のけがのことを非常に心配していた。いいかい、君はもう有名人だよ、だって、仕方ないさ。

ぼくは明日（火曜日）にはプラハに帰るつもりだった。ところが、兄〔ヨゼフ〕のかわりに、クラトフヴィールの展覧会評を書かなければならなくなった。今日（月曜日）は閉館だ。そんなわけで、明日までだったら展覧会に行くことが出来るから、プラハに帰るのは水曜日になる。

ぼくは決してここが好きではない。神経がピリピリしそうなくらい我慢ならない。肉体的にも精神的にも全然よくないのだ。ぼくはまるで逃走するかのように、この町から出て行くだろう。パウコヴァー夫人はできるだけ早く君をブルノに呼び戻したいらしい。たぶん、二月の初めには彼女自身がプラハへ行くだろう。――

本と言づけを持たせてシュベルティンカを君のところに寄越した。彼女が渡すべきものすべてを渡したかどうかは知らない。そこでだ、まず第一に、出演料の増額をすぐに劇場監督に申し入れなさい。ぼくは彼のところに、君からのラブレターが来るだろう、だから彼女の出演料を増額すべきだと話し合った。彼は、怪我をしたあと、君の頭に最初に浮かんだアイディアが、怪我の代償というのであれば、それを断ることは出来んなと言いながら笑っていたよ。だからね、きっと実行しなさいよ！

第二は、劇場監督は君に伝えておいてくれと言った。傷害保険会社に障害補償を請求すること。劇場は年に数千コルン支払わなければならないのだから。彼の言によれば、何日から何日間出演出来なかったかを報告すると、劇場がその障害にたいする保証金の手続きをしてくれるそうだ。君のお父さんはきっとご存知だよ。どこに行ってどういうふうな手続きをするか。だから、そのとおりにしなさい。じゃあ、わかったね。

第三に、劇場監督部は君に脚の障害部分に固いゴム製の包帯をするという条件で、水曜日の公演に出演してもよいという許可を出した。観客は君の怪我のことは知っているし、包帯のことで恥ずかしがる必要はない。必ず、言われたとおりにするんだよ！

第四、クヴァピルのところで行なわれた金曜日のティー・パーティーで君のことがずいぶんと話題になった。リドロヴァー夫人は、シュラーメクの芝居全体のなかでオルガ・シャインプフルゴヴァーがもっとも彼女の気に入ったと言い、また、演技術の点でもこれほど新しいものはもう何年ものあいだ見たことがありませんよ、みなさん、とみんなの前で言い切った。この意見にそこに居合わせたミクサもヴィドラ老人もクルンポヴァー嬢も無条件で賛成した。ぼくはわれながらどうしていいかわからない。ぼくはやがてうれしさのあまり興奮して、その一日の残りの時間を過ごした。

おお、君が誰かにほめられると、ぼくにかんする追従やほめ言葉には無関心なぼくが、どんなに喜び、どんなに熱くなるか君は思ったこともないだろう。ぼくがどんなに君のことを思い出しているることだろう、君のかわいいあんよのこと、君の不機嫌な監禁生活のこと、そして今日も、さらに毎日、君のところに立ち寄りたいと思っていた。今日、ぼくは君と話すことが出来ない。だって、ぼくはひどく疲れていて、気分も悪い、だから何か愉快なことを書くこともできないし、花束やオレンジのように君を楽しませるようなものはない。

――君のお父さんのための言づけ、君のお父さんの国民新聞にK・Z・クリーマが編集長として来るそうだね。君のお父さんが彼とのつきあいを好まれないにしても、それでも経営陣の活性化の役に立つとしたら面白い。――そして、いまは、かわいそうな、大切なお嬢さん、ぼくは今日、心貧しく、いやなチャーチャだったことを怒らないで下さい。そして思い出して下さい。そして少しは愛をもって彼のことを思い出して下さい。なぜなら彼は君へのあこがれをもって、苦悩しつつ、彼の傷ついて、監房に閉じこめられている、かわいいお嬢さんのことを思い出しているからだよ。

じゃあ、ごきげんよう、オルガ、さようなら。

君のチャーチャ。


［一九二三年二月十二日、ベルリン］　（854）

親愛なるオルガ、
ぼくは十五分間だけ自分の部屋でくつろげる最初の機会に、君に手紙を書いている。十五分間というのはね、どこかの五分間でドイツの文学者と何か話さなきゃならないということだ。ぼくの頭は完全に馬鹿になってしまったみたいだ。赤ん坊みたいに、無心になって眠りたい。まる二晩、ぼくは十分睡眠がとれなかった。そして今日は、昼食で、少しワインを飲み過ぎた。ぼくがいつも習慣としているよりは多くね。

そんなわけで、何よりも昨日の公演は大成功だった〔『虫の生活より』のベルリン公演〕。

それどころか――こちらの人がぼくに言うんだが――並外れの大成功だったと。ぼくたちはカーテンコールに何度も呼び出された。ヒラルによれば、演出もよかった、いろんな点でちょっと違いはあったが、比較的よい出来だったそうだ。トラーク（シュタインリュック）はすごくよかった、これまでぼくが見たなかでも最高だったたし、ぼくたちがその人物を想像するそのイメージ通りだった――たとえば、ちょうど中耳炎にかかっていて、鼓膜に穴があいていることによる痛みに耐え、その痛みで自己の存在を認識している。蝶々たちも非常によかった。また蛹、寄生虫、カゲロウ、その他の登場人物も非常によかった。総体的によい公演だったといえる。

ぼくは他に先駆けて書かれてきた劇評をいくつか読んでみた。ケルは非常に賞賛していた。別の評はやや控えめで、主として演出を評価していた。第三のはドイツとして、蟻たちが気に入らないようだった。だから全体的には文句なしの成功だった。――劇場監督とオーナーのマインハルトとベルナウアー、彼らは『フィルマ』のなかのポタシュとペルムッターの原典版とでも言うべき人物たちでこんなに愉快なユダヤ人と、これまでかつて、ぼくは会ったことないよ。――

旅はまあ快適だ。到着後、夜はまた、総稽古に立ち会った。その次の朝と午後いろいろ用件がいっぱいだ。それから初日。次には一人の経済的大物ポドリプスキー博士邸での、ff 1.a.協会〔不明〕、外交官、ツサールその他の人との夕食会だ。夜遅くぼくの宿に戻る、朝はフリードリヒ皇帝美術館、次はまた不幸なことに、あまりにも豪華な昼食。そのあとぼくはまったくまるで頭の中が空っぽになって、そしていまはすぐに着替えて、文学者たちの茶会に出なければならない。それから、八時には室内楽演奏会に行く——要するに、一日中足を止める暇もなしさ。

ぼくをかわいそうだと同情してくれ、お嬢さん、今度の旅行のこと、全然うらやましがることはないよ。ぼくはね、右や左とつながって歩くのではなく、気のおもむくままに歩きながら、未知なる人間としてどこか遠くにさまよいたいんだ。

それにしても、うへっだ！　ぼくはいろんなものを見た。そして、ぼくが退屈をしたというのなら、それはぼくが悪いんだ。ぼくはドイツ人たちが気の毒になった。彼らは何にたいしてもものすごく払うんだ、千マルク紙幣でだよ。彼らがどんな状況にさらされているか、そりゃあもうひどいもんだ。だから、ほんとだよ、ひとは、この快適さのなかで、強い通貨が提供する、この恐ろしいまでの優越性にたいしてある種の恥ずかしさを覚えざるをえない。

たとえば、長い距離を夜タクシーで走るとすると、五人で乗ってわが国の五コルンだ。超豪華な食事が十コルン。などなどだ。——ぼく、葉煙草五本さえ持ち込まなかった。なぜなら監視が非常に厳しいんだ。お嬢ちゃん、意地悪さん、ぼくは君からまだ一行の手紙ももらっていない。ここからどこへ行くのかぼくも知らないんだからね。ぼくはこの何日間ものあいだ、君が何をしているのか知らない。反対に君はぼくの一歩一歩を知っている。こんなのは何か、こう、不公平じゃないか？

神よ、神よ、ねえ、ぼくは眠りたい！　上向きのまま骨を痛めないかぎり思いっきり背を伸ばすその時までぼくは何も考えないで、オルガちゃんのために公明正大な人間としてお祈りをする。いまのところは、おとなしくするよう努めて下さい。そして、ほんのちょっとの間ぼくを思い出して、君も元気にしていて下さい。明日か明後日また手紙を書きます。いま、もう、早く出かけようと、ぼくの部屋のドアをどんどんとノックしている。それなのに、ぼくは、まだまだこれから身支度だ。

バイバイ、お嬢ちゃん、じゃあ、しっかり食べて、元気にしているんだよ、ぼくよりもずっと元気でね。そして陽気で！　わかったよ、いま行くから、ドアを叩くのはやめてくれ。やっぱり、もう、行こう！

心から、挨拶とキスを送る。K. C.

（855）

［一九二三年二月十二日、ベルリン］

たしかにここだけだ、芝居ができるのは。それとも、こちらで見たもののなかでは、ここが一番いい劇場なのかな。ぼくは少しずつ、帰り支度を始めている。つまり、最初はハンブルク、それから、わが家へだ。ぼくはまるでホームシックにかかったようだ。ごきげんよう、最初の日、今日はぐっすりと眠ります。それから、飛脚のように駆けていく。

心から劇場のみなさんにご挨拶を。K. C.

明日はもっと長い手紙だ、K. C.

（856）

［一九二三年二月十四日、ベルリン］

親愛なるお嬢さん、

いま、真夜中だ、そして朝は六時に起きなければならない。ハンブルクへ行くためだ。だからぼくの手紙が短いからといって怒らないでほしい。たとえば、短いことの一例を挙げれば、非常に強い感動のあと最初に浮かんでくる記憶がそれだ。ぼくは、いまヴェーゲナーが公演している「トリブーン」という小劇場に行ってきた。この人物は実にものすごいことをやっている。ぼくはまたもや、自分の演劇経験の浅さを実感し、まさに意気阻喪しかねなかった。昨日はドイツ劇場で『ペンテレージア』を観に行った。しかし、これはあんまり良くなかった。それ以外はすべて、これまでと変わりない。ぼくはウサギのようにくたくたただし、乳搾りの娘みたいに睡眠不足だ。祖国、君、そして静かな仕事が恋しい。それにもかかわらず、ぼくは美しいものも見た。劇場のなかで、今朝は、エジプトの芸術がぼくの目を幻惑した。——神よ、このように威厳があり、かつ純粋なものが文学においても作ることが出来たらいいのに。

世界は多くのものを人間に与えた。もし人間が世界に何かを与えようと望むなら、人間は小さな畑の真ん中にすわり、日雇い労働者のように、一日中過酷な労働に耐えなければならないだろう。

ぼくにひどく欠けているもの、それは何が書いてあってもいい、君からの便りだ。でも、ぼくには、ハンブルクのどこに泊まるのかもわからないんだ。それに、もともとここには、およそ三十六時間ほどしか留まらない。だから君からの返事を受け取ることも出来ないかもしれない。ぼくは今日の午後、君にながいながい、すてきな手紙を書くつもりで準備していた。ところが大使館からの終わりなき訪問を受けていた。そのあげく受け取ったものは何かといえば、つまりなんにも無しってわけ。

いまぼくはクタクタに疲れて眠いだけ、目がもうふさがりそう。そこで、ぼくが唯一ほしいものは、ここの、ぼくのそばのどこかに黙ってすわってくれていること。黙っていて、一言もしゃべらない。でも君の息の音は聞いていたい。それで十分、それ以上は求めない。たぶん、君は眠っているか、まあ、そんなところだ。ぼくは至福の沈黙のなかで目を閉じようとしている。

いやいや、お嬢さん、もうぼくはベッドに行かなければならない。そしてぼくが、せめて一時間、四つの壁に囲まれたなかで静かな一時間が得られたら、もっとたくさん書くんだけどね。

君のカレル。

(687)

[一九二三年二月十四日、ベルリン]

水曜日、朝六時。もう少ししたらぼくたちはハンブルクへ出発する。昨晩みたいに、こんなにぐっすり眠ったのは久しぶりだ。それどころか、すっごく美しい夢を見た。残念ながらその夢は五分しか続かなかった。ああ、この夢を今度いつ見ることが出来るだろうか？——惜しむらくは、オルガがここにいない。彼女なら、きっと、いろんなことにたいして目を開けていられるだろうから。

さて、いま、ぼくはもう帰路についているんだ。

ハンブルクから家まで最短距離の旅になる。心をこめて、ごきげんようと申します。

K. Č.

ご家族にもよろしく。

〔一九二三年二月十六日、リューベック〕　（858）

親愛なるオルガ、

ぼくは後二回になったドイツでのベッドに入る準備をしている。家への旅の途中で美しく、古い港町リューベックに泊まった。明日はもう一晩ベルリンに泊まることになる。なぜなら、ドイツ人たちはすべての寝台列車を止めてしまったからだ。だから土曜日の夕方か、それとも夜中にプラハに帰っているだろう。日曜日の朝、もしぼくがあまりにも疲れすぎているとかなんかしていないかぎり、君の家を訪問して帰国の報告をする。

今日もぼくはすごく疲れた。朝、美しい霧の日なか、ハンブルク港をドライヴした。それはね、ぼくがこれまで体験したことのある感動のなかでも、最大、最高のものの一つだった。ときどき、ぼくにはこれはただの幻覚だというふうに思われた。もしぼくが船や起重機やドックなどを描写しても、それは言葉だけで終わる。それがどんなに大きいかそして強いかは、口で言い表わすわけにはいかない。

もし君がぼくと一緒なら、君はこれをなんと言うだろうと、いつも考えていた。そのことがぼくほど君を興奮させたかどうかさえぼくは知らない。しかし、ぼくはまたもや世界の大きさと美しさを溢れんばかりに注ぎ込まれた。そしてぼくは横になり、ぼくが見てきたものを繰り返し心のなかに思い浮かべることを楽しみにしている。

無数の船、その船の名前そしてそれらの船が所属する母港は、ねえ、君、世界中に呼びかけているんだ。鋼鉄の起重機の塔、波に揺れる浮きドック。世界のすべての民族が甲板の上で働いている。太陽、煙、氷のきらめき、この幻惑的で圧倒的なスペクタクル。――

夕方までにはリューベックのおよそのところは見て回った。この町が、ほれ、中世の親愛なるハンザ同盟の町だったのだ。ここには通りがある。その通りに向き合って（ほら、これをフラッチャニと思ってごらん）まるで立派な賃貸アパートとしての新しい世界が建っている。こんなちっちゃな鍵が住民のためのものだ。一つ、また一つ。入口は通りの側に狭いドアがあるだけ。そう、こんな小人の町が、ぼくたちの国では裏庭に相当するような所にあるというわけさ。こんなのって、ぼくにはとても、とても想像さえできないよ。

さらには塗料を塗られてピカピカ光る煉瓦で築かれた巨大な、古い教会堂があり、それはまるで無数のトリガイの上のほうに浮かぶ昔の大商船のように、本当に町の上方に浮かんでいたんだよ。なるほど、世界は見るに価値があるよ。人間はどこへでももぐり込むからね。

それでぼくは満足であり、ぼくは何となく郷愁にそそられ、悲しい思いをしている。でも、それは実り多き悲しみだ。だから、当分はこの実り豊かな悲しみに没入しているあいだに、部屋係の女中がドアをノックした。どうやらわたしは「だめよ」とでもいう合図らしい。ぼくのことを旅をしている行商人とでも思ったのだろう。

でも、ぼくは目を閉じよう、そして世界の美しいものと、それにもう六日間も何の消息も知らないオルガのことを思い浮かべよう。ぼくは彼女のために何かもっと美しいものを持って帰りたい。しかしまず第一に、ぼくに気に入らないものがまったくないのだよ。そして第二に、ぼくは税関吏たちがすごく怖い。ぼくはマッチ箱一個だって密輸なんかしないよ――ぼくが国境で見たものなんて、ぼくには関係ない。ぼくは彼女にもっと美しいことを書き続けていたい。でも、ぼくは、一日一日、日雇い人夫のようにくたくたになっている。だから、馬鹿みたいにたらふく食べて、バヴァリア・ビールをたっぷり飲んだ。そのあげく――ああ、こわっ――ぼくから、いい言葉が一つ一つ、なくなっていく。

ああ、人間の魂は、自分の中からどんなものでも生み出せるように、静寂と集中を必要としている。だから、許してくれ、ぼくは単なる旅行者で、かなり愚かな、でも、たくさんのことを見ている動物だ。

さて、お嬢ちゃん、ぼくの手紙、この手紙が期待通りのものにならなかったことにたいして許してほしい。ぼくはこの間、ずうっと眠気でくっつきそうなまぶたの目と、喉もカラカラの重い体をベッドに投げ出すような状態のなかでしか書けなかったんだ。今となってはもう、ただ、プラハと君と会うこと、やりがいのある仕事だけを楽しみにしている。

そのときまで、君に最高に暖かい挨拶とキスを送る。

君の　K．Č．


［一九二三年二月十五日、ハンブルク］　（859）
M．O．〔「親愛なるオルガ」のイニシアル〕
ここの港は今度の旅行で、もっともすばらしい展望を見せてくれたものの一つだ。ぼくの脚は骨折したような痛み、そして目は見開いたまま眠っている。でもぼくは、ここに来たので満足だ。明日、もどる。最高に遅れても日曜日にはまた家にいる。そして、君のところに報告に行く。そのほかは健康、そして頭もさえている。ぼくは「絶え間なく」と言われそうなくらい思い出している。そして何よりも楽しみなのは再会だ。

神よ、もう、ほとんど一週間、便りナシです！

何という苦しさ。

おやすみ。ぼくは再現もなく疲れた。そして寒気がする。

千回。
K．Č．

［一九二三年三月］　（360）
親愛なるオルガ、
ぼくは「スヴァネヴィタ」〔ストリンドベリの民族叙事詩〕を家に全然持っていない。ぼくはその本だったらもう、去年、返したよ。ぼくはその本を貸してくれるように頼んだばかりだ。しかし、どうやら秘書がそのことを忘れていたらしい。改めて、そのことについて心にかけておく。

『路傍の聖者像』（ボジー・ムカ）をヴァーヴルにプレゼントするという話だけど、ぼくが持っているのは著者献本の最後の一冊だ。でもいまちょうど、新しい版を印刷中だから、悪いけど、そっちのほうから一冊、彼に渡してくれないかな。

ぼくは精神的に非常に参っている。いっそのことぶっ倒れたいくらいだよ。

明日は徹底的に稽古をする〔ヨゼフ・チャペックの『たくさんの名前をもつ国』、カレル・チャペックが演出を担当〕。きっと三時ごろまでかな。それからマロストランスケー・ナームニェスティーに五時半ごろくる。よかったら、おいで。

ぼくはたくさん仕事がある。ぼくは明日までに、長いエッセイを書いて、印刷にまわさなければならない。それなのに何にもやる気にならないんだ。ぼくにはシュラーメクの気持がわかるよ。

心から、ごきげんよう。カレル。

クヴァピルが帰ってきたら、あの『コシュチャナ』のことについて言っておきなさい。

〔一九二三年四月十七日、ヴェニス〕 （861）

親愛なるオルガ、ぼくは思いがけず、今日、つまり火曜日（十七日）にもうヴェニスに来てしまった。――とうとう一人ぼっちだ！　と言うのはね、プラハからメストレ駅までぼくはおっそろしく話好きの相客と一緒だったからさ。ぼくは少し疲れ、少し体がべたついている。しかし、なんと言っても、ぼくはこの目で見たものに満足している。これまでのところ、ぼくには何も起こらなかった。しいて言えば帽子をなくしたことくらいかな。それから国境でぼくは信用状（アクレディティフ）を巻き上げられた。

ここは本当に美しい。ヴェニスは、まるで舞台装置のよう見えるほどだ。

手紙をできるだけ早く。

心から、K．C．

ぼくの次のアドレスは、K．C．、フィレンツェ中央郵便局、局留。

［一九二三年四月十九日、ヴェニス］　（862）

親愛なるオルガ、

今日（たぶん、十八日、木曜日だと思う）ヴェニスを離れてパドヴァ、フェッラーリ、ラヴェンナ、ボローニャへ出発する。いままでのところ、ぼくは大いに気に入っている。ぼくには何も起らなかった。ぼくは元気で、もう、少し太った。ぼくは手紙を書きたいんだが、でもこれまでのところ、時間がない（新聞がぼくにプレッシャーをかけているんだ）。ボローニャくらいからだったら、たぶん、かもね。ぼくはしょっちゅう思い出しているよ。ここにはうんざりするくらい至るところ、ペアばかりだ。

心から、ごきげんよう。K. Č.

［一九二三年四月二十日、パドヴァ］　（863）

親愛なるオルガ、

パドヴァはすごくぼくの気に入った。とくに古いフレスコ画のいくつかが特によかった。それにドナテルッロその他だ。ぼくはまったく豪華な生活をしている。たっぷり食べ、浴びるように飲んでいる。十分後にはフェッラーリに向けて出発だ。明日の朝はラヴェンナだ。夜にはさらに遠くに行く。

心から君のことを思い出しているよ。K. Č.

［一九二四年四月二十日、フェッラーリ］　（864）

親愛なるオルガ、

今日、ぼくははじめて手紙を書くことができた。――フェッラーリからだ。要するに外はかなり激しく雨が降っていたから、ぼくは、あんなにしたいと思っていた、街をぶらぶら歩きすることが出来なかったんだ。ぼくはこの旅行を企てたことを、とても喜んでいる。ぼくは気に入ったし、ぼくに面倒なことはなかった。それに、何と言ってもまさにこれは、ぼくにとって芸術の温泉に浸かっているようなものだ。朝、パドヴァでジョットとマンテーニャとドナテルッロ、これらの巨匠はぼくにとって、ほぼ、最重要な画家たちだ。ぼくは夢を見ているかのような気がした。

フェッラーリは少しがっかりしたが、それでもこの町なりの快さと静かな性格をもっているし、宮殿の庭のなかの、いまにも咲き出そうとしている花壇はあまりにも美しい。ぼくは自分自身に磨きをかけ、ときどき自分自身に話しかけている。この孤独だって、ぼくにはよい効果を与えているんだ。

プラハをあとにしてから間もなく、君の名声赫々たる叔父上、ヤロスラフ・マリア氏がぼくに旅の道連れ、総合顧問官夫人シンドレロヴァーを紹介してくれた。ヴェニスに来てはじめて一人きりになれた、ぼくはなんて幸せなんだろう！　お嬢さん。

そうっと、そうっと、ひとりぼっちが一番だ！　それだって浄化の湯船、筋肉の治療、それに、ぼくはそのほかにどんな良いものがあるか知らないんだ。――ぼくはイタリア語は出来ないし、もぐもぐ言うことだって出来ない。でもこれまでのところフランス語で不自由しない程度には足りている。神さま、ここは楽に旅が出来ますように！　そして、よく食べ、よく飲むことが出来ますよう！　こんなに駆けることもないんじゃ、司教座聖堂の司教さんみたいに、ぶくぶくに太ってしまう。

イタリア女は取り立てて美しいわけではない。しかし、ぼくがイタリア女に心をひかれない理由がそこにある。ヴェニスは少しぼくをがっかりさせた。パドヴァにはちょっと驚かされた。フェッラーリは愛らしく、魅惑的だった。その次はこれから先のお楽しみだ。ぼくには郷愁と夢想、一番多く思い出すのは君のこと。でも、思うにそのこと、ぼくのようには、君は欲していないことだと、ぼくには思われる。さまようこと。たとえ目的はなくとも。疲れることもなく、あくこともなく、朝から晩まで、ただ観るという快感のためにのみ鑑賞する――ぼくの知っている君なら、そんなこととっくに放棄している！　ぼくが残念なのは、ぼくはここに来てさえ、新聞のために原稿を書かなければならないことだ。ぼくの最高の感動を書くのはなんとなく恥ずかしい。自分のことを記述するのはぼくには面白くない。冗談を言うことがそのなかには無理強いされる。なぜなら、ぼくはひどく真面目な人間だからだ。

ぼくはフィレンツェへの旅を楽しみにしている。そこには時にはもう君からの手紙を受け取るだろう。この手紙を受け取ったらすぐにローマに宛てて書いて下さい（中央郵便局留）。そしてお願いだ、この春を少し利用するようにつとめること、もし、空いた時間があったら、すぐに外に出て、郊外のドライヴに出かけなさい！

心から、君にキスを送ります。

［一九二三年四月二十三日、ボローニャ］　（865）

聖マリナ〔マリア〕教会堂は実にすばらしかった。雨は絶え間なく降っていたけどね。モルタデッラ（ボローニャ・ソーセージ）の祖国、ボローニャも美しかった。でも、ぼくはすでに南の方を待ち遠しく思っている。ぼくはすでに少しばかりのぞき見た。しかし、それ以上に思索している。フィレンツェでは、水曜日につく予定だが、手紙を待っている。それじゃ、今度はローマで。

心から、思い出している　K．Č．

［一九二三年四月二十五日、フィレンツェ］　（866）

親愛なるオルガ、

ぼくのこの旅のあいだに味わった最大、最初の失望、それは、ここフィレンツェで現われた。ぼくは郵便局へ行きぼくの局留郵便を求めた。そのあげくそこにはチャペック宛ての手紙も、カレル宛ての手紙もまるっきり無かった。まだ着いていないのか（明日ぼくはまたここに来るつもりだ）それともアドレスが間違えていたかどちらかだろう。お願いだ、この手紙を受け取ったら、すぐに次の住所に返事を下さい。

ドットーレ・カルロ・カペック〔伊・カレル・カペック博士〕宛て、ナポリ、中央郵便局留です。ぼくは家を離れてちょうど九日経ったことになる。ぼくはホームシックにかかったわけではないけど、それでも祖国からの数行はぼくを勇気づけてくれるだろう。ぼくは毎日イタリアの新聞を買っている、そしてチェコスロヴァキアについての何かが紙面に出ていないかと探している。通常は一言も出ていない。それとも外交的な問題についてちょっとだけ、でも、ぼくには特別に面白くもなんともない。

新聞〔民衆新聞〕を別にすれば、これまで、ぼくはヴェニスからもフェッラーリからも君にしか手紙を書いていないのだよ。ぼくの手紙に潤いが少ないとしても、君はぼくを許してくれなくちゃだめだよ。つまり、ぼくは夜、手紙を書くからさ。と言うのもね、日中は駆けまわっている。だから、ひどい疲れよう、その上、誰にも無視され、赤ん坊のように眠い。民衆新聞のぼくの「旅行記」を読んだら、ぼくがその記事を書くためにどんなに無理を強いられているかがわかるだろう――それと同じ理由からだよ。

ぼくが見たり、体験したりしている、すばらしいこと、または少なくとも、珍しいことのすべてを、君に書いてあげられないことが、ぼくにとってどんなに苦痛なことか、察してほしい。ともすると、それらのものが、ぼくの頭のまわりをぐるぐる回っているほどだ。おまけに毎晩、ぼくの「頭まわり」はワインからも来ている。ぼくは依然としてまだ慣れることが出来ないんだ。ぼくは飲むたんびにちょっとばかり酔っ払っている。

この分だと肉体的には太り、精神的にはかなり緊張し、高尚になっている。それをぼくにもたらしたのは、いくつかの芸術（たとえばドナテルッロ、ヴァン・デア・ゲース、マザッチョ――技術家たち、全体として苦々しい、少し苦しめる魂。ちくしょう、これほどまでにぼくを苦しめるのはいったい何だろう！）。ぼくは自分の力で自分自身を浄化し、もはやまったく何も考えられなくなるまで、駆けまわる。だから、ベデクラ社の旅行案内を読む暇もない。焼けるような孤独感を覚える瞬間がある。そんなとき、ぼくは君のことを思い出す。するとぼくの心は和んでくるのだ。今日は、夜、君のいろんなことが夢のなかに現われるだろう。――ぼくは、君が何をしているか、君がどんな生活をしているかを、すごく知りたい。あした朝、もう一度、ここの郵便局に行ってみる。フィレンツェで。数日後にはローマで。そしてさらに数日後にはナポリで。たぶんぼくが待つのもそれで最後になるだろう。

心のそこから健康を、そしてキスを、K.C.

［一九二三年四月二十七日、フィレンツェ］　(867)

手紙はここにもなかった。兄からのとコールからのだけだ。ぼくはローマでなにかを発見するのを楽しみにしている。この午後にシエナへ行く。そして次の日、オルヴィエートへ、それからローマだ。昨日のフィエソールへ、すばらしい旅をした。フィレンツェではまる三日間滞在した。『ロボット』のロンドン公演が大成功を収めたことをイタリアの新聞で読んだ。

心から、健康を祈る。K.C.

［一九二三年四月二十八日、シエナ］　(868)

親愛なるオルガ、ぼくはシエナがものすごく気に入った。この古さびれたゴシックの町がだよ。午後、ローマに向かう。途中、オルヴィエートに立ち寄る。

心から、お元気で。K.C.

［一九二三年四月二十八日、オルヴィエート］　(869)

美しい町だ。ものすごく興味を覚える。平らな岩盤の上に真っ直ぐに立っている。すばらしいフレスコ画。巨匠たち。わが新しき愛人。夜、ローマへ向かう。

心から、K.

［一九二三年四月三十日、ローマ］　(870)

親愛なるオルガ

今日、月曜日の朝、ローマの郵便局で、ぼくはついにぼく宛ての手紙を手にしたよ。だからね、すぐに返事を書くからね。まず何より、こんなに盛りだくさんな手紙を書いてよこしてくれたことに、心のそこから君に感謝を述べる。外国にいると、人間にとって一言一言が極めてかけがえのない貴重なものなのだ。第二に、いまさらこんなことを言うのもなんだけど、ぼくは君に少ししか書いていない。はじめは出発の翌日、火曜日にヴェニスから葉書を出した。そのときからぼくは三通の手紙を書いた。だけどどれくらいの分量かは覚えていない。ほとんど毎日、ぼくは自分で自分に言い聞かせている。これは新聞だ、これは君へだ、書くのは夜だけ。疲労でぶっ倒れんばかり。ぼくが時間を最後の一滴までどんなふうに利用しているか、想像も出来ないだろうよ。でもそれは余談だ。

第三に、ぼくは君の手紙を読んで、おっそろしく悲しいんだ。その悲しさは口にさえ出来ないくらいだ。ぼくの最初の衝動はまだ君の体の具合が悪いのなら、すぐに君を見舞うために、汽車に乗って真っ直ぐプラハに帰ることだ。しかしぼくはすぐに指折り数えて勘定する。君がぼくに手紙を書いてから、もう一週間は過ぎている、そして、どんなに早くても、ぼくがプラハに帰りつくのに三日かかる。

ふーむ、そうなるとこの十日間に君はもう魚ちゃんのように元気になっていて〔チェコの慣用句〕、走りまわり、遊びまわっているか、せめてその希望だけにでもすがりついていたいと思う。そして、もしぼくが、ぼくの世界への最初にして、たぶん最後になるだろうこの旅をこんなにも早々に切り上げたいと言ったら、君は怒るだろうと確信できる。

しかしこの燃えるような、熱心な希望にもかかわらず、ぼくには絶望的なほどの激しい郷愁に襲われている。ぼくの前にあるすべてのものが灰色となり、見てはいるが、見ていない。そしてもう、ローマからナポリに向かって急いでいる。なぜなら、そこには君からの新しい手紙がもう郵便局に来ているだろうから。そして、君の具合がどうかを読んで知ることが出来るからだ。

おお、何てことだ、激痛のもととなるカタルを抱えながら、何で稽古へと駆けて行けるのだろう。そうか、つまり君の周囲には、君にそれを禁じる分別を持った人が誰もいないということだな？　君だって、もちろん――ごめんね――分別なんかありはしないよね。たぶん、そのほかの誰もがだ。

　君は知らないだろう、君は背中が刺すように痛いと書いてきたのと同じ日に、ヴァーヴラと一緒に喫茶店に行ったと書いてきたとき、ぼくがどんなに腹を立てたか知りもしないだろう。君は実際、小さな子どもよりも手がつけられない悪い子だ、本当は。君がそして稽古に通うことを許されたというのはきわめて嘆かわしい。――いいだろう、ぼくは明後日ナポリへ行く。ローマ以後、ぼくはまだ一通も君からの手紙を見ていない。しかし、できるだけ早く君からの新しい報告が聞きたい。そして、その報告は今日か明日にはナポリに届いているはずだ。

　神よ、お与え下さい、何年かに一度でいい、少なくとも一週間、少なくとも数日間、ぼくがこんなに不安にならなくてすむような日を！　せめて、わたしの心が締めつけられなくてすむような数瞬間を、お与え下さい！

だから、今日、ぼくはここにいて、ローマにはいない。身体的には健康だ（それは毎日のようにきちんと報告するためだ）。精神的には、まったく、不幸だ。なぜなら、ぼくは君のことで心配しているから。それにローマ全体からは得るものはない、なんにもだ。ぼくはローマという町がきらいだ。だってローマは不調和だし、汚い、胸が悪くなる。全世界が胸糞悪い。それにぼく自身が胸糞悪い。でもそのことは君がもうとっくに知っていることだ。

　ぼくは虫がチーズの中にもぐり込むように、ぼく自身の孤独の中にもぐり込んでいる。そして孤独をたらふく食い、きりもなく腹いっぱい詰め込んでいる。もし、ぼくがどこかへ行くとしたら、ぼくは砂漠へ行きたい。イタリアはいやだ。砂漠では、ぼくはひげを剃らない、洗わない、ばかげた文章を新聞に書かない。そして、苦い草の根をかじる。

　ぼくは何かの方法による浄化のやむにやまれぬ

必要性を感じている。同時に、何かに追い立てられているかのように、懸命にあくせくしている。まるで大急ぎで、できるだけ早く何かを片づけなければならないかのように、ひどい焦燥感がぼくを追いつめている。そしてそのあと──そのあと、いったい、何を？　それはわからない。ぼくには出来ない、実際、普通の人のように休息することが出来ない。それどころか、ぼくを焼き、むしばむ不安から逃れるために、あせり、あわて、目を凝らしているんだ。

もちろんぼくにだって得な面はある。ぼくは通りいっぺんの観光客よりもイタリア通にはなるだろう。それから、やがて、足が痛み、思考力がおとろえ、目も弱る。そうなってはじめて、ぐったりして眠り込むだろう。そして、やっと、意識も、郷愁も、不安も、ぼくを場所から場所へと駆り立てていたもののすべてを感じなくなる。

本当だよ、ぼくはいろんな美しいものを見ている。ぼくはたくさんの古い芸術的表現にほれ込んでいる。そして、それらのものの前で過ごしていると、もはや内面的な幸福感を通り越して、少なくとも高揚した表現欲にまでいたる。

身体的には──もう一度繰り返すけど──プラハにいる時よりも良くなった。よく眠るし、この二週間というもの、ぼくは一度も偏頭痛はおろか頭痛に悩まされたこともない。執拗な朝の咳も直ったようだ。この面から考えるならこの先のぼくの旅行が無駄でないことを望んでいる。ただ精神の安静だけが、ここでも見出せない。そして、たぶん、永久に発見できないかもしれない。

もっと悪いのは君の体調だ。君の健康はね、それは今のぼくにはもっとも深刻な心配事だ。もし、ぼくが君にとって何かの役に立つというなら、すぐにもプラハに帰りたい。どうかお願いだ。体に気をつけて、あまり乗馬をし過ぎないように、太陽の下を歩きなさい、そしてどこかへ旅行をするのもいい、そして劇場のことなんて放っておくんだ。おや、これはどうした、ぼくはもう『愛の盗賊』のなかの老教授みたいになってきたぞ。

あえてたずねるけど、誰かさんのことを気づかい心配するのと、誰かさんのことで心を痛めているのと、誰かさんのことを細心の注意と痛々しいまでの気配りをもって思いやること以外に、君の「気に入る」その他のこととはいったい何なんだい？　そう考えると、ぼくがイタリア中を旅行し、健康というお化けを追いかけているのが、逆に自分勝手に思えてくるのだ。健康なんて、もともとぼくには必要ないんだ。それにぼくにとって、何かの役に立つなんてこともない。その一方で、たぶん君は今日もまだ回復はしていないんだろう。健康のためには何かをするべきなのだろうが、君には出来ない。

そうだ、これは本来、逆だし、間違っているんだ。そして、ここにいるぼくが苦しまなければならないんだ。ぼくには何をすればいいのかわからない。ぼくにはなす術がない。何の楽しみも期待できない。ただ、楽しみは、そして期待するのは、ネアポリで君からの新しい手紙を受け取ることだ。そしてそのなかには「もう元気になったわよ。もう、病気になるなんて絶対にいや」と書いてある。だから、ぼくにたくさん書いてくれ。次の手紙もナポリに書いて下さい。なぜなら、ぼくはもう一度、戻ってくるから、シシリー島から戻ってくる。（ぼくらが言うネアポリはイタリア語ではナポリと言うんだ）。

心から君に健康を、そして、キスを、君のカレル。

［一九二三年五月三日、ローマ］　（871）

D．O．〔「親愛なるオルガ」のイニシアル〕　今日になってやっとローマから出ることになった。何かがベルトでぼくを引き止めていた。夜には、ぼくはナポリだ。そして、もし向こうが、もう、それほど暑くなければ、日曜日の夜には、シシリー島へ行きたい。

健康のほうはどうだい？　ぼくはナポリで手紙を待っている。コールがぼくに手紙をよこしてきた。なんでもこちらに来るらしい。ヨゼフ兄が書いていた、彼も来るだろうと。――ぼくはまだ依然として、心痛、絶え間なしってとこだ。

心から、K. Č.

［一九二三年五月三日、ナポリ］　（872）

かくして、またもや、一日が過ぎた。これで、ほとんど十一日だ。そしてぼくはと言えば、眠る代わりに、相変わらず手紙を書いている。いとしい娘さん、ぼくは君がよこしてくれた手紙のなかの多くの点について君に答えなければならなかったのかもしれない。ぼくにかんすることは、でも、ここでは措いておこう。何がなんでもと君が望むのなら、じゃあ言おうじゃないか、ぼくはたぶん、偏屈で、気もそぞろな人間に見えるかもしれない。しかし、絶対に無神経でもなければ、利己的でもないと自分では思っている。ところが、君は反対のことをぼくに思い込ませようとしている。そんならそれでいいさ。

でも、お願いだ。ぼくがたまたまイタリアにいる時に、ほかの誰かがこちらに来たからといって、ぼくを責めないでくれ。ぼくは誰も呼んでいないし、仲間のだれかれと言わず用心深く避けているくらいだ。ローマではチェコ使節団の親しい人たちや、カレル・トマンからも逃れた。ただ、ぼくは年老いて、少し歯の抜けた灰色の狼のように、一人ぼっちになりたいよ。ぼくは群がって生きていくのはまったくいやだ。

ぼくはだんだんと孤独を愛し、引きこもりがちになっていくようだ。とくにここでは孤独の甲羅が成長している。だから、それでお願いだから、ぼくにはどんなものか、誰のものかもわからない仲間を優先的に思っているなんてことを言わないでもらいたい。ああ、ぼくはたった一つのことが欲しい、そしてそれは精神の安静だ。ほんの少しだけ、ぼくにそれをくれるのは海だ。（でも、ぼくは海のなかに沈むことも出来ない。ぼくは岸辺から見ているだけなのだからね）。

夏休みにかんしてだけど、どうか、腹を立てないでくれね。とにかく、はっきり言っていつぼくが休暇を取れるかわからないんだもの。ぼくがこちらに来るまでは休暇はなかった。劇場の休暇がいつ始まるかは知っての通りだ。その結果、その同じ時期に編集部に休暇を申し入れることはちょっとできない。いま、ぼくはそれをやっているんだ。ましてや他の連中がもう休暇から戻ってきているという時期に、休暇を申し出ることが、ぼくにはすでに手遅れか、不適切であるのかどうかわからない。それはともかく、君のお父さんだっておっしゃるだろう、編集部の休暇には一定の期間の区切りが必要なのだと。次の文章を書き終えたらきっと同じ頃か、少なくともそれに近い時期に休暇を申し入れる。でも、それがうまく行くかどうかは、ぼくにはわからない。

もう一度、君の舞台の成功〔シェークスピア『真夏の夜の夢』ハーミアの役〕にどれほど、ぼくが喜んでいるか、もう一度、君に伝えたい。それから『幽霊』も『ロマン主義者たち』ももっと大きな成功を収めると確信している。それはそうと、ぼくは君に『イタリア女たち』を観察するよう薦めたい。きみい、あれはね、身振りだよ。あれは俳優にとって何かの役に立つ！

君の詳細な報告に感謝する。しかしほかの誰もほとんどぼくには手紙をくれない。だから、何が起こっているかぼくにはさっぱり見当もつかない。あのプクについては演出家のクヴァピルに予言をしておいた。当然の報いを受けると。――ぼくにかんするかぎり、君はまったく心配しなくてもいい。ぼくは自分で思っているよりははるかに活動的だし、抵抗力もある。ぼくは単に休息することが出来ないだけなんだ、それだけの話。――

ぼくはナポリについてもっとたくさん書きたかったが、でも、それは会ってから話すまで残しておこう。それはね、本当に「世界の美しさのすべて」だ。ぼくの部屋の窓から真っ直ぐ海とカプリ島に通じている。

また、すぐにぼく自身についてお知らせするよ。でもでもあまり短気になってはダメだよ。ぼくは郵便局のせいまで背負い込めないからね。ここから一週間とは言わないけど、たぶん五日はかかるね。

心から、チャーチャ。

[一九二三年五月四日、ポッツオーリ]　(873)

M．O．

ぼくは、今日、絵の出来具合を見るために、友人を訪問した。彼は、きれいな小さな家を持っていた。明日はカプリへ行く。そこはほとんど泥棒の巣窟と言ってもいいような所だ。ぼくが確かめたことは、ピアモンテはシシリー島にではなく、カラーブリエにあったことだ。それはまた、あまりにも未開の地の果てだった。

いい環境のなかで健康に。ポンペイはややぼくを疲れさせた。次の手紙はまた「ローマ宛て」だ。心から、ごきげんよう。

K．C．

まさに今日、ロンドンでの『虫の生活より』の初日だ。

[一九二三年五月八日、パレルモ]　(875)

船の旅は、ぼくの旅行のなかでも最高に美しい部分だった。ぼくはまさしくその船で移動したのだ。ぼくは元気で、気分もさわやかだ。ここは美しい。でも、決して暑くはない。パルマは通りにサラセン帝国時代の礼拝堂があり、ビザンチンのモザイク画がある。イタリア中でいちばん清潔な町だ。明日、手紙を書く。

心から、お元気で、チャーチャ。

[一九二三年五月九日、パレルモ]　(876)

親愛なるオルガ、

一昨日、ナポリから書いた。でも、ここから、シシリー島からのこの手紙は一週間以上もかかることを知っているから、ぼくは寝に行く代わりに、こうして手紙を書いているんだ。

ぼくはあまり機嫌がよくない。この地域はぼくがこれまで見てきたいろんなもののなかでももっとも美しい。ぼくはここで驚嘆すべきスペクタクルに、真実、頭をぐるぐるめぐらしながら見とれていた。そして、最高に不愉快な午後を体験したというわけだ。

ぼくは、よくやるように間違えて、反対方向行きの電車に乗り込んだのだ。ぼくはヴィッラ・ジユーリア〔博物館〕の奇跡の庭園につく代わりに、アルヴェッラ郊外の工場地区に来てしまった。それからさらに海に出るために、一時間ほど世界最悪の臭気漂う、しかも一面に埃をかぶった道路を歩いた。いいだろう、ぼくはそこですばらしいひと時を過ごしたのだから。それからアレベッリに戻った。

　電車に乗って腰を下ろしたら、事故が発生した。電車が動かなくなった。だから、ぼくは愚かしく立ち並んだ工場の間を通って、びっくりするほどひどい埃と暑さのなかを一時間半ばかりの間さまよい歩き、パレルモにたどりついた。一台の馬車もなければ、空の車も、トイレも、適当な酒場もない。怒り、疲れ、埃をかぶり、汗をかき、パレルモにたどりついた。すると、その瞬間、故障はなおり、電車は動きはじめた。わが怒りよ、なおれ！

　さて、ぼくは少なくともすてきな時間を海岸で過ごした。あそこではジャコウソウのような香りがした。そしてぼくは、チェコのある北の方を見た。そして自分に言った。

　そうら見ろ、カレル、この向こうのどこかにお前の成功があるんだぞ、お前の名前、すべてがある。どうしてお前はそんなにあくせくするのだ。それに、ここでは、おまえは何でもなく、誰でもない。道路の縁石の上に立つ埃をかぶった人間だ。それだけ、おまえには何もむずかしいことはない。おまえはすべてのことを拒否することが出来る。真っ先に、ほかの人間にとってうらやましく見えるようなことだ。

　ぼくは思い出した。ぼくは、昔、詩を書いたんだ。「……われは、岩の上に己の足を組んですわっていた。海はわれに向かって吼えかかる。恐ろしくも、また、魅入られるがごとく。そこで、われは言う。われを呼ぶな、いまは、われを放置せよ、某日、われもまた立ち止まる、いかなる場所かをものともせずに立ち止まろう。そこで、われはすべての人にとって奇異にして未知、口も利かず。いかなる者にも関心をもたず、言葉ももたず、恥さえももたない」。だからこの詩が、ぼくの耳のなかで、何となくいつも響いているんだ。ぼくの最大の快楽は静寂だということを発見した。だからぼくは海と静寂を愛しているんだ。

ぼくはもう若くはない。たぶん、ぼくのすべての神経的病気は、外見上は、やや病弱な青年から現在の状態への移行過程に過ぎないかのようだ……。まだ、成熟したなんてことはぼくの口からは言えない。しかし決して青年ではない。おそらく、ぼくはもうけっして以前のように元気で陽気にはなれないだろう。しかしぼくは落ち着いて、静かに仕事に専念できるようになりたい。ぼくは多くを望まない。たぶんぼくは楽しい人生でさえ望まないだろう。でも、そんなことはぼくにとって気の毒でもなんでもない。ぼくは悲しんでもいなければ、失望もしていない。いまのままでいいのさ。自分で自分を鞭打たずにすむような、そんな心の平安さえ得られればいい。そしてぼくが意地悪にもならなければ、陰険にもならなくてすむよう願うのみだ。

ただ、君が誰にも、そして何にたいしても押しつけがましく、息づまる思いをさせないこと。君はもっと自分自身から多くのことを望まなければいけない。君はね、自分自身をより善良に、より清潔に、より深く、そして静かになるようにしなければならないんだよ。ああ、ぼくがどれほど純粋になることを願っていることか！

お嬢さん、ぼくの中にね、どれほどの汚れと悪と弱さがあるか、それはぼくだけしか知らないし、感じていない。ぼくはね、自分の純粋さにぼく自身が到達しないかぎり、ぼくは心の平安を得ることが出来ないことを知っている。ぼくはまさにこの程度にまでは、どうにか成長したというわけさ。ぼくは自分をより厳しく見つめ始めている。ぼくの中の多くのことを矯正しなければならない。

それとも——君に想像できるかなあ、ぼくは大きく目を見開いて生きている。ぼくは辺りに目を配り、あるものの本質を見極めようとしている。しかも、そんなものが無数にあるのだ。ぼくは気に入ったことのすべてを君に書きたい。しかし、それはね、そのことについては、むしろ、直接話したほうがいいんじゃないかと思えるくらいたくさんある。それに、どうかすると、たとえばモンレアーレ〔パレルモ郊外の町、十二世紀後半に建立された大聖堂とそこから展望する風景画が有名〕のように、ぼくの感覚では捉えきれないことがある。ぼくは酔っ払ったような気分になる。

ぼくは君がもう元気になったかどうか、ずうっと心配している。どうか気をつけてね、棘に刺されるようなそんな痛みを覚える深刻な病気を治そうというのに、そんな馬鹿なことは止めなさい。いま君は、もう、『ロマン主義者たち』に出演しているんだね。ぼくはナポリかローマで、それがどんなだったか、知らせの手紙を待っている。明日はジルジェンティへ行く。そこにはギリシアの遺跡があるんだ。

元気な女の子が生まれたと兄がナポリに手紙を書いてきた。コール家のことについては、いつ、どこへ行くか、まったくのところ知らない。彼は海の温泉に行きたいと書いていた。そうだ、ぼくは、船旅がどんなに気に入ったか、君に書くのをまったく忘れていた。ぼくは船酔いを恐れていた。しかし海は穏やかで、まるで養魚池のように静かだった。いまは、もうこの海を越えて、その先へはいけないのが残念だ。

いまは、ほぼ真夜中だ。そしてわが国の夏のように暖かい。こちらでは、もう、イチゴやさくらんぼ、オレンジにレモン、それから名前を知らない果物がたくさん熟していて、あちこちに地上の楽園があるかと思うと、今度はあちこちに汚い下水道があらわになっている。大部分が荒野だ。

あ、忘れるところだった。ぼくは元気です。節制をしているし、ぼくはここで大体のところ調子がいい。君はぼくのことについて何も心配することはないんだよ。

心から、ごきげんよう、そして、キスを、チャーチャ。

（877）

［一九二三年五月十三日、シラクサ］

ぼくの旅行の最南端の地点に到着した。しかし、ぼくはまたもやこの焼けつくような暑さでクタク夕になってしまった。この光景はまさにぼくの部屋の窓から見たのとまさに同じだ。明日から北の方へ帰還をはじめる。最初にタオルミーナへ、それからまたナポリへ、等々。ぼくは健康で身体的にも回復したと宣言する。すでに、もう、ぼくにはチェコの森が恋しくなってきた。

心から、健康を祈る。K・C・

(878)

［一九二三年五月十三日、タオルミーナ］

親愛なるオルガ、

今日はほんの少しだけを書く。しばらくしたら、またナポリへ出発だ（なぜならタオルミーナはぼくにはちょっとばかり高すぎるのだ）。それに、ぼくはまだギリシア劇の舞台を見たいからね。まず、何よりも報告しておきたいのはぼくは元気だし、どこも悪いところはないということ、さらに、たとえこちらの気候が全体的に見て、すこぶる爽快である――少なくとも海辺は――とはいえ、ぼくは帰心矢のごとき思いで、すでに北への帰路に着いている。

新聞によると、エトナ火山がまさにいま噴火していて、大噴火にそなえて準備作業をしているらしい。でも山の上に噴火の様子は見えない。ただ山から少し煙が出ていて、時々ごろごろと雷鳴のような音がかすかにするだけだ。そして夜になると、その上空が焼けた炭のように赤っぽく染まっている。それはね、わが国の聖ヤンの日の火祭りそっくりだ。それは美しい。しかし、わが国の野原や森や小川のことを思い出すと、干あがった岩山の上に咲く椰子やサボテンよりもずっといいと思う。

ぼくは自分のことについて何を言うべきだろう？　ぼくは静かで、やや疲れ気味、そして、ものすごくいろんなものを見て知っている。だから、海を越えた対岸に見えるカラーブリアの山々の頂上のようにやや霧にかすんでいる――もともとぼく自身が目前の霧にかすんでいるのだ。でも、ぼくは自分自身のことについて詮索するのは止めよう。それよりも、むしろ、一瞬の休息も無念無想の境地からも自らを断ち切って、先を急ぐ熱烈な旅行者の内面に立ち入ってみよう。

いまはもうこの旅行にそれほどあくせくしていない。ぼくは美しい場所を探し、そこで憩い、自分の前を見つめてはいるものの、考えることもなく、ほとんど存在さえしないだろう。ぼくは馬鹿だ。ぼくの旅はこれまで休息よりはむしろ、旅行のスピード記録に似ていた。しかし、ぼくは南の地、ここで見ることが出来るものはほとんど見てしまったのだからね、いまは休息し、夢を見て、内面的な平安を探すようにしよう。

で、君は何をする？　ぼくはナポリで君から新しい手紙が来るのを待つ。それから、また、ローマでもフィレンツェでも。ぼくは君がぼくの手紙をあとでではあるが、きちんと順番に受け取ってくれるよう期待している。ぼくが君のことをしばしば思い出していることを、いまさら言う必要もないだろう。これらの手紙は義務感から送っているのではない。そうではなくて、ぼくが見たすべての美しいものを、せめて少しなりと君と分かち合いたいからだ。思い出す……けど、郷愁に屈服したくはない。——

『ロマン主義者たち』はどうだった？　ぼくはそのことをすごく知りたいんだ。ぼくはもう十日間も祖国からの便りをまったく受け取っていないんだ。さて、今日のところはもう十分だろう。そして、またナポリからもっとたくさん書く。

心から、お元気で、そしてキスを、チャーチャ。

このあとの手紙はまたフィレンツェ宛てに書くこと！

（879）

［一九二三年五月十五日、ナポリ］

親愛なるオルガ、

今朝、君の長いすてきな手紙を受け取った。ぼくはまず第一に、君の体の具合がまた少し良くなったこと、そしてぼくのことを少しは思い出してくれたことがうれしかった。しかしやがてここに書かれたすべてのことがもとで、生まれてこの方かつてなかったほど、ひどく頭が痛くなってきた。もう、少しは収まってきたけど、でもね、ぼくの手紙に多少ひねくれたことが書いてあったとしても、あまり真剣に考えちゃだめだよ。

大事なオルガちゃん、君の手紙のなかには、痛々しい、おっそろしく苦渋に満ちた誤解がいくつかあるようだ。その第一の、そして最大のものは、君が、自分のことしか気にかけない人間だから、その人間に他人のこともおもんぱかるよう注意をうながさねばならないという、そういう人間の欺瞞に満ちた、罰せられるべき状況にぼくを導きたいと懇願していることだ。

すみませんが、今度は、ぼくが君にお願いしよう——ぼくが常に心のなかに納めている神にかけて——お願いだ、この一点だけは信じてくれ。ぼくがしてきたこと、ぼくがしていることすべてのもののなかで、より多く（そしてこの世のすべてのもののなかで、もっとも多く）考えているのは君のことだ。決してぼく自身のことではない。ぼくはより多く（すべてのもののなかでもっとも多く）君のことに気を配っている。ぼくのことにではない。なぜなら君が君流に理解しているよりも、それ以上にぼくは君が好きだからだ。このことはとくにはっきりさせておかなければならない。もう頼まないでくれ、お嬢さん、だってそれはぼくにとって、泣きたくなるような苦痛だし恥だからさ。だから、ぼくは下劣で、エゴイストで、無作法であると感じている。そしてやがて、そのことから自分で身を守らなければならない。そこからまた頭痛が始まるのだ。

でも、また一つだけお願いしなければならない。それはぼくにたいする配慮だ。君はもう何回ぼくに言ったことだろう。ぼくの看病がしたい。おかゆを作ったり膏薬を張ったりしたいと。それじゃまるで、赤ん坊のように、オムツまで換えてくれんばかりじゃないか。すみませんがね、お嬢さん、いったいどこからそんな考えを持ってきたの？人間は自分の嗜好の主人ではないのだね。このような人生のイメージはぼくの嗜好とまさに絶望的なまでに相反するものだ。君がぼくをそんなにまで知らなかったとは、まさに驚きだ。ごめんよ、ぼくの人生観は男らしく、たぶん頑固だ。だから、もし、そのような屈辱的な看護を指示されたら、たぶん、ぼくは即刻自分の生命を絶つだろうね。ぼくの人生は、それはぼくの信条でもあるのだけど、仕事、断固たる真理探求、愛、それに別の意味での強く、厳しい関係だ。柔弱と臆病は、ぼくには醜悪に見える。

そればかりではない、べたべたと頬ずりせんばかりの優しさと、気配りにも嫌気がさす！　ぼくの周りのすべてのものは骨太で、黒白鮮明で、落ち着いた静かさを持っていることを望む。いかなる道徳的クッションもいらない。いかなる快適さもいらない。いかなる甘やかしも、お守りも、子ども扱いもいらない。なぜならそのすべてが、ぼくを直接、恐怖で満たすからだ。だからもうぼくの前でそのようなことについて話すのは止めてくれ。ぼくにはそんなことがどれほど耐え難いものか、君は本当にわかっちゃいないんだね。

そして、いま、ぼくは――回り道も躊躇もせずに――まっすぐ肝心の問題に進もう。君はぼくたちの結婚のことについて書いている。そしてぼくから直に返事を聞きたいと思っているに違いない。おお、なんてことを。ぼくは三回、この何てことだを繰り返す。ぼくはその答を持っていない。目下のところは持っていない。目下のところはどうしていいかわからない。今のところぼくの心のなかは、純粋でも透明でもない。

神よ、ご加護を！　そんなわけだから特に君のことにかんしてまったく疑いをもっていない。君の愛について疑っていない――ぼくは君の愛にふさわしくない。しかし君の愛は疑っていたい、それに君の驚くべき心の広さと犠牲的精神も、また、君の誠実さも疑ってはいない。ぼくが疑っているもの、それはぼく自身だ。しかしまた、君にたいするぼくの愛についても疑っていない。しかし――神よ、これをなんと言えばいいんでしょう？

思っても見てくれよ、人間は何らかの職業につくか、芸術作品を作らなければならない。しかし、そこへ到達するまえに、彼のなかにこの仕事にたいして十分、太刀打ちできるだろうか、必要とされる精神力と、専門性を身につけているだろうかという恐ろしい疑念がふくらんでくる。彼は、自分で何か取り返しのつかない絶望的な方法で傷つけ、破壊し、無価値にし、そして、作るよりもむしろ粉々に打ち壊すのではないかという、不安におびえるだろう。しかし、これはばかげた比喩だ。

　事情は簡単、つまり、ぼくが少しおかしくなっている、重症の精神的不安のなかにあるということだ。君は、ぼくの今度の旅行がこのような自分でも収拾のつかない混沌とした状態からの、単なる逃避だといって非難するだろうね。このことを神経衰弱(ノイローゼ)と言うんだ。しかし、それはね、何かひどく醜悪なものだよ。

　たとえばね、人間には誰か他人がそばにいることも、その人の声を聞くのも耐えがたい日、誰かが近づいてきた時、不快感で本当に声を上げて叫びだしたくなる日がある。いままでは自分を抑えることができた。しかし、君はそれがどんなに神経に響くことか想像できないだろうよ。

　たとえば、ぼくが君に何にも言ってくれないとか、もう、あたしを好きじゃないんだとか何とか言ってぼくを非難するとき、ぼくがどれだけ忍耐しているか、君にはとてもわからないだろう。ぼくが話をしなければならないということは、ぼくにとっては、早い話が一種の拷問なんだよ。このような状態を君が想像できるかどうかは知らない。別な時に必要なのはただ静かなことなんだ。ただの静けさ、そして孤独。あるときは愛と静かな会話が必要だ。そして、いつも必要なのは安らぎだ。

　お嬢さん、それは気分《ムード》ではなく、苦痛なのだ。それは治療を要する病気なんだ。それとも……それとも、やがてその人間はまさしく人間的なコミュニケーションが出来なくなる。そして、やがてこのような危機的状態から、人間は自分自身が信じられなくなるという、真実、重い症状に至る。それは端的に耐えがたい、その苦痛を人間が作っている、最高に価値のあるものを壊して、どこかに消えたほうがいいのではないかとか何とか。そしてまた自分が仲間から拒絶されるに値する、まったく非情な、他人との友好関係も保ちえない人間であるかのように思えることさえしばしばある。

　ぼくは君がぼくの言葉を理解してくれているか

どうかは知らない。ぼくはできるだけ簡潔に書こうと努力している。それでも、この文章がちっとも明瞭ではないのではないかと心配している。ぼくはそのことを話さなかった。なぜなら、ぼくは君がすごくいやになるといったら君の頭は痛み出すだろう。だとしたら、ときどき君にその理由を説明する必要があるのかもしれない。

いや、そうじゃない、ぜんぜん違うんだ。でも、ぼくは他の人間を苦しめるだけの、いやなやつで、協調性もない人間だ。そのくせ今度は、自分にたいする思いやりや、注目、寛容にたいしても我慢が出来ない。ほかの人からぼくの体の具合について気を使われると、ぼくは苦痛を覚える。

唯一の可能性は自分を脇へどかす、閉じこもることだ。それが今度の旅行なのだよ。だから、それがふたたび心のバランスをとり戻す唯一の可能性なのだ。ぼくがいつも人生の静かさ、清潔、堅固さについて書くのはそのことさ。ああ、カワイコちゃん、君にぼくのことが理解出来ればいいのに！　だからぼく自身、このような厳しさで、精神的にも道徳的にも少しでも強くなるために、自分から孤独のなかにこもっているのだよ。

たぶん、このすべての状態は老化への単なる過程かもしれない。ぼくにはわからない。ただ、ぼくにわかるのは、いまこそ、この危機のなかでぼくは隠遁生活をしなければならないということだ。

まさに今日、君の手紙を読んだあとで、ぼくは人々の間に入って食事をするのが耐えられなくなった。ぼくは食事を部屋へ運ばせた。それから、部屋に鍵をかけ、横になり、天井を見つめていた。君から身を守るためだ。だって、ぼくの良心がまたもやぼくを苛み始めるからだ。おまえが耐えられるかぎり、おまえを痛めつけてやらねばならない。そしてぼくの最大の恐怖は、君こそ、ぼくのそばにいるよりも、もっと耐えているんだろうなと思うことだ、はるかに多くはるかに重く。

おお、神よ、この心配をぼくから取り除いて下さい！　そしてぼくの心配がこの肉体的なものと関係があるとは、もう考えないでほしい。どっちにしろ、そんなものがぼくたちのあいだにあるはずはないのだから。ああ、そのことを特に、いま遠くから、何はともあれ、少なくともそのことを考えている。そのことを考えると、君のそばにいて、こんなに若い、こんなに美しい君を見ていると、そのことがぼくを苦しめるのだよ。

しかし、ここでは何となく遠のいた感じがする。そのことを想像することさえ出来ない。ここではただ、ぼくは内面の声を聞いているだけだ。そして、安らかな、何となく人間的な呼吸ができるまで待っている。

今日はひどく騒々しかった。ナポリはその太陽と、混雑と、自己満足と、やかましい人声に、うんざりしているところだ。ぼくは、すごく静かな山の中の何となく冷え冷えする孤独を夢見ている。ただ海だけがぼくの気分を治めてくれる。ぼくはもうこの狂気じみた、騒々しい町を後にした。なぜならこの町には、ぼくの探していたものを探し出せなかったからだ。もし、どこかに宗教抜きの修道院でもあれば、ぼくはすぐにでもそこへ行きたい。だけど、お願いだ。ぼくと食事をするとき病人待遇は止めてくれ。いいかい、ぼくはそれには我慢できないからね。今日だけだ、ぼくが君に泣き言や恨みごとを言うのは。次からはもっと落ち着いた元気な手紙を書くからね。

それから、君がもしぼくにたいして最大の、しかも最高にすばらしい気配りをしたいなら、そしたら、それはね、もう、決して嘆かないことだ。きみは実際に、いつもぼくをどんなに絶望的に苛立たせているか想像できないだろう。ぼくは君が好きだ。それがぼくの弱みだ。君が嘆いているかぎり、ぼくが悪いのだ。そしてぼくはいま、純粋な、穏やかな生活を持つべきだし、持たなければならないのだ。

ぼくは明るく澄んだ心で戻ってきたい！　お嬢さん、陽気になりなさい！　――

手紙はフィレンツェへ送って下さい。ここはぼくには耐えられない。ここは美しいけど、あまりにもやかましすぎる。ぼくはいま心も軽くなったし、頭痛もほとんどしなくなった。

心から、お元気で、そして、悪漢チャーチャがキスを送る。

[一九二三年五月十六日、ナポリ] (880)

ナポリ周辺の最後の観光だ。別に、ほかに変わったこともない。そのほか、ここには、へどが出そうなくらいハエがたくさんいる。明日、ローマに戻る。

心から、ごきげんよう。K. Č.

[一九二三年五月十九日、ローマ] (881)

親愛なるオルガ、

ぼくはローマに戻ってきた。そして少しばかり文明化された快さ、とくに清潔さを享受している。さすがここにはノミもいなければ、南京虫、蚊もいない。ぼくはすぐに郵便局に駆けて行った。そしたら、そこにはもう君のかわいい手紙があって、ぼくを非常に喜ばせた。少なくともそのなかには多少の自信と、多少の悦びがあった。ぼくはすぐに世のなかのことがこれまでよりも善く思えるようになった。ぼくは日没まで、ピンチョの丘の上に腰を下ろしていた。すると、またもやぼくは世界がいかに美しいかを見ることが出来た。ぼくは君のレギーナ役の成功を心から喜んでいる。そして君に一生懸命お願いしたいことは、いまは健康に十分気をつけるようにということだ。

ぼくにかんして言うならば、隠遁者的孤独への道から少し逸れてしまったようだ。ぼくの周囲には——非常にお行儀の良い——わが国の大使館の人でいっぱいだ。明日(精霊降臨祭の日曜日)にパリエル大使と一緒に、彼の自動車で一日がかりのドライヴに出かける。つまるところ、それは不愉快なことではない。それでもぼくには世界のすべてのことと、すこし疎遠の関係を保つ必要をすごく感じている。それはぼく自身の奥底に到達するためだ。そのほか、ぼくはイタリアからこれまで、ずいぶん馬鹿げたことを書き送ったような気がする。それでぼくはどこか静かなところで、何日かかけてぼくの新鮮な記憶を編集して、イタリアに関する小さな本を出したいと思っているんだ。たぶんそれは、主として、ぼくを(芸術において)

異常なまでにとらえた初期キリスト教周辺のことになるだろう。それはぼくにはきわめて近い。厳格な芸術、それでいて親密な、限りなく控えめで、純粋な芸術だ。だが、すべての素材を頭と心のなかに受け止めるためには、さらにいくつかの小さな町を訪ねなければならなくなるだろう（おそらく、ヴィテルボや、ピーサ、プラート、ピストーリアなどへだが、それはほんの短い旅だ）。

聖ロレンツォ・フオリ〔城壁の外の〕礼拝堂や、あるいは聖アニェーゼ・フオリ〔城壁の外の〕礼拝堂（今日、ぼくはここで、すんでのところでカタコンベのあかない鍵をかけて閉じ込められるところだった）のような小さな教会の礼拝堂がことのほか、ぼくの気に入った。これまでの放浪のすべてを終わってみると、ぼくはかなり修道僧的人間なのかもしれない。ぼくは常に厳しい（自分に）、清潔な人生を思っていた。そこでは成功のために働くのではなく「神の栄光」のために働く。言い換えれば、それは道徳的かつ認識的理由によって働くということだ。ぼくは最近、道徳的に非常に怠け者だった。ぼくは自分を清めなければ、そして精神を集中しなければならない。ぼくはいま、ふたたび少しだけぼく自身の内面生活に力を注ぐことができるのがうれしい――でも決して利己的にではない。

だから、大切なオルガちゃん、それはぼくの人生の日々であり、ぼくの歓喜だ。わかるかい、それはね非常に単純で、しかも、たぶん誰もが好まず、またぼくと共有しえない。ぼくだって時には幸福でいっぱいになることがある。たとえメランコリーのヴェールをかぶっていようと、時には、静かである。それがまず、最重要なことだ。

心から、ごきげんよう、そして、キスを、チャーチャ。

(882)

［一九二三年五月二十三日頃］

ぼくはこれをこの人気のない修道院の中庭で、膝の上で書いている。ここは美しい。ぼくはここに来たのがうれしい。今日の夜はペルージャ、明後日はまたフィレンツェだ。そこで郵便局がぼくを待っている。

心から、ごきげんよう、K. C.

［一九二三年五月二十四日、ペルージャ］　（883）

親愛なるお嬢ちゃん、

いまから寝るのが一番いいのだけど、それでも、少なくとも君に短い手紙を書くことにする。なぜなら、絵はがきではここがどんなに美しいか、君に語ってくれないだろうからね。その美しさのゆえに、ぼくはここに二日滞在したのだ。それにここから出発したくないのは、特にフィレンツェで歯の治療をしてもらいたいからだ。

ペルージャは、高い丘の頂上にある、古いゴシックの気持のいい町だ。あたり一面には最高に快適な丘陵と山々の果てしもなく連なる広大な展望が開けている。実際、ぼくの感動がこんなにまでも高まったのは、ぼくにたいする特別の恩寵の賜物にちがいない。

ぼくは全体としてはほぼ健康だし、思考力も回復した。ぼくは極端なまであらゆる世界から、またあらゆる絆から切り離されていた。ご覧の通り、ぼくは新しい姪に会うために急いではいない。実際、ぼくは世捨て人だ。たぶん利己主義者なのかもしれない。しかし静かで、控えめな利己主義者だ。なぜなら、ぼくはすべてのものを自分に求めているのであって、他人にではないからだ。ぼくのなかにこんな、いわば修道僧的なものがあるとは思いもしなかった。たぶん君は笑うだろうね。しかし、ぼくは本物の修道僧のように貞節と貧しさに、純粋で模範的な生活に憧れてもいるんだよ。ぼくはあらゆる情熱的なもの、心を乱すもの、官能的なもの、そして人の心を掻き立てるものを恐れている。正直のところ、ぼくを修道院の中に閉じ込めればいいいんだ。

どうしたことだろう、ぼくは君のある点についてまったく知らない。しょっちゅう、一日に何度も、ふと、こんなことが君の気に入るだろうかという疑問にぶつかることがある。しかし、また一日に何度も、君はぼくのことを、飽くことも疲れも知らずたくさんの絵画や建築物を見ているなんて、まあなんて常軌を逸した馬鹿な男だと悪口を叩いているんじゃないかと自分自身に言っている。ああ、でもねえ、それはぼくにとって無駄な暇つぶしじゃないんだよ。それでも、ぼくが見たすべてのものがすべて記憶から失われてしまわないように、ぼくはもう目を閉じて、思い出さなきゃならないんだ。

ぼくは体系的に隠遁者的に生きているけど、それでもナポリやローマではチェコ人に会う。外見上はきわめてそれ相応のふうを装っているが、彼らにぼくのほうから挨拶することはない。反対にびっくりして、建物の陰に身を隠すこともある。そしてここはペルージャだ。昨日、イギリス人の老神父に出会った。おもしろい人物で、三十年間インドにいたそうだ——今日は朝から彼を避けている。

コール一家がどこにいるか、ぼくは知らないし、そんなことに興味もない。ぼくは一里塚みたいに沈黙を守っている。少なくともぼくは落ち着いている。

もっともっと君に書きたいんだけど、でもまたフィレンツェに行かなきゃならない。明日、早起きしなきゃならないのに、いまはもう夜も遅い。君の手紙を楽しみにしている。ぼくはすぐに返事を書くだろう。

心を込めて、君にごきげんようと言おう。そしてキスを、カレル。

［一九二三年五月二十六日、フィレンツェ］　（884）

親愛なるオルガ、

今日、君の手紙を受け取った（フィレンツェへは昨日の夜に着いた）だから、すぐに返事を書いているところだ。とりわけ君の亡くなられたおじいさんに心からのお悔やみを申し上げます。ぼくは君がどんなにかおじいさんを愛していたか、また、どれほど印象深い愛すべき方だったかも知っている。君のお宅が悲しみに満たされていることもわかる。ぼくにもおじいさんが亡くなられたことが残念だ。そしてぼくまでが悲しくなってきた。もう、どこにも何も見に行く気になれない。ここからいちばん近い教会に行った。そして朝の間ずうっとそこにすわっていた。

お嬢さん、お嬢ちゃん、君の心の痛みが、どれほどぼくにこたえるか！　君がそれほどまでに繰り返し頭を下げることを繰り返していると、ぼくの心は張り裂けてしまうだろうよ。ぼくはずいぶん昔、頭を下げたことがある。ぼくたちの誰もがその意味をまだ知らなかった時だ。でも、君は頭を下げてはだめだよ。君は美しいし、成功の悦びを噛み締めることができる。君は君の人生のキャリアのその端緒についたばかりだ。そしてぼくに特別の喜びを与えたいならば、ぼくがまったく大きな、かりそめのものでない喜びを持つことになるならば、それじゃあ、はっきり目を覚まして、自分を信じなさい、そして成長しなさい。君が自分の中に持っているもののすべてを、大事に保っていなさい。君はぼくの人生のなかで知った人の中でもっとも貴重な、しかも、自己犠牲に誰よりも耐えうる人だ。

そしてたぶん、ぼくが君に計り知れない苦しみを与えているにしても、ぼくが君をどんなに愛しているか、本当には知らないのかもしれない。ぼくは非常に残念だ。ぼくに慰めは要らない。ぼくは弱い人間だ。しかし、ぼくの弱さのなかにぼくの力がある。ぼくの悲しみはぼくに痛みを与えない。ぼくの疲労、それは同時にぼくの思索だ。ぼくの拒否、それは同時にぼくの清潔さだ。

ぼくは少し人とは違っている。そして少し変わっている。でも、悪い人間ではない。なぜなら愛しているから、君を、人々と全世界を自分よりももっと愛しているから。そしてぼくの目についたところでは、さらに多くの善いことをしようと望んでいるからだ。だからね、ぼくが痛みの種になるようなことを自分でするのを見ると、そのことがぼくをどんなに仰天させるか、とても君にはわからないだろう。ぼくにはまだ心の中の平和が欠けている。自分自身との、そして自分の良心との間の平和がね。

ぼくは貧しく、単純で静かな人間になり、出来るかぎりのことをして精一杯働き、もっとも清らかであるように愛したい。これでは修道僧か、まあそんなところだ。これによって人間が生まれるか、それともそういう状態に成長すればいい、――だからといって、ぼくに同情は不要だ。ぼくの心には悔しい思いも、妬む気持もない。ああ、ぼくが誰にも苦痛を与えていない、と言うことがわかったときぼくはどんなに幸せだろう！　ぼくは君に心からお願いするよ、お嬢ちゃん、ぼくの最高に高貴な魂にね。

君はもう苦しんではいけない、または、もしかしたら、ぼくは戻らないかもしれない。ぼくの愛、それはぼくのもっとも奇妙な感受性だ。信じてくれ、今こそぼくを信じてほしい。君がひどく苦しんでいるのを見た時、何度、自ら命を絶とうと思ったことだろう。そして君が病気になった時は、自分を責めた。君が涙を流す時は、ぼくは絶望的になった。君がぼくを責める時は、どこか深みの底に飛び込みたくなる。

落ち着いた明るい君を見たときは、ぼくは幸せだ。君が何かから喜びを得るとしたら、ぼくにとってはそれは音楽だ。君が元気になれば、ぼくも元気になる。このやさしさと信頼の生涯の結びつきを、最終的には理解してほしい。おお、これが、ぼくが今この瞬間に、純粋な良心をもって、思い煩うことなく、破綻もなく与えることの出来るすべてだ。それにお願いだ、どうか、それでは少ないとか、そんなのは何の価値もないなどと言わないでほしい。それはね、いいかい、それはね、ぼくを非常に辱めることとなんだよ。ぼくはこの結びつきのなかでぼくのすべてを君にあげる。そこには、もう、ぼくの悪い側面もなく、孤独もなく、やがて看護人としてのきわめて屈辱的な仕事を君に強いることになるぼくの不安定性をも排除して、あらゆる人間的親密さからぼくを遠ざける神経質な人間嫌いもなしにする。

そして、ぼくは君から、ぼくが君に与えるよりも比較を絶する大量のものを受け取ろう。とくに君の多大なる献身を、その次には君の若さを、そここに撒き散らす歓喜の閃光を、そして多くの喜びを君の芸術から、そしてさらに大きな喜びを君との触れあいから、なぜなら、たとえ君が気まぐれ屋さんであったとしても、君はすばらしく、しかも上品だからだ。

ああ、ぼくは泣き出しそうだ、でも、やさしさそのもののせいだよ。ぼくをセンチメンタルなんて思わないでくれ。ぼくは自分にも、それどころか、君にも残酷なほど批判的なんだ。でも、ぼくが君に書くこの手紙は、また、長い期間を経たあとの愛の手紙であり愛の告白なんだ。

ぼくたちの間にはずいぶんたくさんの誤解があったようだね、お嬢さん。だから、いま、ぼくは謙虚な気持で君にお願いする。ぼくたちの間に平和のあらんことを！

どうか、もう、ぼくにたいして辛く当たらないように、泣いたりしないように、苦しまないように、嘆かないように、非難しないように。この点では出かけた時よりもはるかに敏感になって戻ってくるからね。なぜなら、ぼくはいろんな点で浄化され、なんだか一皮剝かれたような気がするからだ。ぼくの体はあっちもこっちも、何となく新しくて、薄くて、敏感な皮膚に覆われているかのようだ。

そして、いまそれがふたたび治まってきた。ぼくは君がこの手紙を見て、何となく泣き出すんじゃないだろうかという気がしている。しかし、いくらか穏やかな、苦味も少ない涙だろうと思う。だってこの瞬間に、ぼくが君を非常に愛していること、そして君はぼくのためにいろんな親切なことが出来ると信じているのだからね。

ああ、出来るとも！ でも、はっきりしていなきゃならないよ、オルガちゃん、いま、まさに、外は、うっとうしい嵐のあとの、すがすがしい爽快な日になった。君も明るく、気を取り直して、立ち上がりなさい。そしたら、ぼくも誇りと喜びをもって君のことを遠くから思うことが出来る。悲しみは人を殺さない。ただ下品さだけが人を殺す。だからぼくたちの間には下品さだけは決して入り込ませてはいけない。

こうしてぼくは元気を取り戻すが、若くはならないだろう。しかし幸せにはなる。すべてはなんだか混乱していたのだとぼくは思う。おお、ぼくはまた君の健康のことが心配になってきた。シラバの所か、ほかの誰かの所に行きなさい。ぼくは今日の君はあまり具合が良くないような気がする。ぼくはもう帰る。ただちょっとヤノフとロンバルディアのほうへ回り道をする。それでぼくは完了する。手紙はヴェローナ宛てに局留で送ってほしい。ただちょっとどこかで挨拶をしたら、すぐにそしたらぼくはまた君に手紙を書くだろう。

心から、君に挨拶とキスを君の手に、

君に忠実な、カレル

（885）
［一九二三年五月二十八日、ピーサ］

ピーサでの一時停車は、雨が降っていたとはいえ、なかなか結構なものだった。午後にジェノヴァに向けて出発する。フィレンツェの歯医者が手をつけた歯を、ジェノヴァで仕上げる。

その他、ぼくは元気、異常なし。

心からのあいさつを送る。K．Č．

（886）
［一九二三年五月二十九日、ジェノヴァ］

ジェノヴァで二日過ごすつもりが、一日で切り上げて、明日ミラノへ行く。そこでまた手紙を書く。ここは——港のほかに——とくに気に入ったというものはない。それにここは蒸し暑く、雨降りだ。だから、もう北の方へ向きを変え、わが家へ——

心から、ごきげんよう。K．Č．

（887）
［一九二三年六月三日、ヴェローナ］

親愛なるお嬢ちゃん、

手短に書く。なぜなら、もう夕飯を知らせる鐘が鳴っているし、ぼくは明日、早く起きなければならないんだ。だから、簡単に言えば、ぼくは元気で、マンテーニャのフレスコ画を見に、さらにマントヴァに行ってくる。ぼくはもうアルプスの近くにいるんだ。ということは、すっかり里心がついてしまったということ。一日一日を指折り数えるのが楽しみだ。でもたぶん、アルプス山中で一日か二日かけて、記憶がまだ新鮮なうちに、たぶん二章ばかり補足し訂正し、ぼくのイタリアについての本を完結したい。

ああ、それにしても、ぼくの不在中に君が演じたコンスエラやその他のすべてを見損なってしまってひどく残念だ。ぼくは劇場監督のところへ行って、今度はいつ上演するのか聞いてみる。

ほかには国内の事情はまったくわからない。ヴァーヴラがすごく賞賛していたけれども、ガルダ湖へは行かない。もう、ぼくは胸がむかむかするほどイタリアに嫌気がさしている。――君は最後の手紙で、それを今日受け取ったんだけど、君は、ぼくが善意など持っていないなんて、ずいぶん手厳しい言葉を書いているね。

ぼくのお嬢さん、ぼくの大事なカワイコちゃん、そんなこと君は言うべきではないよ。たしかに、君も知ってのように、ぼくは英知を欠き、鈍重で、小心翼々として、責任を感じながら、いつもそれらのものに縛られ、未来においてもまた同様にすべての関係や責任を引き受け、民衆にたいする関係や、とくに愛の関係を背負っている。それはまるで、善意それ自体のせいで罪を犯さないように、悪いことをしないようにすることで病気になっているかのようだ。

おお、それは本当だ。君は、君は、ぼくを非難できる唯一の人だ。ぼくの最愛のものである君は、そして、ぼくはその指摘にたいしてただ頭を垂れるしかない。しかし、ぼくにそんなことをしないでほしい。なぜなら君が正しいということによってぼくは悩むからだ。ああ、大切なお嬢さん、ぼくは帰り着いた時には、もっと陽気になっているだろうよ。でも、君はぼくをやさしく見てくれなきゃだめだよ。それをぼくはどんなにか楽しみにしているだろう!

ぼくはもう今後、二度と罪なことや悪事を犯さない。ぼくは静かで控えめで、風変わりで、きっと不幸になるだろう。そして君は、これまでのぼくよりも、よりよい、より賢明な人生につくことに手を貸してくれる。もう、苦しむのは止めよう。そしてぼくは、君のために多くのすばらしい喜びを生きると思うし、信じている。そしてもし、もう、ぼくから喜びを得ることが出来なくなったら、少なくとも自分から喜びを得るようにして下さい。

ああ、子どもちゃん、子どもちゃん、これは言葉ではない、ぼくを信じなさい。コンスエラ、人生の喜びを自分のなかに探すことを、ぼくは君にお願いする。君は他の誰よりも豊かだ。自分自身を守ること。——また、わけのわからないことを喋りはじめた。でも、たぶん君はそれを理解できるだろう、そしてぼくは終わりのない章を書くことになるだろう。ぼくの放浪の間に君について何を、どう思っているか、すべてを君に話すべきかもしれない。

心から、ごきげんよう。そして君の手にキスを、カレル。

[一九二三年六月五日、グリエス・ウ・ボルザーナ] (888)

親愛なる、オルガちゃん、

ぼくがまだアルプスのなかに引き止められているのだとは思いもかけなかった。しかし、ここはとてもきれいだし、それに、なんと言ってもイタリアでの最後の日々の、特にジェノヴァ、ミラノ、ヴェローナに滞在した二日間のひどい息苦しさから解放されて、ぼくは身も心も生気を取り戻し、新鮮な空気をたっぷり吸う必要があったのだよ。いまぼくは最高にいい気分だ。

ここにはもうドイツ人がいる。誓って言うけど、ぼくにはあの赤黒いイタ公よりは、ドイツ人のほうが三倍も好きだよ。ぼくはここからあらゆる種類のケーブルカーを使ってちょっとした小旅行をしようと思っている。そして今日は自動車でドライヴだ。ここで書くのは主として、ぼくが記憶している限りのイタリア旅行の補足だ。これは二十章ばかりのかなりいい本になるだろうよ。

ヴェローナでは——すでに期待もしていなかったのだけど——コール一家と会ったよ。彼らはぼくに少しやせたと言った（——だけどぼくは六十四キロだよ！）。しかしプラハにいた時よりもはるかに健康そうに見えると。そうさ、この旅行では結構苦労したからね。だから、この休息はそのご褒美だ。残念だったのは、ぼくはここにこれまで来たことがなかったということだ。七週間の間で、初めて上等のベッドに寝たよ。それに食事だ、ぼくはこれ以上のものを想像することは出来ない。これらをみんな合わせて、一日三十五リラだって言うんだからね。だから、ぼくはイタリア巡礼の旅を短縮して、少なくとも二週間はここにいたかったな。——

　そんなわけで、週末にはぼくはプラハにいるだろう。子どもが休日を待ちわびるように、ぼくもプラハに帰りつくのを楽しみにしている。ぼくはイタリア巡礼の旅のためにあと二―三章書かなければならない。プラハに帰ったらまた——ああ、何たる喜び！——『クラカチット』のために机に向かわなければならない。

　大事な、やさしいお嬢ちゃん、もし君が、少なくともここにぼくと一緒に滞在できたならよかったのに！　ここはおそらく、君の伯母様のパカインやドロマイツ〔アルプス・イタリア北部〕に引けを取らないくらい美しくて、太陽の光もさんさんと照っている——ひょっとしたらパカインはここから近いのじゃないかな。ぼくはここで静けさと憩いをもったと言うことは、いままで以上に君のことをたくさん、やさしく思い出しているということだ。

　ああ、君が明るく、静かな女性だったらどんなに良かったことだろう！　ぼくは元気な君の姿が見たい！　ぼくはなんと言えばいいんだろう、君の最初の視線がこわい。ぼくはすぐに君の方へ飛んでいく、そして君は、すごく見開いた目でぼくをのぞき込む。そして僕は急に不安になる。ぼくは何を言えばいいのかもわからなくなる。ぼくは、こんなに長いあいだ世界を旅していたというのに、君はプラハで苦しんでいたということが、恥ずかしくなる。でも、それはね、きっとほんの一瞬のことになるだろうよ。それから君は話し始める、やや頭の回転の鈍い、考えにふけりがちの、ぼくよりもたくさん。そしてぼくからすべての胸につかえた重荷を取り除いてくれる。そしてぼくは君のそばにいて、幸せになる。

君の手にキスを、
君のカレル。

［一九二三年六月六日、ホテル―ボルザーノ・カレルゼー］　（889）

ぼくはここまで来た。ここは美しすぎるくらいだ。絵よりも美しい。あまりにも突然だ。すばらしい空気。
K．Č．

フランティシェク・コール　あなたのところへ早く彼をつれていきたい。彼はすごい好青年だわよ。
ミーラ・K

［一九二三年六月七日、メンドーラ］　（890）

幸運にもまた独りになれた、美しい、いい町だ。少し雨が降り、少し日が差している。そしてすべての山々のまわりには、砂糖をまぶしたように薄く雪が積もっている。――ぼくはこれをたっぷり描いた、それはいちばん美しい一章になるだろう。プラハではきっとそこまではもう達しないだろう。明日は絶対に家に帰り着く。いつ着くかはぼくにもわからない。なぜなら列車の接続が非常に悪い。あと二章、たとえ列車の中であろうと、書かなければならない。そしていまはもっと楽しみにしている、もっと、オルガ、君をだよ。
心から、K．Č．

［一九二三年六月二十九日、プラハにて］　（891）

親愛なるオルガ、
今月二十五日の君の手紙は今日二十九日に受け取った。なぜなら君は手紙の宛て先に、トノフスカー二十五と書いていたからだ。それ以上早く手紙は書けなかった、だって宛て先がわからないんだからね。ぼくは君がこんなに長く手紙を書かないので変に思っていたところだった。――君が海のそばで楽しくしていると知って、ぼくはうれしい。神様が君のために晴天を作り続けてくださるようお願いする。
今日の夜、ぼくはテプリツェに行く。母の容態があまり好くないらしい。父は右肺葉の炎症と、心臓が弱っていると診断した。それが本当だとしたら、それは一大事だ。ぼくはいつも最後の瞬間まで楽天主義者だ。しかし今回の場合はきわめて深刻な不安を覚えている。だから、母のもとへ兄と共に行く。かわいそうな母の状態がどうなるか、それはむしろ日数の問題よりは差し迫った時間の問題なのだ。しかしすべての望みが失われたわけではない。まだ危機を乗り越えることはできる。しかしそれは早くしなければならない。もし病気が長引くようなら、母の体力の衰弱を考えると余病を併発していっそう悪化するだろう。とくに敗血症の心配がここにはある。つまり生きたまま腐るのだ。君にもぼくがどんなに心配しているか想像できるだろう。だから確信を得るためにぼくは母の所へ行ってくる。

　ぼくはこのことを君には書きたくなかった。だって、君が母のことを心配するのがわかっているからだ。たとえ母のよりよい側面を知っていなくても、きみは母を気の毒に思うだろう。たとえこの危機が良いほうに傾いていようと、悲劇に終わろうと、お願いする、どうかで仲間と一緒にノルデルナイでぼくを待っていてくれ。ぼくもあとで海の空気を吸いたいから。それとも、場合によっては、どこでも好きなところへ行ってくれてかまわない。ただぼくが君を探すところに、ぼく宛ての手紙を残しておいてほしい。日時については、もちろん、まだ定かではない。

　テプリツェから、母がどんな具合か、あとで君に手紙を書く。

　ぼくはもうトランクに持っていくものを詰めなければならない、それから編集部へちょっと顔を出す。それは、当分のお別れを言いにだ。そして、今度会うときまでに、この不吉な雲が過ぎ去っていることを願う。ぼくからの挨拶をマホヴァー夫人、ヴァーヴラ、それにシュレムラ氏もに伝えておいてくれ。

　心からのあいさつを、K. Č.

　ぼくの住所は、以後、プラハに頼む。

［一九二三年七月三日］　（892）

親愛なるオルガ、

今日、君の二通目の手紙を受け取った。昨日の夕方近く、ぼくはテプリッツェから戻ってきた。だからぼくはそこに二十四時間そこそこしか滞在しなかったことになる。ぼくたちは母がさらにまた悪化した状態にあるのを知った。炎症は右の肺で広がり、左側にも移り始めていた。脈拍は絶えず弱くなっていた。同時に母は——すごく衰弱していたにもかかわらず——非常にやさしく、威厳に満ちていた。そしてぼくたちの見舞いにとても感動し、喜んだ。たぶんそれが母を元気づけたのだろう、またたぶん、ぼくたちが母にすすめたシャンパンが少しばかり力を加えたのだろう、要するに少しばかり食欲を覚え、五週間後、はじめて食べたものをもどさなかった。

静かな一夜を過ごしたあと、左肺葉の炎症ははっきりと消え、右肺葉の炎症も沈静化した。母は食欲を覚えて食べた。しかしその代わり、膀胱に新たな痛みを覚えた。ぼくたちはこの状態の時にそれぞれ帰っていった。なぜなら見舞いの訪問は母を疲れさせるからだ。だからそのほうが良かったのだ。しかし常に深刻で危険な状態が続いていることに変わりはない。その一つは、長期間寝ていることから来る床ずれと肺炎、膀胱炎と腎炎の再発である。

最近の何日間かは、ぼくたちのうち誰も出かけようとはしなかった。ヤルミラ〔ヨゼフ夫人〕にしろ姉にしろ、出かける準備は出来ているのにだよ。その著しい病気の回復が持続的であるか、またはそれが単なる生命力の瞬間的覚醒であったかは、近日中にはっきりするだろう。しかし少なくとももうそれが、回復過程と希望することは出来るのではあるまいか。今日ぼくは父から、母の様子を記したメモを受け取ることになっているのだがまだ受け取っていないので不安を覚えているところだ。

だから、君にお願いだ、大事なお嬢ちゃん、ある場所でぼくを待つなどということで休暇をだめにしないでくれ。ヘルゴラントには独りで行きなさい。でも、ぼくがノルデルナイに行く無駄をしないように、手紙だけは手遅れにならないように書いて下さい。天気は、この様子では好転しそうだね。だからお願いだ、君にとって使うことの出来るものは、どうか有効に使ってほしい。最後の君宛ての手紙をまだそのペンション宛てに書いた。たぶん君はそれを受け取ったよね。ぼくは手紙を書いたとき、役所の葬儀係から帰ってきたばかりだった。ぼくは遺体の移送にかんして、その役所からすでに通知を受けていたのだ。そんな具合の悪い時だったんだ。

ぼくは君の手紙になんと書けばいいのだろう？ ぼくは君が海岸に立って思いにふけっている姿を見ている。ぼくも思いにふけっている。そしてそのなかに楽しいことは何もない。自然はぼくのまわりに、ぼくが越えることの出来ない円を描いた。ぼくはその中にすわっている。そして、ぼくのためではない時は、せめて他の人の人生を愛することを学んでいる。ぼくは精一杯出来うるかぎり働いている。ぼくは平静だ。ぼくはここから離れた海岸の君を、まるで君がそばにいるかのように見つめている。君と話をする。君がここにいるみたいに。お願いだ、ぼくが君を忘れているなんて言わないでくれ。ああ、ぼくが忘れられたらどんなによかったことか。

なんでも、大統領閣下がまた重体になられたそうだけど。祈ってくれ、大統領閣下が、まだまだご在世であられるように。ほかには新しいことは知らない。ぼくは一度プルゼン劇場を見に行ったことがある。ちょっとぼくには耐えられなかった。ヴィエラ・フルーゾヴァーは結婚した。しかし誰と結婚したのかは知らない。外見にすごく気を使うのだそうだ。

ぼくの仕事は遅々としている。それに母の不幸がぼくを仕事から引き離した。今日はバスが編集部に戻ってくる。いまは母にかんする確信を持っているだ。そのあと、ぼくは自由になる。――お願いだ、オルガ、とりあえずはこのすてき夏休みを有効に楽しみなさい。世界や物事の美しさは、それは唯一汚すべからざる、傷つけられざる幸せだよ。じゃあ、すぐに、手紙をくれ、そしたらぼくもすぐ返事を書くから。

君に献身的な、カレル。

【一九二三年六月五日、プラハにて】 (893)

親愛なるオルガ、

午前中、ぼくは君に電報を送った。君の電文にたいする即時回答。そのとき、つまり昨日まで、目下のところテプリツェから新しい知らせは来ていない。最後の知らせによれば容態はおおむね変化していない。脈拍は弱い。右肺葉の炎症は少し引いた。しかし、まだ峠を越えたわけではない。母はずっと横になったままだ。だから、次の肺炎の危険と、床づれの可能性はこのあとも続くわけだ。ぼくはもう、どうしたらいいのかまったくわからない。ぼくはもうそちらへ行きたかったんだ、それともむしろ、もうとっくに海辺に行っていたかったんだといっても君はぼくを信じるかい？それはね、ただ単にぼくが約束したから、そして、ぼくもそれを楽しみにしていたからと言う理由からだけではなく、ぼくは今しょっちゅう何となく頭痛がするし、海の近くに行ったほうがいいのではないかという理由にもよる。それに、また馬鹿馬鹿しくはあるが、でもこの数日の経過のなかで言えば、かなり深刻な理由、つまりジーチュニー通りのわが家全体を壁職人が直しているのだ。だからぼくは一瞬たりといえども静かになどしていられないというかなりせっぱつまった理由にもよるのだ。そうなるとぼくには忍耐の極限のところで、歯をギシギシ言わせながら、病状は良くなっているのか悪くなっているのかの最新の情報が来るのを待つしかないのだ。ぼくはテプリツェに電話の接続をしてもらおうとしたが、あまりにも聞こえ方が悪かったので、とうとうぼくは電話を放り出してしまった。

だから、あらためてまたお願いする。せっかくの夏休みを無駄にしないように、君の心のおもむくままに、どこへでも行っておいで。ただぼくに適切なときを見計らって、いまどこへいるのかの報告だけは送って下さい。しかしぼくが来る時には、前もって君に電報で知らせることをぼくに思い出させなくてもいいよ。そんなことは、ひとりでにわかるものだ。あの小説〔『クラカチット』〕のことについて君からぼくに何も書いてきてほしくない。ぼくは茨の上に座っているような気分だ。

昨日ぼくのところにフェリツィンカ夫人が来たよ。ぼくはちょっとばかり馬鹿なことをやってしまった。でも自分のことについては自分からは言わないものだ。ぼくは君の最後の手紙のなかで、ある弦が静かに響いていたのがうれしかった。おお、神よ、望むべくは、海が君の消沈した心に平安を与えますように！

しかしぼくは、それが単なる波のはかない魔法ではないかと、またむしろ静寂よりもむしろ揺り篭の揺れではないかと心配している。静寂、深い静寂、ぼくもまたその静寂に渇きを覚えているのだよ。ただ何ものも欲しない、自分のためには何ひとつ、誰からも何ひとつ求めない。愛の精神的価値のために愛すること、仕事の精神的価値のために働くことのみを欲する。

ああ、お嬢さん、ぼくの体から皮膚が一皮一皮剝げ落ちていく。ぼくはもう野心家でもなくなった。ぼくには自分の限界が見えるんだ。ぼくはあの最高に美しいものでさえ、ぼくには釣り合っていないように感じる。しかも、そのことがぼくには悩みでさえなくなった。ぼくがあらゆることに耐え、成し遂げられるもっと力を得るように、もっと健康になりたい。そしてそのあとで、ぼくの愛する人たちといい関係を持てるようになれるように願いたい。なぜなら、人にたいする配慮ほど人間を地上につなぎとめるものはないからだ。不思議なことに、君はいつも、そんなことは悲しくてセンチメンタルな言い草だと考えている。ぼくにとってはまったく悲しくはない。反対だ、みんなはぼくのために、ぼくを慰めるある種の音楽を持っている。イタリアから送ったぼくの手紙が、君には悲しく苦渋に満ちたものに見えたのだとしたら、ぼくは不思議に思う。

決して、そんなことはないよ、ぼくはそんなこと思っても見なかった。ぼくはそれらの手紙のなかで自分のことについて自分にわかる一番いいことを述べたつもりだ。――

幸か不幸か、大統領閣下の病気についての言及はまったく意味のないものだった。最近のことについてはまったく何も知らない。君は国民新聞に、アルデバラーン王子にまつわるすごく楽しい童話を発表したね。ぼくの仕事〔『クラカチット』〕はまたほとんど立ち止まったままだ。ぼくはもはや休息の場所さえ持っていないありさまだ。

ヴァーヴラ、マホヴァー夫人、それからシュレムル氏によろしく。そして、何はともあれ早く会えることを楽しみにしていると。もちろん君には特に。

心から、ごきげんよう、もう本当に悩んでなんかいないいからね。

カレル。

〔一九二三年七月六日、プラハにて〕 (894)

親愛なるお嬢さん、

この手紙の一行一行をあまりにも重い心で書いている。ちょうどいま君からの手紙を受け取ったところだ。そこには感謝の気持で君を覆いつくしたい言葉が書いてある。しかしその言葉は、いま切り開いたばかりの傷に触るような。君はまったく単純な、正直な愛でもって書いたのだろう。「あたしたち結婚したら、どこそこへ行きましょう、などなど」。うーむ、ぼくは昨日、君に、ぼくのところにテーヴェル夫人が来ていた、そしてかなり馬鹿なことをやらかしてしまったと書いた。いまは彼女から正直のところを言ってもらわなければならない。彼女はぼくを――もう、ずうっと以前にぼくがイタリアへ行く前に――ずいぶん間近で見たそうだ。彼女はまるで母親であるかのように君についても、ぼくについても語った。どうして自制できなかったのか、ぼくにもわからない。そして彼女に、以前に君に書いたことのある言葉を彼女に言った。「自然はぼくのまわりに輪を描いた。ぼくはその輪から出られない」とね。

彼女はそれを理解し、ぎくりとした。それからほとんど泣きださんばかりの様子で君のことや、ぼくのことについて語った。なぜなら彼女は君をすごく好きだからだと。それからぼくに言ったことは、ぼくが自責の念に駆られて自分自身に言った言葉と同じだった。ぼくに許されること、ぼくに許されないこと、君にたいしても、ぼくの良心にたいしても罪があることについてだ。彼女はぼくにたいして、ぼくが自分にたいするよりも厳しかった。彼女はぼくに言った。ぼくが君の人生を駄目にし破壊していると、そしてそれ以外の恐ろしいことは、それらのことのなかで、ぼくがあまりにも正しいということだった。

彼女はすぐに君に手紙を書きたがったが、ぼくはどうかそんなことはしないでくれるよう頼んだ。君にそのことについては何も言わないように、ぼくが自分で言うからと。彼女はぼくがびっくりするほどぼくを苦しませているものが何かを言い当てた時、ぼくは非常にショックを受けた。彼女が言うには、それは体の病気ではなく、むしろ、良心の病気、恐怖、不信、孤独への逃走、隠遁、そしてそのすべて。君と同様に（そしてたぶんすべての繊細な女性）体の弱さのなかにある、このような大きな障害を見ずに、むしろそこから生じるところのもの、意志の病気、痛々しい、焦燥感から来る人間嫌い、拷問のような猜疑心、近くにあることの恐怖、沈黙への渇望、世界からの逃走、それらのものに向かってうなずき、そして、ぼくがどうしてこんなに苦しむのか、もうわかったと言った。

ぼくは君にこのことをすべて話さないと言ったら、彼女は、あなたはそれを君に話さなければならない。そうでないと、ぼくたちは二人とも気が狂うだろうとのたもうた。ぼくは君に、彼女が言ったことのすべてを繰り返さない。彼女は残酷な賢人だ。ぼくはこの会話を打ち切ったとき、すごく神経質になっていた。しかしまた、少し慰められもした。なぜなら、彼女はぼくを完全に理解し母親のように話してくれた最初の人だったからだ。だからぼくは、彼女が言ってくれたいくつかのすばらしい慰めの言葉のおかげで、彼女がとても好きになった。それから、君のことについても愛情を持ってすごくよく言ってくれたことにもだ。たぶん、彼女は君がこの世界で持っている友達のなかでも最良の友達だと思う。

もしぼくが、ぼくが非常に滅入っているときに、善良で賢い人に告白したということが馬鹿なことだったかどうか、君自身で判断してごらん。しかし一点だけ君にお願いする。君がいつかぼくたちの未来について語り、ぼくがそれにただ頭を垂れ、沈黙でもって答えたとしたら、そのとき君は涙を流し、痛烈な非難をぼくに浴びせるだろう。そしてもしぼくがもっと善意を持っていてくれたら、すべてはどんなふうに片がついただろうかという想像で、君は自分をもぼくをも苦しめるだろう。

そこでだ、ぜひとも君にお願いする。あのかけがえのない夫人にぼくの弱点は非難されるにふさわしいかどうか、ぼくの意志は優柔不断で非良心的なのかどうか尋ねてもらいたい。どうかお願いだ、もし君がぼくの行為にかんする疑念で苦しんでいるのなら、尋ねてほしい、ぼくの力にも余るし、ぼくの良心でもどうしようもない、そんな行為がほかにできたかどうかを。［……］

そしていま、お願いだ、海岸に出て、気晴らしに何か歌ってごらん、そして波に揺られて、それからもうぼくのことを怒っていないと、手紙に書いてくれ。

君に献身的な、カレル。

この時まで母についての新たな知らせは受けていない。最後のには、肺の方は著しく好くなった。膀胱にある程度の再発が見られるとあった。

［一九二三年七月十八日］　(895)

火曜日にプラハに戻る。たぶん、夜の汽車になる。

［一九二三年七月二十七日、金曜日］　(896)

親愛なるオルガ、

今日は手元にない絵はがきの代わりに、ほんの数語の手紙を書く。五分後にお嬢さんが町まで買物に行くので重要なことだけを報告する。今のところこちらは悪くない。おっそろしくたくさん食

べている。その上さらにもっとたくさん眠っている。残念ながら書くのは極めてわずかだ。いや、そうじゃなくて書く時間がないんだ。ただし何だかすごく怠ける時間はたっぷりある。もしここで太らなかったら、そしたらぼくは生まれつきそういう体質ではないと言うことだ。ここはものすごく静かだ、窓越しに森を見ている。そこはぼくの好みどおりの涼しさと新鮮さがある。ぼくは庭に寝っ転がっている。そしてあらゆる美しいもののなかで最高のものは、満月の夜だ。この温泉はすべての温泉のなかでも精神障害者のための温泉だ。だから総合的であるぼくには非常に具合がいい。そして明後日、ちゃんとした手紙を書く。これははがきだ。だからそれには絵が抜けているわけにはいかない、だからここに君のために書いておく。そおら、これだ。

（897）

［一九二三年七月三十日月曜日、インジフーフ・フラデッツ］

親愛なるオルガ、

ぼくは第二十八章〔『クラカチット』〕まで書き終えたよ。ちょうどいま外に出ようと準備をしているところだ。恵み豊かな雨が降ったときはそのあとに、キノコが成長することだけは楽しみだ。ぼくは自分について何かを書かなければならないというこことになると、つい困惑してしまう。そこでまた、静かさと落ち着きの礼賛となる。静かさと落ち着き、それに好天、静かさと仕事と孤独。すると君はこのなかに何らかの意図を読み取るだろう。だからそのことについては、もう何も話さない。

ここの風景は、まさしく貞節で、純潔、やや感傷的で、苦あまい。小さな野っ原のなかの小さな森、丘、地平線に通じる秘密の小道。たくさんの養魚池、それらは聖なる瞳のように天を見上げている。ぼくの毎日のプログラムは出来るだけたくさん片づけなければならない仕事、そしてもっともたくさん必要とされる休息と結びついている。いわばその二つは、静かさという共通項で結びついている。もう夏の初めからぼくはこのような静寂の深淵のなかで憩うている。ルドルフ村は町の中心部から半時間ほど離れた孤立した土地だ。そのまわりには森と大きな牧草地があり、あとはもう空があるだけという所だ。それ以上はない。そこにはロマンティックなもののかけらもない。ぼくの胃が満足しているかぎりはぼくはそのへんで寝そべっている。ぼくはずいぶん転がっている。みんなはもうすっかりいいと言っている。

君と先週の火曜日に話した時、ぼくは、君がすごく出来の悪い心理学者だ、しかも君は自分の殻からも抜け出すことも出来ないと言った。それで君は怒った。だからぼくは君に、ぼくが何を言おうとしたかを説明したい。たとえば、君はしょっちゅうぼくが君を愛していないことがわかっているんだとか、何か似たようなことを言う。それでいながら君はそんなことと自分でも信じてはいないんだ。なぜなら、そうならそれで、その瞬間ぼくと話をするのを止めるはずだ。ところが、そんなことを言ってぼくを苦しめるんだ。そのくせ、それがぼくの生存への確信を直に傷つけていることに気づきもしないんだ。

たまには、ぼくの体の節々がギクシャクせず、叫び声も発しないそんな時がある。この平安こそが、まさにぼくに求められる生活の条件と環境なのだということを、君は知りもしないのだ。そしてひとたびその節々の軋みがはじまるやいなや、ぼくは自分自身にたいする信頼も自分の力も、ぼくの幸せの星〔スター女優・オルガ〕のことさえ信じられなくなる。そしてまたもやぼくの前に横たわるあらゆるものの前で、まさしく身を震わせはじめるのだよ。

そして、やがて君自身が、ぼくを優柔不断だとか依怙地だとか、似たようなことを言って責めるのだ。ぼくを苦しめているものについて話すのはむずかしい。なぜなら男らしい男は嘆くことを好まないからだ。そしてそのあとで君は思うだろう、ぼくが鈍感で冷淡だって、そう言ってまさにもっとも痛いところを刃物でえぐる。そして、ぼくは気も狂わんばかりだ。などなど。それはつまり、その時ぼくが何を思ったかだ。少し、君のことも思ったよ。いろんな細かなことについて観察している。ぼくはもうすでに休息と静寂がとても必要だ。ぼくにとってプラハはもともとないんだと思う。だから、ぼくが充分年を取る時までのお楽しみになる。なぜならそうなると、ぼくはみんなに背を向けることが出来るからさ。ぼくは自然のなかでは狂わない。そうではなく集中的で区切りのない生活によって狂いそうになる。ぼくの中にははじめた仕事がたくさんある。そして、それらがその結末を早くつけろと叫んでいる。それもそのはず、それらのものが自分自身の生命力をもって生きていくというところまで完成することは、決してないだろうからだ。

ぼくを夕食に呼んでいる。じゃ、ごきげんよう、お嬢ちゃん。それからぼくに何かすてきなことを書いて送ってくれ。

心から、君のカレル。

(898)

［一九二三年八月一日（水）インジフーフ・フラデッツ、ルドルフ村］

親愛なるオルガ、

ここに来てから最初のキノコ狩り遠征から帰ってきたまさにちょうどその時、君からの手紙を受け取った。君の病気については、ずいぶんぼくを心配させているよ。この病気のために、君がいろんなことを試みたであろうということは想像できる。いいから思い切って手術をしなさい。こんなにすばらしい目を持っている娘が、何のために盲腸なんかをもっていなきゃならないんだろうね？　人間たるもの、盲腸やその他のものを手術してもらい、聖なる空気を吸い、しかも空には星々を見上げながら生きているというのにね。毎晩ぼくは金星〔ヴィーナス〕を見ているよ。それは美しい。それに手が届かないということがぼくを不機嫌にさせなかったよ。

さあ、元気を出しなさい、お嬢ちゃん。どうか元気になって。分別のある人間はね、生涯にわたる、慢性的な、悪性でない軽い病気にしか罹らない。そして最後には、その病気をふくめた自分こそが、本当の「我」だと看做すようになる。まあ、一病息災ってとこだな。無駄口が多すぎるかい？　でもね、ぼくだってこの祝福された足が痛むんだぜ。だからいっそのこと、こいつを取り外して、馬車のアレンカ〔ヨセフの娘〕の席に放っておきたいくらいだ。そしてそいつを、あっちこっちと、その足がお寝んねするまでゴトゴト運ばせるんだ。その間アレンカはわんわんと泣くかもしれないけど——でもぼくの足だってそうなったとしても、おいおいと泣くだろうよ。

しかし君は元気になりなさい。君の右目が具合が悪いのなら、取り出して捨ててしまいなさい。でもそれよりもむしろ、かわいそうに君をそんなにひどく痛めつけている盲腸を切って捨てたほうがいい。いずれにしろ学者先生だって、それがなんの役に立つか知らないんだからね。あわれなオルガちゃんが、そんなことどうして知っているはずがあるんだい？

ぼくはもう『クラカチット』の第三十章を書き始めたよ。ぼくはここから安全に出て行くよう希望している。なぜなら、実際ぼくはものすごい量を書いたからね、もう喉がつかえそうだ。でも明日が楽しみさ、なぜってぼくはプロコプと王女の愛欲（エロチック）シーンを描くことになるからね。ぼくはもうずいぶん前からこのようなエロチックなものは一つも書かなくなったからね。残念なことにぼくはもはや、そんなものを真剣には耐えられなくなったんだよ。

キノコはまだ小さい。でも、君は元気になって、大きく成長して、蕾をつけて、大きな花を咲かせなさい。ぼくの喜びは君の陽気さのなかにあり、ぼくの安らぎは君の静かさのなかにあるんだからね。

いまわかったよ、どの会社がロボットを盗んだか。ぼくらはたぶんその会社を裁判で問い詰めることになるだろう。

お元気で、お嬢さん。ぼくは元気だ。たしかに白いミルクは飲んでいないがね、でも黒いビールを飲んでいる。そして、ぼくがずいぶん良くなったと、みんなが話し合っている。ぼく個人としては、どうってことはないんだけどね。大事なことは人間がどのように内面が見えるかなんだよ。そしてその内面から、あとどんな手があるかを探していくつもりだ。

さあ、君は元気になること。そして、君自身について何か素敵なことをぼくに一度書いて下さい。

心から、お元気に、カレル。

［一九二三年八月四日、インジフーフ・フラデッツ、ルドルフ村］ (899)

親愛なるオルガ、

昨日、ぼくはまったくペンを手にしなかった。気分が良くなかったんだ。たぶん、一昨日キノコ狩りに行った時、軽い日射病か何かにかかるかどうかしたんだと思う。人間は好きなことのためには、いつも高い付けを払わされるんだね。今日はもう良くなった。ただ胃だけがちょっと具合が悪い感じがする。昨日はパン粥《がゆ》だけで一日中生きていた。

ぼくはもう三十六章に入った。たぶん、あと五章だ。そしてそれで終わりだ。それで君にだけ完成したのを持ってこよう。それはだんだんロマンチックになっており、自分でも恐ろしくなるほどスリリングだ。夜になると、もう明日書くところが待ちきれないほどだ。この世のなかで一番すばらしいのは書くことだ。だからと言ってぼくの書くものが何らかの特別の価値を持っていると思っているわけではない。しかし、ぼくは与える。人生と世界に、ぼくの出来るかぎりのものを、まじめに、良心的に出来るものを与える。だから、たぶん、別のときには、ぼくは人間の義務について考えもしない、また生きることとの責任からも解放されていると思い込んでいる。ぼくはけち臭いエゴイストかもしれない。ぼくは机の上の紙をそろえてすわり、どこからとも知れずやってくる素材のように、書くことがぼくのなかから流れ出すとき、ぼくはもっとも幸せだ。それはね、いったいこんなことがどこから来たんだろうと、いつも自分で驚いているくらい不思議なことなんだよ。たしかに、ものを書く人間は何か未知なるものの道具なんだね。

もしかして、このところ毎晩のように、たくさんの流れ星が降っているのを知っているかい？ぼくは夜中まで、木造家屋の前に腰をすえて天を見つめているんだ。それはね、早い話、すごく美しいものだよ。昨日は大きな緑色の流れ星が飛ぶのを見た。夜の空いっぱいにクシャクシャの線を描いていた。ぼくは何か願いごとが満たされますようにと、願うことさえ忘れてしまうくらい見事だった。それはそうと、ぼくは少しばかり天文学を勉強しているところだ、理論的にもね。ぼくは、自分の知っていることがどれほど僅かであるかもわかった。そしてもっと多くのことを知るのがどんなにすばらしいことかもわかった。

いまからぼくは勉強する——少しずつ——何もかも全部、あらゆる知識や学問。ぼくは全世界のことが知りたい。それからね、アイルランドの諺ではね、「すべてのことを知っている男は死ぬ」そうだ。アーメン。認識のために死ぬことは、ぼくにとっては美しい死だ。

そうでないときは、ぼくは極めて行儀がいい。

ぼくは太った。毎日、日光浴をしている。夜は星を見ている。ただ、みんながたくさん書くようにと言って、ぼくを責めたてるのだ。君だってぼくをそのことで責めた。でもそんなことでぼくを力づけることにはならない。書くよ、書くよ、それがぼくの喜びだ。

心から、ごきげんよう、それからキスを、

カレル。

(900)

［一九二三年九月頃、インジフーフ・フラデッツ、ルドルフ村］

親愛なるオルガ、

君の催促のせいでぼくは、まったく短い手紙しか書けない。なぜなら五分後に娘さんが町へ買物に行くからだ。それでもう彼女にその手紙をぼく自身と一緒に娘さんに委ねなければならないからだ。そうでなければ明日になって他の方法を講じることになるだろう。昨日、ぼくは書きたかったのだけど、でもぼくを追って誰だかアメリカ人のジャーナリストが訪ねてきた。だから彼に社会主義について、子供の教育について、その他ぼくのよく知らないことについてまで、ぼくの意見を述べ、説明しなければならなかった。こんな所にいても、人々はぼくに静けさを与えてくれない。

ぼくが君に少ししか書かなかったって？　ぼくはね、君とコールの他には手紙はおろか絵はがきさえ誰にも書いていないんだよ。ぼくはここに二週間いた。その間ぼくは十章を書いた。そのほかにほとんど毎日日光浴をし、二時間か三時間は散歩をした。その他にも空の上に寝転んだり、ぶらぶらするのを別にしたとしてもだよ。なんたってここは、ことのほか空がすばらしく美しいんだよ。このすべてのことをこなすために、ぼくがどんなことをしなければならないか、これからのことからもわかるだろう。夜十時には、もう眠気が襲ってくる。これは恐ろしいことだよ、そう思わないかい？

そんなわけだから、これを手紙だとは思わないでほしい。そうではなくただの目と口を持ったただの紙切れだと思ってくれ。たとえ自分のことについては言うべきことはたいしてないけど、ぼくは大急ぎで書くよ。卵が卵に似ているように、来る日も来る日も似たりよったりだ。ただキノコのためにたっぷりと雨が降らないかなと、願いを込めて空を見上げている。

ぼくに速達郵便を出す時には、その手紙を持って町から二キロメートル以上もある所へ、一人の人が自転車に乗ってやってこなければならないことを考えなさい。君はたぶん、あの『バフロフのコンサート』に出ることになっているんだろう？　君は自分の近況についてはまったく何もぼくには書いていないじゃないか。ぼくは君に、いたるところにある、その小説を持って来て上げようと思っていたところだ。それは恐ろしくスリルに富んでいて、ぼく自身がその本から離れられなくなっているんだ。

たぶん、下の階のお嬢さんはもう行ってしまったみたいだ。

心から、ごきげんようとキスの挨拶を、
君の　K．Č．


［一九二三年八月十六日（木曜日）インジーフ・フラデッツ、ルドルフ村］　（901）

親愛なるオルガ、
今日、ぼくは君からの手紙を待っていた。だけど来なかった。たぶん明日の朝、着くのだろう。ここではね、君、とても変てこな生活があるんだよ。ここで軍隊が演習をやっているんだ。そして、そのわれわれの酒場に大勢の軍人が宿泊するというのだ。ぼくはまるで兵営のなかで暮らしているようなものだ。ぼくはそれをのぞいて、大いに楽しんだ。ぼくは何となく軍隊と一緒にいるみたいに振る舞い、軍隊を知り尽くしてしまうだろう。それでいて戦場には行かなくすむわけだからね。
そのほかには天文学を少しばかり勉強している。それから日光浴をして、野や森のなかを駆け回ったりしているけど、主にしているのは書くことだ。もう第四十二章まで出来たよ。
最初はこの小説は全部で三十章くらいかなと思っていた、間もなく、勘定すると四十章になっていた。ところがまだ終わりになっていないのだ。ぼくはこれを完成させてから君の所に持って行きたい。だからぼくはちょっと急ぎすぎぐらいに急いでいる。毎日一章ずつ書くという宿題を自分に課しているんだ。それが良いことかどうかは知らないけど、こんなビロードのような優しい地方にいても、全世界のことを忘れて書く時がぼくは一番幸せなんだ。

みんなはぼくのことをいつも書いてばかりいると言って悪口を言っている。だからぼくは書くことを、それがまるで不倫の恋ででもあるかのようにほとんど秘密にしているんだ。ぼくはこの重荷を下ろさないかぎり、心安らかにはならないだろう。でも実際のところ、ぼくは自分で読みなおし、最後の校正をする前に、この作品を読んでもらうために、全部持ってきて君に手渡すのがとてもうれしいのだ。あした姉が子どもを連れてここを通過する、シュマヴァに行くんだそうだ。そしてまた一日が著作のうちに過ぎていく。一週間以内にぼくはもうプラハに戻りたい。たとえこの作品が最後まで書けていなくてもね。

姉がね、母さんがモルヒネ中毒になったと書いてきた。どうも困ったものだ。どうも気にかかる。母さんは絶えず強い痛みを訴えているそうだ。そうでないときは比較的回復しているらしい。ぼくはとても健康のほうは調子がいい。幸か不幸か、ぼくは盲腸だとか何とかのもののことや、その他のいかがわしいもののことは、まったく知らない。それで君の具合は？　もう元気なのかい？　それで、何をしている、何か勉強している、何書いている、どこへ行った、何か楽しいことある、何が君を悩ましている？　君にかんして、君のまわりにあるもので何か新しいことはあるかい？　そのことについて君はあまりたくさん書いてこないね。ぼくが戻ってくるまで、君はたぶんぼくに隠しているんだね。

ぼくはヴァーヴラとマシンツェ夫人によろしくと伝えたいんだが、いまのところ絵はがきを買いに町に出る暇がないんだ。キノコは残念ながらほとんど成長していない。もう少ししたら泳ぎに行くのだろう？　君がその盲腸の野郎を切り取ったら、そしたら君はもう立派によくなるんだよね、お嬢ちゃん？　そのことを心配することはないよ。それはそんなに大手術じゃないんだから。虫歯の穴を詰めるのよりも簡単だ。ぼくはもう、プラハと君を楽しみにしている。ただあのお化け、あのいつまでも終わらないロマンを書き終えていたらなあ。ここでぼくは十七章を書いたんだ。ぼくは非常に貪欲だ、君はどう思う？　そして明日の朝、君からの手紙が来ていなかったら、ぼくは怒るからね。

心から健康を、そしてキスを、K．C．

（902）

［一九二三年八月十七日、金曜日、インジフーフ・フラデッツ、ルドルフ村］

親愛なるオルガ、

ちょうどいま、君からの手紙を——大きな安堵と喜びをもって——受け取ったところだ。やっぱりそうだろう、君のほうで勝手に無駄な心配をしていたのさ。君の心に本当に平安と喜びとが戻り、なんの誇張のない信頼と、ショッキングでもなければ誇張でもない愛、相互の控えめな思いやりと心の平和を神様が君にお与え下さるよう。

ぼくはもっと書きたかったんだけど、もうこの紙片を持って郵便局に行く。いや、君から逃げようというんではないんだ。そうじゃなくて、ぼく自身の平和を自分自身で探しているんだ。ぼくは少しそれを見つけた。でもね、それは壊れやすくて感じやすい。どうかお願いだ、それを試すようなことはしないでもらいたい。

ぼくのプロコプ〔『クラカチット』の主人公〕は死にかけている。ぼくは彼を死から連れ戻さなければならない。ぼくは実際に本物の人間を前にしているかのように感動している。でも、いまちょうど姉が来たので、ぼくは今日、彼の命を救済することは出来ない。でも君はおとなしくして、陽気にしていなさい。

友情——ぼくはこんなすばらしい言葉を書いている。どんな古い愛情もいずれ破局を迎える。いいかい、このことをよく考えて、あまり軽くは考えないことだね。友情はこのように静かで充実した自己犠牲的な感情、それは人間に与えられた最良のものの一つだ。

　ぼくのペンはガサガサと音を立てる。それなのにぼくには他に家はないんだ。ガサガサいうペンで書くことは、まるで調律の狂ったピアノを弾いているようなものだ。要するにうまく行かないんだ。人間はほしいと思うものを口に出して言ってはいけないんだ。

　友情、それは他の人間の喜びで、自分も楽しむことだ。それがどんな喜びかそんなことは知らない。ぼくは愛について少しばかり懐疑主義者なんだ。君はそれをぼくの欠点だと言うだろう。しかしそれは極端に自然なことなんだよ。ぼくはそれを地質学的事件と言いたいような、広大な地殻変動がぼくのなかで起こっているんだ。それはね、成熟と赦しだ。それが欠けていると、ぼくが変わっていることも見えないし、またぼくをひとつの面からしか見ないとしたら、たとえば愛という面から、過去につき合っていた男としてしかぼくを量りに掛けないとしたら、君は大きな誤りを犯すことになるよ。ぼくの中にはね、少しばかり多めの警戒心が働いているからね、それだけに冷静でもあるのさ。

　この冷淡さが、君にたいしてだけだと思うのは誤りだよ、それにまた、赤く焼けた状態からあらゆる生命が住むことの出来る移行している天体だと思わなかったら、その点で君は間違っている。君は本当はぼくを知らない、そしていまやっとぼくを認識しはじめたのだと思いなさい。そうすることで、君はまったく別の透明な目ですべてのものを見ることになるだろう。

　これじゃ、どうしようもない。ぼくは話し出すと止まらないし、これから郵便局に行かなきゃならないんだ。知ってるかい、ぼくはすごく好奇心が強いんだ。君のご機嫌がぼくが帰るまで続いているかなあ？　そうであれかし！　そして、永遠に！

　こころから、健康を祈る、そしてキスを送る。

君の　K．Č．

［一九二三年八月二十四日、インジフーフ・フラデッツ、ルドルフ村］（903）

親愛なるオルガ、

ぼくは今日が何日で、何曜日かさえ日付を書くことが出来ないんだ。いまのところぼくの最後の手紙にたいする君からの返事を受け取っていない。たぶんこの手紙を投函したあとになって、明日の朝、来るのだろう。ぼくはここで、時間の外で、時間もなしに生きている。いままさに満月になろうとしている、そして、ここへ神聖な夜がぼくを道案内してくれた月齢から判断すると、ぼくがプラハから来てから四週間と数日経つということになる。なぜならぼくが来た時、月は満月だったからだ。ぼくはもうプラハに戻りたくて、もうそれが待ちきれない感じだ。ぼくをここへ引き止めているのは、いつものことだが仕事だ。ぼくは以前よりはますます熱くなって書いている。ぼくはもう四十七章を書いている。そろそろ結末が見え始めた。君にはとても想像出来ないよ、それがどんなにスリリングな場面か。ぼくなんぞ、ボーっとなってそこら中を歩き回っている始末だ。もうあと一息だ。もしいま仕事を中断したら、話の筋道を見失ってふたたび話の筋の中に戻れなくなってしまうだろう。あと数章だ。するとお終い。ぼくがそれでどれだけ解放されるか、君に言ってもわかってもらえないだろう。この重荷から解放されないかぎりぼくは救われないだろうよ。ここにどれくらい居るのかって？　一ヵ月は居ないだろう。そしてぼくは二十四章書き上げた。それらの中にはね、これまで書いたもののなかでも最も重要と思う章がいくつかある。ごめんね、ぼくはひたすら自分の仕事のことしか書かなかった。いまは実際ぼくと話は出来ないよ。

ぼくはこの結末はプラハで書こうと、もう決心した。しかし昨日、母からの手紙を受け取った。父がテプリッツェでの医療行為の免許を完全に売り渡したと、そして一切の片がついたらすぐ、真っ先にプラハへ引越しして来るとのこと。だから、ぼくは親切だから住まいをきれい掃除させ、屋根裏部屋から家具なんかを降ろしてきて、それらを部屋の中に配置する。要するに、その他の多数のものを片付けなきゃならなくなったんだ。他の場合でも、いつもぼくは親切だということは知っているよね。しかし、自分の仕事を完成しようとしている今は、単純に言って出来ない相談だ。ぼくはこんな馬鹿げた、それでも大切な世話を生活の一貫性から完全に切り離したいね。そしていまはドームの丸天井を乗っけようとしている時だからね、要するに無理なんだよ。その丸天井が壊れて落っこちてこないように、ぼくは一つのアイディアも失うわけにはいかない。両親には、ぼくはまだ休暇ではないから待つように手紙を書いた。

この環境の変化がぼくに、ほかにもたくさんの、いろいろの心配事をもたらすことは君にもわかるだろう。

ぼくは、あの『平手打ちを食った男』〔アンドレーエフ作〕も『幽霊』〔イプセン作〕もまだレパートリーに入っていないのをうれしく思っている。ぼくはそれに出演している君を見なければならないだろうな。君が何をしているか、どんな具合か、君や君の周辺で起こった何か新しいことを書いてよこしてくれ。ぼくはもっとたくさんの仕事をするために、毎朝七時に起きている——思っても見てくれよ、ぼくは寝坊なんだよ！　しかし、九月の初めにはこれを全部持っていかなきゃならないんだ。ぼくはこれがこんなに長くなるとは思わなかった。ぼくは規模は四十章の長さまでは勘定した。ぼくはそれで完了にしたかった、この三週間の休暇中にね（そしていつもはそうだった！）。いまは、それが五十章にもなろうとしている〔実際には五十四章〕。神様、どうかお許しを。でも君もそれを許してくれなくちゃ。ぼくはたっぷりその償いはするからね。君にもそのロマンは、まあ少しは気に入ると思うよ。ぼくはプラハに戻りたい。ぼくは何かに急かされているような気がしている。でも、ぼくの監獄暮らしは、はや時間の問題だと思っている。ぼくって嫌なやつだろう。馬鹿げた、おっそろしくながーい小説《ロマン》の他には、何も書かないんだから、どうだい？　でも、そのことについては何の弁明もしないからね。ぼくは偏屈だ。だから君からひどい扱いを受けている。

明日は六時に起きて、少なくとも一章半は書くつもりだ。――言っておこう、ぼくは今絶望的な恋に陥っている。そして、もちろん今度も相手は女性だけれども、王女様なんだよ。もう少し待って、自分で最後まで読んでごらん。君が彼女について何と言うか、すごく興味がある。

文学は狂気であるということを覚えておくんだね。君が今度また生き返ってもう一度この世にやって来るとしても、作家なんかにかかわっちゃ駄目だよ。作家は利己的だし、うそつきだし、王女たちに恋をする。羊のように世界中を徘徊し、自分のキメラ〔怪獣〕のことしか考えない。それは人間どころではない。おお、君にお願いだ。何か面白いことを書いてきてくれよ。その結末は、もう笑うことさえ出来ないくらい悲しいんだから。

ごきげんよう、そして君にキス、カレル。

［手紙の二枚目の左側余白に］

忘れないうちに、ぼくは元気だ。ここはすごい雹《ひょう》雨が降ったよ。それ以外は異常なしだ。ただ残念なのは何が異常なしかがわからないことだ。

［挨拶の上の書き加え］

ぼくが宿泊している地方は夜の地方だ。日中はそこには何もない。しかし夜はキリスト様が歩き回っておられる。彼を見ることは出来ない。しかしそこにおられる。そしてそこでは、こんな静かな心休まる悲しい灯明を作られ、人間はそれを見てぞっとする。いたるところに小さな養魚池がある。そしてこれらの池は、輝きながら真っ直ぐに天を見上げている。

この瞬間に、ぼくはロマンも、そして小さな「我」も年老いたアダムの衣を脱がせて裸になり、物事を賢明に、正当に感じる。プラハは美しい。しかし、こんな夜と、こんな孤独と、こんな神聖な憧憬の気持は与えてくれない。君は静寂の美徳というのが何かわかるかい？　それがここにある。

［一枚目の左余白にそって］

それから、ぼくが君にさらにもう何千回も挨拶をしなくてすむように、この空っぽの場所は君に譲らない。

じゃあ、元気でね、お嬢ちゃん！


［一九二三年八月末、インジフーフ・フラデッツ、ルドルフ村］　（904）

親愛なるオルガ、
もうこれは手紙ではなくて、例のものがもうじき完成するという、単なる短い報告だ。三章がまだ抜けている、だから三日か四日のうちに完成する。来週の初めには、たぶん火曜日だと思うけど、ついに恵み深きプラハに完成作品を持って戻って来る。

いま、第五十二章を書き終わったところだ。ぼくは今日七時間書いていた、ほとんど我を忘れ、ぼくと話すものとてなかった。夕食の後、氷のような心地よい冷たさのなかを散歩した後も、ぼくはペンを握ったまま眠り込みそうなくらい眠かった。

母はまた重態に陥った。いろんな状況から察すると、恐ろしい神経性の腸の痛みと、食べたものをすべて吐き出す嘔吐感をともなう重症のヒステリーだ。父もまたそれに耐えるだけの力も尽き果てている。ぼくが恐れるのはね、お嬢さん、この冬だ。同情は、自分の痛みと同じように人間を鞭打つことがある。

ロマンについては書くことは極めてやさしい。それこそ一気呵成だ。ぼくがここに留まっていたことは幸いだった。これほど気分を妨げられずにすむというのは、今のプラハの環境ではとても無理だろう。ぼくはそれがもうすぐ終わりになるのがとてもうれしい。ぼくは、君とプラハでの穏やかな仕事が楽しみだ。今回のぼくの手紙、短くてごめん。ぼくは書き物のせいで、指にまめが出来て痛いんだ。でも神様、眠るというのはなんという楽しみなんでしょう！　あのねお嬢さん、君が病気だと言うことがすごくぼくを悩ませているんだよ。君は子豚さんのように、魚やその他のもののようにピチピチして元気だったじゃないか。君は自分にはそうだって言わないのかい？——ぼくは元気さ。

こんな馬鹿なことを書くくらいにね。ぼくはこんなに眠い目で手紙を読んだことは、これまでかつてないよ。ぼくは君のことを何か夢で見ているみたいな気がする。お休み。その眠りが途中で妨げられませんように！

君に献身的な　K．Č．

［一九二三年八月八日頃、インジフーフ・フラデツ、ルドルフ村］（905）

月曜日の夜にプラハに着く。火曜日、五時半にぼくはマロストランスケー広場にいる。神を讃えよう、今日、あれが完成するだろう。

心から、お元気で、　K．Č．

［一九二三年のたぶん後半］（906）

最も重要なお嬢さん、ごめん、ごめん、ごめん、哀れなるこのぼくを許せと何千回も繰り返す。ぼくは極めて重要な問題にかんしてルッテとフィッシェルを探し出さなければならない。いつどこで彼らを発見するかぼくにもわからない。ただ言えることはそれが真実、非常に重要なことだということ、明日君にそのことを話すよ。

ぼくのカワイコちゃんは、もう元気になったのかい？　お願いだ、何はともあれ、怒らないでくれ、そして明日の五時にソフトケーキに来てくれ。今日は、ぼくの心配のことを、ただお気の毒にと思ってくれるだけでいい。ぼくはもう唸り声を上げないからね！

［一九二三年頃］（907）

火曜日に

二時四十分に劇場の前で

（映画を見よう）

［一九二三年九月十五日　月曜日、ブルノ］（908）

親愛なるオルガ、

ほんの二言三言、書こう。なぜなら、まったく新しいことがないからだ、何もぼくは使っていない。ただ会議から会議へと移動している。そしてその合間に横になって本を読んでいる。それじゃ、君は水曜日は昼も夜も舞台に出ているわけだね。ぼくは水曜日の朝か午後に来る。そして夜は『新しい会社』のあと、九時に劇場の前で君を待っている。――ぼくはパウコヴァー夫人を見かけたよ。しかしただ彼女の家の窓からだけだけど。ちょうど彼女のご主人とコンサートをやっていた。彼はヴァイオリン、彼女はピアノを弾いていた。家庭の団欒の一齣だね。

ぼくは少し感動した。そしてぼくは自分流にそこらをさまよった。ぼくはこんなに退屈で、言葉の少ない人間であることを赦してくれ。ぼくは君との再会と、君の指にキスするのを楽しみにしている。

君の　K. Č.

（909）

［一九二三年十二月二十四日］

親愛なるオルガ、

手紙が無しでは、ぼくのクリスマス・プレゼントは完全でない。それには穴が空いているようなものだということはわかる。それに君の気持に沿うように忠実に仕えたいから、いきなり初っ端から穴が空いていちゃいけないよね。そんなわけで、ぼくは一晩中君の夢を見ていた。夢の中の人間はあまり多くを語らなかった。おそらく彼はあらゆる種類の馬鹿げたことをやらかしたに違いない。実際にぼくは馬鹿なことをやってしまったんだ。でも、それはね、殊のほか快適で色とりどりのものだった。そしていまは、ぼくの言葉がそれほど快適でも、色とりどりでもなかったのではないかと、心配している。――

もう少しで忘れるところだった、キリスト様に、真っ先に「最良のもの」を願うべきだった。ぼくって、こんなふうに散文的なのさ。だから、最初に、最大のもの、君の健康を願ってしまった。オルガちゃん、元気になりなさい。今年こそは、君の貴重な体の隅々まで完全に完璧になる努力をはじめなさい。頭のてっぺんから足の爪先まで、右から左まで、体の前も後ろも、ぼくはそれについては何一つ、願望とやさしい記憶のなかに置きっぱなして、うっかり見過ごすようなことはしないからね。
これがその一番大事なこと、その他のことは君に授けられるだろう、アーメン。
さあ、元気を出せ、アーメン。

その次は、君のために鯉をお願いしよう、
君のお腹が満たされるように、
どんなクリスチャンの魂に
ふさわしく。〔チェコではクリスマスに鯉を食べる〕

でもこれだけではない、君のために願うのは、

君が期待するすべてのものが満たされ、
君を怖がらせるものが、失われますように、
君にすべてのものが、
すべてのクリスマスの贈り物と祝福とが与えられますように。
ぼくは君のためにクリスマス・キャロルを書く、
君は氷のなかに穴を空けなさい、
紙切れの上に書きなさい、
君を苦しめたすべてのものを、
水のなかに放りなさい、水がそれを運び去る、
そしてこの魔法が起こったとき、
君の思いを神様のほうにむけなさい、
そして、ぼくは君を、力のかぎり助けよう、

「神様、わたしはここに膝をついています、
わたしに何か、お分かちくださるおつもりなら、
どうか、わたくしに、健康をお分かち下さい、
その他のすべてのものは、御心に従い、自らの手で探します。
でも、わたしの神は、こわがらなくてもいいんだよと、
わたしにもおっしゃった。」

ぼくが神様の所に着いた時、神様にお願いすることは、もうほんのちょっとしか残っていなかった。だから、その次のお願いは止めにした。大事な、愛する、かわいいオルガちゃん、今年のコートが去年の狼の毛皮のように君を温めるように。

君を優しく腕の中に抱き、君の心臓の鼓動が聞けるように。何の不安もなく、はっきりとした、落ち着いた鼓動が聞けるようにお願いしたい。そのかわいそうなコートは控えめで灰のようにグレー色であるけれど、しかし君には意図的な心尽くしのものがあるんだ。ぼくはすごく君を楽しみにしている。それにこのスカートだ。君の膝小僧も、それから多少の恩恵を受けるように、ほんのつけ足しだ。

そしてこの手紙が、もう、まったく価値を失ってしまう。それはね、このコートが虫の穴除けのためだ。

このコートの結び目はどれも、キスだ。

ここ、ここ、ここ、もっとキスをして、

それからあそこ、あそこも、あそこ。

髪ふさふさのお嬢ちゃん、やや赤みをおびたブロンドの娘さん、

メリー・クリスマス、ビム、バム、ビム、

君のカレル。

1924

［一九二四年一月二十四日］　（910）

親愛なるオルガ、

ぼくは昨日、出発を一日遅らせることにした。だって、ぼくは大統領閣下からのお茶への招待を受けたからだ。いまは木曜日の午後だ。ぼくはブルノから、来ないようにと電報を受け取った。アルネ・ノヴァークは旅行に出かけた。会議は火曜日になった。だから、ぼくはプラハにとどまる。ブルノへは日曜日の夜か、月曜日の朝、出かける。もちろん、君に会えるとすごくうれしいんだがね。ねえ、頼むよ、もし君がちょっとの間でも来てくれるなら、明日（金曜日）五時に、マロストランスケー広場においで、そこで待っているから。あ、もう大至急、城〔プラハ城は大統領官邸〕へ駆けつけなければ。

じゃ、明日、きっとだよ。じゃあ、また！

心から、君のカレル。

［一九二四年二月ごろ］　（911）

？？　ぼくは来たけど無駄だった。これはどういうこと？　明日の、夕方六時以後に来てたずねる。たぶん家にいるよね？

ごきげんよう、K.

［一九二四年二月末］　（912）

親愛なるオルガ、

その『チェコ人とドイツ人』を見に行くというのは、なかなかいい思いつきだよ。明日の朝（水曜日）チケットを買っておく。七時前にスタヴォフスケー劇場の地下通路で会うことにしよう。

ぼくは、いま、あのコメディーについておっそろしいほどすることが多いんだ。まだそのコメディーを消したり、何か面白そうなことを書き足したり、それに幕間劇の準備をしている。ぼくはそれを、今晩、夜までかかって書き上げなければならない。いまは編集局に駆け込んできたところだ。だから明日の七時前に会いましょう。では、お元気で。ぼくは何とかしてボックス席を手に入れるから。君が誰かを招待したいんなら、そうしてもいいよ。

心から、ごきげんよう、K．C．

写真、ありがとう。すごくきれいだね。

（913）

［一九二四年三月三日］

チケット（二枚）ボックス・オフィスにぼくの名前で預けてある。――ぼくはもうくたくただ。

K．C．

（914）

［一九二四年四月十三日］

親愛なるオルガ、

今日の朝、十一時半に母が亡くなった。父をとりあえずぼくのところへ連れてきた。かわいそうに父はひどい気の落としようだ。あした（月曜日）、もちろん映画には行けない。それにあちこち駆けまわらなきゃならない。だって、父は何かに気を配ることなど出来なくなっているからね。悪いけど、もし君が暇だったら五時半にケーキの前で待ってて。そして少なくとも編集部までぼくと一緒に来てよ。かわいそうな母のための供養にもなることだ。死ぬことはやさしい。いまのぼくの大きな仕事は、父を少し慰めることだ。だから明日五時半に、じゃあ、そのときまで、さようなら。

カレル。

（915）

［一九二四年四月十七日、ブルノ］

親愛なるオルガ、

ぼくのプラハでの生活について報告しておきたい。でも、それはぼくにはまったく不可能なことだ。それにはたくさんの心配事があった。三日間、母の死と葬儀にかんすること以外には、何も手につかなかった。昨日の夜は、もうちょっとのところで列車に乗り遅れてしまった。五分後には読者アンケートの審査会議が始まることになっていたが、ぼくはあらかじめ準備されていた資料も持っている。何から始めればいいのか、自分にもわからなかった。そして、この一日か二日の間にこのばかげた資料の山に目を通しておけばよかったのだ。ぼくの人生のなかでぼくがまだ手にしていない仕事がどれだけあるものか。

いずれにしろ大急ぎで、ぼくは、少なくとも君にたいしてお礼を言う。そしてさらにもう一度、君がぼくに示してくれた哀悼にもお礼を言いたい。今日はとりあえず、これ以上長い手紙を書くことができない。

心から、ごきげんよう、そして、両手にキスを。

カレル。

（916）

［一九二四年四月二十一日、ブルノ］

親愛なるオルガ、

今日（月曜日の夜）プラハへ戻る。最近のこの何日かのように山崩れのような大量の仕事に見舞われたのは、生まれてこの方はじめてだよ。まるで仕事に手がつかない。この四日間は、取り返しのつかない損失となった。この状態を元に戻すためには、まさしく超人間的な力を発揮しなければならなかった。幸いにも、ぼくは満足のいく方法で片づけた。

——父がぼくたちの所へ来た。一週間ほどここに滞在するだろう。かわいそうに、父はほとんど口も利けないほどだ。——それ以外のことは何も知らない。この四日間というもの、ぼくは紙の山のなかに埋もれていて、いま、そのなかから這い出してきて、地下室から中庭に出てきた人のように、目をぱちくりさせている。

ぼくはまた少しばかりの微笑と喜びの声が聞きたくなった。ぼくはそれを溢れんばかりにほしいんだ。この一週間というものほとんど人間の力の限界をほとんど超えそうなくらいだった。ぼくはすっかり疲れ果てている。いまになって、もうそれが取り返しのつかない過去のものとなったいま、その疲れを一度に感じているんだ。

オルガちゃん、ぼくは明日（火曜日）、四時半に広場で君を捕らえるのが楽しみだ。暇を作れよ、そしてどこからかかき集めた取るに足りないおしゃべりを聞かせてくれ。ぼくはすぐにまた平常に戻る。

とりあえず君は、お行儀よくしてね、お嬢ちゃん、そして、明日おいで。

心から、君の健康を、そして君の手にキスを。
K.

［一九二四年四月二十九日］ (917)

親愛なるオルガ、
それは何とまあひどい話だ。また君は『システム』に出るんだね。さあ、じゃあ、それが何か知っている？　もうこれ以上、ぼくたちの邪魔をしないように木曜日の十一時半に、マロストランスケー広場で会うことにしよう。その日は舞台はおろか稽古もやっていないんだ。だって、それはね、メーデーの日だからだよ。じゃあ、決まりだね、いいだろう？

今晩、父が来る。

ぼくはいつも両手にいっぱい校正を抱えている。すごく退屈な仕事さ。雨が降っているのがまだしもだ。でないと、ぼくはたぶん、その仕事をほっぽって、とっくに逃げ出しているだろう。

目下のところは、これだけだ。じゃあ、今度こそ、本当にさよならだ！

お手々にキスを、　K. Č.

［一九二四年五月十三日以降］ (918)

D. O.〔親愛なるオルガ〕
会いに行く、
1. 金曜日、朝の十一時ごろ君のところへ、
2. 君がまだ、家に戻っていなければ、金曜日六時十五分（『牧草地第九区』終演後）劇場に行く。
別の要件などで会えない時は、どこに行け

ばいいのか、
どこへ駆け込めばいいのか、そこにメモを置いておくこと。
じゃ、また会う日まで！

K.

【一九二四年頃】　（919）

火曜日、三時半、
聖ルドミラ教会の前で！

【一九二四年頃】　（920）

明日（土曜日）午後、行く。
楽しみだ！

【一九二四年五月三十一日、サービトン】　（921）

親愛なるオルガ
　正直のところ、書くことは多くはないんだ、――それに、書くことも出来ない。なぜなら、いいかい、わかってもみてくれよ、ぼくはここでも働かなきゃならないんだぜ！　いま朝だけど、「イーヴニング・ニュース」に短い文章を書かなきゃならないし、それにペンクラブの挨拶の草稿も書いておかねばならない。つまりペンクラブでは、ぼくは英語だけで話さなきゃならなくなるだろう。午後には訪問者があり、夜は五時から九時まで、今日は五時から何時までになるか知れたもんじゃない。明日はロンドン市内のホテルに移る。明後日はゴールドワージーのところの晩餐に招待されている。火曜日は、ペンクラブでの昼食会だ。そこにはルーマニアの女王陛下も来賓されるそうで、そんなことがずっと続くわけさ。
　お嬢さん、ほんと言うと、ぼくは逃げ出したい。とりあえず、ぼくはちょっと公園で一息入れている。そのあとロンドン市内に出る。モーニングコートを買うためだ、その昼食会のためにね。だって、昼食会にフロックコートというのは、いまいち、いかさないだろう？
　ここ、木造家屋の建つロンドン市郊外というのは美しい。しかしロンドンの市内は、神経に触る。そこにはね、君、長い時間は耐えられない。そりゃあもうひどい人の群でね、人間、それを見ただけで気分が悪くなる。それに今度はまたもや銀行に駆け込まなきゃならなくなる。小切手を現金に換え、シャツを買わなきゃならない。そして二日間というもの、五冊の分厚い本を読破しなきゃならない。でないと少なくともペンクラブのいくつかの委員会の際に、イギリスの本を少しは知っているという顔が出来ないからね。いいかい、こんなことも必要なんだよ。ところがその本どもというのがね、みんな、おっそろしく分厚いもんだから、さすがのぼくも、その分厚《ぶあつ》さに途方に暮れてるってわけだ。この公的な部分がぼくのイギリス滞在から排除できたらねえ！ ——

ところで、君のほうはどうだい？ 『第二の青春』はどうだった？ ぼくは明日ホテルで君の手紙を受け取るのを楽しみにしている。だけど、いまは手紙をこれで終わるけど、怒らないでね。哀れなぼくは旅先でも平安はないんだ。それに、最悪なものがいままさに待ち構えているのだよ。

それ以外のことでは、ぼくは異常なしだ。ユーモアを前にしても大丈夫だ。でもね、もし少しでも英語をしゃべり、理解できたらいいのに！ ぼくは月曜日までに英語を覚えなくてはならない。これはちょっとした苦行だよね？

それでは、心からごきげんよう、

哀れなる、カレルより。

(922)

【一九二四年六月二日、ロンドン】

ぼくは今日たっぷりと長い手紙を書きたかったのだけど、出来ない。いま、真夜中だ。そして、いま、アテニーアム・クラブの会合から帰ってきたとこだ。ここでぼくはゴールドワージー、バーナード・ショウ、その他と夕食を食べた。ショウという人はとても気配りのきく人で、来週の金曜日にぼくを招待してくれた。しかし残念ながらぼくは英語を一言も理解できなかった。まったくひどい話だ。明日はペンクラブで昼食を取るが、そこでまたルーマニア王妃と同席することになるだろう。夜は劇場だ。水曜日昼食に招かれ、夜は劇場。木曜日は昼食とお茶。金曜日は昼食。

明日は英語で講演をしなければならない。ぼくはシルクハットとモーニング、その他を買い込んで来なければならない。この一週間で、ぼくの有り金は底をつきそうだ。ぼくは生まれてからこの方、ここでのようにめまぐるしい生活をしたのは初めてだよ。ぼくはもはやいったいどこに招かれているのか訳がわからなくなった。そしてロンドンそのものは、まったく精神病院だ！　ぼくはこれ以上、書けない。疲労でぶっ倒れそうだ。手紙もぼくには一通も来ていない。次のアドレスがどこになるのか、まだ、わからない。

ごきげんよう。K．Č．

(923)

【一九二四年六月四日、ロンドン】

親愛なるオルガ、

今度も、また、短い手紙を書く。ぼくはまだ君がぼくに書いたすべてのことに反応できずにいるのだ。もっと静かな部屋を見つけたら、もっと長い返事を書くよ——ここでは考えることも感じることも出来ない。君のお父さんの大成功、おめでとう。ぼくはそのことを、本心から喜んでいる。——ところで昨日は、例のペンクラブの昼食会を何とか無事に切り抜けたよ。それにしても君、すごくけばけばしいものだったよ。ぼくの左側にルーマニア王妃とゴールドワージー、右側にはミスター・チェスタートンとスペインのベアトリス王女（——彼女は何とチェコ語が少しばかり出来るんだ）——そして、ぼくの背後には、ワイン蔵管理係のチェハーチェクが構えていた。

ぼくが話をする番になった。ぼくの話はすごく評判がよかったそうだ（これまでの間、ここでこんなに面白い話をした人は誰もいなかった。ぜひ「タイムズ」に掲載するべきであると、みんな言っていたとのこと）。そしてやがて、ぼくはさらに好意をもたれ、昼食や晩餐に約二十人もの人たちから招待を受けた。今日は（たぶん一時間後に）「マンチェスター・ガーディアン」の社主の昼食会に行く。夜はどこだかの劇場に連れて行かれる。そしてこんなことが毎日毎日続くんだ。

ぼくはショウ、ウェルズ、スクワイヤー、レベッカ・ウェスト（この人は女流作家で、ウェルズの愛人とのうわさだ）、タフネル夫人、ミスター・クロッスフィールド、ミスター・アーチャー、ドウソン・スコット夫人、その他さらに、ぼくがどこの誰だかも知らない人たちにも招待されている。ぼくはもっとも格式の高いクラブ（アセニーアム）の会員に指名された。そう、まさに、狂気の沙汰なのだ。

ぼくはこれまでのところ、ロンドンの何ひとつ見ていない。なぜなら、ぼくは昼食と晩餐のなかをかいくぐって行かなければならないからだ。それに毎日三回は着替えなくてはならない。たとえば、モーニング、タキシード、燕尾服といった具合。わが国ではこれまで社交界とは何かという概念がなかった。そして、いま、ぼくはお金を交換しに行かなくてはならない。ぼくはみんな払ってもらえるはずのお客なのに、あっという間にお金がなくなってしまうのは驚くばかりだ。明日か明後日、住処を探すよ。それからぼくのアドレスを知らせる。ここには（ホテル）にはもう泊まらない。

では、ごきげんよう。ひどく追い掛け回されている、K．Č．

とりあえず、ぼくは元気だ。多少、咳が出る程度でね。

［一九二四年六月七日、ロンドン、ノッティング・ヒル］　（924）

ぼくはもう新しい住処にいるけど、でもぼくはここに長居しない。ぼくの要求はささやかなものではあったが、あまりにもつつましすぎたようだ。今日はショウ宅で昼食を取る。それからもう一つ、サービトン宅でお茶だ。招待の洪水はいぜん続いている。来週は全日、昼食と夕食の予約でふさがっている。ぼくは劇場、クラブ、協会、その他に行かなければならない。ぼくはこんな空恐ろしい歓待をまったく予想もしていなかったよ。

こうなったら、ロンドンから逃げ出すしか道はないな。しかし、これからどこへ行けばいいのかもわからないんだ。ぼくは月曜日から土曜日まで、まだ一夜の休息の時もなかったんだ。これは単純に言って想像もできないことだよ。書くこともできない、ぼくが受け取った（まさに招待、その他の）手紙に返事を書く暇さえない。ぼくは毎日、三回、着替えをしなければならない。しかも、ぼくはロンドンから一時間もかかるところに住んでいるんだ、などなど。これは栄光の陰の部分だ。ぼくは去年のイタリアでのように、誰かも知られぬ外国人にすごくなりたいと思っている……。明日は、もっと長い手紙を書くよ。

心から、K・Č

［一九二四年六月九日、ロンドン、ノッティング・ヒル］　（925）

親愛なるオルガ、

今日、精霊降臨祭の月曜日、初めての静かな朝を迎えた。というのは、机の前にすわって書くことが出来るということだ。もちろん、四十五分後にはシートン・ワトソンのところに昼食に行く。それからテイルコートに着替えてナイジェル・プレイフェアーのところの夕食会に行く。そのあとはどこかの劇場だ。それがどこにあるのか知りもしない。明日はジャーナリストの誰だかと昼食をとり、夜はレベッカ・ウェストの家での晩餐会、なかなかいい女流作家だよ。明後日の朝は「マンチェスター・ガーディアン」紙社主の郊外の別荘へ行き、木曜日の朝戻る。そのあとはまた昼食と夕食にも招待されている。ごらん、ぼくのこちらでの生活がどんなふうだか。そして、それから身を振り切ることも出来ずにいるんだ。みんなが、それはそれは親切で、ぼくにたいしてへりくだっている。一昨日はショウ宅で昼食をしたが、彼は非常に好意的で懇切丁寧に語りかけてくれた。まだ、ぼくにはウェルズと会うのが残っている。

ロンドンについては、これまでのところほとんど何にも見ていない。しかしそのかわり、これまでチェコ人にはほとんどなかったもの、つまり比較的ハイクラスのイギリス家庭、最良のクラブと完璧な社交界というものに接することが出来た。しかし、ぼくはそのとき何となく暗い気分になった。どうしてだかわからない。去年イタリアでははるかに幸福な気分に浸っていた。そして、家は——ぼくは家に帰りたい。ぼくはしばしば目を閉じ、そして想像する。もしかしたら、ぼくは明日家に帰るかもしれないとね。

　ところがその反対に、たぶん金曜日か土曜日、イギリスをさらにずっと進んでいく。ひとたびイギリスへ来た以上は、ぼくにイギリスをよく見るようにというはからいだ。——ぼくはもう二度とここへは戻ってこない。ぼくは何の興奮もなしに出発する。しかしロンドンをあとにすることはぼくには何よりもうれしい。

　先週はまるまる一週間というもの、ここの新聞がみんな、毎日、ぼくの何かについて掲載していた。これからは、たぶん、もう静かになるだろう。——体の方は本国にいる時とほとんど同じに元気だ。しかし精神的には落ち込んでいて、すごく気がかりだ。君にあることを言っておくべきだったかもしれない。しかし、ぼくの口からはどうしても言えなかった。お嬢さん、ぼくの出発の前にシラバ教授がぼくに言ったのだけど、それはぼくも君も傷つくことだった。どうかお願いだから、そのことをぼくに繰り返して言わせないでくれ。だってね、それを言うことはひどく辛いことなんだから。それはね、たしかにひどく悪い神経性の（君には、ただ、「神経性の」とだけ言っておこう）症状だというんだ。でも、誰のせいでもない。いいかい、こんな奇妙な神経衰弱のタイプ、いわゆる悪性の恐怖症《フォビア》なのだ——しかしぼくは君には決してその詳細は話すまいと心に決めた。なぜって、君は恐ろしく敏感な人だからね。たぶん、ぼくは母の償いに何かを耐えなければならないのだよ。それは遺伝さ。

　シラバ教授はね、おそらく、まさにこの精神的な虚弱性こそが（申し訳ないけどとりあえずはこう言っておく）創造するという天からの贈物をぼくに与えたんだとさ——そうかい、そうならそうなるがいい。ぼくが熱烈に願いたいのは、ぼくのこの精神的な欠陥を、誰か他の人が引き受けてくればいいなということさ。そしていまは、ぼくの高価で高貴なお嬢さん、もし君がぼくを好きなら、この忌々しい問題について二度と口にしないでほしい。お願いだ、君のお父さんに、自分でシラバ教授のところを訪ねるように伝えてください。君のお父さんが、ぼくを悪いやつだと決めつけないように願っている。君はぼくを理解し、ぼくに慈悲ぶかいということを、ぼくは知っている。そのお礼に、それふさわしい厚い感謝の気持を込めて、君の手にキスをする。

さて、話題を変えよう、この痛みからどこか別の話題へ。今日までぼくは君のお父さんが出会われた成功に快哉を叫んでいた。――お父さんに言ってくれ、ぼくがお父さんに握手の手を差し伸べているると。ぼくが帰国したら、その作品を必ず観るからね。ぼくは君がこちらの芝居を見るといいのにと思っている。ぼくはミス・エヴァンスとミス・ソーンダイクを見た――二人ともすばらしかった。その演技法は非常に単純であるが、なんといっても君、その陰影表現の完璧さだよ！　これはとくに君のお好みの演技術だと思う。ほとんど様式化されていない、高雅にして磨き上げられたリアリズムだ。そしてそれは何よりもこの純粋に演技的であり、演出家は背景に退いている。それはいいとしても、お嬢ちゃん、ロンドンはね、全然君の気に入らないこと請け合いだよ。この町には魅力がない。ただ、公園だけは美しい、それにすごくたくさんのルサルカ［水の精。同名のドヴォルザークのオペラが有名］だ。

おお、ぼくは君からの手紙がほしい。でもね依然として、ぼくはちゃんとした住処のアドレスを君に知らせてあげられないんだ。イタリアでは多少なりと旅行の予定を立てることが出来た。少なくとも一週間先くらいはわかった。でも、ここでは、次には何をするのか、どこへ行くのか、行かないのかが、まったく何にもわからない。この気持わかるかい？　次の手紙は、以下の住所に送ってもらいたい。

ミスターー・カレル・チャペック
O・ヴォチャドロ博士様気付
三十三・アデレード・ロード

サービトン（サッレイ）
イギリス

　これはぼくの親友だ。だから、ぼくが彼にはがきで行き先を知らせておくから、すぐに、ぼくの行き先に手紙を転送してくれる。――ぼくは母国からのニュースをまったく何にも受け取っていない。君の手紙が目下のところ唯一だ。ヒラルはどうした？　ぼくは彼のことがすごく残念だ。あー、ぼくは君と一緒にすわっていたい。たとえば、マラー・ストラナの庭園だ。そしてぼくは、見る、見る、そこに見えるものみーんな見る。でも、ぼくは君をここに連れて来たくはない。それはだめだ。ここにいると君は不幸になる。そしてここの人間は英語以外の言葉が出来ない。

　君がぼくに手紙を書くときは覚えておいてくれ。君は心配をいっぱい抱え、意気喪失している人間に書いているということを忘れないように。プラハにいたころ、何度かぼくを楽しくさせてくれたように、ぼくを楽しくさせてくれ。君のやさしい、泣きべそかいたような顔ではない写真を一枚、送ってほしい。

　じゃあ、お元気で、大事なお嬢さん。――ぼくもそうあるよう努力する。どうか、どうか、愉快な手紙をお願いします。劇場のみんなには、ぼくがこれまで友人、知人たちに、せめてはがきの一枚くらいは書きたかったのだけど、なにしろその暇さえないのだと、謝っておいてください。

　心から、ごきげんよう。それから手に そっとキスを、　K. Č.

［一九二四年六月十二日、ロンドン、ノッチィング・ヒル］（絵はがき）　（926）
　ぼくは今日、「マンチェスター・ガーディアン」紙のオーナー、ボン氏の郊外の別荘の訪問に行ってきた。本物のイギリスの田舎で、非常にすばらしかった。昼過ぎにはぼくは帰らなければならなかった。そして、いまはまたもや晩餐会と劇場のために身づくろいをしている。これまでのところ、ぼくは自国から何のニュースも受け取っていない。

ヒラルの問題はどうなった？　――それ以外の点では、ぼくは健康には異常なしだ。そして、今日は少し気力を回復した。あいかわらず、雨は降り続いている。

心から、K．Č．

［一九二四年六月十二日、ロンドン、ノッティング・ヒル］（絵はがき）　（927）

招待はあとを絶たない。まだ、一晩もぼくは部屋にいたことはない。これって、ちょっとひどいだろう。ぼく、どうしたらいいと思う？　そうさ、断固、逃亡するより道はない。こんなに常軌を逸した歓迎なんてこれまで経験したこともない。ぼくは新聞にだって、手紙だって、英語を除けば、まったく書く暇さえない。――いままでのところぼくは手紙を受け取っていない。ぼくの住所はヴォチャッドロ博士、サービトン・サッレイ、三三アデレード・ロードに伝えてある。電信を楽しみにしている。そのほかは、ぼくはひどく不幸だ。

心から、　K．Č．

［一九二四年六月十七日、ロンドン、ノッティング・ヒル］　（928）

親愛なるオルガ、

ぼくはこれで、もう、三日間君からの手紙を待っているが、全然来ない。ぼくは君が体調でも崩しているのではないか、またはぼくのこと、怒っているのではないか、または、もしかしたら、ぼくが書いてよこしたアドレスが、君のところにきちんと届いていないのではないかと心配している。だから、もう一度、書いておく。

ミスター・カレル・チャペック、
O・ヴォチャドロ博士様方気付
三十三・アデレード・ロード
サービトン（サッリー）
イギリス

もう二週間も経とうというのに、本国からはまったく音信がないということに、ぼくはすごい不快感を覚えている。ぼくは郷愁の耐えがたい思いにさいなまれている。イタリアへ行ったときにはつねにぼくの身のまわりにあったある程度の感傷的幸福感すら、ここにはない。ある意味でぼくは、すでにほんの少しではあるが習慣化し、ロンドンもそれほどぼくを疲れさせなくなった。でも、いつも、さばき切れないほど多くの招待を受けていて、どこか美術館かギャラリーにでも行くための半日でもいい、その時間さえ見出すのがむずかしい状態なのだ。ごらんのようなわけで、「民衆新聞」〔リドヴェー・ノヴィニ〕に原稿を送る暇もない有様だ。ぼくがすでにここに一度でも来たことがあるというのだったら、一見に値するものなら何だって見るという、ある種の義務感を覚えたかもしれない。そうでなければ、たぶん逃げ出しただろうけどね。

体調はきわめて良好だ。でも、ホームシックのほうがねえ、それに、君がどうしているか、そのことがすごく心配だ。ぼくはこれ以上は書くことが出来ない。なぜなら、ぼくは空中に書いているような虚しい気がするからさ。この瞬間、君が何を思っているか、ぼくにはわからない。だから何に答えればいいのかもわからないのだ。ぼくは君に自分のことかイギリスのことについて書こうと思う。しかし、まさに今この時に、ぼくやイギリスのことに、ほんの少しでも興味を覚えているかどうか、ぼくにはわからない。ぼくにはそんなことも含めて、すべてにすごく変な気がするのだ。

さてこれから、そんな不安を忘れるために、ナショナル・ギャラリーに行く。そのあとはまた招待されている。また外国の人たちと無駄話をしなければならない。ああ、せめてぼく一人になることが出来たらなあ！

書け、書け、たくさん、すぐに、ぼくの心が休まるように、

心から、君のお手々にキスを、　K. Č.

〔一九二四年六月十九日、ロンドン、セント・ジョーンズ・ウッド〕　(929)

親愛なるオルガ、

ぼくが書けるのは、ほんの数語だけだ。なぜな

らセルヴァー氏のところを訪ねているところだからだ。ヴォチャドロ博士はここにぼく宛ての君の手紙を二通も一緒に持ってきてくれるのだ。だからぼくはこの手紙ではただ君の手と足とにキスをして、君を崇拝し、君の黄金のような美しい言葉にありがとうというだけにとどめておこう。今日はこれ以上は何も書かない。なぜなら、これ以上書くことは出来ないからさ。ぼくは感謝の気持で泣き出してしまった。このやさしさと愛。おお、わが神よ――ぼくは君のことをよく知っていたさ。それでもこうまでとは、予想しなかっただけだ。明日、もっとたくさん書くよ。

心から、ごきげんよう、そしてキスを、カレル。

ぼくは無理強いされているのではないよ、ただ社交界のあまりの豊穣さに辟易しているだけなのさ。

［一九二四年六月二十日、ロンドン、ノッティング・ヒル］　（930）

親愛なるオルガ、

そんなわけで、昨日、この何日かのやりきれない不安と悶々とした日々を経たあとに、やっと君からの貴重な二通の手紙を受け取った。ぼくは夜になってもう一度読み直して、君はまだ病気から治っていないのじゃないかと驚いた。いったい君は、なぜ、そんなにありとあらゆる病気をしょい込まなきゃならないんだい？　ぼくが完全に安心できるように、すぐに様子を知らせなさい。――おお、ぼくの心から大きな心配の石が落っこちた。ぼくは幸せだ。ぼくは君の前に何の悪びれもなく立っていられるのだから、そして君にもいま、多くのぼくの沈黙や逡巡、君が苦しんだ事柄がはっきりしたのだからね。しかしぼくは君に約束する。そのことはあまりにも苛立たしいことだから、そのことについてぼくは話さない。でも、いまはすべての問題の片がついた。君はこのうえもなく良心的で、ものすごく物分かりのいい人だ。だからぼくはきみが一番すきなのだよ。そして、はっきり言うけど、このような愛こそが、熱烈で、熱狂的な愛よりも、ずうっといいものなのだよ。

――それからまだ君の心を落ち着かせないものがあるのかい？　ぼくはウィーンに親しい人なんか独りもいない。そうだ、ただ一人、アウジェドニチュコヴァー夫人がいるだけだ。彼女はぼくの作品の翻訳家だけど、なんてことはない、彼女の住所を書いたものさえ持っていないんだから。さあ、これでどうだい、君を怒らせていたもののすべてのことがはっきりしたんだから、もういいだろう、元気を出しなさい。――

シラバ教授が君に手紙を書いていたとは驚きだなあ。でも、それはむしろ恩に着るべきかな。だってぼく自身の口から言いたくないことがらについて、彼が代わりに言ってくれたのだからね。ぼくも結局のところ、これで平静になれた――ぼくは一瞬たりとも平静ではいられなかったのだよ。しかし、今はもう、ぼくもずうっと気持が楽になった。ぼくは君にどうお礼を言えばいいのかな？ねえ、ぼくはね、変わり者の、いやなやつで、常軌を逸していた。だから、それだけに、君がありのままのぼくを好意をもって受け入れてくれるのが、とてもすばらしいかけがえのないものなのだ。そしてこの静かな落ち着きは、ぼくには最高に効能ある温泉のようなものだよ。――

いや、恐れるな、ぼくはここでは決してあせらない。むしろ、いろんな接待やお茶屋にすごくあきあきしているんだ。その上このひどい接待はぼくからすべての時間を奪っているんだ。すみませんがね、ぼくはロンドンを今までのところそれほどたくさん見ていないんだ。それに、ぼくはもう、三週間もここにいるんだ。それなのに手紙を書く暇さえない。今日はわが国の大使館の昼食会だ。夜は大富豪ミスター・コンウェイの邸宅だ。そして明日は二日をかけてH・G・ウェルズの田舎の別荘へ行く。

次に、月曜日にはケンブリッジに行く。火曜日はオックスフォードだ。こうしてまた何日間かはロンドンにいて、そのあと海へ休息をとりに行く。つまりぼくはスコットランド・スカイ島のシートン・ワトソン氏（Scotus Viator）に招待されているんだ。ぼくがいったい全体どこへ行ったか、そして誰と話をしたかなんて君に書くことさえ出来ないよ。結局のところ、それは退屈だ。そしていまや、誰にも妨げられない数日間の孤独に、喉の渇きのような渇きを覚えている。

　それじゃあ、君の好意のお礼に君の髪をカットしたおつむと、お顔と、お手々をなでてあげよう。ぼくは歌を歌う習慣をなくしてしまった。それはぼくの牧神のためにあまりにもつらい仕打ちだった。でもいいかい、ぼくは行と行との間で、ぼくに出来る最高の美しいことを君に語りかけているんだよ。だからねえ、君も行の中にではなく、行と行の間に、ぼくを読み取らなくてはならないよ。そうら、だから、ぼくが話していることよりも、黙っていることに多くのものがあることが、これで、わかっただろう。いいかい、ぼくたちの間にあるそのことが、目がまぶしいくらいはっきりとわかるんだ。そして、それが君から出ているのを、ぼくは見ている。とにかく元気になりなさい。ぼくのためにも病気にならないように。――ヒラルとクヴァピルのことだけど、ぼくはすごく残念だ。――ぼくは他にもまだいるのかどうかは知らない。ロンドンから離れたら、ぼくはもっと考えるし、もっと君に手紙を書く。いまは、風のなかの旗のように、パタパタはためいているだけだ。そして、もう、昼食のために着替えをしなければならない。――このヴォチャドロ博士は非常に親切な人で、キング・カレッジのチェコ文学の教授をしている。ぼくは彼のところへ休息に行く。彼のアドレス宛てにどんどん手紙を書きなさい。一週間に二回くらいは書くんだな。そうするとぼくの行き先に規則的に手紙が届くことになる。――

　それから、もう一度、とってもありがとうと言います。

　大事な君へ。君の手にキスを、カレル。

（931）

［一九二四年六月二十二日、イートン・グローブ］

親愛なるオルガ、

この手紙は彼の田舎の別荘のあるウェールズに

訪問したときに書いている。ぼくはこのようなイギリス人がいかに完璧に生活しているか君に書きたい。われわれ〔チェコ人〕は決してこういう生き方に習熟しないだろう。公園、お客なら誰でも使える完璧な浴室を備えた館、バラの花がいっぱいに咲き匂う庭園。ぼくはここにいると夢の中にいるような気がしてくる。そして、わが国の生活水準の低さと未熟さを思うと、気が重くなる。それと同時に、このような生活はぼくには不向きだし、ぼくは田舎者で、無口だし、このあらゆる点で行き届いた、無限の心配りにもかかわらず、ぼくには茨の上にすわらされているかのような、そんな気がする。

明日はケンブリッジとオックスフォードに行ってから、ロンドンに戻り、そのあと、西に向かって海に達し、スコットランドに渡る。いまはもう招待攻めには切りをつけ、自力で自分の目でもって生きていく。ぼくは、ぼくの「イギリスからの手紙」を書くだろう。そして祖国への帰国を楽しみにするだろう。

お嬢ちゃん、君はもう元気になったのかい？　それじゃあ、休暇をぼくからこんなに離れて過ごすのなら、いいかい、元気になり、強くて陽気な君に戻りなさい。ぼくは君にまだもっと書きたかったんだけど、ちょうどいま散歩に行こうと、ぼくを呼んでいるんだ。だから、いまはもう君にはケンブリッジからの絵はがき以外には書かない。そして君の休暇中のアドレスの知らせが来るのを待っている。どうか辛抱強くしているんだよ。なぜなら、ぼくはイギリスを旅行中なんだからね、ヴォチャドロ博士が君の手紙をどこに送ってくれるか、ぼくにもわからないんだからね。しかし、たとえそれが長くかかったとしても、ぼくが君のことを毎日思い、そして心のなかで、何をぼくが見たかを君に話しかけているのだからね。楽しい夏休みをお過ごし。君の手にキスを。

カレル。

［一九二四年六月二十四日、ケンブリッジ］ (932)

ごきげんいかがですか。ケンブリッジは少しだけよけい気に入った。でも、それはほとんど面白みのない、楽しくもない旅だった――ぼくはあまりにもわずかのあいだしか独りきりになれなかった。旅行の途中で手紙を書けるようにアドレスの知らせを待っている。明日はオックスフォードへ行く。それからまたロンドンに戻る。

じゃあ、体に気をつけて、K. Č.

(933)

[一九二四年六月二十七日、ロンドン、ノッティング・ヒル]

もう、一週間(今日は二十七日、金曜日)ぼくは何の便りも受け取っていない。ぼくは元気だ。もうどこにも訪問に行く必要がなくなったから、とくにそうだ。二日間、ロンドンを離れて北のほうに行ってきた。そこはひどい暑さだった。もう、帰国の日を指折り数えている。

君は元気かい? そして、どこにいるの? アデレード・ロード 三十三番地、サービトン(ヴォチャドロ博士)に書きなさい。

心から、K. Č.

(三通の手紙を一度に受け取った。何千回もお礼を言う!)

(934)

[一九二四年六月三十日、ロンドン、キングストン]

親愛なるオルガ、

ぼくはこの手紙を虚空に書いているような気がする――今までのところぼくは君がどこにいるか知らないんだもの。でも、誰かがかわいそうだと思ってこの手紙を君の所へ届けてくれることを望んでいる。

明日の朝、ぼくは北へ向かって出発する。それなのにぼくは君への手紙の宛て先がいつ手に入るのかもわからないんだ。それでもぼくは手紙をぼく宛てに出す。ぼくの所に届くかどうかは神のみぞ知るだ。さてと何をなすべきか。文通に空白が出来たとしても、どうか苛々しないでほしい。君の夏の滞在先がわかるまでは、ぼくはとりあえずプラハに送り続けることにしよう。

その他の点ではとくに新しいことはない。ぼくは元気だし、いまは大きな孤独をエンジョイしている。ぼくは民衆新聞に短い文章を書いている。そのほうがぼくには具合がいい。ただ、もはや、ぼくが社会的拘束を免除されている今だからこそだ。スコットランドに来て、スカイ島で少し息抜きをしている。ここでぼくはシートン・ワトソン氏の客人になる予定だ。

ぼくは帰国と君と、静かさと仕事を楽しみにしている。人間は年を取れば取るほど、それだけ祖国に強く根を張るようだ。君が送ってくれた報告ありがとう。ぼくはクヴァピルとヒラルのことが、返す返すも残念でならない。クヴァピルは法廷に立つことを自分で要求しなかったことで間違いをおかした。いったい彼はどうなるんだろう——

もっとたくさん書きたいところなんだけど、この手紙が君の手に届くかどうか、わからないからねえ。たとえ、どこに出せばいいのかわからないにもせよ、ぼくは一生懸命書くからね。

すべてのことにたいして、心からお礼を言います。ごきげんよう、そして、キスを、

カレル。

元気になるんだよ、たくさん書かなくてもいい、痩せてはだめだ。鋭気を養い、力をつけて帰っておいで。そして、目だ、目にも休養を与えなさい！

これから出発だという、その直前に君の最後の手紙が届いた。君のお父さんがおっしゃることは正しいよ。映画のことなど放っておきなさい。いまは休暇中なんだからその間に元気を取り戻すんだ。

クヴァピルのことは、ぼくにはどうも解しかねる。

ぼくの言動が不躾だなんて言わないでもらいたいな。単純に、ぼくはイギリスにいると、何かしらくつろげないんだよ。ここは、ぼくにはあまりにも居心地がよくないんだ。たぶんそれはね、多少なりとこの国の社交性ということに原因がありそうだ。豊かさの過剰、経済の過剰、田舎の人口の過疎化、それにあまりにも美しい都市、そんな

ものがぼくには気に入らないんだ。ぼくがイタリアにいたときは幸せ感がいっぱいだった。なぜならすべての生活が幸せだったからだと言える。

ぼくは君に「旅中のご無事を！」〔シュチャストノウ・ツェストゥ＝幸せな旅を！〕を君のために祈ることは出来ない。なぜなら、この手紙を君がいつ受け取るかまったくわからないからだ。君は手紙をこんなに頻繁に書かなくてもいいよ。君のほうのアドレスさえ書いてきてくれればね。そのアドレスのためなら、この大帝国だって差し上げますよ！

じゃ。

【一九二四年七月三日、エディンバラ】 (935)

ぼくは元気だ。そして、十分満足していたところだ。もしイギリスの寺男たちにこんなに腹立たしい思いをせずにすんでいたらね。もう、エディンバラにいる。そして明後日はいよいよ北の果てに行く。ぼくはまだアドレスを受け取っていない。そして、たぶん、あと一週間は受け取ることは出来ないだろう。残念だ。

心からの挨拶を、K．Č．

【一九二四年七月四日、エディンバラ】 (936)

元気だ。そして今度は大いに満足している。スコットランドはイギリスの他の土地よりも、はるかに親しみを覚える。ここに来てもうすっかり気分が爽快になった。明日は湖めぐりに行く。

心からのご挨拶を、K．Č．

【一九二四年七月七日、キリン】 (937)

いま、スコットランドのテイ湖のそばだ。雨が降っている。今日、スカイ島に出発する。今もまだアドレスはない。だからプラハに送る。たぶんスカイ島で君の手紙を受け取るだろう。そちらのほうに送るように頼んでおいたから――いい知らせが書いてあるかな？

心から、挨拶を送る。K．Č．

【一九三四年七月十日、カイル・エイキン】 (938)

ぼくの旅路の最も遠い地点に立ち、真情あふるる思いで君のことを思い出している。現時点でぼくは手紙もアドレスも受け取っていない。どこへ手紙を出せばいいんだかわからない。たぶんグラスゴーでぼくを手紙が待っているかもしれないな。もう、時間だ！

ごきげんよう、K. Č.

（939）

［一九二四年七月十三日］

親愛なるオルガ、

グラスゴーでもアドレスを受け取らなかった。したがって、次のカーナーヴォンでの宿泊場所を知らせておく。たぶんそこでなら、もしかしたら君からの手紙を受け取るだろう。だから、ぼくはどこ宛てに手紙を書いたらいいのか、知らない。でも、もうぼくはそんなものを待っているほど我慢強くないから、プラハに宛て手紙を書くことにする。そしたら、ぼくが海で溺れているかもしれないと心配せずにすむように、たぶんある篤志家が君宛てに送ってくれるだろう。ぼくはいま海のそばにいる。そして海岸に沿って、少しばかり旅をした。ぼくはスコットランドにいるんだけど、ここはすごく悲しげで、そして美しい。ぼくはまったく北のはずれのヘブリディースという所にいたんだけど、今はもうスコットランドからの帰路についている。そしていまはダーウェント・ウォーターという名の、美しい湖のそばにいる。つまり、その前にリヴァプールに寄り、それからは、もう帰路につく。

ぼくは、かつて、今度ほど家に帰るのが楽しみだったことはない。もう、あと何日かと指折り数えている。そして、とつぜん身を振り切って、家に飛んで帰りたいという衝動に駆られることがある。だけど、すぐに、どっちみち家に帰ったところで君はプラハにはいないんだってことを思い出すんだ。しかも、君がどこにいるのか、どっちの方に顔を向ければ君の姿が見えるのかもわからないということに気がつき、それが残念なんだ。

君の手紙は、いったい、どこをさまよっているんだろう。ぼくは君宛てに、ずいぶんたくさん手紙を送ったけど、君の手元に届いたかどうかは知らない。ぼくを一番悩ませているものは、時間の不足だ。ぼくは風景をスケッチする暇も、それに自作の『イギリスからの手紙』を書く時間もほとんどない。だから、ぼくは書いたり描いたりするために、ここに縛り付けられているんだ。しかし、それがまたぼくを外に引っ張り出すんだ。そこには美しい湖があり、そこに通じるイギリスの美しい道がある。

全体的には、去年、イタリアに魅せられたのと比べれば、その度合いたるやはるかに及びもつかない。しかし、君への手紙をどこへ出せばいいのかわからないせいで、ぼくはもう神経衰弱になっている。ぼくは君が、目下のところ平静でないことはわかっている。しかも、君の身に何かが起こっているのではないかという不安が、ぼくの方にまでやってくる。ぼくは君の手紙が、ここカーナーヴォンでぼくを捕まえてくれることを、強く希望している。ぼくはここのことをたっぷり書いて君に送りたいのだけど、でも、君がこの手紙をいつ受け取るか、誰にもわかりゃしない。ゆっくり、二週間後に会いましょう。ぼくにはわかってるんだ、ぼくが君に手紙を書かなかったって君が苦情を言うのがね。でも、それはぼくのせいじゃない。ぼくには、グラスゴーで手紙を一通も受け取らなかったというのが、どうしても理解できない。なくなったか、どうかしたんだよ、きっと。ぼくにはどうも信じられなかった。三度、ぼくはそこに行った。そして、もう一度確かめてくれと頼んだんだ。

さて、もっとたくさん書こう、ぼくが手紙を受け取るまで。とりあえず、ごきげんよう、体に気をつけてね。キスをする。

カレル。

元気に陽気になりなさい。もっと元気に、強くなって、ぼくの所に帰っておいで。

［一九二四年七月十七日、ランダンドー］　（940）

塩水温泉からのご挨拶。午後、カーナーヴォンに行く。そこで何通かの郵便と、最後のアドレスを手に入れることを希望している。

君のことを思い出しつつ、心から、K．Č．

［一九二四年七月十八日、カーナーヴォン］　（941）

親愛なるオルガ、

今日（カーナーヴォンで）グラスゴーにぼく宛てに送られた手紙が二通、局留になっていると聞いた。しかしグラスゴーには何もなかった。結局その手紙は、たぶん紛失したんだよ。そこでぼくはまたアドレスはわからずじまい。君の手紙をどこに出せばいいのかわからない。だからこの手紙はサービトンに送る。君からの手紙が来次第、すぐにそこで君の住所を書いてその手紙を出す。ついでに言っておくと、ぼくは生きているし、元気だ。だけどぼくは、君が生きているのか、元気なのかどうか知らない。だからぼくはその心配で身がすくむような思いをしている。だからこのまま真っ直ぐプラハに帰りたいくらいだ。でも、帰っても君はそこにいないんだよね。うーむ、こんなことってこれまでにぼくたちに起こったことはないよね。ぼくたち、お互いにこんなに行き違いになったことはなかったね。第一、ぼくたちは自分たちがいったいどこにいるのかわからないんだもの。

ぼくは君が何を書いてきたか知らない。だから君に何と答えればいいのかわからない。ぼくは君宛ての手紙やはがきはプラハに送った。たぶん、君の滞在先へ誰かが送ってくれたかもしれない。――ぼくはこの旅を終わろうとしている。イギリス料理はどうもぼくの癒しにはならなかったようで、ぼくはしばしば偏頭痛に襲われた。それ以外の点では、ぼくは良好な環境にめぐまれた。ぼくはいつも君が、ぼくの大事なお嬢さんは、どこで、どのように休暇を過ごしているのだろうかとばかり考えていた。まさに、君からの知らせを受け取っていないということが、君には想像も出来ないことを、君について思い出すことをぼくに強いているんだ。

ああ、この手紙を君がいつ受け取るかわかりもしないのに、ぼくの心のなかにあることなどとても書けはしないよ。ぼくが心配しているのは、ぼくから手紙が来ないからといって、もしかして君が余計な心配をしているんじゃないかということだ。そして君のせっかくの夏休みの楽しみに水を差すようなことにならなければいいのだけど。さてと、君は書いている？　たくさん書く必要はないんだよ、ぼくだってそんなに長い手紙は書けない。そのうえ、それが何の役にも立たないとしたらね。たしかにイタリアだけははるかに陶酔させるものがあった。でもここでは、絵を描くことで気を慰めている。そしてとくに帰国のことを思うことで心を楽しませている。もし君がプラハにいるのだったら、ぼくはもう、とっくにここから逃げ出しているよ。君はどこにいるんだい、かわいいお嬢ちゃん？

おお、神よ、もし君がせめてぼくの記憶の範囲内にいるのだったら！　もう、我慢の限界だ、だがぼくは何をすればいいんだ？　いまだかつてこんな不愉快な夏休みを過ごしたことはないよ。そのすべては、あるお馬鹿さんが、ぼくの手紙をグラスゴーの局留にしたからだよ！　いいかい、ぼくは去年イタリアからやさしい愛情に満ちあふれた手紙をそんなにたくさん書かなかったけど、でも、ぼくにはけっこう楽しかった。そして規則的に手紙が君の手に渡るように、返事を待つことができるよう努力した。それが今年ときたら、そのことで悩まされ通しだったし、それが削除されるだろうというのも楽しみだった。――ぼくはいま書いているこの手紙が君の手元に届くこと、そして君を慰めることを希望している。

それにまた次の手紙は、君のアドレスがわからないかぎり、サービトン経由で送るだろう。だから、いまは――ほとんど真夜中だが――強く君のことを考えている。たとえ君が眠っているときでも、至極日常的な挨拶のように感じるにちがいない。そして君はぼくと話していると意識する。いま、ぼくは手紙に書きたくなかったことをみんな考えている。それを理解できないとしたら、君は哀れな女だ。そして寝に行くよりも、もっと強い考えが、ぼくには、まだいくつかある。そんなわけだ。――君にはわからない、ぼくが今、いかにしょっちゅう君の夢を見ているか。
心から、お大事に、そしてキスを、K. C.

〔一九二四年七月二十日、エクジーター〕 (942)

親愛なるオルガ、

ぼくはまだ依然として、君からの手紙を一通も受け取っていない。それには、君の手紙をぼくに送るべくぼくの住所を前もって通知することが出来なかったからかもしれない。それにグラスゴーでの経験のあとでは、その方法もいやになった。それにまた紛失するかもしれない。

ぼくは君が元気で、静かであることを希望している。君とふたたび会うや否や、また、君からの情報なしに（二十日間もだよ！）いたことに苦情を言うだろう。ぼくは旅行を短縮して、明日プリマスに行く。それからロンドンに真っ直ぐ戻る。ぼくは、ここで自分の身のまわりを整理して、それから家に帰る。およそ八月一日くらいかな、むしろそれよりもっと早くプラハに戻るだろう。

——こちらの旅は快適だ。しかし食べ物はひどい。ホテルにしても、ぼくがいつも泊まりつけているような、そんなホテルはない。

ぼくは世界というものの一端を見た。だから、またわが家に戻りたくなるんだ。わが国も、ぼくらがしばしば言い合っているほどには、そんなに悪くはない。反対だ、ぼくらが評価しているよりはましだよ。

雨がよく降る。それに、かなり寒い。大陸にいてもこうなんだとしたら、夏休みだってそんなに有効には使えないんじゃないかと心配だ。君がぼくに送った最後の手紙は、すごく調和が取れていて、平静な感じだ。だからぼくはすごく幸せに感じた。

とにかく健康に気をつけて、身体的にはたくましい生き生きとした少年のようであってほしい。そして非の打ちどころもない、お手本のような女性になってほしい。

カーナーボン（ウェールズ）で、君からの手紙をどっさり受け取るはずだったけど、一通も来ていなかった。ぼくはアイルランド行きを止めようかと思ったくらい苦しんだ。そのときから、ぼくは、チェスター、ブリストル、エクジーターを経てプリマスへと帰っている。そしてロンドンへの移動のなかで、ダートムーアを見物した。知ってるかい、ここはねえ、『ベイカースヴィルの犬』がいた地方なんだ。ぼくはほとんど不快な気分だった。そしていままで行ったこともないかのようにプラハを見ることが楽しみになった。

ほんとだよ、君、確かに君、君はなぜかを知っているよね。もしぼくが君を意識で見ることが出来るようになったら、それはぼくにとってどんなにすてきなことだろう。君はすべてを知っている。そして、すべてを赦してくれる。しかも心の中にはぼくにたいする恨みなどまったくない。

おお、神よ、ただ、それがそうあってくれさえすればいいのに！

では、心から、ごきげんよう、そしてキスを、

カレル。

［一九二四年八月頃――月曜日の朝］　（943）

親愛なるオルガ、

君を君の家で捕まえられるかどうかわからない。だから手紙にします。ぼくはきのうの夕方に戻ってきた。午後ぼくの所にシュトルフが来る。五時に君を、ケーキの前で待っている。明日は『第二の青春』だ。だからそれを観に行く、出来たらけど。ぼくはもちろんおっそろしくたくさんのなすべき仕事がある。しかしいまは何よりも五時に君と会うことを楽しみにしている。

心から――さあ、急いでくれ、ごきげんよう、そしてキスを、カレル。

［一九二四年十一月十八日、ブルノ］　（944）

親愛なるオルガ、

明日（火曜日）の午後プラハに戻る。六時に広場を見に来る。君がそこにいなかったら、水曜日に、ヘレナ・スパルツカーの所か（またはそのあとで）会うことにしよう。

ぼくはここにものすごっくたくさんの交渉ごとを抱えている。ぼくはこれ以上、書くことも出来

ないくらいだ。そんなわけだから、これでさようならだ――むしろぼくは水曜日に会うことを考えている。でも、間に合う時間にこの手紙を受け取ったら、火曜日の五時に広場においで。

心から、ごきげんよう。そしてキスを、
K.Č.

1925

［一九二五年一月］　（945）

親愛なるオルガ、

ぼくは今晩劇場に行くが、今日の夜、劇場で君に会えるかどうかわからないので、手紙を書くことにした。どうかお願いなんだけど、明日の三時に市電の一番線の停留所まで来てくれないか？　それというのはね、ぼくは土曜日に君と会ったときに、火曜日の五時半に、チェコ・ペンクラブ設立の準備委員会がぼくのところに召集されていたことを忘れていたんだ。もちろん、ぼくは出席しなければならない。昨日ぼくはコールに電話して、大至急その会議を水曜日に変更してくれと頼んだのだけど、コールはいまさらだめだと宣言した。

そういうわけでお願いだけど、明日、三時に来てくれないか、それから、少しその辺を歩こう。それからぼくは家に帰る。――ちょうど今ぼくはプラグマティズムについての文章を書き終えたところだ。

午前中ずうっと、ぼくの所にイギリス人の女性が来ていた。彼女はぼくにインタヴューしようという意図でやってきたのだ。女性問題、神について、戦争について、その他、いろいろな問題についていかなる意見をお持ちであるかというのである。そうさ、楽しかったよ。ほかに何も変わったことがないのだからね。もしかしたら、たぶん劇場で君に会えるかもしれないね。そしたら君に付き添っていてあげるよ。休憩時間に劇場監督用ボックス席の前にいる。

ごきげんよう。K.

〔一九二五年一月〕 (946)

親愛なるオルガ、

明日、会いたい。しかし現在のところは、城〔大統領官邸〕から緊急の招聘状が来ている。午後五時から十二人の専門家による何かの会議だ。かなり重要な問題についてらしいからぼくもそれに出なければならない。だから、伝送管を通して送ってくれないか。ぼくは君に会いたいんだけど、火曜日の午前中か午後か、そして何時だったらいいか、伝送管郵便で知らせてくれないか。ぼくはドゥリヒ、シュラーメク、ルッテと会議をする水曜日の午後以外はまったく暇だから。だから時間と場所を書いてくれ。いまたぶん自分の稽古はないだろうだから、君はいつの朝か午後の時間を君の望みどおりに選んでいいんだ。

すでに昨日の午後から、かなりひどい風邪に取りつかれて、今日、ぼくはそのためにぶっ倒れてしまった。水っ洟はたれ、はなをかみ、涙を流し、あらゆるものに呪いの言葉を浴びせ、咳をし、背骨は踏み砕かれるように痛む。午後は横になり明日(月曜日)中には治るだろう。でも、こんな状態では、もちろん例の会議などとても楽しんでいられるようなもんじゃないだろう。ぼくはまったく馬鹿だよ。粘膜は生肉のようにぼくを焼く。要するに、ええい、こん畜生! だ。

あの騒ぎ〔具体的に何をさすか不明〕について、その後の新しい事情は知らない。あの件が尾を引いて厄介なことにならなければいいのだがと思っている。君にテティーンコヴァーの手書き原稿を送る。たとえ断片であるとはいえ、ぼくは、全体であったとしてもなんとなく、何か統一性を欠くような印象を受ける。美しいところもあるが、みんなが何となくもつれ合って塊のようになっている。所々、饒舌すぎるところもある。

この原稿に向かってあまり長いこと息をしていると、それから君までが風邪を吸い込まないかと心配だ——神様が、君をお守りくださいますよう! 君の手にもキスをしないよ。

そして少し離れたところから、ごきげんようと言うよ。

K．Č．

［一九二五年二月五日頃と推定］ （947）

親愛なるオルガ、

今日君と会えないのが非常に残念だ。もしかしたら、明日の朝、君がリハーサルに出ていて、ぼくが劇場に寄っていく時間があるなら、劇場に君を訪ねるよ。しかし明後日（今月の七日土曜日）三時四十五分に一番線の博物館の前に必ず来るように希望する。そして、映画館か散歩かに行こう。六時半には、ぼくは劇場で会議がある。

明日は大統領の所で夕食をする。そのときぼくがどんなに緊張するか信じられるかい？

ぼくは昨日と今日、またもや急ぎの仕事に追いまくられていた。急にリドヴェー・ノヴィニ〔民衆新聞〕に何か記事を書かなければならなくなったんだ。でも来週には終わっているとうれしいんだがね。ヒラルはぼくが国民劇場の演出することを望んでいる。今度はぼくは断った。もともと新しいものは何もないのでね。ぼくは何となく疲れた。そして気持が落ち着かない。じゃ、土曜日を楽しみにしている。

心から、ごきげんよう、K．Č．

［一九二五年二月十七日］ （948）

親愛なるオルガ、

ぼくの散歩への招待よりも、お茶の誘いに優先権を与えたのだとしたら、ぼくはそのことに納得しなければ仕方ないだろう。ただ、それだからといって――すみませんがね――ぼくたちが、たまにしか会わないからだということのせいにはしないでもらいたい。ぼくは少なくともこの一つの喜びを、夜はよく眠っているという、君の手紙から受けているのだよ。そのことから、君も多少はよくなっているんだなと判断している。そのことから言えば、君はもうほとんどよくなったんだなということがわかるように、実際のところ、もう少しくわしく書いてくれてもいいんじゃないのかい？

　ぼくは今日、君と会えなかったことがすごく残念だ。明日（水曜日）の午後、ぼくはベネシュ大臣に会いに行く（主としてペンクラブの件でだが）。そして、木曜日の午後は、きわめて重要案件について討議するペンクラブ〔設立準備〕委員会の会議がある。つまり、
　ぼくはちょうどいま大統領がペンクラブの最初の夕食会への招待を受け入れるという城〔大統領官邸〕からの回答を受け取ったところなんだ（運悪くぼくがその会長に選出されてしまった）。これは〔チェコ〕ペンクラブにとって大いなる名誉だ。しかしまた大きな責任でもある。だからそのことで頭が痛いんだ。それですべての問題をしかるべく準備するために、大至急委員会を招集した。それにくわえて編集部の仕事がどさっとおっかぶさってきた。税金に反対、大至急目を通さなければならない諸問題、ボルシェヴィキの裁判制度にたいする反対意見を書くべきであるという何やらのアッピール。そのためには大量の資料を読破しなければならない——要するに、何から先に取りかかればいいのかさっぱり見当もつかないといったところで、少々神経に来ている。

　あのマサリク大統領の訪問の件については誰にも言っちゃだめだよ。そんなことでもしようものなら、クラブに何の役にも立たない連中が押しかけてくるからね。それと、同じくもう一つ、ぼくが今日、ブルノの劇場の演劇部主任の地位に就くようにとの要請を受けたということも誰にも言わないでね。もちろんぼくはそれにたいして感謝の意は表したさ。——それで、かわいいお嬢ちゃん、木曜日に『結婚の花輪』を観に、君を見るためにだよ、行くからね。少なくともこの期に及んで、いやなどとは言えないだろう。

　公演が終わってから、劇場の前で待っている。少なくとも君の具合はどうかってたずねるためにね。ぼくは君のおできが痛まなくなるように、何度も何度もお祈りするよ。ああ、お嬢さん、ぼくはすごく心配なんだ。そのくせ、本当にしなくちゃならないこと以外は何一つ自分では背負い込ま

ないようにしているんだ。もう、うかつにものも言えない。日曜日にはまたもやぼくのところにアメリカの大ジャーナリストが一人訪ねて来る。ぼくの「成功」を悪魔自身が保証していない。少しはぼくに同情してくれよ。ぼく自身は君をすごく気の毒に思っているんだ。そして木曜日に元気な君に会いたいと希望している。

心から、ごきげんよう、K.

(949)

［一九二五年三月］

親愛なるオルガ、

悲しい知らせだ。昨日の夜、雄猫のヴァシェクが死んだ。毒のものを食べたようだ。誰のせいだかわからない。しかし下の階の女中をヴァシェクが引っかいたことがあり、それでいつも毒を飲ますぞと言って脅かしていた。かわいそうにヴァシェクはそんなに長くは苦しまなかった。マジェンカは夜じゅう泣き通しだった。そしてぼくは生と死について長いこと考えていた。わたしたち家族は、いまわが家に迷い込んできて、自分の居場所として、わが家の暖炉の脇に陣取った子猫をわが家の一員として受け入れたばかりだった。やってきたのはたしか一週間くらい前のことだったかな。そしてすぐに病気になった。どうやら毒のようなものを食べたらしい。もともとその猫が弱かったにしろ、もっと元気だったにしろ、要するに、それ以上の傷害を受けることなくこの世から去って行ってしまった。

人間がこんなにも残酷だとは、まったく信じがたいことだ。

ぼくの風邪はひどくはならなかった。たぶん今度は、いままでぼくの場合、それが慣わしであったよりは、軽くてすんだ。明日（火曜日）は、君も知ってのとおり、あの『検察官』の公演はないから、五時半にムーステクで会いましょう。もしかしてぼくがしたたかな風邪をひいたら、どうか優しく赦してもらいたい。そしてぼくにあまり意地悪しないで下さい。これから、ぼくは世界にはどんな絨毯があるか見に行ってくる。

心から、ごきげんよう、K.

［一九二五年（この年の初め）、プルゼニュ］（950）

心からのご挨拶——七時四十五分に通りで。歩くのは良いことだ、等々。あとは口頭で、ただし、このチケットが来るまでだけどね。

K. Č.

［一九二五年三月］（951）

親愛なるオルガ、

今日、ぼくは行くことが出来ない。夜七時の鐘の音とともに、恐ろしい風邪が発生し、咳はする、涙は流れ滝のよう、頭痛に歯痛、背骨は粉々に砕けるよう。あらゆる手足の節々その他に、ぼくの持病の大風邪の危機的兆候が現われている。それゆえに、ソファの上に横になり気が済むまでそうやって唸っていろと、ぼくの内面の声が命じている。だから、ぼくは、自分からその声に従うことにした。

いまのぼくは、君のお手々にキスをするのにもふさわしくない。ぼくは体中が汗でぬれているからさ。ウーッフ！

遠くはなれてご挨拶を、K. Č.

［一九二五年四月六日よりも以前］（592）

親愛なるオルガ、

続く数日間のあいだ休暇を頂きますことを、ここに謹んでご通達いたします。というのはだね、明日か明後日か、それともそのあたりの辺で、ぼくは引越しをすることになったんだ。その機会はぼくが予想していたよりもずっと早く来てしまった。

夜、下水溝が埋められた。通路は広くなった。数日たって、今度は下水溝の接合管の埋設工事がはじまり、通路はまた車の通行の障害になるだろう、たぶん数週間のあいだは。もし泥がたくさん出なかったら、そして明日ガス管の埋設工事が始まらなかったら、何日間か、朝、威風堂々と運搬車が入っていくことが出来る。そのことはまだ完全にたしかなことではない。しかしぼくは準備をしなければならない。

今日、全力をあげて荷造りをした（紙をそろえていたときに『ルサルカ』の原稿を発見した！）。そして明日からは引越し業者から配管工事屋へ、内装工事職人から電気工事業者へと駆け回らなきゃならない。それに、面倒な役所へ行ったり、芸術工芸企業から郵便局まで、その他、さらにさらにだ。もう嫌になるくらい、こんなことが次々に起こってくるだろう。もし少しでも暇があったら、いつか君が出演している日に、劇場の君の所に立ち寄るかもしれない。ぼくがいつ自由な時間が出来るかきっと君に知らせるからね。そして君を見つけ出すようつとめる。それが水曜日か木曜日までに終わるとうれしいんだがね。ぼくはマラー・ストラーナとはいかなる感傷的な感慨もなく離別する、君と同じにね。ぼくたち、ここに、遠足か何かのつもりで来ようよ、ね？

もちろんほかに新しいことはない。あのイギリス女性は、ぼくのところにやや困惑したような、哀れっぽい手紙をよこして消えてしまった。ぼくはどんな人間であれ、詰め込み主義のやつとはどうも共鳴できないんだ。ぼくは詰め込みをもっともいやな仕事の一つだと思っている。しかし、もう、そのこととは今日で終わりにしたいと思っている。

フクス監督を訪問することさえ出来ない具合だ。なぜなら、一瞬たりとも無駄にせずに、できるだけ早くきりをつけたいんだ。あ、それから奥さん、あなたの下男に、ここ数日間、貴様の面も見たくないと言って、暇をおやりなさい。彼女は同意して、彼にとって準備ができるや否や、「うふ」と言った。

そんなわけでごきげんよう、お嬢さん。ぼくたちはこんなに早く、隣人になるんだね。ばんざい、ぼくたちはもう、お互いにあんなに遠くにはならないよね。

お手々にキス、これから紙を折りに行く。

心から、K. Č.

（953）

［一九二五年四月七日］

親愛なるオルガ、

もう大体のところ引越しは終わった。ぼくはもう駄馬のように疲れた、そして現在のところは、まったくジプシーの野営地のように乱雑を極めている。残念ながら明日のプレミエーラ〔初日〕にぼくは行くことが出来ない。なぜならこの掘り返された泥道を通って夜家まで帰る気にはならないからだ。できるだけ早く君を探し出すよ。

日曜日にフクサ〔劇場監督〕と話をするにはした。彼は一幕〔オルガ作『煉瓦工場のマドラ』〕だけしか読んでいなかったけど、彼は感動していた。ただ、「ほんの少しだけ」穏やかにと希望していた。彼が言うには、陰影に関してだそうだ——君も彼と話してごらん、どこがどういうふうに、とね。ほかの点では、ぼくも言ったように、この作品を非常に賞賛していた。そして、この作品から大きな収入を期待していた。彼は休日の前にそしてあとにも取り掛かれるように、その作品を早くほしがっている。必ず彼を訪ねなさい、そして細かな点まで彼と話し合うといいよ。

楽しみにしている。じゃ、またね。

K.Č.

(954)

[一九二五年四月八日]

親愛なるオルガ、

ちょうどいまごろ、君は初日の舞台に立っているんだね。ところが、ぼくは君を観に行くことができない。ぼくは汚れている、くたくたになっている、骨は砕かれたように痛み、ひげも剃らず、黒く汚れの詰まった爪に、ささくれた指をしている。ぼくはちっとも好感も持てなければ、少なくとも文明化された人間のようにも見えない。

今日でもう三日間、家具を家の中に運び込んでいる——あとは、スプリング付きの小さな手押し車のようなもので運ぶしかない。家具運搬用の幌付きトラックなど、そこまで乗り入れられるわけがない。みんなは八回も行ったり来たり、この運搬作業の様子を想像してもくれよ、家の中の乱雑さは未整理の搬入物で募るばかりだ。それと同時に、家の中では大工、配管工、内装職人、壁職人、取り付け工事人、ペンキ職人、その他、ぼくの知らない人たちが、まだ仕事をしている。これより大きな混沌と無秩序をぼくはいままでかつて経験したこともないよ。明日は本の整理をする、それから絵画の類を壁に掛けさせよう。多少なりと秩序を取り戻すためにぼくは朝から晩まで働かなきゃならないだろう。

明後日（土曜日）は（できれば）『沈める鐘』の君を見に行く。もし何かがあって出来なければ日曜日の朝、君の家に飛んでいく。そしてもし君がいなければ、劇場の中で待っている。要するに、どこかで君を捕まえる。

君はフクサさんのところを訪ねたかい？　必ず彼のところを訪ねなさい。君にきっとすてきなことを言うはずだ。ぼくは手を洗い、着替えをしたら、君の前に姿を現わすことに自信を持つだろう。

とりあえずは、「じゃ」だ。手にもキスは止めておく。だって、がさがさの手で君を引っかくといけないからね。

心から、　K．Č．

[一九二五年五月]　（955）

親愛なるオルガ、

1　ぼくに手紙を書こうとすると、手が萎えてしまうというのはどうしてだろう。何かあったんだとしたら、それは火曜日だな、それとも病気かい？　そんな人間は不安の中に生きている。だからちゃんと眠れない。そして心配事を抱えている。どうか、また病気になるのだけは止めてくれ（それが一番だよ）。そして、君がこんな手紙を書く以上、ぼくがそのことで気に病むことにならないよう、何がどうしたのか教えてほしい。

2　第二にぼくが君と四日間も会いに来なかったというのは本当じゃない。月曜日の夜から木曜日の朝までの間に、ちょうど、二日間の大変な数の集まる会が二日も続いた。ペンクラブの会議が一つと設立委員会の理事会もそれに続いた。それに三章の規約を作成、七通の英語とフランス語の手紙、そのほか、大なり小なり重要性をもったものや、いずれにせよ快適と言うには程遠いものばかりだ。

3 ［……］

4 ぼくは君が今日は自然のなかで過ごすように希望する。だって、君はもう元気なんだから。ただ、少なくとも君が、自分に何が起きようとしているのか、もう、わかっていてくれればなあと願わずにはいられない。君は金曜日の午後に帰ってくると書いてきたが、残念ながら、金曜日の午後はぼくには客があるんだ。だからと言って彼らを帰してしまうわけには行かない。

それならヴルショヴィツェの君のところに明日（金曜日）の昼前に寄ってみる。君が家にいなければ、土曜日に、マチネー公演のあと、君を探しに来る。『そのあとの愛』は、だから五時半ごろには間に合うだろう。劇場の前で待っている。

とりあえず、君の手にキスを、

(956)

［一九二五年六月十七日］

スヴァトノヴィツェ行きの朝の列車を捕まえようと思うなら、パルドゥビツェ経由で行かなければならない。ウィルソン駅、二十一時（夜の九時）発だが、パルドゥビツェには二十二時四十分に着く。マサリク駅からだと二十一時二十分発でパルドゥビツェには二十三時ちょうどに着く。二十二時三十分、ウィルソン駅発だとパルドゥビツェ駅着が〇時十三分、または二十二時四十五分、マサリク駅発だとパルドゥビツェ着が〇時二十七分。一番近いホテルに一泊して朝六時五十分、パルドゥビツェ発のヨセフォフ行きの急行に乗ると、ヨゼホフに七時三十四分に着き、そこで各駅停車の列車に乗り換える。ヨゼホフを七時三十七分に発車して、朝の八時四十六分にスヴァトニョヴィツェに着く。

これが非常に適切な連結である。そして稽古にも十分な時間があるだろう。フラデッツ経由だと七時以降は各駅停車を除けば夜汽車の連結はまったくないから、その列車はデニソフ駅を二十三時四十五分（夜十一時四十五分）発で、フラデッツ・クラーロヴェーには深夜三時ちょうどに着く。

これはちょっとだめだ。
じゃ、ごきげんよう、ペン事務局より。

K. C.

[一九二五年七月のはじめ]　(957)

親愛なるオルガ、

この手紙を君が日曜日の前に受け取るように、編集部に駆け込んでくるや否や大急ぎで書いている。ほらごらん、神さまは君を愛されてまったくいい天気をお授けになった。まさにこんなのがもって来いなのだよ。人間が暑さでうだることもなければ、また、気のおもむくままに自分の選んだ美しい道を歩けばいい。心地よい風が吹けばそうしたら林は海のようにざわざわと鳴る。木々は同様に美しく音を立てて枝を震わせ、また同じく海の波のように永劫無限に枝を震わせる。

ここには、もちろん、新しいものは何もない。ぼくはそのコメディー〔『創造者アダム』〕に没頭している。ときどき頭のてっぺんの鶏冠が水面から顔を出すだけだ。ぼくは早くこいつに切りをつけたいと思っている。それはまた安定した統一的な思想をその新しい戯曲に詰め込みたいから。それはぼくを魅惑して、ぼくに拷問の苦しみを与えるだろう。なぜなら、そこには常軌を逸したむずかしさがあるからなんだ。

考えてもごらんよ、ぼくはもう二年間も書いていなかったんだよ。ぼくにはもう猫のようなものだ。その猫ちゃんは二年間、ボーイフレンド〔雄猫〕をもたなかったんだよ。ぼくには、「何も使わなかった」ような気がする。この第二の戯曲はぼくの血を吸うだろう。でも、その代わりぼくもその芝居の血を吸うからね。

『お金の山』はきわめて相反する二種類の反応を生んだね。大部分の批評家は「これはひどい食わせ物だ」と、非常に辛辣な評価を下すだろう。ほんのわずかの批評家がアングロ・サクソン的エキセントリックさを評価しようと努めた。インジフ・ヴォダーク氏はもちろん、女中の役を演じた魅力的な女優は舞台に暖い雰囲気を広めたが、それはこの魅力的な役に負うことが大きい。それは当然だ。

　それで、どうしている、君や君の仲間は？　たくさん歩きなさい、お嬢さん、すごく多くのことを吸い込んで、荒々しいまでに元気になりなさい。手紙は書かなくていい、何のために神経がそんなに乱れたか、そしていつかぼくが、君がどうしているかをすごく知りたがっていることを思い出しなさい。

　それからボシュカとマリアンナ・ヘレロヴァーそれに君のカレル〔オルガの父〕と、たとえばシュテクル氏など、ぼくは彼を知らないけど。それから食べること、そして手紙は書かないこと。

　それでは最高に善良なる種類の挨拶ともども。

K. C.

(958)

［一九二五年七月十一日］

親愛なるオルガ、
　ちょうどいま手紙を受け取ったところだ［……］。ぼくは、そのようなことは絶対に起こらないと［……］、誠実な心で宣言した。だから、ぼくには［……］と弁明する以外に方法はない。そして、ぼくは今度もまた犠牲になったと自分に言う——でも、いったい何の？
　ぼくには理解できない、何らかの陰謀めいた、悪意の嘘。フランティシュコヴェー・ラーズニェ〔温泉〕の女もぼくの知人（今度は君も罪を着せているけど、それはうちの家族の誰でもない）にしてもぼくの気分を害して喜ぶようなものは一人もいない。そいつはいやなことだし、ぼくを食い物にして［……］を企んでいるんだ。ぼくは不愉快だ、それに君だって、ぼくがどんなふうに不愉快かわかるはずもない。まさに調和と純潔への絶望的欲求をもつぼくが、生涯それを守り抜こうとするあまり、このようななんとも言えぬけち臭い嘘と欺瞞に対面しなければならないとは……。
　ぼくはね、弱い人間なんだ。君が知っているよりはずうっと弱い。ぼくの生きる力は、人間にたいする信頼感の上に成り立っている。もしぼくが、嘘偽り、不合理、そして敵意のようなものと、向き合って何かをしなければならないとなると、ぼくはすべての自信をなくしてしまう。

　このまえ、最後に君に手紙を書いたとき、ぼくは少しどうかしていた。今日、ぼくはお詫びをする。でも、ぼくはすごく悲しい。どうしてぼくにこんなことがされるのだろう？　ぼくにそんなことをしたのは誰だ？　ぼくは誰も傷つけないように、辺りに気を配りながら見ている。そんなことをしてもメリットは小さい。でもそうすることによってぼく自身の人生の無傷と純粋さを購い取りたい。でもそんなことを望むのは利己的であるというのなら、その代償として、ぼくの出来るすべてのことを世界に与えよう。ぼくは非常に悲しい、お嬢さん。そんなこと気にするにも値しないと君は言う。そうかもね、でも、それはね、ぼくの一番痛いところに触ったんだよ。このようなことが積もりに積もって、ぼくを孤独な人間嫌いにするのさ。

　こんなことを言って君の気分を害して、ごめんね。そのことで罰を受けなきゃならないんだとしたら、たぶんぼくはもう、その苦渋を、もうたっぷり自分から飲み干しているよ。

　別に変わったことはない。ついこの前、ぼくはいやな夢を見た。ヴィノフラディ劇場で、若い娘が稽古に現われた。彼女はすごくうまく演じた。ところがぼくは彼女を憎んだ。なぜならこの娘はきっと君の競争相手になると思ったからだ。それでもぼくは夢の中で意識していた。彼女が才能を持っているが、ほかの連中は何となく彼女の才能を認めようとしない。そこで彼女がこの劇場の舞台に立てるように、あらゆる方策を試みなければならないと、夢の中で意識していた。

　ぼくが夢から覚めたとき、その女優がエヴァンソヴァーであることを思い出した。彼女のことについてはもう君に話した。ぼくは彼女の舞台をロンドンのリリック・シアターで観たんだ。ただしエヴァンソヴァーはゆうに四十歳を過ぎているのに、夢のなかのエヴァンソヴァーは十七歳だった。

　ぼくがそちらへ行くことになったら、ぼくにも手紙を出さないでくれ。そしてぼくがセドミホルキに部屋を借りることができるよう希望している。

たぶん編集部は十五日以後、暇になる。そしてたぶんその時までには、ぼくが渡さなければならない仕事も終わっているだろう。どうも、それが手から離れないんだ。ぼくは何となく頭が重い。ぼくは金曜日にシュラーメクの家を訪ねなければならない。それは旅の途中だ。そしてシュラーメクは、信頼をもって心を許すことのできる相手だ。その他については、君が手紙を書くのを待っている。そして君に日にちを知らせよう（たぶん二十日頃だ）。

その間は君のためにいい天気と陽気な集まりであることを祈る。手紙も書かないように。それは鼻の粘膜に作用する。粘膜というのは、もちろん、耳障りのいい言葉ではないから、若い娘のためには別の名称で呼ぶべきだ。たとえば「鼻の園」とか「花咲く小川の岸辺」とか、まあ、何となくね。

心から、ごきげんよう、K. C.

(959)

［一九二五年七月十六日、木曜日］

親愛なるオルガ、

つまり、ぼくを引き止めるようなことは何も起こらなかったんだね。それじゃあ、日曜日に出発する。そしてソボトカのシュラーメクの所に寄る。セドミホルキには月曜日か、それとも火曜日の午前中にイーチンで行なわれる見世物のために足止めを食らうようだったら、火曜日の午前中に着く。月曜日なら、たぶん十六時三十九分（午後四時半）にセドミホルキに着く。もしぼくが遅れるようなことがあったら、あらかじめその点を通知する。だから誠に申し訳ないが、ぼくの部屋を月曜日の夜まで今から予約しておいてくれないか。シーズン中のセドミホルキに空き部屋があるなんて思えないが、きっと何かの部屋みたいなものくらいあるだろう。

なぜなら、おそらく、君からの手紙をぼくが受け取ってないとしたら、そして書いたとしても、すでに遅しだ。君からの手紙をぼくが受け取ることはないだろう。そこでこの問題についてだが、ぼくは月曜日の午後か火曜日の午前中に、汽車で（正確にはどこへ着くのか知らない）セドミホリに着く。もし君がぼくを迎えに来ていなかったら、すぐにフルバー・スカーラに探しに行く。――とくに変わったことはない。ぼくは仕事をしていない。でも、ぼくは疲れている。どうして何もかもがこんなに面白くないんだろう。たぶんだから自然がぼくを歓迎してくれているのさ。すべてのものにご挨拶をしたまえ。再会を楽しみと、ほんの少しの精神的、倫理的好天気を期待しよう。ぼくはそれを非常に必要としている。

心からのご挨拶を、K. Č.

(960)

［一九二五年七月十六日以後］

心からのご挨拶を、

K. Č.

すてきなご挨拶を、

フラーニャ・シュラーメク

(961)

［一九二五年七月十九日、ムラダー・ボレスラフ］

間違えてソボトカに着くところを、ムラダー・ボレスラフまで来てしまった。ここはすごく退屈なところだ。その結果、セドミホリには、実は火曜日の十二時三十二分（昼の）に着くことになった。ただしぼくを間違って、ドマジュリツェかモラフスカー・オストラヴァに運んでいかなかったらね。この罪は古い時間表にある。再会を楽しみにしている。必要なら、電報を打ってもいいけど。

心からのご挨拶を、K. Č.

(962)

［一九二五年七月末］

親愛なるオルガ、

そんなわけで日曜日の夜まで公演が始まった。『森の貴婦人』が上演されている。月曜日には『バチョフ』、火曜日には『裁判』、水曜日には『さまざまな人生』となにやらの『シャンベルク』、木曜日には『第二の青春』、金曜日には『ベイヴァーヴァロ』そしてどこかの『ネルダ』、たぶん『売られた愛』、これは新しく加えられたレパートリーだ。バルトシュ、次に、ジュク、それから、マドラに、ベングルが配役に名を連ねている。

――幸いなことに、ものすごい土砂降り雨の数分前にたどりついた。今日は兄のヨゼフが家族と共に外出している。今週は仕事の山がどっさり襲ってきた。その主たるものは『クラカチット』の校正だ。それにこれにたいしては恥ずかしいくらい怠けているんだ。ぼくはいま、森のなかですがすがしい生活を送っているべきだったと思っている。ええい、そんなこと言ったって、今さらしようがない。この取り返しはいつかしてやる。たぶん、君は日曜日に戻ってくるんだろう、そうだよね？

楽しい日々を過ごしておいで。仲間の全員に心からのご挨拶を伝えておいてくれよ。それといいかい、君のあんよの関節を痛めないようにね。ぼくは君の全身に会えると、どんなにうれしいだろう。

心から、お元気で、　　K. Č.

(963)

［一九二五年九月一日、火曜日、日?、チェスキー・クルムロフ］

幸いなことに到着した。すべてを観た。十四時間寝た。食事は三人前食べた。ポケットの中にキノコを発見した。ほぼ満足。たいていの怠惰はまだ何か見たいという欲求につながっている。たぶんヴィッシー・ブロトだ。ここには美しいものがたくさんある。すべては順調。またもやプラハへ帰るのが楽しみだ。

心から　K. Č.

(964)

［一九二五年九月二日、水曜日、チェスキー・クルムロフ］

今日、ぼくはずぶ濡れになった。奇妙なことに、ぼくがいる所だけが降っているんだ。それでも、そのときまではそれほどひどくはなかった。ぼくは天候に反抗しようとして、がんばった。

心から、ごきげんよう、　K. Č.

(965)

［一九二五年九月四日、チェスキー・クルムロフ］

昨日は全日をかけた馬車旅行に出かけた。ヴィッシー・ブロットとロジュムベルクだ。明日はクルムロフをあとにしてさらに先の、どこだかレノラへ行く。そこには本当の森があるそうだ。しかしそこからはもう帰り道の始まりだ。そのほかの点ではすべて好調で、気持の良いひんやりとした天候もさながら、気分も冴えわたっている。

心からのご挨拶とともに、　K．Č．

【一九二五年九月六日、プラハティツェ・ナ・シュマヴィエ】 (966)

また一駅進んだ。キノコのためにも、ぼくのためにも、ちょっと冷え込みがひどくなった。その結果、たぶんかなり早く帰ることになるだろう。ほかは異常なし、いまはもう、ぼく一人だ。いろんな美しいものをたくさん見ている。

心から、ごきげんよう、　K．Č．

【一九二五年九月七日、レノラ】 (967)

さて、もう、ぼくは帰ろうとしている。なぜならぼくはこれ以上寒いのはぼくには無理だからだ。でも、ぼくはキノコを見つけたよ、君！　戻ったらすぐに報告しよう。

心からのご挨拶とともに、　K．Č．

【一九二五年九月十七日、ズノイモ——ニェメツキー・ブロト】 (968)

マドラは第二幕でストッキングをはいている。しかし、やがて部屋着で、はだしで出てくる！　これは頂けないね。——最後に好天の一日だ。まだ、ぼくは帰りつかない。

心から、ご挨拶を、　K．Č．

【一九二五年九月二十一日、ブルノ】 (969)

火曜日の午後、君の所に来ます。

チャペック

【一九二五年頃】 (970)

それで、あらかじめ約束してシュラーメクを訪ねてきた、——そして君は苦境にある。ぼくは明日かなり早く戻ってくる。ぼくたちがフェリツィンカ夫人よりも前に君と会うためにだ。もちろんぼくには君がそのことを忘れないかどうか、そんなことのかわりに乗馬に行かないかどうかなんてことには、いっさい確信はない。

心から、

K. Č.

【一九二五年十一月初旬】 (971)

親愛なるオルガ、

明日（火曜日）の午後に君のところに行く。ぼくたちは天気がいいこと、そして少しばかり外気のなかで背を伸ばそう。なぜなら、君はマドラの役をもらったんだし、ぼくは早めに行くよ。ラーニに行くのは木曜日でないとしたら、たぶん水曜日だ。もちろんペンの会議にまでは戻ってくるつもりだ。その他とくに新しいことはない。ぼくまさしく「現代」誌に『女性と政治』というエッセイを掲載した。読んでおきなさい。

お手々にキスを、K. Č.

【一九二五年十一月初旬】 (972)

親愛なるオルガ、

人間は言うだけだ、だがラーニの老人〔マサリク大統領〕は変える。月曜日の昼食にあそこへは行けないことが今わかったよ。なぜならあそこには誰だか外交官が出席するらしい。しかし夕食会となると、ぼくはそこに夜通し火曜日までいなくてはならなくなる。そして当然、戻るのは火曜日の午後になる。だから、約束し誓ったように、火曜日の朝には来ることが出来ない。でも火曜日の午後なら大丈夫だ。そのこと心に留めておいてね。

両方のお手々にキスを、K. Č.

【一九二五年頃】 (973)

D. O.〔親愛なるオルガ〕

ほんとに君は旅公演にずうっと付き合わなくていいんだよ。もう、そろそろ少し休みなさい！いまはもうその公演を中断して、一息入れなさい。それじゃ、明日（木曜日）の午後にぼくが行くから、君は家にいなさい。ぼくがもう一度、君の顔が見られるように。ぼくには土曜日から会っていないと言うのは、間の空きすぎのように思える。
じゃ、ごきげんよう。お手にキスを、

K.

〔一九二五年頃〕 (974)

いいだろう、そんなら、ぼくは明日（木曜日）五時以降に。今日は舞台の成功、祈ってるよ。

心から、K. Č.

〔一九二五年頃〕 (975)

それじゃ、明日（木曜日）の午後、たぶん四時ごろ——せめて、今度こそ君を捕まえるからね——そう、望みたいな。

〔一九二五年頃〕 (976)

ぼくは正午前にここにいた。もちろん、虚しくね。じゃあ、明日（土曜日）、四時三十分に劇場の前で、いいね？

K. Č.

〔一九二五年頃〕 (977)

すばらしーい！

1926

［一九二六年二月八日、ブルノ］　(978)

親愛なるオルガ、

大急ぎで二言三言書く――ここは一つの輪の中にいるようなものだ。会議や晩餐会それだけ。ゆっくり寝ることとさえ出来ない。今のところペットル・ベズルッチとまだ出会っていない（ぼくは彼の似顔絵を書きたいのだ、その他）。そんなわけでぼくは明日（火曜日）帰ることは出来ない。帰るのは水曜日だ。しかし、水曜日、朝の列車を捕まえることが出来たら五時ごろ劇場の君のところを訪ねる。――君が海の妖精となって何かの物語を演じるというのは楽しみだ。だから、いずれにしても君は劇場にいるわけだよね。そして木曜日には君の所に行く決心をしたからね。ところで、初日に見なかったからといって、どうかお願いだ、怖い声でぼくに唸らないでくれよ。ぼくは君に、ミッリナ〔『女の平和』でオルガが演じる役名〕に、つばをはいたよ、この手紙の幸運のために、首筋に一発食らわせろ、そして叱えろ。それじゃ、ごきげんよう。

お手々に、キッス、K. Č.

［一九二六年三月十八日］　(979)

親愛なるオルガ、

明日は、通常、ぼくたちが会う日だよね。だから急いで、簡潔に一言二言だけ書くことにする。それから、お行儀よく挨拶をする。明日ぼくは一つは城〔内閣府〕のシースロフ課長のところに呼び出されている。もう一つは、一人のドイツ人の演出家がウィーンからぼくのところに参加を申し入れてきている。どう扱えばいいのかわからずにいる。土曜日、君はもう、プラハにいるんだね。しかも舞台に出ていない。だったら、ぼくは午後君の所へ行く。そして君のフラデッツでの名声の色あせた花束の香りをかぐ。それはね、つまり、その公演がうまくいったんだなということを期待してのことだ。いまはペンクラブの会議に急いでいくところだ。それから君の家のお茶におよばれに——このお茶は今年、ぼくが辞退しなかった唯一のお茶だ。

火曜日は、夜、大統領閣下のところでの夕食だ。ぼくは出席できないと、お礼の言葉とともに辞退した。おまえというやつはありふれた訪問と友好のためにも、おまえは、もっとすばらしいことに割く時間さえ持っていないのかと、またぼくは責められている。

これからぼくはあと二つ、金曜日と、土曜日のお茶へのご招待に断り状を書かなければならない。

それじゃ、また、ごきげんよう！

子猫のお手々へのキスといっしょに。K.

(980)

［一九二六年三月］

D. O.

金曜日の朝ぼくは歯医者に行く——いい頃合に終わってくれれば稽古に行く。でなければ、きっと金曜日に行く、だいたい四時ごろだ。——そのアンドゥラのことは全然驚かなくていい。そのことで事情が変わることはない。そうとも何にもね。そのことではまさに君が（みんなの前で！）、彼女の客演が君にまったく興味がないことがはっきりわかる君の自信を見せてやるといいんだよ。そのことについては口頭で、もっと言ってあげるよ。敬意を持って君の手にキスをします、K.

(981)

［一九二六年五月］

親愛なるオルガ、

君がぼくの「義務的訪問」について、皮肉をまじえながら書いているかいないかなんて知らない。

それはそんなに悪くはないよ。それに、ぼくはイギリスの賓客にたいして、ぼくが彼らの招待客としてロンドンに行った時に、彼らがぼくにした以上のことはしていないと信じてくれよ。ぼくは土曜日と月曜日の午後と夜、彼らによって拘束されている。それだけだ。

　日曜日には大統領閣下のところに呼ばれている。でも、これはもちろん議論の余地のない義務だ。わかるだろう？

　クヴァピルは目の病にひどくみじめな思いをしている。ぼくは彼がだんだん気の毒になってきた。この「訪問」よりもぼくを忙しくさせているのは、もちろん編集部だ。そこではクリーマの不在とバスの病気のために、他のみんなにしわ寄せが来ているのはたしかだ。

　だから、お願いする。ぼくの「義務」について、君が言うように、一定の理解をもって見守っていてほしいんだ。ぼくは実際、追っかけっこしているみたいだ。それにまた、ひどい睡眠不足状態にあるようにも感じる。――ぼくには君のために「十五分間を捻出する」必要なんかないんだよ。ぼくが君の所に行こうと思っている金曜日の朝は暇だし、君は家にはいないだろうから、土曜日の朝、君の所に寄るよ。そしてお願いなんだけど、君が家にいないのなら、伝言を置いておいてくれないか。よければ月曜日の午前中に君のところに寄っていくから。

　ぼくは日にちを間違えていた。ぼくは君にこの手紙を書く前にすでに劇場へ向かっていたのだ。ぼくは君がマルキースを演じていると思っていたんだが、目下のところはニコルスカー〔バレリーナ〕が踊っているというわけだな。

　ぼくはまた静かさがほしくなった。自分と自分の生活のための日々がね。だけど知っての通り、連続の法則というのがあってね、そいつがねいつも一緒に、どどどっと押し寄せて来るんだ。それも大概が大量にね。もし君が皮肉をまじえて手紙に書かないなら、ぼくは君にこの苦境をぶちまけたい。ぼくは君がぼくのための少しの暇をもってくれることを楽しみにしている。それはやさしい慰めの時となるだろう。ぼくにはそれがひどく欠乏しているのだよ。

お手々にキスを、K.C.

［一九二六年七月初旬］ (982)

親愛なるオルガ、ぼくは四時間と二十分のうちに帰ってくるよ——だからいつもより遅いわけではない。ぼくはいまから何をなすべきか？ 明日（日曜日）の朝、君は劇場にいる。午後はぼくが仕事でソコル体育会に行かなければならない。月曜日の朝は、君はたぶん稽古だ。午後はぼくのところで建築委員会がある。たぶんシュラーメクもだ。月曜日の夜は劇場に行き、君のところに顔を出す、ただし君がいやでなければだが。

火曜日の朝は、ぼくは暇だ。午後からはペンクラブの委員会がある。いつぼくと会えるか、どうか、君が決めてください。

心から、K.

［一九二六年七月十九日、月曜日］ (983)

親愛なるオルガ、

今朝、ぼくは君からの手紙をちょうど受け取ったばかりだ。しかし、すでにぼくは心配事を抱え込んだようだ。君がまったく姿を見せない、そして二度、ぼくは君のうちに行って、君の住所をたずねた。そして結局、君が自分の健康によい影響を与える場所にいること、そしてそこが君の気に入るだろうということがわかって、ぼくはうれしい。しかしながら、驚いたことに、そこがどういうふうだか、そこが山なのかどうか、などなどのこともちっとも書いてない。いいかい、ぼくはね、君のいまの環境がどうかを想像してみたいんだよ。意味は少しパリに長居しすぎたんだよ。そんなときはね、できるかぎり早く海のほうに行くのがいいと思うよ。

先週の金曜日に、ぼくたちは義兄コジェルハ博士〔姉ヘレナの夫〕の葬儀を行った。彼は火曜日に脳卒中で倒れそして死んだ。でも彼は脳卒中でなくても亡くなっていた。なぜなら、鼻の中の何か小さな手術のせいで、敗血症にかかっていたんだ。

彼は遺言も財産目録も残さずに死んだから、姉はきわめて困難な状況に追い込まれ、彼がいったいどれだけの遺産を残してくれたのかさえはっきり言うことが出来なかった。なぜなら、彼のほとんどすべての資産は土地の投機につぎ込まれていたからだ。だから、わかるだろう、人生とは、何の不足もないと常々自ら思っていたような人にとっても重荷なのだということが。

昨日、日曜日に、マサリク大統領への新しいインタヴューが新聞に載った。このソコル体育会はわが国における政治的空気を多少清潔にした——国民新聞〔右翼系の新聞〕までが少しばかり平伏したほどのマサリク大統領にたいする熱烈な支持が示された。そのかわり、矛先が無節操にもベネシュのほうに向けられた〔マサリクのあとを次いで第二代大統領になる人物〕。君のお父さんもあの新聞社じゃ、かなりストレスがたまっているのではないかな。暴風と大雨のあと、今ここは猛烈な暑さだよ。今日は日陰で摂氏三十度の暑さだ。だから当然ながら、ぼくはげんなりしているよ。外では人通りはほとんどなく、あまりの暑さに、文章を書くどころではない。それにもともと、ぼくは三日間ブルノに行かなければならなかったんだ。ぼくの考えでは、君が戻ってくる前に一週間休暇をとろうかと思っている。

アメリカからはまだ何も書いてこない。当然ぼくのアメリカ訪問は何の得にもならないだろうからね。それはかえってぼくには肩の荷が下りたようなものだ。だからいまぼくは何となくぼんやり生きている。でも、それだって、ぼくには貴重な休養だ。君の体調はどうか、君に何も起こっていないかとぼくがどれほど気遣っていたか、君には思いも及ばないだろう。君が出発したあの日、ぼくは、君の盲腸が悪くならないかどうか、あの旅が君に悪い状況を押しつけたんではないかと、いても立ってもいられない気分だった。そのあとに、君がパリにいることを想像すると、ぼくはまたひどく心配になってきた。そして、ぼくは、もう君が早くパリから出てどこか別のところへ行ってくれればいいのにと、ほとんど祈りたいような気分だった。ねえ、言ってくれよ、その君の腫物《おでき》はどうなった？　首の所？　それともどこなんだ？　君は何ひとつきちんと書かないんだね。――ロマン〔オルガの雑誌連載の作品『赤いメリーゴーラウンド』〕のほうはもちろん訂正しているさ、そして「チェコの言葉」誌に掲載されたものにも筆を加えている。ぼくには結末を、ちょっとばかり急ぎすぎたように感じられるのだけどね。だから本にする前に、たぶんもう少し見直したほうがいいかもしれないな。

ヴァーヴラのことについてはなんの情報も持っていない。それどころかほかの誰のことも知らない。それからね、お嬢ちゃん、ぼくは君のことをいつも心配しながら思い出しているんだよ。ぼくは祖国からこんなに遠く離れた君を想像することに慣れていない。君のことにも十分気を配って、おできもよくなり、すごく元気な君を連れて帰るようにと、ぼくが頼んでいたと、そして、ぼくがよろしくと言っていたと、マリアンヌに伝えなさい。

ぼくは書くことも出来ない。ペン軸がひとりでに汗をかき、ぼくの指にくっつくのだよ。ぼくの頭は粉袋のように重く垂れ下がっている。また秋が来たらどんなにうれしいことか。君だってプラハに戻れば、生き生きと元気になれるよ。それからぼくにもっと頻繁に手紙を、すてきで、詳しい手紙を書きなさい。ぼくが目を閉じると、君がどんなところにいるのか浮かんでくるように。

いまはもちろん、このシーズン中に、変わったことなど、まるで何もない。仮に何かめずらしいことが起こったとしても、人間はもうそんなものにも興味を持つことが出来なくなっているだろうとさえ、ぼくは思っている。いまぼくはこうやって木陰にすわっているところだが、何にも考えられない。犯罪的思考でさえ、この暑さでは、人間、持つことは出来まいよ。ぼくは一日中はだしで駆けまわり、種をまいていた。言っておくけどね――こいつはとっても大きな楽しみだよ。君がソコル体育会を運良く免れたんだから、大いに楽しむといいよ。あれは体力を消耗する。不運なるぼくは大勢の外国人の応対をしなければならなかった。その結果、ぼくは一週間沈黙を必要とした。そのあと君からの手紙が来なかったとき、ぼくはすごい恐怖に襲われた。そのあげく葬式となった――いままでぼくが経験してきた時間は、決して快適ではなかった。ただ芽を出した種の上にかがみこんでいるときの静かさが、ぼくのささやかな慰めだ。だからぼくは元気だ。ただ少しくたびれてはいる。

だけど、君はどうなんだい、いまこの時に何をしているの？　たぶん君はほとんど一日中、海の中にいるんだろう。海の満潮の時、それは美しい。まるで岩を洗っているかのようだ。おそらくいまは、いたるところ猛暑だという時に、君は海の恵みを楽しんでいるんだ。そして朝、君は何をしている、夜は何をしている？　ぼくは何にも想像することが出来ない。君はぼくにちゃんと手紙で知らせてくれなくちゃ。

もう、止めようオルガちゃん。ぼくは君への質問のほか何も書く気にならないんだ――やってごらんそれらの質問に、催促されなくても答えるように。ただそのことでもう少し言いたいことがある。ぼくはすごく悲しい。そしてぼくは年老いた道化のように思い出している。そしてもうこれ以上、言うことはない。お元気で、手紙を書くこと。

お手々にキスを、マリアンナにはよろしく、カレル。

[一九二六年七月二十三日]　　(984)

親愛なるオルガ、

ぼくはいま編集部で、大急ぎで書いている。ぼくの手紙が今日の郵便で急いで走っていくためだ。それで、これはまた何としたことだ、今日一度で君の手紙が二通も届いたよ。一通は、日射病のこと、そしてもう一通のほうは……どうか、この二通の手紙が着いたころには、すでに君は完全に日に焼けてはげかかっていた皮膚から完全に抜け出していることだろうと、願っている。そして今後は直射日光にはよほど気をつけないとね。それ以外のことにかんしては、君がその場所を気に入っていること、そして有益な日々を送っていることを、本当にうれしく思う。

明日から数日間、サーザヴァのほうに行ってくる。なぜなら、こちらは寒くなったんでね。いまはそんなわけで、ぼくも、ぼくの種たちも、その気候に悩まされているというわけなのだ。新しいことは何もない。クヴァピルがマルタ島から書いてきた。もし彼が言うべきでないことをぼくに言ってしまったのだとしたら、病的な精神状態のなかで起こったことだとかなんとかいって、弁解していた。ぼくは彼とは、今後あまり多くの仕事を一緒にやっていきたくない。――

つい最近のことだけど、「国民新聞」にぼくがかなり手荒い扱い方で登場するようになった。同紙はすでにかなり下品な言葉で大統領閣下について書き、また、ぼくは国民新聞のガブリエル・モウドリーにひどい悪口を浴びせた――簡潔に、だが鋭く。現在はもちろん毎日のように、ぼくは彼らから歯に衣を着せぬ警告を頂戴している。しかしその代償として、大衆は何か偉大な行為にたいするかのように、ぼくに謝意を表明している。どうしようもないことだが、ちょっとでもそれが人間の弱点に触れたようなときには、人間は自分の居場所にじっと我慢していられないらしい。

ぼくはまったく何も書かないときでも、なんとなく非常に忙しい。だけどその一つの理由は、ぼくはいま庭仕事でたくさんの緊急性を要する仕事をこなさなきゃならないからということもある。さらにいまひとつは、いつも次から次へと訪問客があったり、その他もろもろの雑用があるからだ。だから数日間、犬か猫のように怠けて寝そべっていられたら、どんなにか幸せだろうなと思う。

当然のことだが、ぼくは君のことをずいぶんいろいろと思い出しているんだよ。君の小説《ロマン》も依然として連載されている。編集者のメロウンは「チェコの言葉」社を退社した。――ぼくらの社〔民衆新聞〕に志願してきたが、うまく行かなかった。ホルマイステルは新婚旅行にイギリスに出かけたしソコル体育会が終わったあとの今、世界中が、田舎や、あるいは外国に散っていってしまった。

でも、それでも、ぼくの金曜会はがんばり続けているよ——今日、ぼくのところにアメリカの銀行家トマーシュ・チャペックが来るよ。プラハは空っぽになって、静かだ。そしてそのために、前よりもずうっと愛しい町になった。

じゃあ、これからも楽しい日々を過ごしなさい。そして思いっきり、思いっきり幸せに浸りなさい。君の休暇もだんだん終わりに近づいている——実際、時の経つのは速いね。君が出かけたのはほんの一週間前だったような気がする。このたいして美しくもない日々を有効に使いなさい。そして、たっぷり、たっぷり幸せでありなさい。マリアンナにもよろしく。

心から、お手々にキスを、K. Č.

［一九二六年七月二十七日］　(958)

D. O.

ぼくは君がすごく気の毒だ。今度の夏休みは君にとっては、あまりいい休暇ではなかったようだね。でも、君は何も書かなかったからといって、それがもとで何か悪いことが君に起こることはないよ。それでいいんだ。君には休養が必要だったんだ。君がフランス人たちについて書いてきたことについては、そのフランス人たちから学ぶといいよ、このガリ勉屋さん！

ただね、君がその肋膜炎をちゃんと治したいんなら、この暑さにもかかわらず、もっと日光を浴びたほうがいいと、ぼくは思うけど。——こちらはね、今ひどいもんだ、ちょうど今日から、また猛暑の連続が始まったところだ。それと同時に、またこの暑さの中で、稽古でたっぷり汗を流している君のことを思い出している。それで二日後には今度は雨が降り始めるんだそうだ。——ぼくはもう短編を十三編書き上げたよ。通常、一日に一編ずつ書き上げていることになる。ぼくが何からも仕事の邪魔をされなかったら、死んだような静けさにはなるだろう。でも時には三日間、一通の手紙も受け取らないことがある。そして、誰にも（君のことは別にして）返事を書かなくてすむから、ぼくにはいいんだけどね。——新しいことは、まったく何にもなし。そんなわけで、ぼくはもう例の金曜会までの日数を指折り数えている。

もしそちらが君の健康によい作用を及ぼすというのであれば、もっと長く滞在したらどうなの？ それともスイス経由で帰るというのなら、いっぺんに長旅をしなくてすむように、一日か二日ばかりスイスに滞在したらどうなんだい？ 君は消耗するよ、お嬢さん！ 君は帰りの道のりをいくつかに分けるよう、必ずやってみる必要があるな。じゃあ、気をつけて、大事なお嬢さん。それからぼくにもう二三行の手紙を書きなさい。

君の疲れた指すべてにキスをします。

K.

〔一九二六年七月二十九日〕 (986)

親愛なるオルガ、
この手紙を君が受け取るかどうかはわからない。むしろ僕はもう間に合わないだろうと思っている。だから短く書く。ぼくはいま数日間の予定で田舎に来ている。エヴァニ、チェルチャニ、オウベニツェだ。でも非常に寒いし、雨も降っている。それにまたプラハに腰を落ちつけたくなった。寒いのはぼくにはけっこうなことだが、種のほうが芽を出そうとしないんだ。

新しいことはまったく何にもない。本当に死んだようなシーズンだ。ただ警察の中だけはあらゆる胡散臭さが漂っている。しかし、君はそんなことに興味はないだろう。ぼくだってさ。

君のエア・メールだけど、たぶんぼくは受け取っていない。――パリからは一通だけ、返事の住所の書いてないものだけが着いた。航空便で送られたのかどうかぼくは知らない。

お尋ねしますけど、君の肝炎はどうなったの？ そのことに関して、ぼくはまったく不案内なのだけど、ぼくに出来ることといえば、君をお医者さんのところに追いやることくらいだけど、へっ！ 単純に言って、そいつはうまくない。

それともぼくとしては、君が丸々と太って、こんがりときれいに日焼けしているとうれしいな。どうかそれが君の健康のためによい作用を与えてくれますようにだ！　いま外で降っている雨は、君からのご挨拶かもしれない。それというのも、新聞によるとビスケー湾の気象の変動がかなり激しいそうだ。わが国からはいかなる変動も西のほうには向かわない。だから、ぼくは君に一番すてきなご挨拶を郵便で送っているんだ。それはたしかにほんとうだ。君がこの手紙を受け取らないだろうということはほぼ確実だ。でもぼくは自分の楽しみのためにそれを書いているんだ。

最大に心を込めて、君の両方のお手々にキスをする。そしてもっと大事な楽しみは君との再会をいまから待ち望んでいる。
K．Č．

(987)
［一九二六年八月頃］
約束どおりぼくは来た、十時に——そして、それは遅すぎた。そんなら午後、歯医者から来る。だから正確な時間はぼくにもわからない。でも、四時過ぎになるかもしれない。だからぼくとしては「口を利かぬ顔」を家で捕まえようかな。なんとかうまく行けばいいのだが！　ぼくは両方の親指を握っている。
心から、K．Č．

(988)
［一九二六年八月頃］
ぼくは約束どおり、午後四時過ぎ（四時十五分）に来た。でも、君を家のなかに探し出せないのですごく驚いた。ぼくはこのことが理解できない。だから明日（水曜日）午前中に、たぶん十時頃、来る。声はどうした？　ぼくはいつも歯医者に通っている。
心から怒っている、
K．

(989)
［一九二六年九月一日］
親愛なるオルガちゃん、
ぼくは、君が本気になって病気療養をしていること、それに付随する不愉快なことまでもすごい英雄的勇気をもって受け入れていると聞いて非常にうれしい。がんばれ、少年、君はコサック兵になれるぞ。スタンダッルト氏（ヴァニェチュコヴァー嬢のところにいる）がぼくに話してくれたのだけど、彼は、プシェツェフチェル博士に君の具合がどうかたずねてくれたところ、そのドクトルは、君の病状はまったく深刻なものではない。しかし少なくとも一ヵ月は治療をしなければならない、そして健康には細心の注意を払うこと、なぜなら、君は肉体的にも精神的にも完全に疲労しているからだそうだ。

ほらね、君の診断の具合はこの通りだ。それでぼくは君に膝をついてお願いする。君のお父さんが葉巻の灰を叩き落とすまでの間に、君に耐えられるだけの長さでいいから、短い手紙を書いてくれ。そして窓に向かってあかんべえをすればいい。そしてブドゥリーネクのようによく食べ、君が愚かなやり方で浪費した自分の力をあらゆる経過をへて復活させる。

食べなさい、飲みなさい、横になりなさい。空気を吸い込み、うがいをし、歩き、倒れたその場にあるものをむさぼりなさい。黙る、考えない、書かない（何通かの手紙をチャーチャに書く以外は——書くんだとしても短いのでけっこう）。そして立つのなら、要するにきちんと、四本の足で立つこと。

今日、ぼくは君からの手紙を受け取った。昨日、ぼくは君がどこにいるのだ、それに何をしているのだと尋ねるために、すでに、君のところへ駆け出していた。ぼくはボシュカのためには二、三冊の本、君のためには——驚くなよ、そこには数冊のフランス語の本がある。でも、それを加えたのはいつも何かなすべきことを欠かさないためだ。いまこの緑色の部屋のなかでは君のボシュカは、いつもより緑の色が少なめに見える。

フランティシェク・ランゲルは、君が三ヵ月の休暇を取るらしいということを聞きつけた。しかも、非常に驚いた。それというのもだね、彼の新しい今のところ未完成の作品（これは、君が知っているのとはまったく別の作品だ）は君に合わせて書いたんだと。そして、聞いたところでは、その結果、君が女性の登場人物としては唯一の、しかも女性の主役なのだそうだ。ぼくはまったく平静だが、フランティシェクが君によろしくと伝えてくれと言ってきた。シュラーメクもまたすでにプラハに戻ってきている。ぼくだけがここで、この美しいインディアン・サマーのぽかぽか日和のなかで、乾燥している。そして、いつになったら外に出られるのだろうと日数を勘定している。ぼくはルハチョヴィツェかタトラに行きたい。しかし、

① ぼくはまだ一本、政治的な論文を書き上げなければならない。――そして、ぼくはそれを、ぼくが戦争に行かなかった借りの代償としてその論文を書き上げなければならないのだと思っている。

② ぼくはまた、別の用件でブルノに寄らなければならない。

③ 老人はまた、ぼくを（何となくはにかみがちに、それでも、あえて）ぼくをトポルチャンキに招くというんだ。

ぼくにはこれらすべての予定をどう繋げればいいのかわからない。ぼくはまだ使っていない公休日が二十日ほどあるか。ここも今、とてもいい天気だ。あの非常に深刻で重大事項にいたるまでがそうだといえる。ぼくはその重大事項に取りかからなければならないんだ。でもこの先頭は完成されなければならない。たとえ、そのために半年がつぶれようともね。それはね、いいかい、それに値する人物にかかわるものなんだ。

もし、一定の公的かつ道徳的影響がなければ、ぼくもこれほど完璧にこの人物に引かれることはなかっただろうにと、ぼくは大きな驚きをもってこの事実を見つめている。――ねえ君、ぼくにはそんなこと、かつてなかったことだよ。さて、そこでぼくの意欲的取り組みにたいして君の女性的祝福を与えてくれないか、どうだい？ 少なくとも君にはわかるだろう、ぼくが干からびた古いスリッパでないことは。

ドヴォジャークの作品もいいとフクサがぼくに言った。――ほうら、見なさい君のための役が、どこかの森の外れにすわっている間に、どんどん

増えていくじゃないか。

ヴァニェチュコヴァー嬢がどこかからイチゴの苗木を持ってきてくれた。なんでも、スリアチェに行くまで、君の所に泊まっていくそうだよ。彼女はハムを食べて太ったように青白い顔をしている（これは新しいブリアンのジョークだ）。マリアンナは君のあとを追って行きたいらしいそうだよ。それ以上のことは、いくつかの古い言い古されたことくらいしか知らない。たとえば、日の下でも星の下でも、とってもとっても君のことをぼくは思い出しているよ、なんてことくらいかな。

それじゃあ、むっつり屋さん、お元気で、それから筋肉痛やその他あらゆる体の隅々にいたるまで、腫れ物やその他の災いから回復して、元気になりなさい。第一ページのぼくの忠告をよく守ること、それからあらゆる心配事を追放（ぼくはこの言葉をこれまでかつて、まだ書いたことがない！）してしまいなさい。

じゃ、ごきげんよう。君の手に最高に熱烈なキスを［……］。

K. Č.

［一九二六年九月六日　月曜日］　(990)

親愛なるオルガ、
昨日、ぼくはプラハにいなかった（わかるだろう、いつもあの政治だ――むしろこのことは君にもう言わないことにしようかな）そして、今日、汽車の中で、昨日の「トリビューン」紙を買った。そこには郵便にたいする悲しげな苦情が載っていた。そんな嘆きを聞くと石でさえその頑なな心を和ませる［チェコの諺］、ぼくの心だってそうだ。だから、すぐにも手紙を書こう、たとえ書くことが何もなくとも、せめて君のルームメイドが、君に渡す何かを持つためにだけでも。ぼくは電車通りから真っ直ぐ編集部に駆け込み、そこから手紙を書いているところだ――ほんとは、なんと書けばいいいんだ。
なぜなら、ぼくは君のことをしばしば思い出している。そして、きみが、もうすっかりいいんだ、そしてもう休みなしに十時間も話できる、そしてひばりのように歌い、セキレイのようにそのあたりを飛びはねる。君に分かち与えられた、それらのすばらしい日々を、多いに楽しんでいるというわけだ。それから、明日か明後日、また何か書くよ、いいだろう？

心から、お手々にキスを、K．Č．

（991）

［一九二六年九月九日］

親愛なるオルガ、

たぶん、君の最後の手紙を、今朝、受け取ったばかりだけど、ずいぶんご機嫌斜めな時に書いたようだね。ぼくも否だということがたくさんあるといいんだけど、でも、ご存知の通り、ぼくは非難にたいしても、しばしば襲う痛みにも決して反応しない。ぼくは沈黙することができる。でも、ある一つのことについてだけは、決して見逃すことができない。君はね、もしまた元気になりたいと思うなら、こんなふうな考え方をしたり、こんなふうなことを書いたりしてはだめだ。いいかい、ぼくはね、少しばかり自分流のお医者さんになるよ。ぼくのもっとも固い信念は、人間は人生を満足に生きようと思うなら、健康になりたいと思わなければならない。幸福になることを望まなければならない、自分自身を均衡の取れた、オプティミストになるよう自分から努めなければならない。――とくに君のように虚弱な人間が問題になるときには――それとも、ある時のぼくのように。もし退屈になったら、退屈しなさい、ただしユーモアをもって。寂しくなったらそんな時は、自分に向かって笑顔を見せなさい。そして自分からあらゆる苦痛を追い払うか、そうでなければ治らないかだ。

お嬢さん、ぼくが君に言うこと（しかももうかなり長々と言っている）は耳障りのいい言葉ではないかもしれない。しかし、それは利己的なことではない、その反対だ。君が人間として、娘として、かつまた芸術家として人々に与えることができる最良のものは、よき分別だ。君は孤独が好きだと書いたし、言いもした。それをぼくたちは持っているじゃないか！　金曜日に受け取った手紙は、すっかりあきらめきった者の微笑で満たされていた。ぼくはそれを見てうれしく思った。何よりも不安がなくなっている。そして水曜日にはこんな泣き言がやってきた。たしかに、ぼくは君にぼくがプラハにいなかったと書いたよ。君はぼくがこの時期、これまでかつてなかったような、大きな、困難な問題で頭を痛めていたことを考えていない。いいかい、君にちょっとでもその気がありさえしたら、ぼくの苦労を多少なりと軽くしてくれることも出来たんだよ。

でも第一に重要なのは、そこにいて、声帯をなおすこと、余計な心配はしないこと。すぐに良くなる。お医者さんはみんな君にそう言うだろう——君がときどき、そうやって不安がるのは、君の不幸な性質なんだよ。ぼくはこれまで、もう、君の病気に付き合わされたことだろう——目の病気、盲腸、敗血症、肋膜炎——それに、君はいつも何かわけのわからないものに怯えている。そして、いいかい、君はその大部分のことを、もう覚えてもいないんだ。

さあ、ちょっと落ち着いて、ちゃんと息を吸ってごらん。本当さ、退屈したり、気がむさくさする時にだって利く。君が完全によくなるまでは、その愚かなルハチョヴィッェから逃げ出さないよう我慢しなさい。——なるほど、君はこれで十二日間もそこにいるのか！ もう、ぼくに手紙もくれなくなった。ぼくは片づけなきゃならない仕事があってブルノに行く。その後、ルハチョヴィッェへ行き、そこからタトリだ。——今年の夏はそれが必要なんだ。なぜなら、ぼくをひどく苦しめている、慢性化してしまった朝の咳を直さなければならないからだ。ルハチョヴィッェにはいつ来るか、はっきりしたところはまだ言えない——それはたぶん来週の初めになるかな。来る時には知らせる。ただ、天候がこれまでのように楽しい時であればいいんだけど——ぼくは休暇をあと二十日間持っているんだ。けど、今となっちゃあ、もう何の役にも立ちゃしない。

ぼくを引き止めていた用件はすでにいい方向に進みはじめた。そのほとんどは順調だ。だから一時的にその問題に背を向けることが出来る（もう、永久にバイバイしたいよ）。その他に新しいことはない。ぼくはまだ遣り残した仕事の後始末に追われている。

そこでお願いだ、治療の時にはどうか忍耐強くなって下さい。おとなしくそして陽気に。それから、びくびくしないこと。ゴキブリは頭を切り取ってやりなさい。いや、そんな必要はない。そして君と会うまでは、君にもっと言ってあげる。そんなこと、もう必要ないよ、少なくともきみのためにはね。

心から、ごきげんよう、そしてキスを、

君のK．Č．

（992）

［一九二六年九月十三日］

火曜日に着く。

チャペック

（993）

［一九二六年九月中旬］

親愛なるオルガ、

ぼくは『メーキャップ』についての劇評の載った「チェコスロヴァキア共和国」紙からの切抜きを渡すのを忘れていた。だからぼくは君にそれを送る。ぼくは、今日、一日中手紙を整理しなければならなかった。すまないけど同封の手紙をイジナ・シュベルトヴァー嬢に渡してくれないか、ペンクラブ関係の文書だ。

ぼくは幸運にも寝台列車のベッドを取ることが出来た。そんなわけでぼくは領主のような旅をする。汽車の旅は全行程十一時間だ。

ぼくはその間ずうっとあの小さな彫像を見ていた。ぼくはそれを見ていてすごく幸せな気分になった。ありがとうと、もう一度お礼の言葉を述べたい。でも、これがどれくらいお金がかかったかを考えると怖くなった。しかし待ってろよ、この償いはきっとするからね。

じゃ、さようなら。この数日間、元気に過ごすよう。馬から落ちないように、がらがら声で話さないこと。そして良いことだけをするように。

心から、ご挨拶とお手々にキッスを、K．Č．

［一九二六年九月十七日、金曜日の朝、タトランスカー・ロムニツァ］　(994)

無事、到着した。そして、朝、すぐにすばらしい時をもった。おおこの時よ、続いてくれ！　ぼくはきれいな部屋を持った。ここはもうほとんど人はいない。だからすべてはきちんと整理されている。

心から、K．Č．

［一九二六年九月、タトランスカー・ロムニツァ］　(995)

ぼくはもちろん登ってはいない場所からご挨拶。非常に好天気だ。たっぷり歩いている。歩くなんてこと、もう、ほとんど忘れかけていた。何日か後には、もっと遠くまで歩く。

心から、K．Č．

［一九二六年九月二十日以前］　(996)

親愛なるオルガ、

ぼくが元気で何ひとつ欠けたところのない生活を送っていることを知らせるために、ほんの短い手紙を書いている。とは言うものの、今日はたまたま数時間の睡眠が欠けているんだ。それというのはね、昨晩ぼくは数人のスロヴァキアの政治家や新聞記者と、かなり長時間にわたって大量の酒を飲んだんだ。そのあげくベッドでぼくを乗せたまま小船のように上がったり下がったりした。うん、だから、人間は時には政治家のために犠牲にならなければならないんだ。

明日か明後日、ぼくはトポルチャンキに行く。老人はそこへ、ぼくを非常に誠心誠意招待し、ぼくに好きなだけ滞在していいと言っておられるそうだ。いま、ぼくはここで予期した以上に大勢の人と知己を得ることが出来た。それ以前は、ぼくはまたもや残酷なほど孤独だったんだ。

特にぼくはここに来て、走りに走った。日頃から運動不足の足ははずれ、肺は息切れしそうなくらい――しかしぼくはそれを必要としている。君に書く手紙以外に。ぼくはペンも手にしない。ぼくはいつも家に帰った時すごっく心地よく疲れ、いすの上に足を置き、うつらうつらと居眠りする――単純に考えることからも仕事からも離れて、簡単な憩いを取る、これなら君だって大目に見てくれるだろうと希望している。

そして君は、もうプラハに帰っているとしたら、お行儀よくしているかい。喉は十分手当てをするんだよ。よく気をつけて、完全に好くならないかぎり、決して声を張ったりしちゃだめだよ。わかってるかい、ぼくは心配しているんだよ。そしてさらに、君がもうプラハにいるんだとしたら、その旅行をどうやって耐えたのだろうかと、繰り返し思い出している。そう、でも君はもう時々は分別のある娘なのだから、ぼくの注意がなくても、たぶん君も自分のことにも注意を払っているだろう。

ぼくは帰宅を楽しみにしている。そして健康で、幸せそうな君を目にすることが出来るよう、とくにお願いする。やあー、何てことだ、万年筆の中のインキが無くなってしまった。鉛筆では書きたくない。こうなったら君のお手々にキスをして、お休みを言うしか仕方ないな。

心から、ごきげんよう、K. Č.

［一九二六年九月二十日、月曜日］ (997)

すてきな旅行からご挨拶――でも、ここはかなり寒い。もう、そろそろ家が恋しくなってきた。自然は非常に美しい。しかし人間はわが家をも愛している。ぼくはすこぶる元気だ。そして少し長い長い期間を除けば、満足もしている。

ごきげんよう。K. Č.

［一九二六年十月一日、トポルチャンキ］ (998)

親愛なるオルガ、

ぼくはここにぼくが予想した以上に長く引き止められすぎた。しかしどんな視点から見ても、すてきな日々だった。ぼくは金曜日になってやっと帰ってくる。だから土曜日の午前中、君のところに立ち寄って行くよ。いまは何かの遠足に、馬車にゆられて運ばれている――だからとりあえず、さようなら。そしてお手々にキス。

K・C・

【一九二六年頃】（999）

ぼくはそこに十一時からいた。もちろん成功は得られなかった。だから明日の（土曜日）の午前中、十時に、いいね？

ごきげんよう。

チャーチャ

【一九二六年頃】（1000）

D・O・

メモを劇場のクロークに置いておいてくれ。ぼくは明日（土曜日）――たとえば五時頃――そのメモを見る。それとも、君自身がその時間にそこに来てくれ。

心から、

K・

【一九二六年頃】（1001）

D・O・

それでは明日（火曜日）、三時半にパーナパーヌーのルドミラ教会の前で。

お手々にキスを

K・

1927

［一九二七年三月以後］　（1002）

D．O．　金曜日の午後ぼくはここにいたが無駄だった。それでは明日（土曜日）午後かなり早めに（夜、君には『ネヴァダ』の公演がある）。じゃあ、また。

K．

［一九二七年三月三日以後］　（1003）

親愛なるオルガ、

いいかい、ぼくはね、その電気掃除機で君の役に立てたらどんなにうれしかったことだろう。しかし掃除機は君の家では動かなかった。なぜなら、その機械は二百二十ヴォルト（ぼくの家のほうはジシュコフの発電所から来ているのがその電圧だ）用なのだけど、君の家では百二十ヴォルトの電気しか来ていない（プラハの発電所から来る電圧）。マラーストラナに住んでいるころは百二十ヴォルト用の掃除機を持っていたが、引越しをした時に、ぼくはそれを二百二十ヴォルト用のと交換しなければならなかった。ぼくの電気掃除機が君の役に立たなくて、すごく残念だ。――

　それでは今日（土曜日）午後五時ごろに来る。だって君は『ネヴァダ』に出演しているんだろう。手にキスを、

K．

［一九二七年四月十二日以前］　（1004）

D．O．

今日の夜クラブに行く。ただし夕食は八時だけどね。だから君も八時においで、なぜなら、ご存知の通り、ぼくは長居できない。たくさんの仕事を抱えているからね。そして明日、『創造主アダム』〔チャペック兄弟の最後の共作戯曲〕の稽古を見に行く、じゃあ、クラブに八時、きっとだよ！

K.

（1005）

［一九二七年四月］

親愛なるオルガ、

ある事柄は、まったく、ないしは、少なくともそう頻繁に口に出すべきではないよ。いいかい、生身の体でもあまりしばしば突つかれると、最後には神経が麻痺して何も感じなくなってしまう。今度は、ぼくが君の手紙に何の反応も示さなくなるだろう。だから、ぼくの神経はかつてなかったほどにかき乱されている。そして、いまにも癇癪の発作が襲ってこようとしている。そんな時ぼくは何かを壊さないように、じっと自分を抑えていなければならないんだ。

――いま『殺された人』〔オルガの戯曲作品〕を観ようとする人たちの行列が出来ている。どんな出来だか、ぼくも観てみたい。そして君がひとりで耐えなくて済むように、ぼくも少し手を貸したい。君にそれほど大きなことはして上げられないことは、ぼくにもわかっている。でも、熱いおかゆを吹いて冷ます手伝いくらいはさせてくれ。そして、君があまりにも多くのことを背負い込みすぎているのだとしたら、ぼくは君のために少なくとも、つっかい棒の役くらいにはなるよ。どうした、いまはもう何も恐れることはないよ。明日（木曜日）様子を訪ねにまた来るよ。ぼくをドアの外に放り出してもいいんだよ。君のそばにいたいというぼくの要求、君の心配事の一半を担いで上げようという申し出を禁じることは出来ないよ。ぼくに会う時間がないというのなら、少なくともボシュカに、『殺された人』がどんなふうに進んでいるか、君の心配事は何かを詳細に伝えておきなさい。それごらん、スモリークは悪くはないだろう。どうかぼくもそう願うよ。また五時近くに来るよ。

ごきげんよう。

手にキスを、K.

［一九二七年四月二十六日］（1006）

親愛なるオルガ、

やったー、うまくいったぞ！　もしぼくがムカデだったら、百本の親指のおまじないで幸運を祈り、五十組の手で拍手をするだろう。でも、ぼくの小さな二本の手が何の役に立つというのだ？　こうなったら運命の神を呼び出すしかない。すべてはうまくいく、あの『殺された人』そのもののように。ばんざい、ばんざい、ばんざい！

君のお手々にキス、そしてこの感動を君とともに感じよう。

君の　K.

［一九二七年四月二十六日以後］（1007）

それじゃ、明日（土曜日）午後一番で行くよ。

昨日はぼくは夜八時まで会議があった。九時半ごろ劇場に駆けつけたが、もう終演していたし、いたるところ真っ暗だった。今日、ぼくは『殺された人』を見たい。さて、どうすればいいかだ。声帯はどうなった？　それから関節は？　じゃ明日、そのことについては尋ねよう。

心から、

K. Č.

［一九二七年六月一日、水曜日、エーペルナイ］（1008）

とりあえず、ぼくは無事、エーペルナイに着いた。——思い出した。今日の夜は『フェリックス』の初日だったね。こうなったら初日が早く終わってくれればと思うだけだ。君がうまく演じることを期待しているよ、それからもうちゃんと直ったのかい?!　こんばんペピーク〔ヨゼフの別の呼び方、ここでは兄ヨゼフのこと〕が来る。

では、心からのご挨拶を、K. Č.

［一九二七年六月二日、レメシュ］（1009）

途中下車のレメシュからのご挨拶だ。『フェリックス』はすでに終わったんだね、どう？　ぼくは君が喉をどうしているか知りたい。
じゃあ、ごきげんよう、K. C.
そんな訳で、オルレアンの少女から王位を授かったよ。お手々にキスを、
コディーチェク〔ペピーク〕

【一九二七年七月四日、パリ】　(1010)

そんなわけで、ぼくは昨日の夜からパリにいるんだけど、ぼくはまったく何の感動も覚えない。インタヴュー、公式訪問、招待、その他。——それはプログラムにあったよりもっとひどいものだ。ま、何となくここにいるのだけど、それでいてきっと自分のための時間なんて、きっと半日もないんだろうと思う。——パリのためにも——それで『フェリックス』のあとちゃんと養生してくれよ、頼むから。そしてカナリヤのように元気になってほしい、ぼくが戻ってくるまでにね。以下、次の手紙で。

心から、ごきげんよう、K. C.

【一九二七年六月五日、日曜日の夜、パリ】　(1011)

親愛なるオルガ、
これまでのところ、ぼくは君に絵はがき以上のものを書くというところまではいかなかった。そしていまも、出発の日以来まったく充分眠っていないという点からみて、適切な睡眠を取るかわりに、夜遅く大急ぎで君に手紙を書いている。これはとても恐ろしいことだ。訪問それ自体、宴会、インタヴュー、朝から晩まで今までのところぼくは自分の事案としては辛うじて数時間を持っただけだ。そして実際にぼくはこれまでのところパリの何も見ていない。そう、これは、実を言うと退屈そのものだ。しかし、どうしようもないそれを「義務」というんだ。ぼくはこんなことから、もうヘトヘトに疲れた。もう頭のてっぺんまで疲れきっている。ペピークもその他の連中も毎日それが続くんだ（特にぼくのは。なぜならぼくはそれをほとんど他の誰よりもたくさん持っているからね）。

朝、インタヴュー、訪問、会食。午後、インタヴュー、訪問、何かの茶会、そしてまたインタヴュー。夜は宴会と退屈。それはもはやすてきだなんて言っていられない。（ちょっと尾籠な話だが）トイレに行く暇さえないくらいだ。

　いつもぼくは君のことを思い出している。君の喉のことそれに不幸な『フェリックス』のこと、そのことについては今のところ、ぼくはどうなったのか知らない。しかしぼくはそのことについてはもうとっくに、悪魔のところに送り届けている。なぜならいたずらに君を疲れさせることになるからね。だから今そのことはもう済んだことだ。そして神さまが君がまた何らかの役割を君が自分で引き受けるように計らって下さるだろう。

　いまは君の声帯をよく直すこと、それ以外の何ものも必要でない。ぼくは美しいものを見るといつも君のことを思い出している。それらのものが君をどんなに夢中にさせるかなどとね。ぼくが恐れているのは、君のために何か選んで上げるためにどこかに行くという物理的な時間が自分の自由にならないことだ。なぜなら、自分で自分の時間がまったく自由にならないからだ。ぼくはもう金曜日には帰りたい。しかし、それはまったくとんでもない話のようだ。それどころかぼくは一日か二日か長くここに留まらなければならなくなりそうだ。悪魔がぼくにこの旅行の付けを払わせようとしているんだ。

　ぼくはすごく疲れた。神が君をお守りになるように、お嬢さん、ちゃんと治しておくんだよ、ぼくが帰ってくるまでに（そして、それはもう、すぐなんだよ）。ぼくは君にぼくがこのパリで、何とわずかなものしか利用しなかったか、そしてパリの中をほとんど何も見なかったかを話して上げよう。

　じゃ、ごきげんよう、ちっちゃなお口ちゃん。ぼくは寝に行かなければならない、ぼくはもうほとんど椅子の上に倒れ込みそうだ。お元気で、お元気で、ぼくはずうっと君のことを思っているからね。

　君のお手々ちゃんにキスを、カレル。

［一九二七年六月八日、パリ］　（1012）

さて、いよいよ土曜日にここから出て行く（神よ、ぼくにとって何たる喜びであることか！）。そして月曜日の朝、コダンスカー通り二十二番の家で呼び鈴がなる。ぼくが読んだかぎりでは『フェリックス』はかなりよい出来だったようじゃないか。これまで自分のために半日も自由にならなかった、だから何も見なかった。どこにもぼくの趣味にあったものはなかった。それをもうぼくは、まさしくたっぷりと持っている。

心から楽しみにしている、そして両方のお手々にキスを、

K. Č.

［一九二七年七月八日］　（1013）

親愛なるオルガ、

だけどね、そのことだったら、もうずいぶん前からぼくは知っていたよ、君がぼくを好きでないって。要するに、君はあるときぼくが好きだった。別の時には、まったく嫌いだった。そのことを感じないたしかにこれはその償いさ。そして［……］ためにはぼくは棒っ切れにならなくてはならなかっただろう。しかし、実際は、ぼくは棒っ切れではないし、だから第一に君に言いたいのさ。君が元気でないときぼくがどんなに苦しんでいたかってね。君が健康になって、せめてその面では強く、平静になって元の君に戻るようにと、ぼくは毎日何らかの祈りの文句を口ずさんでいる。それでも君は、ぼくがこのような種類の心配を口にする時の単なる決まり文句であると、君は思っている。それどころか、それはぼくの場合まさしく情熱であり、だから君の健康状態について、声はどうなったとか、規則的に報告書を出すようにと、一生懸命に頼んでいるんだ。ぼくに代わってマリアンナに頼むといいんだ。きみに十分気を配って、食べるものもきちんと食べさせるように。彼女によろしく、そしてぼくに代わって君と一緒にいてくれていることに感謝の意を伝えてくれ。

アルネ・ノヴァークの小さな息子が死んだ。こ

れは悲劇的な家族だ――非常に才能ある彼の三人の兄弟が、すでに若くして死んでいる。ここはものすごい暑さだ、それにむしむしする。このおかげでぼくは偏頭痛、神経痛、坐骨神経痛、腰痛に絶え間なく襲われ、今日にいたっては目の前がチラチラして、ほとんど紙面さえも見えない。だから自分で書いた文章さえ読み返せない有様だ。

その他のこと――嵐の前の蒸し暑さを除けば――ぼくはすごく平穏に、多少ゆがんだ生活を立て直している。去年の冬、ぼくを散々な目に合わせた溝を少しずつ直している。ぼくは少々へばってしまった。今ぼくはやり残しのものを片づけ、長い文章を書きたい。わかるだろう例の黒人の民話についてのもので、秋に出版したいと思っている。ぼくは君と毎日会っている。寝る前と、朝、目を覚ましたときだ。人と会わない時って、一日がまったく異常なほど長く感じられるね。プラハは美しくない、干からびているぼくは夜だけ外に出る、でもそれでもすごくいやだ。たぶん、あの温泉の水の中のほうが生きていくにはまだましというところかな。君の一日の時間割を書いてくれよ、ぼくがいつでも君のことを思い出せるように。君がたった今、何をしているかを絵に描けるように。そして何も書かないように。書いたとしても短い報告だけでいい。ただぼくの心の安心のためさ。しかしそれ以外のことではロマンはロマンのままにしておきなさい。そしてまた、たくさん話さないこと。そして『快癒』というタイトルの、あのいやらしい長編小説に集中しなさい。

いつもそのことばかりと怒らないでくれよ。でもね、ぼくの少々の心配りで、君の回復に少なくともほんのちょっとの影響でも与えたのだということを自分の心の中に思う時、それはぼくにとって特別の心の慰めになることなんだよ。

姉〔ヘレナ〕が手紙を書いてきた。七月十五日から八月十五日までタトランスカー・ロムニツェに滞在するんだと。兄〔ヨゼフ〕はシュマヴァだ。ぼくは家でも編集部でも彼の後始末をさせられるんだ。世界中がだんだんとスピードを速めている。シュトルフもご多聞にもれずアドリア海の方に行っているし、ドスタルはカヴァレールに、そして非常に奇妙なのは君と会っていないということだ。ペピークは何となく憂鬱そうだし、どこへ行ったか知らない。もし暑さがこんなにひどくなければ、ぼくのこれらの痛みを感じないだろう。ぼくは君が、もう、おっそろしく長い間、どこかへ姿を消してしまったような気がする。そして指折り数えてみてまだ十日しか経っていないことに気がついて、びっくりしているのだ。ぼくは、すべてのぼくの心配をもう一度自分の胸の上に置き、君がそこで楽しく過ごすようにこの上もなく願っていると、君に伝えたい。

何度も何度も君の手にキスを、　K.

［一九二七年七月十一日］　（1014）

親愛なるオルガ、

君が神経的に強くなったように感じると聞いて、ぼくはすごくうれしい。ごらん、そこから君のすべての身体的状態や声までもが回復し始めるのだよ。その声がイチ、ニッという具合に簡単に正常な状態になると思ってはいけないよ。それは海や山が自分たちの力で君を完全に健康にすることは出来ない。しかし、ただ、君の回復にたいして全体的な前提条件を新鮮にし、改善しただけなのだ。しかしあの先生《ドクトル》が前もって君に言っていたように、君は家に戻ってきたそのあとに細部の治療を行なわなければならないのだよ。このような治療は体が弱った状態の時には、効果はあまりない。君の海のそばと、それから山での課題のすべては、何よりも体力の増進と、第二に声と声帯の養生だ。この基本を守ることによってはじめて、君は治癒することが出来る、わかったかな？

だから忍耐力をもって、いかなる心配にも陥らない、そして君のなすべきことをなす。レクリエーション、休養、血と肺を豊かにすること、たくさん食べ、地上でも水中でも十分な運動をすること。そして自分が回復することを疑わないこと。新聞にシュチェパーネクが大手術をしたと出ていた。もちろんぼくには何のことだかわからない。

ぼくにかんして言えば、静かにすることに打ち込んでいる。ほとんど何も書いていない。庭で何かするが、それは半ば気晴らしみたいなものだ。今、ぼくを悩ませているのは坐骨神経痛と歯茎の腫れと、多くの訪問客だ。なかでも最悪なのは訪問客だ。ありがたいことにちょっと涼しくなった。ここはベオグラードやダルマツィエと同じくらいの暑さだ。日陰で三十度ある。

昨日、君の詩が「民衆新聞」に掲載された。『回転木馬』の批評は、いままでのところどこにも出ていない。なぜなら両方の劇場が突然、休暇に入ったばかりだからね。たぶん天候が変わって、雨季に入ったんだ。新聞で読んだのだけど、去年はかなりのマニアがフランスに行ったが今年は、大勢の群集が大挙してユーゴスラヴィアへ乗り込んでいる。去年、ここはがらがらだって言うのにね。

ねえ、お嬢さん、何か憂鬱なことでもあるのかい！　君はどこへ行こうとしているんだい。そこには世界中から人が集まって来るんだよ。アルプスの高い所にでも行っておいで。そこではね君に奇跡を見せてくれるよ。その他に残念ながら新しいことはない。こんな広範で快い退屈はすべてのもののなかにある。まるで田舎にいるようだ。ぼくも君に何か温かい言葉をかけて上げたいのだけど、君がうらめしく思っているこの暑さのなかでは、かえってふさわしくはあるまい。むしろアイスクリームのように、何か冷たい言葉のほうがいいだろう、どう？　ただし、君にはアイスクリームはだめだよ。心からのご挨拶をマリアンナと君のお兄さんにもよろしく伝えてくれ。それからそちらのニュース、何がどうしたかもぼくに伝えてくれ、怠けるんじゃないぞ。君が出発した日から、今日で二週間だ。もし君が書いているように、この何日かの期間に君の具合が改善したのならば、君は十二日間、海にいたんだ。それじゃ、それは大いにめでたいことだ。

ぼくはこれから仕事に行かなくてはならない。だからついでにこの手紙をポストに投函するよ。じゃ、できる限りよくなること。お手々にキス。

K.

［一九二七年七月二十二日］　（1015）

親愛なるオルガ、

ぼくは君の手紙を昨日になってやっと受け取ったが、君はすでにアバッジエを出発していた。ぼくは短い手紙をアバッジエに送った。でも、どうやらあの暴動のおかげで、ウィーンの君の所には届かなかったようだね。ぼくは君にウィーン経由で帰るように勧めたが、それというのも、あのストライキや不慮の事故が鉄道を遅延させることがあるからだ。幸いなことにそちらはもう落ち着いたようだね。そして君が無事ウィーンに到着し、もしかしたらもうウィーンから祖国に向かっているのかもしれないね。君はヴラティスラヴァにはいつ頃着くのか、本当のところ君にはもう書けるだろう。それから特にタトリにはどれくらいの期間いるのか、忘れないようにぼくに書いてくれ。君にも書いたように、タトランスケー・ロムニツェには八月十五日までは、ぼくの姉がいる。君は絶対に姉と会いたいなんて思わないよね。

シュトルバはこれがまた恐ろしく値が高い。それ以外には気持のいいサービスをしてくれるところはない。スモコヴェッツは高く、ユダヤ人の経営だ。要するに、タトランスケー・ポリャンツェで、おそらく君に一番気に入るのはここだろう。ロムニツェよりもまたかなり高いよ。君がシュトルバカラポプラッツキー・プレスのホステルに移るなら、もちろん君は最高に美しい完全な山奥に入ることになるだろう。それはやや原始的だけど、美しさはまた格別だ。ポリャンカは森の真ん中だ、そして新たにチェコ化されている。ぼくならここを勧める。ベラニは安いけど、谷間の中に押し込められたような感じがする。マトリアリはあまりにも肺結核の療養所を思わせすぎる。

それともこんなふうにしたらどうだい。まず何日間かをストルバで過ごす。それから電車でポリャンカに移動する。そう、あとは一駅一駅、ベラニまで進む（ロムニッェからバスで）。電車の駅から駅までおよそ十分くらいだ。ただベラニはちょっと長い。

君たちはたぶん、このプランをもっとも有効に使うかもしれない。かわいいお嬢さん、休暇をできるだけ長く伸ばしなさい。それにしてもガブリシュカが輪の中で君に飛びかかる。すると君は休暇を得る。そんなの簡単さ。それとも君を何も傷つけないが、一週間ばかりヤーヒモフで坐骨神経痛に悩まされ続ける。そこにも高い山があり、気候的に快適な場所もあれば森もある。

　気温が下がるとぼくには概ねいいんだけど、坐骨神経痛が絶え間なくぼくを悩ませる。だからぼくは、実際、約二週間のあいだ泳ぐことを強いられる。その病はこの数年間ぼくに安息を与えてくれた。でも今年は、かつてかのラデッキー将軍の指揮下に今も戦闘を続けている負傷兵みたいに、よろよろと動きまわっている。君の治療にかんしてならそんなに気にする必要はまったくない。君は健康によって声帯を安定させるだけだ。次の治療はプラハで行なわれるだろう。じゃあ、十分歩きまわって、たくさん食べること。そしてブナの木のように逞しくなること。君はアンドラ・セドラーチュコヴァーがブリアンの劇団に入ったこと知っているかい？——あのペピークの悲劇をあんまりまともに考えちゃだめだよ。先週の金曜日にぼくの家で、ユーモアの火花が飛び散ったよ。ペピークは不幸になるという才能を、まるっきり持ち合わせていないやつなんだ。——この前冷え込みの強い日が続いた時、ぼくは気が狂ったみたいに庭仕事に打ち込んだことがあった。ぼくは新しい苗木を一抱え買い込んできた。そして朝から晩まで、庭にしゃがんで過ごした。それは、ぼくにしては出来すぎの仕事だった。しかし今、家の中は、その間、ぼくは打っちゃらかしにしていた仕事でいっぱいになっている。その結果、ぼくは三十分の自由な時間はない。もちろん、ぼくには、一日あっても足りないだろうがね。——明日と明後日は、カルロヴィ・ヴァリのシュヴェフラの所に呼ばれている。そこには老人〔マサリク大統領〕も来ている。——

　それ以外のことでは、新しいことはまったくない。プラハは今いくぶん孤独趣味の人には住みやすくなっている。編集部も人類の絶滅のあとのようだ。だから残ったわれわれには仕事の分量が増えてしまった。——だから来月の時間割になっているか、ぼくのところに書いて寄こしなさい。まあ、とりあえずは君に再会するまでは、最適な日々を過ごしなさい。君たち二人、君とボシュカは自分の健康の改善のために、何かを試みなさい。

両方のお手々に、

そして指一本一本にキスを送ります。 K.

(1016)

[一九二七年七月三十日、土曜日]

親愛なるオルガ、

次の何かの会議までにあと五分ある。だから、いますぐ君に短い手紙を書く、君のお手々に出来るだけ早く着くように、少なくとも月曜日に。だから前もって君の祖国への帰還を大いに歓迎する。第二に例の手術と、特にそのウィーンの診断に大いに喜びを示したい。だから、わかったろう、君はもうとっくにある外国の専門医の所に行くべきであるという、ぼくの言葉どおりになったということが。

だから、神に感謝を! その首のおできについては自分では何もしないように、押えるのもだめだ。それは手術のあとの自然な反応だ。だからそれにたいしては忍耐が必要だ。君は知らないだろう、この前の君の手紙で、ぼくがどんなにほっとしたか。それはもう一年前からそうなるべきものだったんだ!

それじゃ、君のその手術の成功にたいして、心からおめでとうを言うよ。

どうか怒らないでくれ、今日、ぼくがもっと長い手紙が書けないことを。ぼくは非常に急いでいるんだ。明日か、明後日、もっと長い手紙を書くよ。

両方のお手々に

そして、一本一本の指にキスを、 K.

(1017)

[一九二七年八月一日、月曜日]

親愛なるオルガ、

ぼくは今日君からの手紙を待っていた、どこでこの手紙をぼくに書いているのか、どういう具合なのか、あの首のおできはどうなったか、そして君のところに、もうボーディンカはついたかどうかを書いた手紙をだ。さて、その手紙をぼくは明日受け取るとしよう。とりあえず『回転木馬』についてのヴォダークの書評を送るよ――こいつはちょっとばかりずる賢い書評だよ。でも、それほど君を――ぼくの希望だが――挑発してはいない。

もう一度、君の手術の成功におめでとうと言うよ。それは勇気だよ――それにまた、たぶん向こう見ずな行為だったとも言えるんじゃないかな。だって君はまだ完全によくなってもいないのにタトリに行った。君が持っている、それとも持っていた首の炎症は、議論の余地なくこの旅行がもとで得たものだ。ほとんどの化膿性扁桃腺炎は汽車のなかで感染するものだからね。化膿はタトラで瞬く間に無くなったが、大事なことはウィーンの教授が君がロープのような声帯を見たからだ。

君はもっと早くこの教授のところへ行くことが出来たし、そしたら、もうとっくに完治していたはずだ。わが国の医学、つまりわが国の平均的医師たちは、悪くはないとしても、ある特殊な専門領域においては、常にほんの少しではあるが、何か少しばかりヨーロッパの権威に劣っている。だからぼくは君に、ベルリンかウィーンに行くように勧めていたんだ。ただ、そのためには、むしろウィーンのドクトルのところに行き、そしてちゃんとした手術をして切り取ってもらう。そのあと家で、用心深く、十分栄養を取り、首の養生のために首を真っ直ぐに保つようにする。もしこう言ってもいいなら、首を足の上に立てる。君にはわからないだろう、ウィーンからの手紙がどんなにぼくを喜ばせたか。

ぼくはシュヴェフラと一緒にカルロヴィ・ヴァリにいるが気持よく、たくさん話をした。彼はおもしろい力強い人間だ。そして大統領のことについて好意的に話した。大統領閣下とはぼくもあちらにすごく長期間滞在した。それは去年よりもはるかに上機嫌だった。少し歳をとられた感じはしたが、でも、体調はいいようで、またもや熱心に自分の哲学を熱心に論じられた。ぼくにかんしては新しいことはない。編集部はほとんど完全に人間がいなくなって、どうやって新聞が出来、どうやって夏じゅう発行されるのか皆目見当もつかない。

お願いだからあの高い山の頂上から、ぼくの所におっこってこないでくれよ。そこにはヴィーテクがいないのがいい。なぜなら君をロムニツキー・シーチまで連れ出す心配はないからね。分別あるボジェナが君を、どこにも手放さないようにと願うのみだ。彼女に心からよろしくと伝えておいてくれ。そして君は、いいかい、もうそれ以上、蒼白くならないほうがいいよ。ぼくはもう少し「現代(プシートムノスト)」誌にちょっとばかり書かなければならない。したら、君とのおしゃべりも止めなければ。そしてまた君からのニュースを待っている。ただこんどは十分よくなるように。もう、重い病気にはかからないように。今度は別の(ビア)樽からはじめるんだね。

じゃあ、お元気で、どうか一生懸命にお願い、今度は、おでこにキス。

K.

(1018)

[一九二七年八月初旬]

親愛なるオルガ、

予想不可能な事態が生じてこないかぎり、今週のうちにタトリへ行く。それというのも、シュマヴァから逃げ帰ってきた兄[ヨゼフ]がぼくと一緒に行きたいと言うので、最初にベランスキー・クーペリーに(植物学的興味から)兄と行く。それから彼がそこから出発して(三、四日後に)ぼくは別の場所へ移動する――ロムニツェを除く――、または、そこがすごくきれいな所ならそこにずっと留まる。そうなると、どうぞ君とボジェンカの気に入るようにしていてもいいよ。君たちを見つけるのに都合がいいように、ベランスケー・クーペリーに移動してくればいい。それとも、君たちが逗留の場所として気に入ったところをぼくに知らせてくれ。ぼくはベラニからそこへ行き、そのあと、そこに留まる。それは完全に君の意思に依存している。ただロムニツェだけは敬遠したい。そこには姉ときっと彼女の仲間とがいるはずだ。その仲間というのはぼくにはちっとも面白くない連中なんだ。

ベラニはあまり高くはない。それに比較的中心から逸れていて、例の不愉快な団体旅行者もいない。ほかの所はいっぱいだけどね。要するに、君の好きなようにするさ。ただぼくが出発する（たぶん今週の金曜日、ただし何かがぼくの足を引っ張らなければね）前に、君が長期滞在するつもりの場所を知らせてくれ。

君がもう元気で幸せであることを望む。ボジェナも君と同じくね。何よりも君に会えるのが楽しみだ。

お手々にキス、K.

［一九二七年八月四日］　木曜日――日にちはわからない。　（1019）

親愛なるオルガ、

ほうらね、君はまたぼくに君のアドレス、今後の計画について書いてこなかったね。ぼくにはきみがまだフヴィエドスラフ・ホテルに滞在しているのかどうかわからないんだよ。ぼくはこのホテルの君宛てに三通の手紙を書いた。少なくとも、君がボジェンカと一緒だということはマリアンナから聞いて知っている。すでに手紙で知らせたように、明日（金曜日）の夜、タトラへ出発する。ぼくがヨゼフにタトラに行くと言ったら、彼も大いに喜んでぼくと一緒に行くと言い出し、思い止まらせることは出来なかった。彼は二三日だけだが、ぼくはもっと長くいられる。最後の手紙に書いたことを繰り返すと、少なくとも、最初の数日はベランスケー・クーペリ（タトランスカー・コトリナ）に泊まる。ぼくはここに来たことがないんだ。シュトルバが退屈であるか、君には高価すぎるか、あるいは不愉快ならば荷物をまとめて、ボジェンカと一緒にベランスケー・クーペリーにおいでよ。もしシュトルプスケー・プレソに留まりたいなら、そのことを知らせてくれ。そしたらぼくも数日後にシュトルプスケー・プレソに来て、そこに滞在する。

もし、シュトルプスケー・プレソの生活が何とか耐えられそうなら、そこにいるのがいいかもしれない。なぜなら、そこは（君のためには）標高が高すぎるし、君がタトランスカー・コトリナが気に入るかどうか保証はできない。——君はシュトルバが気に入ったかどうか一言も書いてこない。マリアンナは、君が扁桃腺を腫らして寝ていると言っていた。——たぶんそちらのほうはよくなったのだろう。ぼくが心配しているのは、君がもうそこで、ろくでもない連中に取り囲まれているのではないかということだ。民衆新聞には、すでに君がウィーンで手術をしたと出ていた。しかし編集部ではぼくの不在の間に、君が盲腸の手術をしたと断定した。だから新聞にもそう公表された。ぼくはすぐにブルノにそれは首の方だと電話したが、新聞は訂正するのを好まない。たぶん訂正記事はまだ出ていない。

君はクレペテーシュのことどう思う？ たぶん、君は新聞で読んだだろう。いま、取調べで拘束中だ。それでこれらのわが国の訴訟からは、たぶん何も解明されないだろう。その人物はもちろんそれによって放免となる。うむ、手の連中はすべて、言葉の上からは知っている。ぼくは多くの準備をしている。

じゃあ、ごきげんよう、すごく楽しみだ！

それとボシュカにもよろしく。

お手々にキスを、K.

［一九二七年八月八日、コトリナ］　（1020）
ぼくは今日、タトランスカー・コトリナに着いた。ここにはむしろ来ないほうがいい。なんたって部屋を探すのが大変だ。数日後にシュトルバに行く。いずれにしても早いか遅いかだ。ぼくは非常に眠い、なぜなら一晩中列車に乗っていたからだ。他の点では問題なし。それから君との再会を心待ちにしている。
心から、
K. Č.
もし住所が必要なら、タタンスカー。コトリナ、郵便局留。

（1021）

［一九二七年八月十六日、火曜日］

親愛なるオルガ、

それほど良好な健康状態でもないときに、ぼくが遭遇した体験を話してあげよう。それは想像しうるなかでも最高に忌々しく、また最高に恐ろしい下痢をしたのだ。それがどんなものかは人類の歴史がすでに触れている。

君たちが発って間もなく――ボジェンカはその前だったが――きっかり夜中の〇時に、ぼくのお腹の中で胃と腸がひっくり返った。月曜日にぼくは植物観察と、最も栄養価が低くて消化も悪い食事をしながら過ごしていた。そして今日は朝からお茶以外には何の養分も取らずに、自分の部屋と別の飲み屋との間を駆け足で往復している。だからこの手紙は、ぼくがプラハに戻った時、ちっとも太っていないじゃないと君から小言を食わないように、事前の言い訳として報告しているんだ。

ぼくの考えではこの惨劇の元はと言えば、実はミシェクのモツ（・パーティー）に由来するようだ。この罰当たりなスロヴァキア人め、地獄にでも行くがいい！――午後、ぼくはずうっと医者探しにまわっていた。なかでも、あのカリナの薬剤師は除いてね、――ポケットにいっぱいの粉薬を入れて持ち歩いている。それが唯一のぼくに許された食品だというのだ。おまけに、雨だし、少し寒い。これらのすべての状況は決してぼくの気分を陽気にするものではない。明日、何とか元気になったら、ぼくはここを出る――家は西のほうに行けば近いのだから。ぼくはすごく好奇心が強いのだけど、君の声帯はどうなった？　とにかく、そのことにかんしてはあまり慌てないことだ。そしてまた、そのウィーンを食べるんだね。ぼくは君の帰還が十分安泰であることを希望する。

その他に何か新しいこと、当然だが何もない。じゃ、ぼくはまたひとっ走りしてこなくちゃならない。

君の手にキスをする。疲れ果てたカレルが。

［一九二七年八月二十日、シュトルプスケー・プレソ］　（1022）

こうして、ぼくは荷物をかばんの中にゆっくりと詰め込んでいる。ここはすごく美しかった。とくにぼくがふたたび食事の快楽に集中できるようになってからだ。しかし、ここではもう非常に多くの仲間を持ち始めた。そしてぼくは、そしてぼくはむしろ角をつけていたい。

じゃ、プラハで会いましょう。（月曜日か火曜日）

心から、K. Č.

［一九二七年九月十九日ごろ、トポルチャンキ］　（1023）

親愛なるオルガ、

さて、トポルチャンキから君にたいし、謹んでご挨拶を申し上げます――君にここがどんなところかよく想像できるように、絵はがきを二枚送った。わかるだろう、ここはとてもすてきなところだ。ぼくは大統領閣下とずいぶんたくさん話した。彼はここで今は完全に一人ぼっちだ。だから、ぼくはアリス博士〔マサリクの娘〕がパリから戻ってくるまで、こんなに長期間滞在しているのだ。つまり今週末頃までだ。しかしいつ帰るかについては、改めてまた書くよ。

昨日の夜ぼくは君が病気になっている夢を見た。だからぼくは心配になってきた。だから君に手紙を書いているんだ。もちろんぼくは小歌の文句を読んでいるように、「この夢」がぼくを騙したのだったらいいなと思っている。

ぼくにかんして言うなら、ぼくは元気だし、このすてきな時間をたっぷり満喫している――今日になって、初めて少し雨が降った。明日はこちらにシュヴェフラ氏とベネシュ博士が訪ねてくる。しかし、たとえ政治についてもっと語り考えるように強いられたとしても、そのことについては君には書かない。

大統領閣下は健康で、思索も深く、ただ、空気中に充満しているあらゆる低俗さや、俗物性にはひどく怒りをあらわにされている。ぼくは彼の気持を楽しくさせようとつとめている。そしてもしぼくが大統領閣下と一緒でないときは彼にどんな話をしようかと考える。あるいはぼくに与えられ、ぼくの意見を聞きたいと希望される問題を記した資料を読む。要するにぼくは完全にその問題に取り込まれてしまうが、それでもぼくはもっとたくさん、そのことをしたいと思う。

だから、そのことがぼくの休暇を引き伸ばしているのを怒らないでほしい。そして十分元気を回復してほしい。ぼくが心配しないですむように、君の声帯はどんな具合か短くてもいいから手紙を書いてくれ。

住所は、「トポルチャンキ、館内」だ。もっと長く書きたいんだけど、ごめん。ぼくの頭は夕食までの間に考えておきたいことでいっぱいなんだ。じゃあ、喉に気をつけて、そして治療を続けなさい、口の利けない赤ん坊ちゃん。

君のかわいいお手々にキスを、K.Č.

[一九二七年九月前半、トポルチャンキ]　（1024）

親愛なるオルガ、

立候補するなんて止めなさい。それはそれが選挙の落とし穴というのは非常に明白だ。君は他派の連中からさんざん笑い者にされるだけだよ。ぼくは絶え間なく君の健康のことを心配している。ただね、あくせくしないこと、ゆっくりと落ち着いて休養を取りなさい。そして重荷を下ろすこと。

ぼくはもしかしたら、自分で予期していた以上に、やや長期間ここに留まらなければならないかもしれない。しかもある程度すばらしい、重要な仕事のためだとは言えね。そのことについてはいずれ直接話をしよう。それは良質の、息の長い仕事で、これまで他の誰も出来なかったことだ。しかしこれは、ぼくにとって大きな文学的作品となるだろう。君には言う必要もないだろうが、この仕事のために百パーセント没頭することがぼくにも成功をもたらす。しかもこの時間はぼくにとって失われるものではない。

いいかいぼくはね、君のことを一日に数え切れないほど何度も思い出している、愛と不安を抱きながら。ぼくは大統領閣下に、君が立候補させられようとしていると話した。閣下はそのことを心からの親しみを込めてお笑いになった。

ここは美しい、ほとんど暑いくらいなんだが風邪の季節だ。それと同時にここでは雨が降っている。ほとんどの日は広い空の下で、火のそばで過ごしながら話をしている。その一方でここにはハナ・ベネショヴァー夫人だけがいる。しかしぼくたちは数人の人物を待っているのだ。彼らもまた、ぼくにとって重要だ。

じゃあ、気分の好いときにはぼくのこと思い出してくれ。ぼくが君のそばにいないからといって、怒らないでくれ。君が元気になること、そして体の具合にくれぐれも注意を払うこと。

手の甲にキス

それと手のひらにも　K

［一九二七年九月前半、トポルチャンキ］　(1025)

親愛なるオルガ、

ぼくが、いま、この瞬間に書くことのできる唯一のこと、ぼくが書いてもいい唯一のこと、そのことにたいしてぼくが権利を有している唯一のこと、それは君が幸せになるようにという、ぼくの心の底からの願いだ。死でさえもが「神とともにあれ」という言葉を発するようには強制できない。その代わり、ぼくなら「君が幸せになるように」と言うだろう、またそう懇願するだろう。

あわれな人間よ、おまえは自分のためにも、彼女のためにも、「君が幸せになるように」と言うたった一つの祈りの言葉しか考え出せない、そんな貧しい才能しか持っていないというのに、黙って耐えている。

オルガ、今朝、ぼくは君の手紙を受け取った。ぼくはその手紙が痛がっていると言うことさえ出来なかった。――ぼくはこれまで、あまり多くの言葉で言われなかったことを知っている。そして、こんなふうにそれがぼくの上に落下してきた。まるで以前どこかですでに体験したことのように――ぼくは雨の中を逃れ、公園に駆け込み、そこで君のために祈った。やがてぼくは自分を責め苛むことが出来た。そして自分で自分との清算をはじめた。君がこの手紙を読むまでに夜と昼とが過ぎる。その間に、ぼくに責任のあるもの、また、ぼく自身の意識の上からは、ぼくに責任のないと思うものも含めて、すべての口座の清算をしておこう。これから先、ぼくを待ち受けているであろうすべての苦痛を受け入れる。そしてぼくの借りを払うために、出来るだけたくさんの人間の苦痛を引き受ける。ぼくはもう幸福であることは望まない。望むのはただ和解だ。

オルガ、ぼくは君にぶつけてもいいような辛辣な言葉を持っていない。ぼくは君に許しを乞いたい。しかし許しは、君が喜んで振りまくようにそんなに生易しいことではない。ぼくは君をすごく恐れている。それはね、君がこの手紙の行の中に、君がそれを種に苦痛を覚えたくなるようなもの、それの上に顔を伏して泣きたくなるようなものを発見しないかと心配なんだよ。

そこで、お願いだ、オルガ。ぼくは膝をついて君にお願いする。君がぼくのどんな言葉や、行為にいたるまでのことごとくを種にして、苦痛の原因にすることで、ぼくにもう余計な精神的負担をかけてもらいたくないのだ。ぼくは君に心底からお願いする、少なくとも今度だけは信じてほしい。ぼくはいま必死の思いで書きたい、または、したいことがあるんだ。それは君にたいして最小の苦痛の原因にもならないことだ。

ぼくは君の苦痛のどれひとつとして耐えられないだろう。ぼくはそれを重く耐えている、しかもぼくが自分自身のどんな苦しみよりも、君の苦しみをより重く耐えているのを君は決して知りはしないだろう。いまぼくが自分で自分自身に言える唯一の甘い言葉は、それは公園の中を走りながら発している言葉だ。オルガ、君は幸せに、君は幸せに、君は幸せにという言葉だ。この言葉にどれだけの慰めがあるか、君は知らない。

オルガ、ぼくは自分を弁護する言葉がない。もしぼくが君にたいして厳しいと言うのなら、ぼくは自分にも厳しいのだよ。そしていまぼくはその十倍も厳しいのだ。ぼくが君を何によっていつ傷つけたか、もう言う必要はない。でも君にたいしては、お嬢さん、ぼくは言いたい。君が幸せになるようにと、君に向かって叫びたい。幸せであることがどういうことか、ぼくにもわからない。そうとも、誰かさんが幸せになるためにどうすればいいのか、ぼくにはわからないのだよ。でも、少なくとも君の苦痛になるようなことはしたくない。

もしかしたら、ぼくは愛することがまったく出来なかったのかもしれない。ぼくが出来た唯一の愛は、君のあらゆる痛みから受けるおそろしい苦痛だった。君が愛と呼んでいるもの、たぶんそれは愛ではないのだよ。それをはっきりさせることはぼくには出来ない。だが、それがもっとも強い感情であるということは知っているし、それならぼくにも出来る。君たち、他の人間には、ある別の感情にたいしても能力を有するのだろう、たぶんね。しかし君にたいするぼくの愛は、また人類にたいする、また神にたいする愛。存在し、かつぼくが知っているものにたいする愛は、熱情的感情の共有だ。

ああ、オルガ、ぼくの心が、これらすべてのものをいかに過剰に背負わされているかを、もし君に理解できたら、君が知ってくれたら、どんなにかいいことだろうに！ おそらく、ぼくの人生をまったく生きないようにするのが、ぼくの魂の救済に必要なのかもしれない。このぼくの自分との対話は、たぶん、ぼくの全人生に大きな影響を与えるかもしれない。しかしいまはそんなことが問題なのではない。ぼくのことはどうでもいい。問題はひとえに君のことだ。オルガ、幸せになるよう努めなさい。それは君の大きな義務だ。お願いだ、オルガ、オルガを幸せにしなさい。ぼくにたいする愛のために、それがより幸せであるように。

みんなはぼくのことをエゴイストだと言う。よろしい、じゃあ、この厳しい瞬間にぼくのために救済をお願いしよう。彼女が幸せになるよう。いつか、君がぼくに微笑みかけてくれる日がいつの日か来るとしたら、そしたら、ぼくの心臓を締めつけていた、もっとも重い重荷を解放してくれるだろう。わかってる、わかってる、よーくわかっている。今日、ぼくが何を書けるか。ぼくは語るべきことの周りをぐるぐると廻っている。でもぼくには、あるすごい恐怖感があるんだ、君の心臓の化膿も何もしていない場所をぎゅっと抑えつけるんではないかというおそろしい恐怖感をだよ、オルガ。ぼくは君を苦しめたくない。ぼくはもう耐えられない。どうか、お願いだ、自分で自分を苦しめるようなことはしないように。

両手にキスを。　カレル。

真夜中だ。オルガ、君は決心したんだね。ぼくも受け入れるよ。ぼくもはっきりしてきた。心の中でではなく、頭の中でだよ。うまく行くように。ああ、どれほどぼくは君が気軽に決心するのを望んでいたことか！　オルガ、君はきっと報われるよ、じゃ、幸運を祈る。

［一九二七年九月二十日、トポルチャンキ］　（1026）

親愛なるオルガ、

数分後にはぼくは大統領閣下と一緒に馬車で出かけなければならない。だから、君にはほんの数語しか書くことが出来ない。でも、この手紙はまだ今日の郵便に間に合う。おお、お嬢さん、そう悩みなさんな。君はこれほど確かにぼくの愛によって保障されているのだから、だからどんなことでもしなさい、君のすべての誠実な心に従ってするかぎりはね。君が頼りにできるものは堅固だからね、だからと言って、ぼくは君を拘束する枷にはなりたくない。しかしまた、君がそのことを疑って、しばしばもうあたしが好きじゃないのねとかなんとか、繰り返し訊ねられるのもいやだな。

ねえ、オルガ、ぼくたち二人には、両方が馬鹿なことをしないためにも静寂が必要だ。ぼくは君に幸せになりなさいって忠告したね。今度は君に心底から懇願したい、どうかせめて静かにしてくれないかと。もう馬車が来た。ぼくは乗り込まなくてはならない。『額縁』のなかの君が、いかに魅力的か明日新聞で確かめるよ。

昨日の夜、ぼくは君の舞台がどう演じられ、君の心配事がせっかくのいい芝居をだめにしなかったかどうかを考えてみた。ぼくだって観客の前で演じなければならない。そして物差しでその観客を測っている。それだって生易しいものではない。そういうわけだからね、オルガ、心を落ち着けて、人間には永遠に満足するなんてことはないのだよ。さあ、落ち着いて、自分を責めるようなことは止めなさい。ほんとはね君の最大の敵は君だし、最大の鞭打ち役人も君自身なんだよ。心を静かにして、オルガ、落ち着いた声を信じなさい。もし君のなかにそのようなものがあるならね。君の不安な心をいつも脅かすのは止めなさい。ぼくはもっとたくさん考えることがあるけど、君は静かにして、何も考えないこと。

君の手にキスを、カレル。

［一九二七年九月二十三日、トポルチャンキ］（1027）

親愛なるオルガ、

ぼくが短い手紙しか書かないからといって、そんなに本気で怒らないでくれよ。ぼくがほんの数分の自由な時間がないのだと言っても、とても信じてはくれないだろうね。朝からもう自然のなかに入っていく。そこで一日中過ごす。夜になって人は着替えをして、夕食を食べに行く時間がやっと取れるだけだ。

だからぼくは君に電報も送らなかった、――要するに、ぼくは郵便局に行くことさえ出来ないのだ。大統領閣下の事務室ではプライヴェートな電報など打てるはずもない。どうか勘弁して、この非公的な二言三言を長い手紙と思って受け取って下さい。ぼくはあらゆる新聞で『窓』〔ゴールドワージーの戯曲〕の劇評を読んでいる。ねえ君、ぼくは何かのかわいらしいコメディーよりも、まじめな芝居での君の成功を喜んでいる。ただ君の健康が心配だ。いいかい、君はねイライラしちゃ駄目なんだよ。君はね、声帯から血の唾を吐いているんだよ、わかるかい！

ちょうどいまヤロスラフ・ドゥリヒが到着した。シュヴェフラとベネシュが彼を待っていたんだ。これだってぼくをかなり忙しくさせているんだ。この他にぼくは毎日すべての新聞に目を通さなくちゃならない。大統領閣下との会話のときに、既知のことにしておかなければならないからね。かつてこの方、プラハにいるときでも、ここでのように忙しい思いをしたことはなかったな。しかし、いいかい、ここはぼくにすごく適しているよ。そしてもし君についての心配がなければ、もっといいのになと思う。君がぼくを失望させていないなんて思わないでくれ。君が何もないかのように手紙を書いているとき、君が苦しんでいること、または君が健康でないのを、非常にいいことに感じている。だから君は本当におだやかで、本当に元気でなければならないのだよ、わかるかい？

また、もう馬車が来た。そして一日中ブナの木の林の中でキャンプを張るのだ。君にはたぶん、こんな生活は退屈だろう。でもぼくにとってはかくも大きな平安なのだよ。

お元気で、そしてすごく元気になりなさい。君を悩ましているものなど、「ええい、こん畜生」と言って、柵の外に放り出してやりなさい。体に気をつけて、そして元気に十分元気になるように。健康な人間は苦しむ才能はもっていない。それじゃあもう一度、体に気をつけるよう。そして、プラハにいて劇場の中にいて出来るように、お行儀よく、そして気分が好いときには、ぼくのことを思い出すんだよ。

汝のお手々にキスを、K.

［一九二七年九月末、トポルチャンキ］（1028）

親愛なるオルガ、

すでに、この数日間、君からの手紙を受け取っていない。だから、ぼくは何も変わったことがなく、すべてはほぼ正常に進んでいるのだと思っている、――ただ、君の健康のことは心配している。

ぼくはここにほんの数日間留まる。ひとつにはシュヴェフラ氏がここに来るのを待っていること、ひとつには、ぼくはここにある一定の、つまり大統領閣下と一緒でないと出来ない仕事があるということだ。――本当はぼくは、ただ準備をしているだけと言った方がいいかもしれない。なぜならぼくは通常、三十分も机の前にすわっていることが出来ないからだ。

どうした、かわいい子ちゃん、例の『罪』とはどんなふうにつきあっている？　あの『ヘッダガブラー』でさえ、われわれにそれほど華々しい成功をもたらしてはくれなかった。

これらの薄汚れたばあさんどもは、ちょっと長生きしすぎたんだね。——ぼくの方は特に変わったことはない。ぼくはほとんど一日中他の連中と一緒に外にいる。そして残りの時間は着替えをして、新聞を読む。もうぼくは君の家を訪問して君と会うのを楽しみにしている——ぼくは自分の家から離れてもう四年も経ったような気がしている。

いま、朝の九時前、すでに大統領閣下は庭を散歩され、いつもぼくは閣下のあとから歩いていくというのが、もう習慣になった。

それではとりあえず、ごきげんよう。　お元気で。

お手々にキス
それから、指をみんな、　K.

［一九二七年十月三日、トポルチャンキ］　（1029）

親愛なるオルガ、
ぼくの大統領別邸への滞在は、ぼくが当初予想していたよりも（ぼくは一週間くらいと思っていた）、はるかに相当長期間にわたって延長されることになりそうだ。ぼくは君になぜそうなのかという理由を話さなければならない。ぼくはここに仕事を持っている。それは大統領閣下の身近な思い出や思索を書き記すという仕事だ。その本は来年出版されるが、相当大きな本となるだろう。その中には、これまでの彼の全生涯、彼の子ども時代、彼の愛、その他のことが彼自身の言葉によって語られ、半自伝、半ばエッカーマンのゲーテとの対話のようになるだろう。それにいいかい、彼の年齢と言うことを考えるとそれはあまり先延ばしには出来ないことだ。そしてここで、そのための時間を大統領閣下は、ぼくがプラハで持つよりも多くの時間をここで持たれる。
毎日、ぼくと一緒に約二時間話される。それからすぐにたとえ少しであろうと記録し、あるいは、むしろ全体を書くための一分でも多くの時間を探す。だからぼくはこんなに桁外れの多くに仕事を果たさなければならないのがわかったろう？　それは偉大で善なる行為なのだよ。貴重な、世界中を見ても数少ない人間記録なのだ。君にはぼくがこの仕事を喜んで愛をもって行なっているのがわかるよね。すまないが、このことについては誰にも言わないでね。いたずらにこのことが無駄話の種にされたくないのだ。そうは言っても、ぼくはもうプラハに帰りたくて仕様がないんだ、そして君のところへ飛んでいく。

来週きっともう来ているだろう、ぼくはここで、まだシュヴェフラ氏を待っているんだ。ぼくはいつも君のことを考えている。するとぼくは君の健康のことが心配になってくるんだ。この悪魔め、少しはおとなしくしていろ。君は『罪』にかんしてすてきな文章を書いたね。しかし君は、それでも、すごく楽しんで演技をしていないようだな。

——

ぼくはもちろん元気だよ。太ってはいないけど、とっても元気だ。十分外気を吸って、歩いたり、馬車に乗ったり、ジャガイモをゆでるときにはいつも火のそばに、夜はしばしば館の映画室で過ごす——早い話、ある娘さん以外に、何一つぼくに欠けたものはないと言うことさ。そしていま、もう、ぼくは大統領閣下が今朝、ぼくに話されたことを記録しに行くだろう。プラトンについて、そしてそれから五字分の形而上学について、そしてさらに多くのことについて。だから、とりあえずごきげんよう。

君のすべてにキスを、K。

（1030）

［一九二七年十月六日、トポルチャンキ］

親愛なオルガ、

そこで今朝、『罪』の劇評を読んだ時、すぐに大きな率直な喜びを覚えた。君、これは君がまさしく鶴嘴《つるはし》を振るって、これらの批評家から掘り起こさなければならなかった重い意味のある成功だよ。なぜなら、君には楽に成功を得るということは、まず無いからだ。午後、君の手紙を受け取った。その手紙はぼくの喜びを補足し豊かにするものだった。ぼくがいつも言っているだろう、芸術とは偉大なるものなり、アーメン、とね。

今朝、ぼくはベルトロー〔フランスの外交官〕とここから出かけた。だから今すでにここにシュヴェフラが待っている。そしてそのあともうすぐにプラハへ行く。だから、たとえここに、この世のすべての美しいもの、最高に善良な人々を置いていくにしても、ぼくはすごくうれしいのだよ。家だ、家だ、わが家に勝るものはない。

いや、そうじゃない、オルガ、この本はぼくの注釈がなくても大統領閣下自身の言葉だけになるだろう――しかし、まさにそれゆえにこそ、この本が一編の芸術作品になりうるのだ。言葉の調子、様式、流暢さ、その他を取り上げてみてもそうだ。それは速記による記録ではない。もともと、ぼくはこの本に自分の頭文字だけでサインしようと思っている。――それは政治的にもよい本になるだろう。しかも、あらゆる視点から見てもすごい価値のある本だ。ぼくはこの本を共和国建国十周年記念の贈り物として作りたい。

そう、しかし、このことは二人の間だけの話にしておこう。とりあえずは――ぼくがその場にいなかった――君の勝利の喜びに浸ることにしよう！ しかし、ぼくがそこにいたら、きっと舞台に出る前の俳優のような緊張感にふるえていただろうね。

今日、ぼくはまた一日中――午前十時から午後五時まで――きわめて新鮮な空気の中にいた。ものすごく快適で黄金のような天気だった、とは言え、プラハは雨だったそうだね。しかしいま、お嬢さん、『バビオラ』〔オルガの書いた小説〕やその他のことはさておき、少し休息を取りなさい。ぼくはプラハでどこかの打ちひしがれた女性を見たくないからね。少し休みなさい。そして、そんなにあわてて他の芝居に手を伸ばすのは止めなさい。そして少しのらりくらりしていなさい。君はよくやったんだから、今度は休憩。毎日、二十時間眠りなさい。そして、ちゃーんと、いい子にしていなさい。

お手々と、あんよにもキスを、　K.

［一九二七年十月十一日、トポルチャンキ］　（1031）

親愛なるオルガ、

ぼくはもうわれながら哀れだよ。だって、まだこんなところに居座っているんだもの。こんなんじゃ、ぼくはもう無理やりにでも家に帰りたいよ。でも、どうしようもない、ぼくはシュヴェフラ氏を待っていなければならないんだ。彼は木曜日に来るということだったが、しかし百パーセント確実にというわけではないんだが、選挙の前にこちらに来ることを希望していよう。そうなると今度の日曜日には、ぼくは、もうとっくにプラハにいられたはずなんだがね。それは当然すぐに登録するよ。プラハにはうっちゃらかしにされた重要案件の恐怖がぼくを待っているんだ。でも仕方がない。――ぼくはここでそれはぼくの手に余るほどの仕事だがね。ぼくは一日にやっと二時間そこそこの自分の時間を持っている。そしてそこで少なくとも縮めて書き留めた「語り」を探し出す。つまりぼくには一分たりとも無くしちゃいけないんだよ。本当だよ、この仕事はやるだけの値打ちがあるんだよ。ぼくに君の体の具合はどうか、何をしているか、ぼくのことを思い出しているかどうかについて、もうすこし詳しく書いてくれないかな。そして、ちゃんとおとなしくしているか、そして君の『罪』のあと休息を取っているか。君の成功をまた喜べるように。

じゃあ、キスを。そして、手紙が終わるのを怒らないでほしい。ぼくはいつもよりも、ずっと大きな記録の山を整理しなきゃならないのだよ。ぼくがどんなに喜んでいるかわかってくれるよう！

両方のお手々にキスを、　K.

［一九二七年十月十六日以後］　（1032）

O.

いま、ちょっと、君をいつ探し出せるかわからないけど、今度水曜日の午後『窓』を観にいくよ――少なくともそこには、必ず君はいるからね。

心から、

K.

【一九二七年後半】　（1033）

D. O.

君はまた忘れた——君はぼくよりもクレペターシュを優先的に考えているんじゃないかと心配している。——あしたぼくには昨晩亡くなったフォウストカの令嬢の葬儀がある。そのあとぼくは重要な会議に出なければならない。明後日（金曜日）、たぶん十時半ごろ来るよ。無理なら、そのことをぼくに知らせてくれ。

K.

【一九二七年頃】　（1034）

ぼくはここに午後二時からいる——それは、約束どおりだ。なぜなら、土曜日の午後にぼくは出発するからね。土曜日の朝、君の所に寄るよ。

［カレル・チャペック］

【一九二七年頃】　（1035）

親愛なるオルガ、

ぼくは十一時半までここにいる——しかし、ロマンはここにはない。だからぼくは訂正することが出来なかった。明日（土曜日）の朝、立ち寄る。

手にキス、

K. Č.

【一九二七年十二月】　（1036）

親愛なるオルガ、

ぼくは、昨日、本当は一日中、君たちが来て選ぶのを待っていた。ぼくは一連の問題を補正する必要があった。しかしこんなのは何か自宅監禁に遭っているみたいな気がする。そして君たち、身勝手な者たちは、まだ来ていない。そういうことなら申し訳ないが、どのくらいだったら適当だ——少な過ぎもしないし、多過ぎもしない——と思うのか、ぼくの代わりに書いてくれないか。いま朝だ、ぼくはこれから、昨日遣り残した仕事を片づけるために、急いで出かけなければならないんだ。

昨日の午後、ぼくの所に男ばかり八人もやってきた。ドスタルもだ。彼にはここが気に入ったらしく、また来るそうだ。コディーチェクは弁解していた。それはコミュニズムについて、語りすぎと言われそうなくらいそれはみごとな弁明だったよ。

それは要するに、ぼくのところにもう一人のコミュニストが加わる。ヴァンチュラ博士だ、非常によい文学者だ。

いま、ぼくが君と会えないのはぼくのせいではない。ありとあらゆることのために、今日、君は出かける。だからもし君が反対でないならば、月曜日、四時半に君の所の通りで会うことにしよう。

ほかに新しいことは何もない。またもや一人の弁護士がぼくを悩ませている。現在投獄されている、被害を受け人権を侵害された反軍国主義者の釈放を援助するためだ。

じゃあ、月曜日に。ごきげんよう。それからその童話を持ってくるのを忘れないように。

心から、ごきげんよう、そして、もう月曜日を楽しみにしている。

K. C.

1928

［一九二八年］　（1037）

D．O．

新聞には『罪』のことについては何も出ていなかった。しかし、たとえそうだとしても、そこに留まって演じ続けなさい。しかし明日、医者の診断書を渡して休暇を願い出なさい。そのあとは、断固として演技をすること、たとえ君にとって困難なことであろうとね。今日の夕方君の所に寄るよ。何としても落ち着きなさい。しかし、もしだめなら、明日、午前中、十一時ごろ来るよ。

心から、キスを、

K．

［一九二八年一月、日曜日の夜］　（1038）

親愛なるオルガ、

そこで、ぼくは君の立場を十分考えた上で、問題をきちんと整理するよう、ぼくは君にもう一度言いたい。幸いなことに、君に必要な休養も取ることが出来るだろう。ぼくはF博士と現在のところ話したくないから、ペピークを呼んで、そもそも〔劇場側は〕いったい何を求めているのか説明させよう。必要なら、ぼくが自分でヒラルに話をしよう——もちろん、その前に協力関係を壊さないために〔プラハ国民劇場の〕委員会内でのぼくの役割について説明する。だから、さし当たって君は何も心配することはない。気を楽にして、そして君が何を言われたのかヒラルに話しなさい。それ以上のことは何もしないこと、必要ない。ぼくが君に求めるのは、簡単に言えば、とりあえず何もしないことだ。そして出来るだけゆっくりしていなさい。火曜日、四時過ぎに、約束どおりに行く。

手にキスを、K.

(1039)

[一九二八年六月二十日]

親愛なるオルガ、

さて、君とボジェンカに百回、ご挨拶をしよう。そして手紙もありがとう。ぼくはそちらで君たち二人が、まったく静かな中で過ごしているのがとてもうれしい、――ここも雨が降っている。そしてここで水滴が落ちるときは、山の上では大雨かが降っている。でも、ぼくは君たち二人が暖かくしていることを希望する。君たち、チャーチャが両親のベッドの胸の辺りに、靴下や、ズボン、その他、体を暖かくするためのものを押し込んでいたのを思い出してごらん。

ここに書くのはね、イリス〔チャペックの動物の話のモデルの一匹〕がぼくの膝の上に寝ている、そして昨晩は、ぼくの縞の肘掛け椅子をかじってしまった。ぼくがずっと真面目に仕事をしなかったので、そのし残りの仕事をこなすのが大変だ。ぼくは『功労者フランティシェク・ポッフの生涯』〔実現しなかった〕を書き始めたところだ――ぼくはこの作品がすごく滑稽で、面白くなればいいなあと思っている。そして、ぼくはね（マトリアリのずぶ濡れになった二羽の雌鳥のことを思い出さなければ）外で雨が降っているのがうれしい。

新聞では一日おきにぼくの悪口が掲載されている。しかしそんなことは別にめずらしいことではない。当の本人でさえなんとも感じなくなったのだからね。その反対にどうかすると、どこを見てもぼくと出会わないことがある。ほとんどぼくを忘れているんだね。

日曜日にフクサのところに言った。劇場にもなんら新しいことはない。さて、夏になったね。タトラで誰かさんの死体がまた見つかるのに、最高の季節だね。誰かの死体を見つけておいで、お嬢さんたち。

金曜日に、客たちがぼくに話してくれたんだけど、ぼくはひどく嫉妬され中傷されていると言うんだ。ほらごらん、お嬢さんたち。だからね、ぼくはいままでは人々に安らぎを与えてきた。そしてそれがうまく行っているかぎり、その人たちの神経を逆なでするようなことはしなかった。もしかしたら、ぼくは悪犬のような牙を手に入れて人に噛みつかなくちゃならないのかもしれない。いや、それがぼくを助けてくれるからというのではなくて、すでにこうまでも多くの人がぼくにたいして怒りを持っているというのなら、彼らにもそれなりの理由をはっきりさせてもらわなきゃならないからだ。ちょうどいま外では雷鳴が轟いている。たぶん、ぼくも吠えろという合図かもしれない。よし、いいだろう。ぼくも吠えるぞ、自分に向かって。

親愛なるオルガ、君がもうそこにいるのなら、あらゆる医学的インチキを試してみるのもいいんじゃないのかい。心の内奥で君自身が求めているのだから。いいかい、君はそっちで誰にも気を許しちゃだめだよ。でないとせっかくの静寂が邪魔されることになる。君はよく眠れているかい？先の分まで睡眠をためておくんだね。

二、三日後にどうやらブルノに行かなければならなくなりそうだ、あの展覧会と新聞のためだ。ほんとのこと言うと、ぼくにはあまり気が進まないがね。今ぼくにとって一番都合がいいのは、いくつかの仕事を断ることが出来ればいいんだがね。それというのも、あるちょっとした活動のアイディアが浮かんできたんだ、そのためにはかなり時間が必要になる。でも、それは休暇までには終わると思う。

君はきれいな詩を民衆新聞に発表したね。シュラーメクの詩のようにみんなに歌われるだろう。

また、あるイメージが湧き出してきた。ぼくはそこにマトリアリの美しい野原を思い浮かべる。そしてその向こうにはもう何もない。ただ霧と雲があるだけ。ボジェンカは横になっている（つまり午後なのだ）。そしてもう一人のほうは机の前にすわって、二十ハーレシュのインキ瓶を持って、そのなかに不器用そうにペンを浸す。机の上にはクロスが掛けてある。その上にはすごく下手な字が書かれているが、彼女はさらにたくさんの字を書く。すると突然、ボジェンカが言う。「ねえ、オルガちゃん、あたし、プラハに靴、忘れてきたわ」。そしてオルガは退屈している。なぜなら机の上に電話がないから。なぜなら、いやな訪問客が誰も来ないから、なぜならキッチンから寝室に駆けていけないから、そしてその逆も、なぜなら、ブリーチェク〔オルガの飼い犬〕に当たり散らせないから、なぜなら、まったくなんの心配事もないから、――かわいそうなオルガちゃん！

そう、数日後にまた何か書いて寄こすよ。いまは、もう一度、ボジェンカにご挨拶、こころおきなく健康を祝えるように病気をうまく克服しなさい。それから、君、オルガちゃん、両方のお手々と十本の指全部にキスをする、その手紙には、ちょっと意地悪なことを書くかもしれない。

それから、バビオラにもよろしく。

心から、カレル。

［一九二八年六月二十二日］　（1040）

D. O.

編集部の仕事の合間に、ぼくは大急ぎで書いている。ただぼくは言いたかったんだ。いいかい、ぼくはね、たしかに医学のことはよくわからない。しかし君にかんしてなら、まさしく直感が働くんだ。ぼくは君に言っただろう（もちろん無駄だったけど）、きちんと診察をしてもらって、治療をしなさいと。そして十分食べて、でも肥満体になるのではなく、健康になって力をつけなさいと。幸いなことに、結局誰かが君に言った。そして、たぶん、いまは、理にかなった治療を始めたと思う。一番いいのはマトリアリ〔タトラ〕に戻るか、それとも肺のためにいい別のところに行くかだ。ぼくの言葉を少しでも重視するつもりなら、パリは絶対的に止めるべきだ。ぼくはそのことを知っているんだ。ぼくはいつも君の貧血症について言って話してきた、そして、君の疲労や衰弱の状態のことが心配なんだ。君の肋膜炎は、いまのところ落ち着いているのかい――でも今からもう注意をしておいたほうがいいよ、わかったね？　そのとおりだけど、君にもボジェンカと同じようにいい効果をもたらしてくれることを期待しているよ。どうか、かわいい子ちゃん、ちゃんと治療をして、そこに留まっているんだよ。ぼくもそこへ行きたいんだけど、ブルノからか、プラハからかそこに戻りなさい。君は自分の体の状態をあまり軽はずみに考えてはだめだよ。なぜなら本当はね、このすべての病気の根源は、声帯の病気も含めて、すべての根源はそこにあるのだよ。君はいましかるべくして正常に復するいいチャンスを得たのだから。究極的に分別を持つこと、そしてこの機会に百パーセント完治させなさい。

何としたことだ、このぼくは神のご加護で異常なしだ。明後日、展示会〔ブルノ〕に出かける。君にかんする情報は無しということになる。お願いだ、大事なお嬢ちゃん、治療をきちんとして、また山に戻りなさい。そして八週間、治療に励んだら、生涯、少年でいられるよ。

ぼくは君のことを本当に心配しているし、君の治療をあの注射だけでお終いにし、君の体を一度もきちんと打診して診察していないということで、ぼくはセドラチェク博士にすごく腹を立てているんだ。ぼくは、いま。君の薬の処方箋をぼく自身がよく見ることにする――君がぼくの言葉に少しでも耳を貸してくれるんなら、いいかい、あまりたくさん書かないこと、退屈をしなさい、たとえば長いこと指を噛んでいるとか、それから治療だけはボジェンカと同じように我慢強く治療を続けなさい。

彼女によろしく。そして彼女に伝言だ、君によく目を配り、面倒を見てくれるようにと。ボジェンカは分別があるから、彼女の言うことに従いなさい。早くぼくに手紙を書くこと、ほんの数行でいいから。ぼくはブルノから返事を書く。そのお医者先生にもよろしく。

心から両方のお手々、その他にキスを、

カレル

［一九二八年六月二十三日］　（1041）

親愛なるオルガ、
この手紙はぼくに宛てられたものでないという気がすごくする。むしろたくさんいるカレルのなかの、誰か別のカレルに宛てたものだ。たぶんあの産婦人科医じゃないかな。ぼくは彼に直接手紙を書こうと思った。ところがどうだ、彼の姓をどうしても思い出せないんだ。ぼくは非常に記憶力が悪い、特に名前にたいしてね。同時にぼくはもう一通の手紙も受け取った。それはあきらかにぼくに宛てたものだった。コトリナでの思い出に感謝する。しかしもし、ぼくが何となくぼんやりしていて、あの詩の中の少女のように「世間からひどい仕打ち」を受けていると言うんだったら、君は勘違いしているよ。もちろん多少は言い争うこともあるよ、でも、それはぼくがまだユーモアの感覚を完全に失っていないという証拠さ。それにまた、ぼくたちが完全に無抵抗に、彼ら政治家や大口たたきや中傷家どもに売り渡されているのだとしたら、世界はこんなにいい場所ではなくなるよ。しかし、この問題は秋になるまでお預けにしておこうよ。いまは夏だし、人間は怠惰になっている。それに公的な言論もいまは夏休みだ。
明日ブルノへ行く。ぼくはブルノに三日間滞在する。たぶんそれはかなり退屈な三日間になるだろう。なぜなら、そのブルノ見本市についてぼくは何か書かなきゃならないからだ。しかしそれ以外のことについては、昨日から新しいことは何も知らない。ただ、またその話に戻るけど、ほんとに今年の夏は休暇の全期間を通してそこの石灰化のために献身するんだな［オルガは肺結核の転地療養をしていると推定される。病巣の石灰化は肺結核治癒の一形式］。
それから、また、タトラに行きなさい。そして紫外線を体中に浴びるといい。二週間では君の慢性化したカタルは治りにくい。そのためには少なくとも八週間が必要だ。パリへはいつのシーズンでも行けばいい。しかし夏休みは分別のある人間として利用しなさい。もし君がぼくの言うことを聞かなかったら、君のお父さんに君の頬っぺたをぴしゃりとやってくれるように手紙を書くからね。君はボジェンカに治療に行く代わりに、ベルリンかウィーンか、どこかに行くようにって言ったのかい？　君はかわいそうなボジェンカが、君の言うことを聞くまで、べらべらしゃべり怒鳴り散らしたんだね。

しかし君にはタトラは決して悪くはないはずだ。でも、もしそのドクトルがやはりカレルだったとしても、このカレルにもお助けを。で、君はこいつの名前も君の詩集の中に並べようと言うんだな。残念だな、マクシーチェクもカレルじゃない。だが待てよ、わが社の社長マレクはやはりカレルだ。そうすると、これにクラマーシュ博士、ハヴリーチェク・ボロフスキー、トマン、作曲家のルドルフ・カレル、同僚のポラーチェク、その他にもカレルはたくさんだ。——もう、この三日間、まともな新聞の中でぼくの悪口が書かれていない。ふむ、そうすると、いまは愚か者のシーズンというわけだな。

しかし、いまぼくはまだ、いくつかの文章を書かなければならない——ひとつだけ、やっておきたいのは、ぼく宛てでない手紙を君に返送しておきたい。それから十分注意をすること、こんなふうじゃ、ぼくはA・S・ヤハアス、マリー、シュチェパーネク、その他プラハの住民について、すべての秘密を知ることになる。だから覚えておいで、のりで封をした封筒には絶対に宛て名を書かない。だけど、まず最初にアドレスを書きなさい、それから、誰に出す手紙だかを読み返して、そのあとで適切な方法で一緒にしなさい。

ボジェンカにくれぐれもよろしく。さ、これで出来た。健康は、水泳のような身体文化にも、清潔な衣装にも、パーマネント・ウェーヴにも、同様につながっているんだよ。

両方のお手々にキス、　　K.

（1042）

［一九二八年六月二十四日］

そこで、プルノの思い出。見本市は非常に大きかった。一日ではとても足りない。見るだけの価値はある。その一方で正直のところぼくは疲れた。だからぼくは電気牛乳搾り機とマンモスを観にいこうと思っているところだ。

こころから、ごきげんよう、　K. Č.

(1043)

［一九二八年六月二十八日］

親愛なるオルガ、

さて、ぼくはブルノからふたたびわが家に戻ってきた。見本市は大きかった。芸研はとてもきれいで、内部はもちろんミスも多かった。しかし一見に値する。君も自分の目で見てごらん。もちろん、一日で見て廻ろうというのは無理だ。君を『女の平和』の中の裸の女性として立てていた――選りによって！（プラハのパヴィリオンのなかだ）――。

だからこれが、もう再会の前の最後の手紙だ。ぼくはブルノの君に書きたいのだけど、君がどこにいるのかわからないんだ、――たぶん劇場の中かな？　君はぼくにさえボジェナの具合がどうか、そして君にはマトリアリがどんなふうに効果があるか、書いて寄こさないんだからね。――ありがとうよ、あの心からなるすてきな言葉。実際にはぼくはちっとも軟化などしていないんだよ、いつもと変わらず。だからこれまで以上に、嫌な不愉快なことは起こりっこ無しだよ。ただぼくとしては、政治ゴロや、たちの悪い新聞記者たちの頭をときどき冷やしてやるために、適切な人々（または適切に振舞おうと思っている、そしてある程度名前の知られた人たち）をまた組織してやろうかと思っている〔チャペックは一九二五年の総選挙で、自ら選挙運動にかかわり、兄ヨゼフとともに選挙人名簿、二十名中の最下位に名を連ねて出馬したが、全員落選し、数年後には党そのものも消滅した。そのときのことを念頭においての発言かと思われる〕。

今まさに、ふたたび、このような醜い事例が起こっているのだ。議会とブルノ大学との間の抗争だ、――だけどそんなこと、君はまったく知らないだろう。簡単に言えば、ぼくはあらゆる政治的俗物根性にたいして、多少感情的な面も加味した反応を示す、適切な公的意見を形成しようと努力しているのだよ。ぼくの悩みは、いったん起こった物事は決して訂正することが出来ないと信じているからだよ。しかし、人間が何かすることが出来ると信じているかぎり、そこに、まだ救いがあると言うものだ。

まあ、そんなところだ、大事なお嬢さん。――ブルノでは大統領閣下と会ったよ。でも、話したのはほんの数語だった。ヤロウシェクのおかれた立場はかなり苦しいらしい〔国民新聞のオーナー。一九二五年の選挙で創設した「国民労働党」がチャペック兄弟を擁しながらも惨敗。借金だけが残った〕。

政治的に完敗し、財政的基盤もまだ改善されていない――そのため新聞への投資資金をどこかで工面しないかぎり、ジヴノバンク〔チェコの代表的銀行〕への債務も増加の一途をたどるだろう。――

ぼくは本当にたくさんの仕事を抱えているんだ。バスの代わりを務めたり、また部分的には、しょっちゅうブルノとプラハの間を行ったり来たりしているクリーマの代役を務めたりだ。そしてあらゆる種類の義務的な記事を右に左に書かなければならない。例の小説《ロマン》についてはその結果少々滞りがちだ。――今ぼくには、じりじりと話を引き伸ばす来客があった。ぼくは編集部に戻らなければならないので打ち切った。そして、すべての道はローマに通じると言うだろ。だからぼくも、もちろん君の所へ行き着くわけさ。

ぼくはいつも君がどうしているか、君がちゃんと良くなることを常に念頭に置いて治療を続けているかどうかを考えている。おまえは用心深い、マルタよ、そしていろんなことを考える。しかしもう一つだけ必要だ。頭から足の先まで、そしてその裏側も、健康になること。だから自分のことをちゃんとわきまえておきなさい。もし君の胸に肋膜炎の痕だけがまだ消えないのなら、それじゃ、ブルノから真っ直ぐマトリアリにもどりなさい（わかるだろう、ぼくだって君にどんなに会いたいと思っているか）。

さ、ちゃんとおとなしく、言うことを聞くんだよ。君がバビオラを見せてくれたら、うれしいな。――でも、そのバビオラのためにパリに行きたいなんてことは言わないでくれ、とんでもないことだ！　一週間後にはたぶん君とつくづく顔を見合わせることになるだろう。そしてお話をしよう、その他のいろんなことについて、特にぼくが書きたくないことについて。君のあらゆる感情や、そして君の一番すてきなことについて。そのことは話すほうがいい、とくに無言でね。もっともっと君のことについて思い出している。そしてもっと君と一緒にいたい。

ボジェンカによろしく。そして君はぼくに数語書きなさい。

両手にキスを、カレル。

(1044)

[一九二八年七月十六日]

親愛なるオルガ、

ぼくは手紙を単なる予備として書いている。なぜなら、ぼくらが書いているこれらの手紙にかんするかぎり、ぼくはアドレスの書かれた君からの手紙をこれまで受け取ったことがないからだよ。だから君が今どこにいるのか、皆目、見当がつかない。それは少しぼくを不安にする。なぜなら指を折り数えてみると、ぼくの懇願や忠告にもかかわらず、それとも自分の健康のことなど考えもしないで、数日間、君がパリに滞在したという見解に到らざるをえないのだよ。もし君が火曜日か水曜日に海にいるとしたら、ぼくは今日(月曜日)、すでに君からの手紙とアドレスを受け取っていなければならないだろう。ねえ君、ぼくを馬鹿にするのもいい加減にしてくれ。でもこんなことって、ぼくにはすごく残念だよ、それに、君の肋膜炎を治すのには海に行くに限るとわかっていながら、急がず、そして山のぼくらのところにもすぐには戻ってこなかったことに、ぼくは腹を立てているんだ。そういうこと。

ここだってもちろんヨーロッパ各地と同じく猛暑だよ。今日は日陰でも三十五度だ。ぼくは一日中裸足で、ズボンとシャツだけで過ごし、そして書いている。大事なお嬢さん、想像してもごらんよ。ぼくは毎日、物語を作っているんだよ。ぼくはもう九編書いた。十分おきに手や頭や足を冷たい水の中に泳がせている。そうでもしないとぼくは汗と一緒になって溶けてしまうだろうそんな中で、ぼくは一編また一編と短編小説〔『ポケットから出てきた話』。最初、新聞に連載〕を書いているんだ。夜の八時近くになって編集部に出かけるまでは、木造のわが家から一歩も這い出さない——外は竈《かまど》のなかのような恐ろしさだ。家の中はそれでも、だいたいケーキを焼くときの排気筒の中くらいの暑さだ。

不思議なことに、ぼくが一番仕事をするのはいつも夏だ。たぶんそれは、ぼくは夏が嫌いで一番長く家の中に閉じこもっているからだろう。プラハは死んだようだ。かわいそうにイリス〔飼い犬〕は月経だ。看護婦犬が必要だ。ぼくの手にはおえない。電話が鳴ったら自分で駆けて言って受話器を取ろうと思うけど、この暑さじゃ今月は無理だ。でもこの消耗的な暑さも利点がないわけではない。少なくとも性欲は減退する。

新しいことは何もなし。君のお父さんはお元気そうに見える〔この年、国民新聞から、チャペックの民衆新聞に移る〕。通常ぼくたちは、編集部で過ごす。

あの短編だけど秋までにまとまった本として出すが、もうこの二日ばかり何にも新しい題材が浮かばないんだ。人間、空気の中で鯉のように口をパクパクさせているときは、考えを廻らすのはむずかしい。しかし家では少なくとも人間、裸でいられる。したいと思えば自分の体に風を送り、顔や手を洗ったりすることも出来る。ぼくは、この暑さの中でぼくはどこにも夏の家を持っていないことを、あらゆる聖なるものに感謝しよう。ごめんね、ぼくは暑さ以外には何も書かなかった。君たちもたぶん、水以外のもので充分体験しているだろうね。

さてぼくは、もう本当に君の健康がどうなったか、いまのその場所が君には気に入っているのか、そして何をしているか。あのすてきなマリアンナ嬢は何をなさっているかを、もう、知りたくて我慢できないくらいだ。君がこんなに長い間手紙をくれないなんて、恥ずかしいと思いなさい。

心から、こぎげんよう、

そして、お手々にキス、　K.

D. O. 〔親愛なるオルガ〕

とうとう、今日、火曜日に君の手紙が来たよ。君が海にいると知って満足している。君の健康状態は、もちろん書くのを忘れている。しかし、それは女性の常だ。本質なことについては忘れてしまう。——

夜は嵐だった。だから気持よく涼しくなった。いまはもう、ただ洗濯物を釜で煮ている時の洗濯場の中と同じくらいの温度だ。

ほかには変わったことはない。この機会を利用して、雨雲の下で庭に出て何かしようと思っている。この二週間と言うものぼくはまったく庭に這い出してもみなかった。夏の時期、どこかに滞在する時は、出来る限りあらゆる種類の徒歩旅行や観察に時間を使っている。今ぼくは同様にどこかの日陰に横になり、うめくか、またはうめく代りに小説を書いていたい。君は書かないから、君はいいさ。百パーセント、体を休めなさい。それはそうと、ぼくはそこに連れの仲間がいるのかと思っていた。ただ君の健康にそのほうが好いかと思っただけなんだ。もう一度少し真面目にそして次の点に心がけなさい——医者の所に行き、そこでちゃんと診察をしてもらうこと。肋膜炎はフランス語で「プリュウーリティド」と言うんだ。だから先生の所に行き、自分を指差してそして言うんだ。「モア・マラード・プリューリティド・デザビレ・モワ」と、それだけ。

マリアンナ嬢に、くれぐれも、よろしく。そしてぼくに代わって頼みなさい、君を厳しく注意をするようにと。

お手々にキス、K.

（1045）

［一九二八年七月二十日］

D. O.

熱いご挨拶、ありがとう。ぼくは君に熱い同情を表明したいよ。でも、それはもう不要なのじゃないかな。なぜなら、そちらも多分ここと同じくらい涼しくなって住み心地がよくなっただろうからだ。あれは本当に耐えがたかったなあ——ぼくが言うように、あのような熱波は人間、家でやり過ごすのが一番いい方法だよ。なぜって、自分で

最大限居心地よく出来るからだよ。それ以外にここに新しいことは何もない。次に記すことを除けばね、
1. エングリシュ電文を渡す。
2. ストラシュニツェで殺害された女中が発見される。
3. 画家ブルンネル死亡、——彼は非常に善人だった。
4. モーターレーサーのチーフ・ユネク死亡。
すべての住人がプラハから出て行った、それどころか、もっとだ。プラハはほとんどゴースト・タウンに化した。その結果、ここで生きることが出来る。いま、この二日ほど著作の方の手を緩めている。しかし、もうすでに新しい題材を得た。それどころか新しい連作(チクルス)の構想もだ。その結果、短編小説の新しい本も出る。うん、ぼくは書くよ、題材のストックがある限りはね。今のところはぼくは頭の中に中味があまりないからって、それほど気にしていない。

言わずもがなのことだが、君の健康状態についてぼくはまたもや何もわからない状態に置かれている。何はともあれ、君は自分についてきちんとした演技矯正を何も受けていないんじゃないのかい? ブルノでは君にまたマドラの役を配役するようだ——だから、ちゃんとやっておかないと。かつて以前、ヴィノフラディ劇場の演劇的豊かな実りについて、警句が言われていたことがあった——フラヴァティー、ヴルスキー、ボル、オルガ、そして今度は最後にアンドゥラもだ。そしてラテン語の結びがついている。(君はまだこの程度のラテン語ならできるかな)。「おまえも、おまえもいるのに、なぜおまえはガブリエルでもなければパチュでもないのだ?」〔ガブリエル・ハルトとミーラ・パチョヴァーもヴィノフラディ劇場の俳優だったが、自分で創作はしなかった〕。

今日、ぼくはまた金曜会だ。今日は多分誰も来ないんじゃないかな。いま、ぼくの喫茶店〔金曜会のメンバーが集まる、チャペックの家のこと〕は深刻な不景気だ。君のお父さんはヴィノフラディ劇場の気楽さをお気に入りのようだ。そして別に問題はない

が見かける機会はあまりない。たぶんそれぞれが別の時間に来ているからだろう。

それでは、君の具合がどうか、何をしているか、どのように治療しているか、いつ帰るつもりなのかを、一度ちゃんと書いて寄こしなさい、——それから言っておくけど、あの技術的な細かな点を忘れないように。

マリアンナ嬢にはくれぐれもよろしく、そして君も、場所的環境から見ても出来る限り、健康に気をつけて。

両方のお手々とお口にキスを、　K.

［一九二八年七月二十日］　（1046）

D. O.
まったく、君はぼくにあまり手紙を書かないね——それに民衆新聞に出た君のコラム、ぼくはあれをぼくに宛てた手紙として、多少読めなくはない。——どうだい、ぼくは君にそのことを言わなかったかい？　君が少しばかりホームシックだとはね！　でもそれは君の問題だ。ぼくは今日、指が疲れてしまった。殺された俳優を題材にした推理小説を書き上げたところだ。ぼくは書くことにたいしてすごく怠け者になった。おい、おまえ、ほんとはもっともっとたくさん書いていなければならなかったんだぞ、何か言い訳でもあるのか。そんなわけで、ぼくはすでに十一編の推理短編小説を書き上げ、二つの題材、その他に旅行についてのが数編ある。だからぼくは一ダース半の作品を書いたことになる——二ダース、これはちょっと多すぎたかもしれない。

気候は涼しくなった。その結果、気持よく仕事ができる。もう汗みどろになってがんばる必要もなくなった。君からの手紙は一通、それに絵はがきを一枚、受け取ったきりだ。そして相変わらず、まだ君の健康の具合がどうだか知らないままだ。

じゃあ、ね、一言二言でいいから書きなさい。それでは元気で、マリアンナにもよろしく。そして、特に、ぼくのために元気になってくれ。

お手々と、指にキスを、　K.

［一九二八年八月、シュトルプスケー・プレソ］

（1047）

D．O．

大至急、報告する。ぼくの健康状態はきわめて良好、生活についても異常なし。特に朝から晩まで歩き回っている。いや、何らかのツアーに加わってと言うわけではない。しかしそれだからこそ、よりいっそう熱心にというわけだが、そのことがぼくには非常によい効果を表している。狼のように食べ、毎日十時間は「眠れる森の美女」のようにぐっすり寝ている。あのしつこい頭痛も排除したし、いまは咳のほうも少なくなってきた。

ここはすごく混んでいる。しかし、ぼくには興味ないから、人込みは避け、ほとんどの時を孤独なシュターフェル（つまりシャモワだが）と一緒に引っ込んでいる。君がここにいると、すてきなんだがなあ。でもそうは言っても、人間、何もかも独り占めというわけにも行かないよね。ぼくはまだボジェンカの所へは行けずにいる。それはね一日がかりだ。なぜなら列車の接続がすごく悪いんだ。

ときどきほんの少し雨が降るが、それもほんの一瞬だ。ここはほとんど肌寒さを覚えるくらいだ――このあと焼けるような夏が来る。それはぼくにとってはまさしく温泉だ。ほかの問いにはペンを手にしない。何も思い浮かばないのに、何のために！　ぼくは君のことをよく思い出しているよ、大事なお嬢さん。そして、何よりもあらゆるポイントで休息を取る。歩かない時は、食べているか、眠むるかしている。ちょうどいまから食事に行く。また夕食だ。ぼくは腹をすかせた犬のように、その料理を楽しみにしている。

と言うところでお終いだ。ここのぼくの所にも（ホテル・フヴィエズドスラフ）君についての報告を送って下さい。いいかい、ぼくはね、君のことをいつも考えているんだよ。それも絶え間なく心配の心で。彼女は元気だろうか、彼女は何をしているだろうか、君を悩ませているのは何だい――それだよ、君はまだ何か悩んでいるのかい。でも、そんなもの無視してやればいいんだよ。

じゃ、キスをすべての指に、そして手の甲と手のひらに。

K.

［一九二八年八月、シュトルプスケー・プレソ］　（1048）

親愛なるオルガ、

君が新しい手紙を書いてくれるのを、もうずうっと待っている。ミシュカの所では、もちろん歓待された。なんたって、当家の雌の飼犬アリチュカがユスティス〔画家〕やぼくの服を引きちぎらんばかりの歓迎ぶりなんだからね。そのあげくぼくはミシュコがそのアリチュカを皮ひもにつないでいないかぎり、とても廊下に出る気にもならない。

一昨日から、ぼくはここシュトルプスケー・プレソのフヴィエズドスラフに泊まっている。それで特に、ぼくは君がここに来るかどうかを知りたいんだ。ここはいま美しい、それにここにはもうそんなに人はいない。ぼくは一日中、主としてシュターフェルと一緒にのらくらして時間をつぶしている。もし君が来たらこの美しさを満喫できるよ。ぼくはここに来週の日曜日までいるつもりだ。しかし君が来ないのなら、そんなら少なくとも（そして早く）何をしているか、劇場の方はどうなったか。一つ一つ、その他、その他、きちんと書いてくれ。今はもう、きっとプラハで何かやっている頃だな。

じゃあ、とりあえずプラハでも、ラドショヴィツェでも元気で。そしてやさしい手紙ですぐにぼくを喜ばしてくれ。

心から、キスを、　K. Č.

［一九二八年八月二十日、月曜日］　（1049）

D. O.

ぼくは少し心配している。なぜなら、君がいまどんな生活をしているか、元気なのかどうか、まるで知らせを受け取っていないからだ。明日（雨が降っていなかったら）ボジェンカの所へ寄ってみよう。要するにマリペトロヴィーの自動車でヤヴォリナ、それからマトリアリを超えて行こうと言うのだ。ぼくの方としても、この最良の報告しか送ることが出来ない。ぼくの調子はまあいいと言える。ぼくの生活は良好だ、うまく行っている。ぼくは（ほかの連中によると）すごく変わったらしい、トラのように食べ、六十五キロにもなった。毎日十時間もの睡眠を取っている。それにまた毎日、約十時間歩き回っている。しかし大きなツアーに参加したのは一回だけだ。パトリエの登山。その後、三日間足が痛かった。およそ一週間後には、もうここからトポルチャンキへ行く。そのことは君に二度言う必要はないだろう。ぼくはここで君のことを二倍思い出す。なぜならぼくはここに数日間、君といたんだからね。しかも他の人たちだって君のことを思い出しているよ。ぼくは、今日、その人たちと君の演技について話をした。この、やや動物的な日々の流れのなかでは、もちろん、君に聞かせるような新しい話題なんてものはない――誓って言うが、ぼくは牛のように丈夫で、それどころか、これまでのところ退屈もしていない。だから、これは手紙のせいではなく馬鹿馬鹿しい絵はがきの代用となる、単なるこういった思い出のせいだと考えられる。だから、せめて君が元気なのかどうかだけでも知らせてほしい。そしたら、このあとの数日間を心配なしに過ごすことが出来る。

キキンコ〔オルガの犬〕やその他の人にもよろしく。

君のあんよにキスを、K.

何てことだろう、ねえ、君の滞在している通りの名前を思い出すことができない。ビラニッカーだったかな？　この牛め、このおれとしたことが、だんだん馬鹿になっていく。

［一九二八年八月二十五日、シュトルプスケー・プレソ］ (1050)

D. O.

お手紙ありがとう。お願いがあるんだが、スタインバフ博士はぼくの作品の中に出てくる人物アルトゥルにそっくりだと言って、ぼくの代わりに笑ってくれ。たしかに君は覚えているよね、以前そのことについて君に話したのを。もしぼくがこのことによって「何か」を明らかにしようと思ったのだとしたら、ぼくは決してそんなことをしなかったはずだ。こんな馬鹿馬鹿しいことを！――ぼくがトポルチャンキに着くまでには、その問題にけりをつけると言っていたと、シュヴァルツに手紙を書いておいてください。――しかし老人〔マサリク大統領〕はいま夏のあいだ政治のことは避けようとしている。そのうちに政治のほうにやる気を見せるようになるとしたら、なぜ今こうなのか、ぼくにはわからない。ぼくは本当に金曜日（三日後）にそちらに行く。ぼくがトポルチャンキに着いたとまた声明を発するまでは、ぼく宛ての手紙はここには送らないでくれ。そこでは、ぼくは『対話』の仕事で大忙しとなるだろう。

ぼくは昨日ボジェンカの所へ言った。いかにも気分は良さそうだった。元気になったばかりでなく、顔色も美しく眼もパッチリと明るい眼をしていた。人はほとんど彼女を同一人物だとは見分けられないだろう。まさに彼女が風船玉ににたみたいに丸みをおびていた。エプスタイン博士は彼女の状態にすごく満足げで、肺のほうに異常はないが、リンパ腺のほうの治療に二、三ヵ月はかかるだろうと言うことだった。

ボジェンカはもう帰りたがっていた。なぜならもう休暇は終わったそうで、また新たに休暇を申し入れるのは恥ずかしいというのだった。ぼくは風船玉嬢にぼくの名刺を渡し、プライッス監督のところへ行くように言った。そして君がそのボジェンカの上司に、彼女の休暇をもう少し伸ばしてくれるように言うんだ。どれくらいの期間必要かエプシュタイン博士に聞きなさい。

君にもわかるだろうけど、ボジェンカは自分の面倒を見られない人だ。エプシュタイン博士は（君に直接）ボジェナは完全によくなると判断するだろう。それでよし。

ぼくは昨日、自動車でヤヴォリナとドプシンスケー鍾乳洞に行ってきた。すごく美しかった。

そのロマンの件だけど、ぼくが帰ってくるまで待ちなさい。とりあえずクリーマに手紙を書いて作品はまだ完成していないと伝えなさい。例のエロチックなところは新聞のようにやや削除されるだろう、それで本としての出版のときに完全な形にすればいい。ぼくの考えではエロティシズムは新聞には適さない。しかしこれでも君にとって重要なものなら、一行でも削除しなくてもいいんだよ。

さあ、ぼくは夕食に急がなければ、今ほとんど八時半だ。ぼくはこの手紙を明日の朝の列車で送りたい。だから、急いで終わりにする。そして君のお手々にキスをする。

君のK.

［一九二八年九月三日、トポルチャンキ］（1051）

D. O.

さて、ぼくは昨日の夜からここだ。そして多分、状況によっては数週間滞在させられることになるだろう。もちろん今のところ新しいことについては何も知らない――ぼくは元気だし、ただ今日に限って例外的にかなり頭痛がする。だから、ごめん、手紙は短くなる。

シュヴァルツに書きなさい。Hはいまどこか（すぐにも）招かれるだろう。彼によろしくと言っておいてください。シュタインバッハ博士には言っておきなさい。ぼくが彼について短い話を書いたこと、でも新聞に出るのは、たぶん来週の日曜日になるだろうと。

ぼくは例の『対話』についての仕事を始めている。そしてぼくはそれをゆっくり印刷に出すだろう。さもなければ、もちろん怠けるのにもって来いのいい条件さえあれば、怠けるだろう。ぼくにとってもちろん誰かさんのことを思い出すとか、その誰かさんのことを思い焦がれることを妨げるものではない。でもその誰かさんはぼくに自分の健康その他について、ぼくが心配しなくてすむように、ぼくに書いてくるはずなんだがなあ。ボジェンカと一緒の夏休みはどうだい？　そのことを忘れちゃだめだよ！

両方のお手々にキスを、K.

［一九二八年九月七日、トポルチャンキ］　（1052）

D. O.

ぼく自身についての近況を知らせる。そしてそれ以外の点でも異常なしだ。君にも信じられないだろう、お嬢さん、このよく考え抜かれた怠惰の時間割の中で、ぼくがいかにわずかな暇しかないか、ちょっと信じがたいだろう。朝、十時ないし十時半まで大統領閣下と散歩する。それから新聞を読みに行く、そして約一時間ほどして「会話」に戻る。それからもう昼食だ。通常は外で木陰の下で取る。なぜならここは焼けつく。雲ひとつないからだ。ここに三時間ほどすわっている。そして三時半頃になると馬車でどこかへ外へ出かける。そこではジャガイモやトウモロコシが灼熱の陽光に炒られている。それから館へ帰る。やがて戻ってくると、すぐに着替えをして夕食に出てくる。そこはいつも世界のあらゆる果てから来た人々でいっぱいだ。ぼくは四つの言葉を、たいがいは英語だが、使い分けながら来客の間を動きまわる――ねえ、ぼくの大事なお嬢さん、これがどんなに骨の折れる仕事か想像もつかないだろう。その代わりぼくは数人の面白く、親しみのもてる人物と知りあったよ。その中の一人は非常に教養のある、そして非常に黒いインド人のダッタ博士、第二はウプサラ［スウェーデン］の大司教セーデルブロム、ぼくがこれまでに会ったなかでもっとも活発な神父さんだ。だからこれはぼくにとってはとても大きな収穫だ。

『愛の盗賊』の盗賊役をステイスカルが演じるだろうと言うことについて、ぼくは残念ではない。少なくともブルノでは君にもわかるだろう、彼はそれなりにやるよ。もちろんボルがやってくれた方が、ぼくはもっと嬉しいがね。いいかいオルガちゃん、ぼくには教授をザコパルがやってくれたらすごく嬉しいんだがね（そのことは、本人は了解済みなんだ）。あの老人はまったく彼に合っている。理想的な配役は以下の通りだ。

盗賊　……　シュチェパーネク
ミミ　……　オルガ
教授　……　ザコパル

その夫人　・・・　プターコヴァー夫人
ファンカ　・・・　ベチュヴァージョヴァー
シェフル　・・・　スモリーク
等々

申し訳ないけど、「上記の配役」のこと、しかるべく伝えてくれないかな。もし、この配役が実現したら、ぼくは『愛の盗賊』を非常に楽しみにする。とくにミミ、それに盗賊を。きっとそう早くは出来上がらないだろう。そうしたら、ぼくも何回かは稽古に立ち会うよ。

ちょうど今こちらにホッジャ大臣〔この当時は教育相、その他の大臣も務めている〕が来ているが、ぼくは彼と二言三言言葉を交わしただけだ。——劇場との五年契約破棄について君が書いていることに、やや割り切れない印象を受けるのだがね。その一方で、君は劇場監督のフクサとはいい方向で合意に達したんだろう、じゃないのかい？　それに、ぼくにわからないのは、どうして『愛の盗賊』を最初に演じることが出来ないのだ？　何ならその際、少なくとも三つか四つの役を保証させよう。

さらに、君は『バビオラ』についても、『窓』についても、一言も触れていないと言うのはどうしたことだ。ぼくは君が『バビオラ』について急ぎすぎたのではないかと強く疑わざるをえない。ぼくはボジェンカがプラハにいることに賛成できない。なんとかうまく休暇を延長させてやらなければ駄目だ。スタインバフ博士の所へ行って、ボジェンカをどこへ転地させればいいか訊ねなさい——多分アドリア海の方じゃないかと思うけど、どうだ？　オパチヤにはいいチェコのペンションがある。君にも書いたように、エプスタイン博士は彼女の状態に非常に満足していたが、しかし次の治療を急ぐようにと忠告してきた。そうでないとまたもや病状が元に戻りかねない。そのリンパ腺以外は健康だと言っていた。——だから、それが広がらないまえに早く治療することが肝心なんだ！

しかし、いま、大事なお嬢さん、ぼくは、君が自分のことについて、いつも疲労感と消耗感を覚えていると書いていることが、すごく不満だな。

多分それは何らかの生理的原因があるんじゃないのかな。そしてぼくはそれが何らかの慢性化したカタルかなんかでなければよいがなあと思う。どうかお願いだから、打診やレントゲン検査、その他あらゆる面からきちんと適切な診察を受けるようにしなさい。

ぼくは君のことを非常に心配している。一番いいのはプラハへ戻って君に会い、適切な治療を受けるようにと君に強制することだと思っている。ぼくは君がぼくの忠告に従わなかったことを知っている。だからこのことは二重の無力さと不幸であると感じている。いいかい、もし君がぼくの不在の間に本当の喜びを作ってくれるつもりなら、ちゃんと覚悟を決めて、自分の健康のためになることを徹底的に始めることだ。それだけだ、アクリンカちゃん、君はぼくを喜ばせたくないのかい?

『対話』の仕事だけど、ここでの時間の分断と、絶え間ない加筆訂正のおかげで、いまや絶望的な進行ののろさに陥っている。これはきっとかなり分厚い本になりそうだ。——ぼくはこの対談が読者大衆の趣味に合えばいいのだがと思っている。ぼくは自惚れ屋ではない。しかし今度ばかりは、ぼくは読者の口に合うように料理をしている。だからもし読者が喜びそれにむしゃぶりついたらぼくはすごく満足するだろう。すでに四人のドイツ人がその本を翻訳したいと言ってきている。

さあどうだ、キキンカちゃん〔オルガの犬の名前〕、この本はおまえのお腹をいっぱいにしたかい?ぼくは少しやっかみ半分に言うけど、ぼくのイリスはちっとも太らないんだ。だからきっと、ぼくは子犬たちを持つことにはならないと思う。それ以外は、プラハから誰も何も書いてこない……どうかお願いだから、何かゴシップかスキャンダルか、あったら送ってください。

両方のお手々にキスを受け取ってください。同時に関節と肩にも(ほかのところはご遠慮します。ウワウと鳴かないですむように)。

心から、　K.

〔一九二八年九月十三日、トポルチャンキ〕　(1053)

D. O.

おや、何てことだ、こいつは驚きだ！　いいかい、ぼくは君にお説教なんかしていないよ。そうでなくても君は相当、痛いめに会ったんだからね〔友人とのドライヴで事故に会い、頭に怪我をした〕。ぼくは君が、今後、車に乗らないよう真実希望するとだけ言っておこう――ヴァーツラフ広場で軽い事故に遭ってから、今度のスタインバフの車での大きな事故だ。君がどこかへ車で出かけたと聞くたびに、ぼくは不安でいっぱいだ。二度警告を受けた人間は、今度こそ十分気をつけるべきだ。

ある程度強いショックを受けた君の頭が無事安泰であると、ぼくは思っている。こんな頭は、なんとなく長もちがするものだよ。それに第一、その傷痕が君をだめにするなんて考えるのはナンセンスだ。その理由は三つ。

一、ほとんど何も残らない――こめかみの傷は深くはならない。

二、その傷はほとんど見えない。なぜなら、こめかみは君のふさふさの髪が隠してくれる。

三、そして、もしそれが少し見えるとしても、それはむしろチャーミング・ポイントになるだろう。だから、その傷にたいして何もしなくていい。

いいかい、たとえ誰かが驚いたとしても、ぼくはそんな傷、君の慢性的な体調不良――貧血症、肋膜炎、その他あれやこれや――と同様にそれほど深刻には捉えてはいない。人間の怪我はすぐに良くなるが、病気となると、ゆっくり辛抱強く治療しなければならない。だからそのことを、いま一度、胸の奥によく仕舞っておきなさい。ぼくが一番残念なのは、君のお見舞いに行けないこと、そして君のベッドのそばで話が出来ないことだ。それに、君が怪我で寝ていること、ぼくがちっとも君の役に立たないことなど考えると、とても辛いんだ。

君のお父さんの化膿性扁桃腺炎なんて、まったくお話にならない。それはちっとも深刻な問題じゃないよ。そんなものにかかっても三十年は生きられる。しかしいつか、それがお父さんを悩ませることになるかもしれない。十分体に気をつけて、いかなる神経的な不安も避けなければならない――今は少なくとも生活も安定しているし、仕事の面でも満足しておられるのは、すごく幸せなことだ。もちろん仕事はきちんとされている。長い時間をかけて完全に治ったとき、そしてとくにこの新聞社内での――ぼくも知らないくらいいろいろな職務を離れられたとき〔定年で〕、治療のために多くの時間をとられるだろう。そういうふうにして、何らかの緊張感のなかで生き続けることになるだろうが、もう緊張などしてはいけないんだ。

君の手紙のなかに、ボジェンカがまだプラハにいるというところを読んで、いい気がしなかった。――どうしてどこかに徹底的に治療をしに行かないんだ？ 休暇くらい何とかすればきっと手に入れることが出来るじゃないか！ 君が良くなったら、そのことについて面倒を見て上げなさい。ボジェナが良くなったら、君だってもう心配から解放されるじゃないか。

ここには何も新しいことはない。ぼくはいま一生懸命に例の『対話』に取り組んでいる。しかしそれにはまだ難関がある。それどころか今年はどこに行くことが出来るか、それさえわからないんだ。ぼくは知りたいんだけど、ぼくが君に言ったこと、ヨゼフ〔兄・画家〕がブルンネルの後釜を狙って教授の職に応募したというのは本当かい？ でも、たぶん、君も知らないだろうな。

さて、これでわかっただろう、ぼくが君のことをどんなに気にかけているか。身体の外見が示すように、ぼくもいつも気をつけている理由があるのさ。お願いしたい、ぼくの帰還の時に、肩の上に頭があり、その他の手足がなんとか全部揃っているかどうかを確かめてくれよ。プラハでは、たしかにほとんど君から何かを取り去ることが出来るかのように、何となく多く注意を君に向けているように感じる。じゃあ分別をもって、自分の体に注意をするんだ。

さて、夕食のための着替えをするために終わりにしなければならない。そこで何か、君の役に立つなら、ぼくが全力をあげて、君のすべての打ち傷や切り傷のことを思い、痛まないように、遠くはなれたここから息を吹きかけていることを思い出しなさい。

じゃ、今度は指の先にだけキスをします。

K.

しかし、全身の驚きから、足にまだ驚きが残っていた。どのくらい良くなったのか出来るだけ早く報告を書いて下さい！ もしここにぼくにとってとくに大事な（ぼくのためにではない）この仕事がなかったら、今晩すぐにでもプラハに帰りたいところだけど、でもぼくは君とここにいるし、いるだろうから（わかるかい？）。頭の中で、だから君もぼくのことを考えなさい！

（1054）

［一九二八年九月十三日以後、トポルチャンキ］

D. O.

さて、どんな具合か？ 報告を待っている。ぼくはいつも思い出しているよ、時には楽天的に、そして時には、また、君が何かぼくに隠しているのではないかと不安をもって。しかし君はそんなことはしない、だろう？ それでもぼくは次の報告を受け取るまでは不安だ。すでにその報告は汽車で運ばれている途中だと希望している。

ええい、このやろう。君の身にあらゆる不吉なことが起こるかもしれないと考えるなんて何たることだ！ くれぐれもお願いする。自分のみに十分気を配って。そして、どういう具合か詳しくは手紙で。

キスを、 K.

（1055）

［一九二八年九月十四日、トポルチャンキ］

親愛なるオルガ、

君がこんなに長い間手紙を書かないなんて、非常にぼくはショックだ。そのことについてあらゆることを想像している。ぼくはいつも君の決意の文面、それに君の健康の文面に心配させられている。ぼくは君が何か軽率なことをしないように、もうプラハに戻りたい。だからぼくは仕事を急いでいるんだ。だから一日に半時間歩きに出るのがせいぜいだ。たぶんぼくは今月の二十六日ごろ戻るつもりだ。

君が国民劇場にたいしてもっとも慎重に交渉するように、くれぐれも言っておく。しかし、君はそれが元々どういうことだったのか手紙に書いて知らせることは出来ないのかい。正直に言うとぼくにはそのことが全然見えてこないのだ。

ヒラルは彼へのインタヴューのなかで、次のシーズンのレパートリーの中に君の作品を上げていない。と言うことは、君の作品が公式にはまだ受け入れられていないという意味かどうかは知らない。――すみませんがね、君の作品がそもそもどんな具合だったのかぼくに知らせてくれないかな。君はほんとに以前から、ほんのちょっぴりしかぼくには教えてくれないんだから。

ぼくにかんしては新しいことは何もなし――話をしてくしゃくしゃと書く。来る日も来る日も同じことの繰り返し。そしてぼくは、もうプラハを恋しがっている。ただひとつお願いは、報告もなしにぼくを放っておかないでほしいということ。たぶん、ぼくの心配は杞憂に過ぎないのかもしれない。だけど、それでも、せめてそのことを書いてくれ。

お手々にキスを、K.

D. O.

［一九二八年九月十七日、トポルチャンキ］　（1056）

今日の手紙に一言（ぼくは『対話』に浸りっきりなんだ。それがどんなに大仕事か、君にはとても信じられないだろう）。劇場のほうは実質的にぼくはもう出来ない――ぼくは劇場の仕事がどんなものか試したかっただけだ。それを続けるとぼくは文学とお別れということになるかもしれない。ほんと言うと、コモルニー〔室内〕劇場は（事実上）国民劇場に付属するものとなるべきだろう。実際のところコモルニー劇場は、ヴィノフラディ劇場か国民劇場の第二の舞台としてのみ存在しうる。それ自身だけではもちこたえられない。何が問題になっているのか、フクサ〔劇場監督〕に手紙を書くことが必要かどうか、ぼくに手紙を書きなさい。君に適切な条件も与えないで、強引に君をヴィノフラディ劇場に縛りつけておこうというのは無理な相談だ。どんなふうに進んでいるか、何が問題なのか、君はぼくに話してくれなくちゃだめだよ！

　心から、K.

［一九二八年九月二十日、トポルチャンキ］（1057）

　前もって、個人的にフクサに意思表示をすること。契約からは自由になるが、破棄するのではない。新しい契約の文案は検討のための期間として一週間を要求する。もしだめならば、条件のいい契約にすぐにサインする。毎年四つの役を保証するよう求めること。重要なのは監督との交渉だけだ。

　幸運を祈る——チャペック

［一九二八年九月二十日頃、トポルチャンキ］（1058）

D. O.

　ほんの一言二言——ぼくは『対話』の最終校正で大忙しだ。ぼくはもうお終いにしたいんだけどね。もう、印刷の方に回す絶好の潮時だと思うんだけどね。——ぼくは君の契約書の件の報告を待っている。ぼくは君にすぐに急行電報で送ったけど、たぶん間に合っただろうな。おそらく君はすべてを理解しただろう。重要な点は、

一、ヴィノフラディ劇場から、礼儀正しく出て行くこと。

二、この契約をじっくりと検討すること。

三、ヒラル博士を信用しないこと。彼は自分に出来ること以上のことを約束し、国民劇場とも交渉している。——もちろん、君はいま既に契約を完了しているだろう——ぼくは君の手紙をじりじりしながら待っている。一番いいのは、君に考える時間をもらえるのなら、その契約書のコピーを送ってくれないか。もしかしたら最高にいいアドヴァ

イスが君に出来るかもしれない。しかしそれが出来るのなら、君はとっくにそうしているだろう、ね？　だから、要点を書いて送りなさい！

ぼくは寝冷えをして三日目だ。こんなことって、これまでぼくにはあった試しがないのに。——声がまったく出なくなった。今日はもうだいぶ良くなった。——そこでだ、ぼくはもうプラハへ急いでいるんだ。君は知らなかっただろう！

お手々にキスを、　K.

［一九二八年九月二十二日、トポルチャンキ］（1059）

D. O.

もう三日間も君に手紙を書かなかったことに、ぼくも自分の罪を認める。しかし君だって、ぼくがこれまでに話したような、ここでの生活のありようから察すれば、およそのことは見当がつくだろう。ぼくが書こうと思うと、一日中外に出て、焚き火を囲むというお触れが来る。夕方近く、ぼくはもう一度手紙を書こうと思った。すると今日の夕食は一時間早くする。なぜなら、夜、映画会を行なうか、またはジプシーたちが来て何かを演じるからと言ってきた。——要するに、ぼくを信じてくれよ。ぼくは通常、民衆新聞を読む暇さえないんだ。ぼくは七時間しか寝ない。そうでなければ、一日中のらりくらりして過ごしている。それはいい気持にはちがいないが、時間がやたらと食われてしまう。

いまはもう、そのほかにも『対話』完成しようと一生懸命になっている。ぼくは来週プラハに戻るために、これを完成したいのだ。そのほかに、『対話』にかんすることでベネシュを待っているんだ。彼がそれほど短期間しかここにいないと言うのは、彼の問題で何期かの会議のために出かけるんだ。

大切なお嬢さん、もし君が手術して縫い合わせる必要があるのだとしたら、その傷は君の最初の手紙で予想していたよりも、ずっと大きな怪我なんだぞ！　またもやついでにというわけで、こんなショックにまた出会うんじゃないのかい？　そのことにかんして言うなら、傷はそれほど恐れていない。でもね、ぼくは君の神経の方が心配なんだよ。君はいま何ごとにたいしても精神的に動揺してはいけない。君は小さな役なら返上したほうがいいかもしれない。もし君が『愛の盗賊』の稽古に出ているのだとしたら、どんな様子か知らせてほしい。ヴェヴェルカがシェフルを演じているということに、ぼくは満足している。ぼくはヴェヴェルカのことと同じくスモリークはどうかなとも考えていた——スモリークは、すごく貧しいが少しは心のゆとりを持っている、そんな人物にぴったりだ。ぼくは君たちすべてを知っている。きっとすばらしい舞台になると思う。だから、ぼくはその公演を楽しみにしている——ぼくの中には作者の待ちきれない気持というものがいつもある。およそ、いつごろ稽古は完了するのだい？

　君が怪我でベッドに寝ているということを再三にわたってぼくは自分に言い聞かせたこの最近の数日間、ぼくが君のことをどんなに思い出しているかあえて君には言わない。ぼくは君の周りの人々が長い期間、君を苦しむがままにしてはいないだろうということは、当然のこととして、でもそれでもぼくの場所だけが君のそばにある。スタインバフの傷は、もう、みんな良くなったのかな？　そのことはよく胸の内にしまっておきなさい、お嬢ちゃん。人間は、自分の足で立ち、急いで歩くときが一番確かなのだということをね。

　君のお父さんの具外はどうなのだ？　繰り返し言うけど、そんなに気を回して心配する理由は何もないんだよ。ただ用心はすること、そして、君のお父さんが善意から背負ってこられた、たくさんのさまざまな重荷を取り除いてあげることだ。ぼくだってちゃんと知っている、ほとんど毎日のように何かの会議や交渉があったことをね——お父さんに言って上げなさい。すべての厄介事から離れて、落ち着いて自分の文学に集中し読者の心を打つ真面目な文章をお書きになるようにと。

　ぼくだって知っている、それは精神的労働であり、絶対的にその仕事からも、長い休暇を得ることが出来る。君のお父さんには常にそれが必要だったんだ――いろいろな出来事について思索すること。同じく何を書き何を書かないかを取捨選択する時間が――。

君だってお父さんの周囲にこのような落ち着きと信頼の雰囲気を作り出さなければならない。それこそが、どんな温泉よりもよい薬なのだよ。それらのことがいつも一緒になって起こる。ぼくはもう君のそばにいたい、何かの心の安らぎのために君に吠えることが出来るようにね。

しかしそれはね、もうじきそうなるよ、大事なお嬢さん、いまは嵐の後の美しい朝だ。さあ、あれを完成させるために、すぐに、仕事にかかろう。それから、たぶん、君は、君はできるかぎり、体をお大事に。たぶん、一週間後には会えるよ。

両方のお手々と、おでこにキスを、

K.

［一九二八年九月二十五日、トポルチャンキ］（1060）

D. O.

君が国民劇場で契約に署名したことを、新聞でこんなふうに読まなければならないとはね、――そのことを君がぼくに書いてくるのをどれほど待ったことか。ぼくは君がヴィノフラディ劇場と穏便に友好的な関係を保ちながら別れることを希望する。そしてまた君のよい成果にもなるよう、ただ自分を信じ、これまでやってきたのと同様にきちんと――おそらく、ゆっくりとした足取りで、あまりカッカとせずに仕事をするよう希望する。ぼくは心底から君のことを思っている。そしてこの選択が神からの贈り物として多くの幸せを君にもたらしてくれることを祈っている。

早かれ遅かれ、いずれにしろ、君は国民劇場の舞台に立つことになっただろう――ただ、ぼくに残念なのは、ぼくが君のそばにいてあげられなかったことだ。いや、君に忠告しようということのためではなく、君の心を落ち着かせてあげるためにだよ。だからこうなったことは、よかったのさ。形式的には君は階段をほとんど上りつめた。今度は自分自身を、自分の芸術的良心を前にして自分が成長しなさい。そのために君は、かつて君が持っていたよりも、もっと多くのチャンスを自ら摑みなさい。さあ、ぼくは君の手をかなり強く握り締めるぞ。

きょう、朝の間、ずっと『愛の盗賊』の総稽古の日であることを思い出していた――ぼくはその稽古をすごく見たかった。初日にはもちろん行かない。ぼくはそれを見ると悲しくなる。でも仕方がない。ぼくが持っているこの仕事、この作品が本当にこの世に存在するためには、もうこの辺で切りをつけなくてはならない。ぼくは作品がそれなりの最善を尽くしてくれることを希望している。

もうぼくは親愛なるミミの君を二度見たわけだが、三度目を期待していた。ぼくは日曜日まで、遅くても月曜日までには家に戻っているだろう。そのことはもう一度手紙を書くか、電報で知らせる。明日のプレミエ〔『愛の盗賊』のヴィノフラディ劇場の初日。しかし、オルガはすでに国民劇場と契約をしており、この舞台には出ない〕にかんする限り、ぼくは思いっきり君をうらんでやる。ぼくはどんなことになるか、きわめて疑念を抱いている。いいかい、ぼくは明日の夜をどういうふうに思い出すか、君には想像もつかないだろう。

つい、このまえ、君は民衆新聞にかわいらしい詩を載せていたね。

もう、昼食の合図の鐘が鳴っている。ほんとはもっと書きたかったんだけどね。ぼくが土曜日に受け取った報告ありがとう。そして、いま一度、君のことを強く思っている。そして君が、たくさん、たくさんの幸せに恵まれますよう！

キスをする、君の　K.

〔一九二八年九月二十七日、トポルチャンキ〕（1061）

金曜日の昼前に着く。

チャペック

〔一九二八年頃〕（1062）

君を捕らえられず残念だ。午後五時に行く。朝、来る約束だったけど！

C.

1929

［一九二九年八月二十一日、ルマノヴェイ］　（1063）

明日の朝、タトラに行く。一つにはタトラでは大いに歩くつもりだ。それからもう一つは、ルマノフ家の大富豪の旦那のところよりは少なく食事をする。

お元気で、そしてぼくはすごく快調だ。

心から、ごきげんよう。　K. C.

［一九二九年九月一日］　（1964）

親愛なるオルガさん

特にボジェンカにぼくからの挨拶を伝えてくれ。あのかわいそうな娘は、一人でたくさんの不幸を背負い込んでいるんだね――いまこそほんとうに、彼女は三週間ばかりの休暇を取って療養に行くべきだよ――たぶん、ミシュカの所がいいんじゃないかな。きっと、養分のあるものを食べさせてくれるよ。ぼくは彼女がすごく気の毒だ。年を取ったお姉さん。――

君はずいぶん長いあいだ手紙をくれなかったね、いったい何をしているんだい？　君はまだラドショヴィツェにいるのかい、もう稽古に入ったと書くとしても、まったく何もまだわからない。ボジェンカはもう君の所にいるのかい。キキンカ〔オルガの飼い犬〕は家にいるのかい、ビジュ〔犬の名〕その他は何している。長いあいだ君は、君の芝居のタイプの写しさえ送ってこなかった。だから、ぼくが見たいと思っても見られなかった。ぼくは明日、トポルチャンキへ行く。そして、ぼくは君からのちゃんとした、どんなことでも書き忘れのない手紙を待っているから、いいね？——

ぼくはここでキノコ狩りに行くことのほかに、慈善事業にも精を出している。ぼくはスコット・ヴィアトル病院を訪問し、病気のホッジャを見舞った。最近ぼくはペーテン将軍〔フランス軍〕のわが国訪問と歓迎会を演出した。要するにここでもぼくの忌々しい利用価値のおかげで休む暇もないというわけさ。

ぼくは君の作品のことを考えている。そこに軍隊行進曲の代わりに蓄音機のジャズのレコードを入れたらどうだい。それは現代的だし、それほど滑稽でもない。それどころかずっとエネルギッシュな鳴り物になるだろう。何よりそれが結末に近づきつつあるところではいっそう効果的だよ。じゃあ、手紙のこと忘れるんじゃないよ。

驚いたことに今年は去年のようにキノコが見つからなかった。それもまだ子どものようなキノコなんだ！　ぼくはそのために毎日歩き回っているんだよ。しかし、その代わりまだ一度も山の中へのツアーには行ったことがない。だって、ぼくの手にはマメが出来るし、その上ここでもその暑さったらひどいもんだ。ぼくはそんな時、重労働なんてしたくないな。

君の作品をどんなふうに推敲しているか手紙で教えてくれよ。君の作品を誰かがすでに知っているなら、そして君自身が何らかの弱点に気がついたら、タイプライターでコピーしてぼくのところに送りなさい。多分トポルチャキでも君の文章にちょっとばかり手を入れるために、三十分くらいはひねり出せるだろう。

スタインバフ博士やその他の人々によろしく。それから君も当分はおとなしくしていなさい。

あらゆる面での健康とキスを、　　K．Č．

［一九二九年九月四日、トポルチャンキ］　（1065）
やっとよく手入れのされた場所に到着した。そしてぼくはこの強烈な暑さのなかで、生き抜こうと努力している。作品はどうした？　報告を待っている。そしてお手々にキスを。

K. Č.

[一九二九年九月十日、トポルチャンキ]　(1066)

親愛なるオルガ、

今までのところ、君にわずかの手紙しか書けず、たしかに恥ずかしい思いだ。でも、信じてくれ、ぼくは新聞を読む暇さえろくにない状態なんだ――プラハでやっていたいろんなことと比べても、ここよりも十倍くらい自由な時間があった。その上、ぼくはすぐにまた家に戻れるように、『対話』をできるだけ早くまとめようと努力している。

朝は九時から十一時、ないし十二時まで大統領閣下と話をする。それからすぐにメモに記録し、その後一時から三時まで昼食。三時半に馬車で出かける。六時半からすぐ、さらに書き足し、八時から十時まで夕食――これが毎日の時間割だ。

そのほかの面では体調も上々だ。当然のことだけど、プラハや君のことを思い出すとやはりある程度の郷愁に誘われる。君の例の戯曲のこと、もう少し詳しく書いてくれないかな。もしヒラルが読んだとして、いつそれを公にしどんな配役をするか、などなど。それからさらに、その両劇場〔ヴィノフラディ劇場と国民劇場。当時、両劇場は俳優の引き抜きとかなんかで緊張関係にあった〕との関係がどんなふうになっているかはっきり書きなさい。

日曜日ぼくたちは故障で電話が切れてしまった。そのあと、もう一度君の家の方に電話をしたけど君は家にいなかった。要するに何ごとにおいても、用心深く、そして急ぎすぎないこと。ぼくは新聞の中に発見した事実（国民新聞に掲載された、コディーチェクへのインタヴュー）にもとづいて判断する。両劇場の関係はかなり険悪なものになっているとある。

重要なこと、みっともない言動は慎むこと。正しく振る舞い、契約は守ること。シュチェパーネクのケースはちょっとみっともない。しかしボルの場合にはそれを望みたい。だから、きわめて用心深くなければ。君が両方の劇場とも折り合いがつかないというのなら、そして実質的に、またははっきりと君にたいする誠実さと契約が破棄されるまでは、むしろ国民劇場のほうに残りなさい。ここにアンドゥラ（アンナ・セドラーチュコヴァー）が登場するという発言ないし事実についても、君には即答は出来ないだろう。ぼくはそれだけに小さな自尊心といえども明らかにすべきだと思うな。

　この現在の状況では、君が両方の劇場に出演出来れば、きっと一番いいのだがね。しかし君にお願いしたいのは、一年に四役以上は求めないこと、一年に大きな役を八つというのは多すぎだよ。ぼくは君が何か失敗を起こさないかと心配だよ。何についても早急な決断をしないこと。どんなことにもじっくり考える余裕を求めなさい。そして常にお父さんとぼくに相談しなさい。とくに重要な問題では、ぼくに意見を求めるようにしなさい。

　さらに言うと、ぼくが心配なのは君が眩暈《めまい》を起こしやすいということだ。スタインバフ博士に相談しなさい。彼はぼくたちが知っているもっとも優れた精神科医だ。彼の所に行くんだね。君にとってはそれは君にとってひどく困った障害になるかもね、特に両方の劇場で演じることになったらなおさらだ。――

　じゃあ、いまは事態がどうなっているのか、その他をきちんと書いてきてくれるのを待つことにするよ。そしたらぼくは君に、詳細な回答を送るだろう。しかしその時までは君のことについて心配している。

　とりあえずは君の両方のお手々にキスを、

カレル。

［一九二九年十月十六日、マドリード］　(1067)

ぼくはここで最高の気分だ。君のあんよにキスを。　K. Č.

［一九二九年十月十七日、トレド］　(1068)

君のあんよにキスを、カロル（Carol）

［一九二九年十月二十日、セビリア］　(1069)

D. O.

　セビリアは本当に、超きれいな所だ。全旅程はあまりにも忙しく、いろいろな苦労丸がいまのところは無事だ。でも来ただけのことはある。
心から、ごきげんよう、　K. Č.

初日はどうなったか心配だ。スラス・ヴァス！

〔オルガはヴィノフラディ劇場の『アンナ・カレーニナ』にタイトルロールで出演〕

［一九二九年十月二十日、モンセラ］　（1070）

ぼくはもう、あさって帰る。疲れ、そして満足している。　K. Č.

［一九二九年十一月十二日］　（1071）

プレヴィーテ、スラス、ヴァス、ア、ブレプテイ、そして終わりよければすべて善し。
勇気あるのみ！
K. Č.

1930

［一九三〇年七月十二日、プラハ］　（1072）

親愛なるオルガ、

手紙ありがとう。たとえ短くても、少なくともそれから君が退屈していない様子がうかがえる。少ししか書かないということはいいことだよ。まず、第一に、ゆっくり休めるからね。君の出発の日を境に、こちらも、やはりかなり涼しくなった。君が出発したあの土曜日はこの十年間のなかで最高に暑い日だったんだよ――日陰で三十五・五度あったんだからね。いまは気持よく息が出来る。――ぼくにかんしては、一生懸命に土を引っかきまわし、毎日何時間かの間この罪深き呪われし肉体を庭で日にさらしている。この暑さの中でぼくは肉体的に疲労しているから、体力を回復する手立てを考えなくてはならない。歯茎はおおむね落ち着いている。たぶんシュルツ博士のおかげだ。彼はぼくに歯茎を強くマッサージするようアドヴァイスしてくれた。そしたら、そのせいで本当によい効き目をあらわしてくれた。ぼくは何よりもこのことに感謝している。ぼくはシリーズ『未来からの手紙』を書いた。そして低俗な文学、ポルノグラフィーについての論文を書く準備をしている。この論文は文学の周辺にある文学について、準備中の本のなかに含まれる〔後に『マルシアスまたは文学の周辺』というタイトルで出版。日本では『カレル・チャペックの新聞讃歌』青土社刊に一部抽訳にて収録〕。そのあと、ぼくは黒人の童話についての論文にも取りかかろうとしている。これは資料を読むだけでもかなり骨の折れそうな仕事だ。そのためにぼくは五十巻の本をそろえている。

そのほかに新しいことは何もない。今日の夜たぶんドヴォジャーク博士にたいする判決が下されるだろう。彼は釈放されると思う。君はまったくぼんやり屋さんだね。君の住んでいるところのアドレスをぼくに教えようともしないんだから。少なくとも、スタインバフ博士ならぼくに教えてくれるだろう。数日間ぼくを連れ出すそうだ。でもぼくには仕事がありすぎると思う。セント・ヴォルフガングにいく準備をしている。そこには一日いて、戻ってくる。そんなこと、もちろんぼくには出来ない、そんな貸切自動車なんかで。

ぼくは、今日、金曜会だ。だからぼくは編集部に急いでいるところだ。君はそこに君が満足するまでいるといい。そして手紙を書く時間を十分に取りなさい。ぼくはたっぷり思い出している。しかし君がそちらで静かにしていられるほうがうれしい。

心から、ごきげんよう、そしてキスを、　K.

（1073）

［一九三〇年八月一日］

親愛なるオルガ、

今日は君が出発してからちょうど一週間目だ。いままでのところ（スタインバフ博士からのほか）なんの便りもない。でも、君のことを悪くなんて思っていない。ぼくだって映画を撮るというのが非人間的重労働だということを知っているからね。それに君はたぶんもう不機嫌になっているだろう、そしてまたひと悶着始めたんじゃないかなと想像している。ただ、それがうまく収まるように願っている。もし撮影された写真に君自身満足しているのなら、ほんとに少しでいいから書いて送ってください。

こちらにはまったく新しいことはない。そろそろ休暇に入る準備でもしようかと思っているところだ。明日から四日か五日かけてスロヴァキアに行ってくる。フォウストカの自動車を使っていくつかの近づきがたい地の果て（チチマニ、オラヴァ、その他）の見聞を深めるためだ。それから今度はスイスへ行く。そして早ければ十三日、場合によっては十五日頃までいる。ランゲルが休暇を取れる時期による。

スタインバフ教授はなんと言っているんだい。君は十二日に映画が終わるだろう。そして二十六日には、君はプラハにいなければならない。だから、ぼくたちが君をインテルラーケンのどこかで、またはどこか別のところで君を発見できるように、正確に話を合わせておかないといけない。そのことはもちろん、スタインバフ博士に委ねざるをえない。ただ、君がそのあとのすばらしい日々を使えるように、あまり無理をしないことだね。九月一日からは、ぼくはトポルチャンキに招かれている。二週間ほど滞在して『対話』を完成させる。それからぼくはほぼ一ヵ月の休暇をもつことになるだろう。

プラハは、いわゆる悪天候のおかげで、非常に過ごしやすい。それに街にも人影があまり見えないので、ほんとに気持が好いくらいだ。ついこの前クヴァピルが訪ねてきた。ヴィノフラディ劇場は国民劇場と合併すべきであるとの結論に達したというのだ。ぼくにはすぐにわかった。クヴァピルはヒラルに引退〔年金生活〕のことをほのめかせたのだ。そしたら明らかに彼〔クヴァピル〕は両劇場の支配者になる希望に惹かれているのだ。ぼくはもちろんそんな彼を援助なんかしたくない。

水曜日からぼくはラーニにいる。老人〔マサリク大統領〕はだんだんと好くなっているようだ。それはまったく奇跡とでも言いたいくらいだ。ぼくは童話の理論〔『童話の作り方』青土社、参照〕を書いている。それはまったく専門的な仕事でとても楽しい。しかし、そのためにかなりの資料を調べなければならない。

ぼくはほとんど元気だ。しかし少しばかり休養をとりたい気分だ。それ以上に君の事を思い出している。そして、一晩中かかって映画を撮らなきゃならない君がすごくかわいそうになった。君はそれで自分の健康を消耗しているんだよ。パリから君は何も得なかった。そしてお金の実入りもなかったとぼくは思っている。そんなことは出来るかぎりでいい、体に気をつけて、くれぐれも自分の身の回りに気を配ること。二週間したら会えるね。たぶん、そのころのスイスは本当にきれいだと思うよ。マリアンナ、ボル、その他の人々によろしく。

たくさんのご挨拶とキスを、

カレル。

(1074)

［一九三〇年八月五日、オラヴァ］

D. O.

そこでだ、ぼくはいまオラヴァでの二日目を迎えたところだ。そして小旅行をしている(シュトレッツ、バンスカー・ビストリツェへ。この先まだ長い距離がある)。ここにはとても美しい風景が見られる。ぼくはスタインバフ博士に、この次はアルプスに行くよりも、スロヴァキアへ行こうとご意見申し上げよう。ここではほとんど立派な自動車道が出来ている。いま、ぼくはアルプスへ行くのに二重の喜びを覚える。なぜならぼくは自動車になれたこと、そして人々はこの絶景を、何よりも自動車の中からエンジョイしているからだ。

本当を言うと、今度ぼくがプラハを離れたのには、ぼくにとって非常に現実的な理由があったのだ。プラハでは一定の政治的混乱が起きたのだ。今回は左翼の方でだ。ぼくはこの恥さらしな問題にたいする反対意見を書くことを内心強いられている。だからぼくはこの馬鹿げた不愉快な政治的スキャンダルについて書かないですむ口実を得るために、大急ぎでプラハから身を隠したのだ。

ぼくはすごく思いを馳せているよ、君が難しい不愉快な日々を送っているだろうということをね。だから君も一刻も早く、素敵な休暇をスイスで過ごさなければならないよ。

とくに記すべきこともない。ぼくたちの再会を楽しみにしている。

さようなら、そしてキス、K.

(1075)

［一九三〇年八月九日］

親愛なるオルガ、

いま、スタインバフ教授から電話があったところだ。何たる失望、なんとひどい疲労、そのくだらない映画が君にもたらしたものはそんなものだったそうだ。だから言ったとおりだろう、君がぼくの忠告を無視したおかげで、君にとってきわめて貴重な休暇をふいにしてしまったんだ。博士はさらに言ったよ、この疲労回復のためには世界中を駆けまわったりするのはもう諦めて、むしろポチュティーンで休養を取りなさい。そのことは今日の午後、ぼくがランゲルにスイス行きはキャンセルだと言っておく。ぼくはそれがあの映画のせいだとは言わない。むしろ、スタインバフ博士が彼のナシュカ車のために新しい車軸が必要となり、アムステルダムに注文した。だから旅行は当分取り止めになったとか何とか、そして日曜日以後はまったく行けないと言っておく。ほんとはランゲルの機嫌を、なんとなくこんなことで損ねたくないのだけどね。

そんなわけで、（スタインバフとブラティスラヴァから電話をしてきたミシュカに）聞いたかぎりでは、きみは今月の十四日か十五日以前には戻れない、そして二十二日にはヴィノフラディ劇場の舞台に出ることになっているそうじゃないか。出来ることなら、ヴィノフラディの芝居はキャンセルするんだな。そうでなければ、数日間延期するようにやってみたらどうだ？　君はやっぱり数日間休養を取るべきだよ。ぼくは君が行くのはポチュティーンだけにしておくのがいいと思う。この件に関してはその間にスタインバフ教授と相談した。つまり、ぼくたちが君を連れて行くか、それともぼくたちが君の所に行き、そして数日間（君が望むだけ）そこに一緒に滞在する。そして少しオルリツキー連山をまわって見物しよう。

スタインバフ教授も数日間の休暇を望んでいる。そして、ぼくはこれまで五日間休暇を取っただけだ。だからぼくたちにはなおさら好都合なわけだ。君がプラハに戻ったら、ぼくはまたスロヴァキアに行きたい。スロヴァキアもスイスと同様に美しい土地だ。場合によっては君が望むなら、一日か二日、ミシュカのところに泊まってもいい。要するに九月一日まで、だから十日間ばかり自由時間を持っている。その後は、ぼくはトポルチャンキに行かなくてはならない。スタインバフ教授はすでに、ポチュティーンに八月十五日以後そちらに泊まりたいのだがどうだと、問い合わせの手紙を書いている。

ぼくは何よりも君の予定に合わせて調整している。しかし、それにしたって君がこれまでになく、きっと必要としている君の休息を妨げないかぎりにおいてだ。——ここ当分のあいだ君はそのことについて考えなくてもいい。そんな予定なんてすぐに調整がつくものさ。もしそのことでスイスが駄目だということがわかれば、ぼくはもう一週間くらいスロヴァキア地方を旅行したい。しかし、いまそれは多分トポルチャンキへの旅と結びつくかもしれない、君の休暇が時間切れになればね。だから休暇のことについて心配しなくてもいいよ。ただ、何よりもその馬鹿げた重労働が終わりさえすればねえ！　君にすごく同情する。

心から、お元気で、そして、キス、

カレル。

［一九三〇年八月二十八日、ルジョンベロク］（1076）

親愛なるオルガ、

君はすてきな手紙が欲しいって言ってきたね。でもそれがどうもうまくいかないんだ。日曜日は一晩中、列車の中だ。月曜日には二十五キロも歩いた。火曜日には自動車で三百四十キロ（レヴォチャまで）、水曜日には朝八時から夜八時まで、一部は自動車で、一部は徒歩でロハーチュ連山がもつれ合って節を作っている場所までたどりついた。全体的に見て、非常に美しい旅だった。しかし夜はこの一隊の全員が疲れ果て、その知性がぐっすり眠り込んでしまうほど滑稽な有様だった。

ぼくはここに新聞を一部持っていたが、これまでそれに目を通すことも出来なかった。しかし、それをするには百パーセント疲れきっていたが、非常に健康になったように感じた。それはぼくの神経その他（胃はのぞく）すべてのものに、いい効果があらわれた。その一方で世界中を（しかも、あまりにも美しい世界を）あんなにも駆けまわって、日々演じなければならない君のことを思うと、なんだかかわいそうな気になってくる。

ぼくはここに日曜日まで滞在する。そのあと、（ずっと、こんな、いい天気が続くなら）きっとシュトルプスケー・プレソに行く。そして君にも、スタインバフ博士にも可能なら二日か三日、静かなぼくたちだけの日のために、そこで君を利用しよう。世界中をまわる、この美しいが狂気じみたハンティングをあまり長く続けるのは、ぼくならいやだな。しかしこの限られた数日間のためなら、ぼくは徹底的にそのハンティングをしようと努めるだろう。

君がタトラに来るのならぼくに報告をよこさなくてもいいよ。第一、このずっともぐりこんだような土地にまで、もはや君の答が届くとは思えないからね。そして第二に、もしかして君が来るのなら、ぼくはあの歯医者の所で待っているよ。

もちろん、ぼくは山が美しいということ以外に、新しいことは何も知らない。でもこれだって、もう新しいことではなくなった。ちょっと失礼、目を拭くから（自動車の窓からごみが。これで見えるのは、およそ半リットルのワインだけだ）。ぼくの字がもし震えていたら、それは脳性麻痺患者の字ではなく、自動車のシートの上で居眠りをすまいと最大の努力を払ってしか自分を支えられない、まったく健康な人間の字であるということだ。ぼくがひとこと言いたいのは、ぼくがすごく本当にすごく君と会いたいということだ。それはもう、ここタトラであろうが、それともそのすぐ後のプラハであろうが構わない。

お休み、そしてごきげんよう、その点はできるかぎりでいい、スタインバフ博士にもよろしく。

お手々とお口にキスを、カレル。

［一九三〇年九月二十六日、トポルチャンキ］（1077）

D．O．

まず、はじめに、これまで手紙を書かずにごめんなさいを言います。でも、ぼくには新聞を読む暇さえないんだよ。朝から晩まで絶えず誰かと一緒だ。だから『対話』の仕事にも十五分単位でしか取りかかれないくらいだ。他のことではぼくは元気だし、もちろん気分も良好だ。大統領閣下は著しくお元気だし、ご気分も爽快でいらっしゃる。ついこの前、君のことをお訪ねになったよ。G夫人は必ずしもあまりいい印象を与えなかった。みんなにじろじろ見られていたよ。――ぼくがもっと不愉快なのはプラハでのデモンストレーションだ〔ドイツ映画に抗議するチェコ国家主義者の暴動〕。これは君たち映画俳優にとっては多少の援助になるかもしれないが、低俗作品急製造の慫慂となるのは間違いない。それから利益を得るのは劇場だ。ドイツ映画に反対してデモンストレーションをするなんて連中は、むしろ劇場に足を運ぶべきだ。そしたら劇場も危機を脱するだろう。このことにはどの新聞も触れていないことを、ぼくは不思議に思う。もしそれらの人々がチェコ語で話される言葉を望むなら、それを聴くためにチェコの劇場に行けばいい。――このデモンストレーションは一つには、文化的にも政治的にも大きな恥であり、いま一つは、彼らがプラハの通りを誰が手中に収めているかの恐ろしい目撃証言である。スチーブルニー、その他その他。それは恥さらし行為だ。ぼくはこのことに、かつて以前はなかったような、これほどまでに深い不協和音を耳にしたことはない。

ぼくはいろんなことを思い出している。毎日ぼくは絵を見て喜びに浸っている。それはまるでお守ででもあるかのようだ。君の困難な事柄はどうなっている？　そして眩暈は？　ありがとう、ドレスデンからのご挨拶。

繰り返し、繰り返し、ご挨拶のお返しを、

そして、お手々にキスを、　K.

［一九三〇年十月一日、トポルチャンキ］　（1078）

親愛なるオルガ、

君はまたなんてこと、かわいそうに、歯をいじったんだな。シュルツ博士が歯に、何か間違ったことでもしたのかい？　でも、あの薬のせいでできみが半ば麻酔にかかった状態だったのだとしたら、それは君のせいだ。ぼくはあの薬をそんなにしょっちゅう使っちゃだめだと、何度も頼んだじゃないか。――もちろん君は人の言うことなどに耳を貸さないからな。だからお願いするよ、この次からはもっと注意をするようにって。まったくのところ、歯にはよっぽど注意をしないと。そしてすべての歯を徹底的に検査してもらいなさい。だけど、その前に、プラハで最良の歯科医は誰かを調べておく必要がある。だからその歯医者を見つけ出すまでに充分時間をかける必要がある。君はね、いつもそうだけど歯医者に行くのを先延ばしにして、時間を無駄にしてしまう。だから当然受けるべき小言は、それによって無視されてしまう。でもぼくは、ついでながら、君が今体験しているその痛みにたいする同情をもっと付け加えよう。

大統領閣下は本当に君のことを訊ねておられる。君のことについてはいろいろと耳にしておられるそうだ。閣下は君から何か読んでもらいたい、だが、いまのところそれは実現していないそうだ。ぼくは君のロマン『バビオラ』を推薦しておいた。その本が出版された時は大統領閣下にも、官房を通して献呈するといいね。それにしても、もう外は何も見えない、うむ？

ぼくにかんしては、いつも、まったく忙しい。まあなんとか目を覚ましてはいるがね。しかしぼくは大量の有用な仕事をやりとげたからね。だから非常に満足だ。いまは、ぼくはすでにわが家に灼熱の思いで恋い焦がれている。しかし、ぼくはまだここにいなければならない。なぜなら、この先の何日間は大統領閣下、まったくお一人になられるからね。

じゃあ、ね。どうか怒らないでくれるね。そしてぼくからは長い手紙を期待しないように。だって、ぼくには物理的に無理だもの。どうか元気で。また、ぼくがプラハにいない時は、病気になる習慣から身を守るように。ぼくにはそれが心配だ。

両方のお手々にキスを、　K.

(1079)

［一九三〇年ごろ］

しかし、ぼくはもう恋しくなった。

カレル。

〈一九三一年の手紙は無し〉

1932

［一九三二年七月十八日］　（1080）

D. O.

君がそのロンドンでいろんなものを見聞するというのは、ぼくもうれしい。こっちには新しいことは何もない。死んだシーズンだ。まさしくその通りだ。人間家に閉じこもって小説《ロマン》を書くのに格好のときだ。しかし、ぼくはプラハ住民のみんながそんなことをやりはじめないよう希望する。ぼくはゆっくり続けていく。それは難しい。難しいけどぼくはやっていく。ぼくはもう三十ページ書いた――君だったらもっと早く書けるだろう。みんなが出て行ってしまった。ここは静かさをはるかに通り過ぎた静かさだ。君ならきっと、自分の印象を口頭での説明に委ねるだろう。

ところで君の英語はどんな具合だ？　ぼくが君の立場なら、仲間から離れて歩きまわろうとするだろう。そしてすべてのことを英語の三つの言葉で言い表わそうとするだろう。外国語は水のようなものだ。人間、泳ぎを覚えるためには、頭からその中に飛び込まなければならない。試しに、やってごらん！

新聞には、現在、ロンドンに滞在中の二人の人物［ヤン・マサリクとオルガ。当時二人は親密な関係にあった。］についての言葉が一言半句どころか、まったくどこにも出ていない。バチャの死は、本当は自殺だったと言われている。しかしぼくに言わせれば、それは心理的にも技術的にもナンセンスだ。君のお父さんはもう出発された。ドハルスキーは休暇だ。兄〔ヨゼフ〕も同じく——編集部にはぼくたち五人しかいない。もしこの小説をもっていなかったら、ぼくはきっと憂鬱になっていただろう。このような時って、すてきだよ。

ぼくは君がバーナード・ショウに会うようお願いしたい。そして彼にどういうふうにジョーン〔G・B・ショー作『聖女ジョーン』タイトル・ロール〕を想像しているかをたずねて欲しい。それから少しばかり美術館巡りをするといいと思う。セルヴァーとフラーグネルに、ぼくが、よろしくと言っていたと伝えてくれ。

ヤンに言ってくれ（ぼくは彼に警告するのを忘れていた）、わが国の公使館は、例のわが国の有給のスポークスマン、ミスター・バーレインとは縁を切ったほうがいいだろうということをだ。彼は六月ペシュトで行なわれたペンクラブの大会にもいたのだが、大恥をかいて去らねばならなかった。彼はハンガリーのボーイ・スカウトに何か不適切な申し入れをしたらしい。そのスカウト員はある種の上流階級の少年だったというわけだ。

——深刻な関節痛はどんな具合だい？

さて、今回はこれで書くに値するもののすべてだ。つまらないことだったら、どんなことだって書けるけど、ロマンのために時間を節約しないとね。

ヤンに心からの挨拶を伝えてくれ。彼に手紙を書く機会がないとしても、ぼくにだったら書けるだろう。ぼくは我慢して待っている。スタインバフ教授についてはまったく何も知らない。

お手々にキスを、　K．C．

［一九三二年八月二日　月曜日］　（1081）

D．O．

さて、ちょうどいま百二十九ページを書き始めたところだ。今日の分としてはこれでたくさんだ。明日、かわいそうなホルドバルは殺される。そして新しい部分が始まる。ぼくはこれでちゃんと出来上がっていると思うけど、しばらく時間を置いて改めて読み直さなければならない。第二部はまったく違った響きを持っている。ぼくにもまだよくわからない。そこから少し風が吹いてきている。ほかに新しいことはない。外では嵐が吹きまくっている。しかしそれは重苦しく、退屈だ。ぼくは長い期間にわたってこんな調子で人生に飽き飽きしていたのかもしれない。しかしこの仕事のためには、それは良かったのだ。人間の気をまぎらすものもない。民衆新聞に一行も書かなくてもいい。このような仕事の空白もある。郵便も来ない、知人の訪問もない、そう、まったく何もなしだ。正直のところぼくにはちょっとさびしい。でも、もう少し我慢していよう。

昨日、まさしくこの時間に君からの電話がないかなと電話のそばでしばらく待っていた。そしたら君から電話がかかってきた。それからほんのしばらくして、ドイツにおける選挙の第一報が入ってきた。押してすぐにわかった。ドイツでは状況は変わっていないということだ。そのことで君を呼び出すことが出来ないのが残念だった。今日はもう君も知っているだろう。だから明日のことについて長々としゃべる必要もない。

ぼくが君から知りたいのは、口頭でしか話せないことだ。ぼくは好奇心だけで話しかけてくる人間を払拭し、君がプラハに立ち寄るのを待っているしかないんだな。その一日が、君をそんなに傷つけることはないだろう。そして、わかるだろう、ぼくはそれがとてもうれしいんだ。

挨拶のためというのは、それはまったく礼儀にかなったことだ。ぼくはドアをノックしなければならない。しかし精神的にはまったくホルドヴァル［というタイトルの中編三部作の第一作の主人公の名］化している。ぼくはよろよろしながら歩かんばかりだし、この自作の主人公のように重々しく悲しい。そして彼のように感情に対して恥じている。そして彼のように口を利かない。ぼくは、また自分の古い（いずれにしろ、継ぎのあたった）皮の中にもぐりこむのがうれしい。

そして、きみにはホルドバルと話すことなんかありはしないだろうから、この話は止めにしよう。ぼくは君に会えるのがうれしい。いま、ホルドバルは死ぬ。そしてもう、あの世に行っているだろう。ぼくは外出は出来ない。なぜなら、お嬢ちゃんが休暇で来ているし、もう一人の娘には家や庭の心配を任せることは出来ないだろう。お嬢ちゃんが帰ったら（八月十五日ごろ）、ぼくは自由になる。大いに深呼吸をしたいところだ。

ぼくはヤン（・マサリク）のことが心配だ。彼に早く直すようにせかしなさい。それとも手術を受けさせるかだ。プラハにいるのだったらぼくが自分で彼に言ってやるのだけどね。

また電話をかけてくれ――一番いいのは夜九時ごろだ。ボジェンカによろしく。

心から、キスを、K. Č.

1933

［一九三三年七月十三日、月曜日］　（1082）

D. O.

どうもありがとう。手紙を受け取りました。しかしそこはガスティーンスカーなんて住所では、もちろんありません。幸運にもスタインバフ博士がそれを知っていたのですね。だから今日その手紙を読んでいるというわけです。ブラボー、手紙のなかは健康が満ちている。それじゃあ、万歳だ。しかし極めて近い近似性がぼくにはどうも気になるな。健康に関して、一、左足の小指の骨は、または、二、不眠症、または、第三、hypocarditidy〔不明〕、または第四、メウンイエラ〔不明〕、または第五――第二十四までの、これらのトラブル、病気、身体的不調、不快感、不満、などなど。

たぶん君も読んだだろう、ファイエルベント博士、ペロウトカの同級生で、著名な人物だ。ダフシュタインで妻と二人の子どもとともに雪崩に会い、全員埋もれた。恐ろしい出来事だ。新聞で読んだかぎりでは、オーストリアでは依然として平穏には戻っていない。でも君の所はたぶん大丈夫なんだよね。ロンドンでの大会は馬鹿げているよ。すぐに中止するか、それとも七月の終わりまで続けるかというんだ。しかし九月にはどうやら再開されるらしい。目下のところは、いずれにしろ失敗だよ。

ぼくの例の小説だけど少しずつたまってきている。なんとなくゆっくりと厳粛に続いている。でも、どうにかこうにか仕上がるだろう。君のロマンはどうだい？　たぶん君には時間がないんじゃないかと思うよ。なんたって、君たちのいるところ〔楽屋〕と言えば、まったくすずめの巣と変わりないからね。――ぼくはいま慈悲の物語（尼僧看護婦の物語〔流れ星〕）そして、ぼくは〔小説を書くには〕もちろん、あまりにも孤独だ。――プラハは静かで、落ち着いている。ちょっとばかり人恋しいという感じだ。これまでのところ（三日を除けば）夏なんて言えたものではない。でも、ぼくはぼくの物語に帰ったほうがよさそうだ。

これで終わり。心からキスを、コロニーのみなさんによろしく。

ごきげんよう、K.

（1083）

［一九三三年七月二十四日］

D. O.

なるほど、ぼくが何かに取りつかれたように書くのはわかるというのか。ぼくはもう九十ページ目まで来ている。そして全体はおそらく、神のお許しがあれば百五十ページくらいまでにはなるだろう。千里眼氏〔『流れ星』のなかのある飛行機事故の無意識の患者についての、医者を除く三人の語り手の一人〕の物語、医者の診断のあとには、『詩人の物語』これがきっと一番すてきな物語になるだろう。この千里眼氏もぼくとしては、たぶんかなりの出来だと思っている。この調子で行けばあと二週間くらいで完了するだろう。しかし、かなりの重労働だな。ぼくは十五分だって無駄には出来ない、新鮮な空気を吸いに外にも出ない。たしかに、狂気だ。新しいことは何もない、静かだ。Fがぼくによろしくと伝言を残していた。昨日、ロビンソン祭りに行ってきた。そしてほとんど一週間がプラハ映画社のオルガのことだ。ぼくの間違いでなければ、今週のおわりにプラハに着なさいよ。いかなる場合においても、ぼくはロンドンへの旅の無事を願って、君の額に十字を切ってあげたい。

他にぼくと交わす言葉もないだろう。要するに、書かれた言葉だ。

心から、お元気で、キスを〔同じくボジェンカにも〕そして数行の報告をお願い。

K. Č.

［一九三三年八月二十八日、カルロヴィ・ヴァリ］（1084）

D. O.

ぼくのことについて、簡単に報告を送ります（たぶん、君がすでにプラハにいるものと思っている）。ぼくはカルロヴィ・ヴァリの滞在が長すぎること除けば快適に過ごしています。ぼくは例の物語〔『流れ星』のなかにふくまれたもの〕の校正をしている。そしてその仕事はもうじき終わるだろう。自分ではまんざら悪くはないと思っている。だから君の判定を楽しみにしている。

ぼくはここでシュヴェフラと会う。その意味はたくさんの話が成されること、しかしあれやこれや重要なことだ。ここには顔なじみの人がたくさんいるが、幸いなことに、ここはもうそういう人たちも少なくなってきた。最大の（そして本当に大きな）楽しみはカルロヴィ・ヴァリの朝食だ。そして最大の失望はルマノヴァーからもプラハからも一行の報告も受け取らなかったことだ。そして、ぼくはもうプラハに戻るのを楽しみにしている。およそ一週間後には戻るだろう。『対話』やその他の仕事がぼくを待っている。トポルチャンキには現在のところまだ招待は受け取っていない。となると、今年はそれからはずされたかな。たぶん、そうなったのかもしれない。だって、それ以外の新しいことは何も知らないからね。食べて寝ることをくり返しながら、帰る日を指折り数えている。いまから温泉の温かい水を飲みにいく。そして朝の食事を楽しみにしている。

じゃあ、とりあえず両方のお手々にキスをして、ものすごくたくさんのご挨拶を贈ります。

心から、K. Č.

［一九三三年九月二日、カルロヴィ・ヴァリ］（1085）

D. O.

君の手紙は決してぼくを喜ばせなかったし、ぼくは君のことが心配になった。しかし、君のことなら、なまじっかな医者よりもぼくの方が知っている。君の場合、身体的な欠陥（心臓、その不整脈、など）は常に他の精神的なそして道徳的な苦しみの結果として現われる。それを医師は直せない。しかし、それを直すのは生活だ——君の生活はあまりにも詰まりすぎて、どこか狂気じみたものさえ感じられるほどだ。だから君が望む望まないにかかわらず、何もかも飛び越えて君を運んでくる。ただし自分自身の孤独のなかに引きこもり、もぐり込んでしまうことだけはしてはいけない。そんなことをすれば、誰もが気が狂うか悩みのうちに憔悴してしまうだろう。君はまだいいものを持っている。君は猫のように強靭だ。

公的な問題で悩むのは止めなさい。それらはみんな悪だ。そしてその結果だからその結果として、その悪に抵抗する防御的物質が、われわれの中にも人類の中にもまったく組織的に成長する。それは生命の発達の過程であり、それを信じることができる。

ぼくは二日間ここの滞在を延ばすことにした、たぶん水曜日まで——それはまったくシュヴェフラのせいだ。ぼくは彼と多くのことで話し合わなければならないんだ。彼がどの方向を目指しているかをはっきりさせることは重要だ。老人〔マサリク大統領〕はすでに三回も書いてきた。ぼくを招待する、しかし、こちらへ来るのならば一日か二日だけなら遅れても構わないとね。君も知っての通り、プラハではもう相当量の仕事がぼくを待っているんだ——とくに『対話』は書き上げてしまわなければならない。ぼくはシュヴェフラとヤン〔マサリクの長男、オルガに求婚したこともある〕のことでも、話をしたことがある。彼〔シュヴェフラ〕は何年ものあいだ彼に注目していたことがある。彼は「なんとも計り知れない人物」とヤンについて言った。そして若いころから（軍隊のころも含めて）、気分の移り変わりの激しい点がとくに目立っていた。弱気になったかと思うと、急に勢いづき、センチメンタルになったかと思うと粗野になる。

それ以外では、ぼくはここでたくさんの訪問客の対応に追われている。まったく多すぎだと言いたくなるくらいだ。やっとのことで原稿を引っかきまわす時間が出来る。でも、もうほとんどは出来上がったものだ、だからそれ以上ほとんど筆を加える余地はない。

治療の方は、ぼくの場合うまくいった。でも、すごく退屈している。まるでいつも温泉にいるみたいだ。それでプラハを恋しがっている。ぼくはもしかしたら君が来るんじゃないかと思って待っている。でも、ぼくは思うんだ、君にとってルマノヴァーは健康にいい。しかし、君には時間がないだろうと思っている。

君にとって今年の出足が良くなかったとしても、元気を出すんだ。たくさんのごちゃごちゃした問題には洟も引っ掛けないと言うくらいの気持で当たればいいんだ。そして君はすべてのことを経験する必要はないんだ。それは観察することでもいいことだ。そして観察は静かな所でなくてはだめだ。すでに君はそんなに愚かしく若くなくてもいい。多くのことを経験した人間は、むしろ観客になる。そしてこのことは、いいかい自分のツケになって回ってくるんだ。——ぼくはもうずいぶん長い間、君の詩を読んでいないよ。——それで五、六日したらぼくはプラハだ。そして、もちろん、すぐに知らせる。その時までお手々にキス、などなど。

K. Č.

[一九三三年九月二十二日、トポルチャンキ] (1086)

D. O.

申し訳ないが、ほんの数語しか書けない。信じられるかい、ここではみんなが時間を分刻みで予定を組んで動いているんだよ。ぼくは電話で言ったことだけを、ここで繰り返したい。取り乱すことはない。そのすべてをここで問題になっている人物にもすべて率直に話しなさい。君がスチーブルニー〔政治家、ゴシップ記事の筆者〕に直接、話す必要はない。ぼくが直接何もかも話したから、彼はそれがどういうことか知っている。この問題は、最初思われていたように、それほど単純に良いとも言えないし、君がいま思っているほどそう単純に悪いともいえない。それによって君がもっと傷つけているのが誰かわかるだろう。なにもなかったのだよ。単なる心配事が起きただけだ。心配事は理解できるし、克服することも出来る。

特に、他人を傷つけないこと。もうしばらく自制していなさい。しかし、くれぐれも君をこれらの忌むべき人間の口の端に乗せかねないところへ導く、あらゆる可能性にたいして警戒すること。しとやかで、控えめであること。そしてとくに君がいま持っている傷ついた感情はまったく根拠のないものであると信じなさい。君が耐えなければならぬことにたいして、ここにいる二人がこの上もなく怒っている。二日か——三日のうちに口頭で言いなさい。そしたら多くの女たちがいたずらに君を不愉快にさせているのがわかるだろう。ここで一番大事なことは、君にも重要な関係のある人々の見る目の中で(——その中にはぼくも入っていると思いたい)、この愚劣な状況が君にたいする敬意を付与しているということだよ。落ち着きなし——少なくとも新年になるまでは。そして君がぼくの言葉にも耳を傾けてくれるようお願いする。

ぼくは非常にたくさんの仕事その他を持っている。大統領閣下は数回にわたって君の小説のことをお訊ねになった。君をすごく褒めておられた。しかしそれをお読みになるのは、本として出版されてからだろう。

心からのご挨拶と
お手々にキスを　K. C.

1934

新しいことは何もない、暑いだけだ。プラハは人がいなくなり、まったく静かだ。ジッヒ教授、音楽家が（脳卒中で）なくなった。オリンピアーダ〔国内労働者のための体育競技、いわゆるオリンピックとは別〕は非常に具合よく（とくに政治的には）収まった。

ちょうど十九ページまで来たところだ〔『平凡な生活』〕。いままでのところは、かなり手が先に動いてできたようなところがあり、仕事はこれからだ。これからどうなるか、ぼくは没頭している。そのためにはまさにこの時間がちょうど疲れの出るときだ。

ほら、ごらん。あの旅行は結局、フランスだけだったじゃないか。ぼくは君が正しかったと思う。リミーニはあの頃まだ暑かった。さらに、あちこちプラハ中を俳優たちが歩きまわっている。たぶん映画を撮っているんだな。それ以上は、正直のところぼくは知らない。ぼくにはさよならと言うことくらいしか残っていないな。そしてみんなのお手々にキスを（ホラーク教授を除いてね、彼にはただ挨拶だけだ）。どうか陽気に、そして何よりも元気にしてください。

本当に心から、K．C．

［一九三四年七月十八日］（1088）

D．O．

君たちはまだ知らないだろう、だから、ホラーク博士は関心をもち、ジクムント助教授、彼の患者だったが死亡したことを嘆くだろう。病気は肺気腫であり、手術をしたが、彼の体は治療するに耐えられないほどレントゲンで痛められていたそうだ。音楽学者で作曲家のジフ教授、音楽師も脳卒中で死んだ。

このイタリアに着いての文章は印刷に出さない。たしかに、W Guerra〔イ・戦争、しかしここでは人名〕は「戦争万歳」を意味しない。（そうなるためにはW la Guerraにならなければならない）、そうではなく、ここでは「Guerra万歳」である。つまり、guerraに戦争の意味があるとしても、この場合のGuerraはイタリアの自転車競技のポピュラーな選手の名なのである。彼は今年の春のイタリア・ツアーでファンの人気を一身に集めた。だからこの文字は春以後、この競技の行なわれたイタリア中のあらゆる通りに書き出されていたのである。だからここには何の意味もない。しかし多くの旅行者はこれを混同した。たとえば、われわれの敬愛する友人コディーチェク〔ヴィノフラディ劇場の演出家でもあった〕でさえそうだ。だからもう一度自分の公正な怒りを取り上げて、あらためてスープは通常ちょっと目に見えるほど熱くはないことを認識するべきである。

ぼくのロマンはいま、やっとと言うべきか既にと言うべきか、五十六ページにまで来た。どうにかこうにか進んではいるものの、かなり暗い本になりそうだ。やっと一週間経って作品は劇的に複雑になり始めた。そこをぼくはもう楽しみにしている。朝から晩までぼくはこれにかかりっきりだ。編集部にも行かないし、ひげも剃らず、はだしに運動靴を履いて——要するにカレル・チャペックの典型的な夏を決め込んでいるわけだ。いつまでのところひどい暑さというのはないが、でもいつも乾燥している。

君はいつもどこかが痛いというのが、ぼくには気に入らないな。誰かさんが何かの言い訳をするかしないか、自分が悪かったことを認めるか認めないかに、その痛さが大きくかかわってくると言わんばかりじゃないか。それはね、ドストエフスキーのヒステリックな道徳世界だよ。誰かが卑劣なことをする。そしてやがて胸の中が痛みだす。するとごらん、世界の道徳的秩序は守られ、人間の魂は救済される。人間は罪人にほんのちょっと同情し、それでお終い。だが人生は、そんなに甘く、安っぽく、ぼろ雑巾じみてはいない。それは文学であり、感傷主義だ。でもね、こんなのは本当の人生ではない。人間は自分のなかに一片のクリスタルのようなものを持っていなければならない。何か滑らかで、純粋で、硬くて、しかも何のとも混じり合わないもの、すべてはそこを通過して出てこなければならない、何かそんなものを持っていなければならない。

特に芸術家は完璧を目指して努力するために、それを持っていなければない。すみませんがね、もうそろそろ自分に対する感動、他人に対する感動といった感情的ぼろっ切れをいっぺんにふり解いてはくれませんかね、そして究極的にはクリスタルになる努力をはじめなさい。そうすると人間の中に、全世界がいったいどんなふうに写っているかが認識できます。そこに写し出された世界が正確になればなるほど、純粋になればなるほど、それだけクリスタルは完璧になる。

その意味するところは、何よりも、その自己中心主義から、自己愛の自虐的な形式である偏狭な自己体験を振り払うこと、そして自己研磨を始めなさい。さあ、身体的に努力して、どうかより良い状態に回復しなさい。

心からみなさん方にご挨拶を、

そして、お手々にキス、　K. Č.

［一九三四年八月十三日］　（1089）

D. O.

ぼくは今日、プロホシュという田舎に義兄を訪ねて行ってくる。ああ、ひどいことになってしまった、ぼくはこのロマンにあんなに打ち込んでいたというのに、最後の章を書き直さなければならなくなったんだ。ほかのすべての章はまあなんとなく旨くいっているのに、でも最後はただの瞑想だ。そして出来るだけのことはやってみよう。瞑想は現実ほどの迫力は持ちえない。だからそれを現実へと作り変えなければならない——恨めしいほど難しい作業だ！　九月にはこのロマンを掲載しはじめる。だから、ぼくはその作品に注意を集中しなければならない。

それは発想の問題だ（いくつかの思いつき）。そして、それをぼくは既に持っているんだ。たぶん二三日のうちに完成すると思う。細かな直しは後まわしにする。そしてさらにその手段についてはまだいくつかの考えがある。それをこれからやらなければならない。たぶん今週の終わりには完成しているだろう。そしたらすぐに来るよ。

でもね、これがちゃんとした室内での作業とはならないうちは、ぼくとしては一言も言葉が浮かんでこない。ぼくは魂の抜け殻みたいになって歩きまわり、すべてのものがぼくの神経に触る。それはね、ちょっとやそっとのことではない。ぼくはもうかなり疲れている。しかし、このロマンをうっちゃらかしにするわけにはいかない。

いまはもうプラハは人でいっぱいになってきた。すでにここにはあの静かさはない。——ぼくはミシュカの声が聞きたくなった。また、いつものように騒々しくしゃべりまわるだろう。そして君までが、幸いなことに静かに見えるだろう。ミシュカよ、ミシュカは良く眠れたと自慢する。そうかい、ご同慶のいたりだ。

ヴィノフラディ劇場は、どうも穏やかならぬ雰囲気だ。委員会ではなんとなく大声で議論が戦わされているようだし、パチョヴァー夫人はいっそう命令口調になったとランゲルが言っていた（もう、彼は大佐だと！）。ランゲルは彼の喜劇を書き上げた。そしてもう新しいものに取り組んでいるらしい。

映画についての二つのアイディア。二人の友人同士の浮浪者。ユダヤ人とクリスチャン。クリスチャンはユダヤ人になりすまし、シナゴーグの堂守のユダヤ人（下男〔シャーメス〕）を仕立て上げる。ユダヤ人は修道士として修道院に乗り込む、などなど（両方のケースは本当にあったことだ）。この話は喜劇に発展していく。音楽、合唱、その他の可能性がある。いまのところは、こんなちょっとした娯楽作品の思いつきに過ぎない。——それ以外に、何について書けばいいのかわからない。

例の小説についてだが、ぼくはまあ何とかそれなりに書けたように思うが、しかし君が読んでいないうちは、君の気に入るかどうか心配だ。ぼくはこの作品の多くの点で満足している。その結末も悪くないが、フィナーレにはふさわしくない。それにしても、この上もなく深遠な哲学が人生の断片と見比べてみる時、なんとむなしく見えるのだろう。そしてその人生は、孤独な死につつある人間の最後の日々に続かなければいけないのである。それは難問である。しかしそれはやって来る。ぼくが試してみたいくつかのアイディアがある。

ほらごらん、ぼくはまたその同じ所に戻って来た。ぼくはこの世界から外に出るまでの間がすごく好きだ。人間は〔ここではチャペック自身〕その作品によって、憑かれたように、あるいは責め苦に耐えているんだよ。

ぼくの住所はこの数日先まで次の所にしてください。フラーデク—プロホシュ・ウ・ジュルティッツ、シュチェドラー郵便局。そこはここから車でカルロヴィ・ヴァリの方へ三十分ほど行ったところだ。まったく人気《ひとけ》のない所、ただ、養魚池と、野と林がある。そこは、たぶん、ぼくの小説〔『平凡な人生』〕の主人公の駅長さんが平穏のうちに息を引き取ったところだ。

心からのご挨拶を、ミシュカ、彼のお客と犬によろしく。そしてお手々にキス。ぼくはここで作品を完成させたい。心から、K. C.

(1090)

[一九三四年九月十七日、カルロヴィ・ヴァリ]

D. O.

さてと、君はもう「ぼくの温泉」にいるはずなのに出会わないな〔カルロヴィ・ヴァリ、これをそのまま訳すと「カレルの」ヴァリ(温泉)という意味になる。自分の名前、カレルに引っかけたジョーク〕。たぶん最高の確実性をもって、ぼくは土曜日にはプラハに帰っている。

目下のところは、誰かさんを恋しがることもなく何とかやっている。なんたってここには友人知人がごっそりいるからな（とくにヴァイグネル教授、シースル、その他――それにアルネ・ノヴァークなどだ）。今回ぼくは何もしない。『平凡な生活』の推敲する時間もないくらいだから。君にはまだ、下読みのためのコピーさえ渡していないんだよね、ごめん。ぼくだって土曜日にやっと受け取ったんだもの。そしてそこにはたくさんの誤りがあった。

新しいのはまだだ。もうぼくはプラハや君や、ぼく自身の平凡な生活が恋しくなった。フュルトとペロウトカは水曜日にこちらに来るそうだ。あの「職員志願者」たちはまたもや、すでに消えていなくなった。それではどうしようもない。たぶん、ここ当分の代議員（登場者ではない）の一時的メンバー構成に見通しを立てる必要があるだろう。

老人については、たとえ比較的いい状態が続いているとはいえ、行き届いた看護が必要だろう。そのことを温泉水のカップと、朝食の間に書くよ。カルロヴィ・ヴァリの、この最低の快適な時間の中でね。ぼくは君のことをいろいろ考えている、君の健康と君自身の状態などについて――ぼくはもう、たぶんこれらのぼくの質問をもって、家に帰るまで待っていなければならないだろう。それでも、ぼくはほんのちょっとした小さな紙切れを待っていたんだよ。でも何にもなし。

心から、健康を祈る、
そしてたくさんのキスを君のお手々に、

K・Č・

1935

［一九三五年八月］〔だが実際に書かれたのは、その以
前である〕（1091）
それはロレンザーゴの町の小さな居酒屋でのこ
　とだった
ロレンザーゴがどこにあるかご存じないとおっ
　しゃるか、それもよし
たとえば、あなたがそこに、わざと乗り物でお
　いでなさい
すると、あなた方は、もう、それを体験しても
いなければ、見てもいないのです
そのあとになって、あなた方は失望しておっし
　ゃるでしょう
おお、神様、あのK．C．というやつは何と誇
　張して言うのでしょう

そして幅の広い母親の尻をした、太った酒場の
　女将さんが
すぐにわたしのほうにやってきてモスリンの窓
　カーテンを引き上げた
糊のきいた白いカーテン、硬い襞
祭壇の上の簾〔アンテペンヂウム〕に似ている
大きなベッドに横たわる聖母マリアの絵
そういえばここは、教会のなかのように見える
なぜ、ここにあるものはすべて白なのだ、ここ
　のこの静けさはなぜなのか、
ここにこんな秩序があるのなら、ものはしかる
　べきところに配置されるべきだ
いや、わたしはもはや善良になるだろう、私は

もう夜には入らない
そして静かに横になる、両手を胸の上にしっかりと組む

ねえ、どうして君は結婚しないの、どうして君は結婚していないの？

1936

[一九三六年六月九日、ブダペスト]　（1092）

親愛なるオルガ、

ぼくからはすてきな手紙など期待しないでもらいたい。ただ、ぼくは恋しい、そして、こんなことを長くは耐えられないとだけ、厳粛に宣言しておこう。ぼくは帰る日にちを、ほとんど何時間というところまで勘定している。マンノヴァー夫人［トーマス・マンの奥さん］はぼくに微笑みかけ、ぼくが奥さんなしにいるかぎりは、何年経とうと失うものはないだろうって言うんだ。しかし、ぼくは彼女を信用しない。彼女は麻薬だ。

その他ぼくは食事や会議、インタヴュー、飲酒、外国語でかなり疲れている。ぼくは土曜日以来、チェコ語を聞いていなかった。ぼくにはどこかに見物に行くとか、何かを買いにいくとか、その他のための時間がまったくないんだよ。チャカーニはどこだ！　オルガちゃんのための可愛らしいアクセサリーはどこにあるんだ！

こんななんて、ただ働きの重労働じゃないか。義務だけがあって、お楽しみはまったくなし。もしかして、君は土曜日に「ブダペストにおいてヨーロッパ中から集まった約三十名の学識豊かな教授やその他、各分野における権威たちが、突然、椅子に座したまま死亡した。調査の結果、彼らの死は疲労困憊のあげくであったことが判明した」なんて悲劇的なニュースを読むことにならなければいいんだがね。――

すでにヴァレリー、デュアメル、その他が死にかけている。トーマス・マンはいまのところやや元気に見える。ところが、ヘッ、彼は老妻と一緒に来ているんだ！――大勢の人が君によろしくと言っていた。その名簿は同封する。このハンガリー女性は女優で『ジョインヴィル』で君と一緒に映画を撮っている。それからそこにあるのはデュアメル、ヴァレリー、バルトーク〔音楽家〕、マダリアガ、カタロニア人のエステルリヒ、それからモルナールと称する、ぼくの若い『守護天使』〔モルナールの作品のタイトルにかけたものか?〕だ。ぼくが言わなければならないことは、ぼくはここですごく愛されていることだ（しかし、プラハの一つの場所におけるようにではなく）。だから、ぼくは新聞やその他に、多くの心尽くしの御礼をした。

でも、できることは、ぼくはぼくのかわい子ちゃんのことを恋しく思い、いろいろ考えている。そのお嬢さんのことをぼくはどこへ行っても訊ねられる。ぼくは彼女の夫であり、そんなに若い奥さんを一緒に連れてこないなんて、とかなんとか。

早い話、この次には君も一緒に来ないとね、そうでないとぼくはどこへも行かないからね。

たくさんのキスを、　カレル。

1937

［一九三七年八月、火曜日、ストルシュ］ （1093）

D. O.

この手紙を君がまだルマノヴァーに滞在中に受け取ってくれることを希望する。そこでキノコだが、まだ全然成長していない。狐たちももういない。たぶん悪魔の冬のせいかもしれない。だからそういう面から言えば、君がここにいないということを残念がらなくてもいい。その反面、ここに君がいないということはすごく悲しい。しかしとりあえずは、現実的な恋しさを嘆くことは出来ない。なぜなら、そんな時間はないからだ。昨日（孤独の第一日）夕方六時までぼくは書いていた。それから二時間林の中を走った。その間にプロハースカ一家が訪ねてきて、林の中にぼくを探したが無駄だった。そのあとぼくは彼らに食事を出し、そしてぼくは彼らとチャーチャ・ワインのボトルを飲んだ。彼との議論は原理主義（normativni teorie）について、権威について、教皇の無謬性について、オックスフォードの教会運動についてなどだった。

今日の午後、ぼくは電話をかけるためにフチに行かなければならない〔当時、チャペックが義兄から贈られて住んでいたストルシュの別荘には、まだ電話が引かれていなかった〕。

なぜなら、ベネシュ大統領〔マサリクのあと第二代大統領〕が、明日の昼食にセジモヴァー・ウースティーに来るようにと電話で連絡があったからだ。しかし目下のところプラハで確かめたがっていることとは、きみはいまスロヴァキアにいる。だから明日ぼくが一人で行くか、そしたらプラハから車で送る。それとも君と一緒に行けるように二十九日（日曜日）まで待つかということだ。もちろんぼくはそれじゃ、君と一緒に行けるように二十九日まで待つと答えた。そのあと、しばらくして来たのがヴェノウシュク〔ヴァーツラフ・パリヴェッツ、ストルシュの別荘の提供者〕で、彼はまたもやイデアリストたちの悪口をさんざん言ったあげく、貧乏な百姓たちにも今後は彼らのミルク代も払わないといって気炎を上げていた。

そのあげく、昨日は八ページ書けたのに、この日はわずか六ページしか書けなかった〔『第一救助隊』〕。そして百二十一ページで終わった。たぶんこれはまあ、上々の出来というべきだろうと思う。ぼくは君が帰ってくるまでに百六十ページくらいまでは行っていたい。あとはもう頂上を越えて下り道に入っているように。そこでぼくはボートのオールを漕ぐ仕草をして、オマンの茎を摘み、夕闇のなかを野っ原の方にギクシャクとした足取りで歩いていく。それから残り物を食べ、今度は浴槽がぼくを暖める。これでほとんどすべてだ。ロレイス〔犬の名〕は元気で、見張りの役を務めている。家政婦のルージェナと女中のアンドゥラはキノコ狩りだ。しかし一本も見つけられなかった。やれやれだ。

何度も君にキスをする。あのワインは、忘れてはだめだよ、マリングル〔不明〕だ。しかし、カダルカ〔主にユーゴとハンガリーで栽培されるブドウのワイン〕も悪くはない。ここのガチョウの料理はぼくたちがすでに食べてしまった。だからいまやこの先、未来が何をもってくるかぼくは知らない。ぼくは明日の章が楽しみだ。そこでは大工のマルチーネクが主人公になるだろう。杏、ぼくはアダムを、そして昨日は全隊員を登場させた。もし日曜日の夜、君が出かけるというのなら、ぼくは書斎に閉じこもって原稿をみんな読み返すだろう。そして君に正直のところを言う。ぼくは感性的にまったく失望しなかったよってね。

君が無事到着し、そしてブブリナ〔シャボン玉〕

嬢が大いに満足してくれたら、またミシュカが元気であること、そして子犬たちを持つことをぼくは希望している。君は、心からよろしくという、ぼくからの伝言を伝えてくれなくちゃだめだよ。見てくれよ、ぼくがどんな成果をもったか。だから、もう一度、何度も君に熱いキスを、そして君と会うのを楽しみにしている。ここはまったく森閑としている。犬でさえもう谷間の陰を走ろうともしない。今日はもっと唸り、吠えている。例のヴェノウシェクの犬はウェルシュ・テリアだが、同じ血統のヴァレンティをあてがうようにすすめた。なぜなら若いメス犬を彼はなくしたからだ。しかしヴェノウシェクはうんといわなかった。自分で買ってでもいいと言うそうだ。しかし、ぼくは君の意見に従おうと思っている。アルプスから帰ってきて彼はもう十九匹もノロジカを仕留めた。そのほかには何も新しいことはない。だから君にもう一度キスをしよう。じゃあ、お元気でみんなによろしく。そして土曜日にぼくのところへ帰っておいで。

心のそこからの、ごきげんよう、その他。

K. Č.

それからヴァーフ川では泳いではだめだよ！

1938

［一九三八年十月二十四日　月曜日］　　　　（1094）

親愛なるオルガ、

今日、ぼくはプラハに戻って来たい。ぼくが君と一緒にいるためにという、むしろ主として君のためだ。しかしぼくは今、プラハの上空に本当に爆弾がぶら下げられたら、カレル・チャペックはプラハから真っ先に逃げ出すだろうと人々が言うのではないかという、深刻な不安に脅かされているのだ。ぼくはそのことに不快の念を覚える。多分ぼくが、もう少しでも田舎の方に遠ざかり、そこで自分の仕事をするのだとしたらいいのかもしれない。もし君が今日か明日、ぼくのところへ戻ってこられないのだとしたら、手紙に何かアドヴァイスでも書いて送って下さい。

ぼくはストルシュに来るのがとても好きだ。あそこだと心の底からくつろげる。お願いがある、カレル〔オルガの兄〕が数リットルのガソリンをかき集めることが出来たら、またはドヴォジャークか誰かが手に入れることが出来たら、すぐにぼくを乗せて運んでくれるように頼んでくれ、そして君もぼくを迎えに来てストルシュまで送り届けてくれ。ぼくたちが静かななかで書く場所を持つために、ぼくたちはあの家を片づけなければならない。そのことをなんとなくカレルかドヴォジャークと話をつけてくれ。そして君もぼくのために来てくれ。そうでなければぼくの方から明日か、明後日、君を追ってプラハへ行く――要するにぼくに手紙を書くか、電報を打つかして欲しい。

大事なお嬢さん、お願いします。いまは興奮しないように。興奮している人たちとは袂を分かつこと。どうしようもないのだよ。状況の変化と妥協するのは罪である。なぜなら大きな歴史的暴挙がわれわれにたいして振るわれたのだから。われわれをこの状態に引きずり込んだ者にたいして、呪いの言葉を発するのも罪である。なぜなら、それはわが国の国境の内をも外をも損ないかねないからであり、いま、われわれはそれを自らに許してはならないことだからである。

もはや、われわれは、誰と戦うか準備は出来ているという、恨みの言葉を発することさえ出来ない。出口なし、われわれには心の平安の拠り所とするものとて無い。だから懸命に、手をがっちりと握り合わせてお願いするのだ、大勢の中の一人として歯をかみ締め、そしてすべての情熱を脇へ措いておくのだ。各人がそれを実行したら、すくなくともそこからふたたび、われわれが力を合わせるという結果にいたるだろう。

それをやりましょうよ、お嬢さん、ぼくのために——そして自分のために。この興奮によっていつまでもクヨクヨしていたら、君は体のほうも消耗してしまうだろう。ぼくは君にここにいてもらいたい。このような苦難の時にぼくから君を引き離すからといって、ぼくは劇場を憎まない。

だから、たとえ悲しくとも、落ち着きなさい。ぼくの大事な人、無駄な言葉には見向きもせず、みんな彼らの前に放り投げてやるといい。ぼくを信じなさい、ぼくはいつも、それがぼくにとって重要なものであるかぎり、正しい言葉と正しい行為、あるいは少なくともその瞬間には助けになるだろう小さな行ないを、絶えず探し続けるだろうということをね。だからもう、どんなことにも取り乱すようなことがあってはいけない。

真実、ぼくたちはみんなが多くの力と理性を必要としている。そしてそれらのものを無駄使いしないこと。ボジェナと力を合わせて頑張りなさい。そして出来るようになったらすぐにぼくの所に出ておいで。それまでは将来必要となるまでいたずらに頭を痛めないこと。——そしてまた何か詩を書きなさい。あの日曜版は大勢の人にすごく気に入られている。人々の間を歩くのは苦痛以外の何者でもない。親しい人たちの間にあってもぼくは孤独だ。なぜならいつも同じ言葉、同じ反応を聞かされるのにぼくはもう耐えられないからだ。

親愛なるオルガ、先ず第一に、早く君とまた会いたい。出来るだけ早く実現するようにあらゆることを試みなさい。ぼくは未来を穏やかな心で見ている。その未来は来る。それは感情的な興奮のなかで人間が描くほど、そんなに悪くはならないだろう。そしてぼくたち二人にかんするかぎり、ぼくたちは体をぴったりと寄せ合って、これまで以上にもっとぼくたち自身のために生きようよ。ぼくが満ち足りなさを感じるのはこのことだ。

何度もそして最高に熱いキスを。

君のK.

ルージェナはストルシュに留まらせよう！　ぼくも仕事のためにあそこに行かなければならないんだ！

カレル・チャペック年譜（1890.1.9—1938.12.25.）

＊通常の年譜とは異なりオルガ・シャインプフルゴヴァーとの文通の始まる一九二〇年以後の年譜に重点を置き、それ以前は生年を除き省略する。年号の後の括弧内の数字は、カレルチャペック著作集・書簡（全二巻）に納められた手紙の通し番号であり、そのオルガ宛ての手紙に相当する番号である。

一八九〇
一月九日、マレー・スヴァトノヴィツェ・ウ・トルノヴァに生まれる。
父、医学博士アントニーン・チャペック（一八五五—一九二九）
母、ボジェナ・チャプコヴァー（一八六六—一九二四）
姉、ヘレナ（一八八六—一九六一）
兄、ヨゼフ（一八八七—一九四五）

一九二〇（手紙番号733—768）
三月、戯曲『愛の盗賊』出版。同月二日、国民劇場で初演。
四月、チャペック訳『あたらしい時代のフランス詩集』出版。
夏、女優であり、国民新聞の年上の同僚編集者の娘オルガ・シャインプフルゴヴァーと知りあい、文通をはじめる（最初の数通の手紙には「夏」とあるだけで日付はなく、最初の日付のある手紙は、この年の九月二十八日からである。739番)。

十月、初のコラム集『言葉の批評』出版。

十一月、戯曲『ロボット』出版。

十二月十九日、A・ラウエルマンノヴァー夫人の文学サロンで、当時、商業専門学校の学生だったヴィエラ・フルーゾヴァーと知り合う。彼女は後の長編小説『クラカチット』の王女のモデルと目されている(父親はブルノの獣医学校の教授)。

十二月二十七日、V・フルーゾヴァーへの最初の手紙を送る。

十二月三十一日、一緒につとめていた国民新聞を兄ヨゼフが解雇されたのに連帯してカレルは自分から退社する。

一九二一(手紙番号769—821)

一月二日、フラデッツ・クラーロヴェー市のアマチュア劇団クリッツペラが『ロボット』を世界初演。

一月二十五日、プラハ国民劇場が『ロボット』の初日の幕を開ける(演出・V・ノヴァーク、装置・B・フォイエルスタイン、衣装・ヨゼフ・チャペック)

二月—三月、映画『ルサルカ』のためのシナリオを書く。

三月、『悲しい話』**Trapné povídky** 出版(一九一八—二〇にかけて書かれ、一九一八—一九二一にかけて雑誌に発表されたもの)。

四月一日から兄ヨゼフとともに、民衆新聞 **Lidové noviny** プラハ編集局に入社(本社はブルノ)。

十月、クラーロフスケー・ヴィノフラディの市立劇場(本書では通称「ヴィノフラディ劇場」としている)の文芸部員〔ドラマトゥルク〕となる。

十一月、ヨゼフとの共作になる『虫の生活より』**Ze života hmyzu** 出版。

十一月七日、ヴィノフラディ劇場におけるカレルの最初の演出作品が初日を開ける。J・ゼイエル作『古い物語』

一九二二(手紙番号822—852)

一月十四日、一連のモリエール劇『スガナレル、または、疑りぶかい亭主』その他を演出、初日。
二月三日、『虫の生活より』ブルノ国立劇場で初日。
三月二十二日、イラーセク『ランタン』の公演の観劇にヴィノフラディ劇場を訪れたマサリク大統領と初めて対面する。
四月、『絶対子工場』が民衆新聞に連載(1921.9.19―1922.4.10)および、戯曲『愛・そは運命の戯れ』(ヨゼフとの共著)単独に出版。
四月八日、プラハ国民劇場における『虫の生活より』の初日。(演出・K・H・ヒラル、装置・ヨゼフ・チャペック)
五月六日、ヴィノフラディ劇場でH・ゲーオンの戯曲『パン』を演出(装置・ヨゼフ・チャペック)
五月二十六日、チャペック台本による『金の鍵』第一回試写会(以後、上映禁止となる。後に解禁)。
九月三十日、P・B・シェリーの詩劇『チェンチ一家』をヴィノフラディ劇場で演出、初日。(装置・ヨゼフ・チャペック)
十一月、戯曲『マクロプロス事件』出版
十一月二十一日、『マクロプロス事件』作者カレル・チャペック自身の演出でヴィノフラディ劇場で初日。(装置・J・ヴェニヒ)
十二月十五日、検閲で上映禁止になっていた映画(無声)『金の鍵』の本上演の初日。

一九二三(手紙番号853―909)

一月十五日、フラーニャ・シュラーメクの戯曲『涙を流すサチュルス』をヴィノフラディ劇場で演出、初日。

二月十日―十七日、『虫の生活より』のベルリン公演(ケーニヒグレッツェル・ストラッセ劇場)の初日(二月十一日)に合わせて、ヨゼフ夫妻、J・クヴァピル、およびF・コールとともにドイツ訪問。

四月十日、ヴィノフラディ劇場のドラマトルクの職を退く。

ヨゼフ・チャペックの戯曲『いろんな名前をもつ

国』をヴィノフラディ劇場で演出。（装置・ヨゼフ・チャペック）
四月十七日―六月八日、イタリア旅行。
七月末―八月末、ルドルフォフ・ウ・インジフォバ・フラッツェでロマン『クラカチット』の執筆をはじめる。
九月、『イタリアからの手紙』の総集版が出版。（その大部分は民衆新聞四月二十四日―六月十四日に掲載された）
十二月十九日、アリストファネスの喜劇『女の平和』をヴィノフラディ劇場で演出。初日。

一九二四（手紙番号910―944）
三月四日、J・ロマンの戯曲『放蕩者トロウハデッツ氏』〔チェコ語訳から重訳〕をスタヴォフスケー劇場で演出、初日。
四月十三日、母ボジェナ、プラハの家で死亡。
四月十五日、オルシャンスケー墓地に母を埋葬。
五月、『クラカチット』出版。（民衆新聞に1923.12.25―1924.4.15.に連載）
五月二十七日から七月二十七日まで、イギリス・ペンクラブの招きでイギリスに旅行。
十月、『イギリス通信』出版（民衆新聞には九月十五日―八月二十一日まで連載）

一九二五（手紙番号945―977）

一月、世界ペンクラブ・プラハ支部設立委員会のメンバーになる。

二月十五日、ペンクラブ設立委員会は彼を会長に選任。

四月六日、ジーチュニー通りの家からヴィノフラデフの自分の家に引っ越す。ここは一九二五年からウースカーと呼ばれ一九四七年からチャペック兄弟通りと呼ばれているが、もともとはヴェ・ストロモフツェと言われていた。ここに父親とともに住み、もう一方の半分には彼の兄のヨゼフが住むようになる。

十二月、『芝居はどうやって出来るかと舞台裏案内』を出版。

三月二十二日、チャペック兄弟最後の共作戯曲

『創造者アダム』を書き上げる。

一九二六（手紙番号978—1001）

七月十三日、義兄（姉ヘレナの夫）法学博士F・コジェルハ死亡。

七月十六日、ブルノで義兄の埋葬。

十二月三十一日、金曜会は午後の集まりを夜会に変更。

一九二七（手紙番号1002—1036）

四月十二日、共作戯曲『創造者アダム』プラハ国民劇場で初日。（演出・ヒラル、装置・V・ホフマン）

五月、戯曲『創造者アダム』出版。

五月三十日から六月十二日まで、チェコスロバキアの記者のパリ視察に参加。

十月、『ヨゼフ・ホロウシェフのスキャンダル事件』発表。（民衆新聞に連載。2.27—3.11）

一九二八（手紙番号1037—1062）

十二月、『T・G・マサリクとの対話』「若き日々」のサブタイトルをつけて出版。

一九二九（手紙番号1063—1071）

一月、『一つのポケットから出てきた話』出版。（雑誌にはすでに、一九一九年以後一九二八年にかけて、とくに一九二八年七月十五日から十一月二十五日にかけて、そのほとんどが書かれた）また、連載『園芸家の一年』（そのほとんどは一九二五—二八年の期間に書かれた）

七月四日、父死亡。

七月九日、父の埋葬。

十月、スペインを旅行。

十二月、『もう一つのポケットから出てきた話』出版（すべての話は1921.1.1.—9.1.のあいだに書かれた）

一九三〇（手紙番号1072—1079）

四月、『スペイン紀行』出版（大部分は雑誌に1929.11.10.—1930.3.9.のあいだに書かれた）

一九三一（手紙なし）

二月、『マサリクとの対話』サブタイトル「生涯と仕事」出版。

六月末、ハーグでの世界ペンクラブ大会（大会そのものは六月二十二日から二十六日）に、F・ラングル、E・コンラートとともに参加、それからオランダを旅行。

七月八日、ジュネーヴでの国際連盟の精神的国際協力委員会の際、文学・芸術部門の常任委員会に出席。

十二月、文学論集『マルシアス、または、文学の周辺』（雑誌発表は一九一九―三一）および『九編の童話とヨゼフ・チャペックのおまけの一編』（奥付にはすでに一九三二年とある）を出版。

一九三二（手紙番号1080―1081）

『聖書外典』『普遍的問題、または、政治的動物』を出版。

二月、『オランダの風景』（大部分は一九三一年七月から九月にかけて雑誌に発表）

『ダーセニュカ、または、子犬の生活』出版。

一九三三（手紙番号1082―1086）

一月、ロマン三部作の第一巻『ホルドバル』出版。（1932.11.27―1933.1.21.のあいだ民衆新聞に連載されていた）

三月、プラハ・ペンクラブの会長を辞任。

一九三四（手紙番号1087―1090）

一月、ロマン三部作の第二作『流れ星』出版。（1933.11.5―1934.1.10.のあいだ、民衆新聞に連載）

十一月、ロマン三部作の第三作『平凡な人生』出版。（この年の9.30―11.27.のあいだ、民衆新聞に連載）

一九三五（手紙番号1091）

『マサリクとの対話、第三部』サブタイトル「思想と生涯」および、『マサリクとの沈黙』出版。

四月一日—三日、ニースでの『新しい人間形成』というテーマで精神的国際協力基金（国際連盟付属文学芸術常任委員会の発案で）が催したシンポジウムに（前もって文書による意見表明と討論趣旨の提出によって）参加。
六月二十一日—二十五日、パリにおける文化防衛の作家組織の国際大会に参加する。
七月、オルガ・シャインプフルゴヴァーとともに南アルプスのドロミティに自動車旅行をおこない、求婚する。
八月二十六日、ヴィノフラディ区役所で結婚手続きを済ます。

一九三六（手紙番号1092）
二月、ロマン『山椒魚戦争』出版。（民衆新聞での連載は1935.9.21.—1936.1.12.の間）
六月七日—十二日、国際連盟付属文学芸術のための常任理事会によって企画された『現代世界における人文科学の役割』についてのブダペストでのシンポジウムに参加。六月九日に『認識の精神と支配の精神』をテーマとする部会で講演する。
七月、彼の妻オルガとその兄（やはり、カレル）とともにデンマークとスウェーデン、ノールウェーに旅行をする。
十一月、ノールウェーの新聞に、チャペックにノーベル賞を与えるようにという提案が出る。
十二月、『北国紀行』が出版される。

一九三七（手紙番号1093）
一月、戯曲『白い病気』が出版される。
一月二十九日、『白い病気』がスタヴォフスケー劇場で初日。（演出・K・ドスタル、装置・V・ホフマン）
六月二十日—二十四日、パリのペンクラブ大会に賓客として招待される。
十月、『第一救助隊』出版。

一九三八（手紙番号1094）
二月、戯曲『母』出版。
二月十二日、プラハのスタヴォフスケー劇場で

『母』初日。（演出・K・ドスタル、装置・V・ホフマン）
三月、『何がどう出来るか』出版。
六月二十七日—三十日、プラハでペンクラブの世界大会が行われる。

十二月二十五日、十八時四十五分死亡。
——同日の民衆新聞に彼の最後のエッセイ『ごあいさつ』が掲載される。
十二月二十九日、ヴィシェフラットで葬儀が行われた。

訳者あとがき

このたび青土社からチャペックがオルガに書いた手紙のうち保存されていた手紙の全文をここに訳出し、読者の皆さんに提供できることは、チャペック訳者として、無上の喜びである。今回、翻訳された手紙の数は三百六十二通である。一人の相手にたいして出した手紙の数としては、圧倒的な多さである。

この翻訳に用いた原本は「カレル・チャペック著作集」全二十四巻（補巻一巻）のなかで、第二十二巻（約五百五十ページ）と第二十三巻（約五百ページ）の二巻からなる書簡集の第二巻目の三十六ページから二百六十四ページまでに収められたものである。

これらの手紙を読むことによって、カレル・チャペックの公的生活からは見えにくい、チャペックの内面的な心の動きなどが補完されて、人間チャペックを理解するうえで欠かせない資料になっている。ただ残念なのは一九三一年の手紙が完全に欠如していることであり（なぜなら、ちょうどこの一年だけチャペックがオルガに手紙を書かなかったなんてありえない）、国際的にも活躍が期待されていた時期のものであるだけに、残念である。

さらに残念なのは、オルガ自身がチャペックの没後、書いたロマン『チェスキー・ロマン』に引用された手紙と不一致な部分があること、また、ロマンのなかにあって現物が残っていない手紙があるとか、いろいろと疑問な点があることとである。しかし三百六十通もの手紙が保存されていたというだけで、チャペック研究家は納得するべきだろう。

オルガへの手紙を読んでいて感じるのは、チャペックがオルガにたいしては、真っ正直にすべてを告白しているということである。これらの手紙を読んで面白いのは、あれだけ好評で何版も版を重ねた、人間味ゆたかな『イギリス通信』が、実はチャペックにとって腹立たしいばかりの、馴染めない状況のなかで書かれていたということである。まずロンドンの騒々しさがいやだし、イギリス人たちの生活様式もチャペックには合わないというように、オルガにはさんざん不満を訴えているが、出来上がった作品からだけではわからない、本音がさらけ出されている。

チャペックは人当たりのいい温厚な人だと思っていた人のなかには、チャペックに人間嫌いな側面を発見して、チャペック認識に多少の変更をしなければという人もおられるだろう。しかし、それは文学者であれ、芸術家であれ、われわれのような凡人であれ、だれもが「なくて七癖」的なものを持っているということかもしれない。

あと、チャペックが比較的まとまった数の手紙を書いた女性としては、十五歳のギムナジウムの学生だったころ付け文をしたアンナ・ネペジェナー（『リスティ・アニエルツェ』）や、『クラカチット』のヴィッレ王女のモデルと目されているヴィエラ・フルーゾヴァー（『引出しから出てきた手紙』）がいる。とくにヴィエラとの文通はほぼオルガとの文通のはじまりと時期的に一致しているために、チャペックの不義に非難の目が向けられた時期もあったとか……。しかし、その辺のことは単純に言い切れるものではない。

ある面では十二歳も年下の未成年の娘オルガに手を出したという自責の念（コンプレックス）がチ

ャペックにはいつまでもぬぐいきれなかったようだ。それが、オルガの行跡にたいして苦情を言いながらも、決定的な悲劇にはいたらなかった理由の一つかもしれないし、チャペックのトレランス（寛容）の精神から出ているのかもしれない。

チャペックのオルガへの手紙は、カレル・チャペックのあまり格好の良くない内面を暴露している点からも興味深いし、一読に値すると訳者は確信している。

田才益夫

二〇〇六年七月

カレル・チャペックの愛の手紙

2006年8月10日　第1刷印刷
2006年8月20日　第1刷発行

著者――カレル・チャペック
訳者――田才益夫

発行者――清水一人
発行所――青土社
東京都千代田区神田神保町1-29　市瀬ビル　〒101-0051
電話03-3291-9831（編集）、03-3294-7829（営業）
本文印刷――平河工業社
表紙印刷――方英社
製本――小泉製本

装幀――松田行正

ISBN4-7917-6287-8　Printed in Japan